中公文庫

蝕　罪

警視庁失踪課・高城賢吾

堂 場 瞬 一

中央公論新社

目次

登場人物紹介

高城《たかしろ》賢吾《けんご》……………………失踪人捜査課三方面分室の刑事
阿比留《あびる》真弓《まゆみ》…………………失踪人捜査課三方面分室室長
明《みょう》 神《じん》愛美《めぐみ》 …………………失踪人捜査課三方面分室の刑事
法月《のりづき》大智《だいち》……………………同上
醍醐《だいご》塁《るい》………………………同上
森田《もりた》 純《じゅん》 一《いち》 …………………同上
六《ろく》 条《じょう》 舞《まい》 ……………………同上
小杉《こすぎ》公子《きみこ》……………………失踪人捜査課三方面分室庶務担当
石垣《いしがき》 徹《とおる》 ……………………失踪人捜査課課長

赤石《あかいし》 透《とおる》 ……………………失踪した会社員
矢沢《やざわ》 翠《みどり》 ……………………赤石透の婚約者
赤石芳江《よしえ》……………………赤石透の母親
赤石美矩《みく》……………………赤石透の妹
福永《ふくなが》真人《まこと》……………………赤石透の知人
長尾《ながお》 晶《あきら》 ……………………赤石透の知人

長野《ながの》 威《たけし》 ……………………警視庁捜査一課の刑事

蝕罪

警視庁失踪課・高城賢吾

1

足元が揺れている。地震か？　いや、違う。他の連中は皆平然としているではないか。クソ、二日酔いの野郎。お前はどうして、毎回違う症状で出てくるんだ？　今日は三半規管をやられたのかもしれない。それに頭痛。脳細胞の一つ一つに沁《し》みこむ痛烈な痛み。

注意力を取り戻すために、横を見る。目の前にあるこの髪は染めているのだろうか、と私は訝《いぶか》った。可能性は五分五分。いや、七対三の確率で染めていると見た。私の記憶にある阿比留真弓《あびるまゆみ》——最後に会ったのが何年前だか忘れたが——の髪は、右耳の上が一筋だけ灰色になっていたはずだ。今は全体が漆黒《しっこく》なのだが、それがいかにも不自然に見える。白髪が自然に黒くなることは絶対にあり得ない。

「じゃあ、私の方から二人を紹介します」真弓がすっと背筋を伸ばした。光沢のあるグレイのパンツスーツに、首元までボタンを留めた白いブラウス。足元はソールの低い黒のパンプスだった。年齢なりの落ち着きとある種の威厳を漂わせているが、どういうわけか、どこか少女っぽい雰囲気《ふんいき》も感じられる。

「高城賢吾《たかしろけんご》警部。多摩《たま》東《ひがし》署からの異動です。ここ、失踪人《しっそうにん》捜査課三方面分室では、実務面のキャップとして仕事をしてもらいます。こちらが明神愛美《みょうじんめぐみ》巡査部長。金町《かなまち》署刑事課からの異動になります。ここでは最年少になるわね。森田《もりた》純一《じゅんいち》君は、これで一応お茶くみは卒業」

森田と呼ばれた若い刑事が、驚いたように背筋を伸ばした。何だ？　何を恐れている？　まるで「明日から出社に及ばず」とでも宣告されたようではないか。何だか妙な部署だなと思いながら、私は愛美の横顔を盗み見る。刑事らしくない妙にかわいい顔立ち、というのが第一印象だった。どちらかというと童顔で、卵形の顔に血色の良い頬《ほお》がチャームポイントになっている。艶々《つやつや》と光る髪は緩く結んで背中に垂らしており、顔だけでなく全体のイメージがかなり若々しい。だが憮然《ぶぜん》とした表情が、全ての美点をぶち壊しにしてしまっていた。

「しばらくは、二人ともここの仕事に慣れて下さい。今までの仕事とはちょっと要領が違うから。何か分からないことがあったら、小杉《こすぎ》さんに聞いて。小杉公子《きみこ》さん」

部屋の隅のデスクについていた公子が立ち上がり、愛想の良い笑みを浮かべて丁寧《ていねい》に頭を下げた。私より何歳か上だろうか。アームカバーをしている？　間違いない。アームカバーだ。そんなものをつけている人間を見たのはいつ以来だろう。いや、生で見るのは初めてかもしれない。目が釣り上がるほどきつく髪をひっつめ、銀縁の眼鏡をかければ、有能な警察事務官の完成だ。あるいは区役所の窓口係か図書館の司書。

「彼女は、うちの分室の生き字引だから」真弓が付け加えたが、自分の言葉の無意味さに気づいたのか、すぐに訂正した。「生き字引っていうほど、ここの歴史も長くないけどね……じゃあ、二人の紹介はこれでおしまい。高城君、何か決意表明でも？」

私はすかさず首を振った。何か喋《しゃべ》れば吐《は》き気《け》が誘発される。いったいどうやって朝の満員電車に耐えたのか、記憶が一切ない。愛実は何か言いたそうに口を開きかけたが、顔をしかめたと思った次の瞬間には、そっぽを向いてしまった。臭うのか？　たぶん。私は全身の毛穴という毛穴から、アルコールの臭いを放っている。自分で分かるぐらいなのだから、他人はもっとはっきり感じているだろう。愛美が無言のまま一礼して自席につく。末席。今までこの分室で最年少だったという森田の前である。お茶くみか。私はふと頬が緩むのを感じた。刑事の世界にはまだ徒弟《とてい》制度の名残のようなものがあり、二十年近く前、所轄で駆け出しの刑事だった頃は私もお茶くみをやらされたものだ。先輩刑事たちの好みを覚えるので精一杯だったのを覚えている。こういう雑用は、愛美をさらに不機嫌にするだろう……ざっと部屋を見渡すと、コーヒーメーカーがあるのが見えた。あれならさほど面倒もないだろう。ああ、そうだ。コーヒー。今の私には、バケツ一杯の濃いコーヒー以外に何もいらない。

「高城君、ちょっといい？」

真弓が自室に向けて親指を倒した。分室長の部屋はガラス張りで、失踪課の大部屋——といってもさほど広くはない——のどこからでも中が覗《のぞ》ける金魚鉢のようなものだった。一応ガラスの壁は天井まであるので、話の内容を聞かれる心配はないだろう。真弓が自分のデスクにつくのを見届けてから、私は後ろ手にドアを閉めた。密閉すると、ここの空気をアルコール臭くしてしまうのではないかと心配しながら。

真弓は四畳半にも満たないこの狭い場所を、自分の城に仕立て上げていた。デスクの上にはフォトフレームが二つ置いてあり、一つには二匹の豆柴犬の写真が入っているのが見える。もう一つは私のいる位置からは見えない場所にあったが、家族の写真かもしれない。真弓は結婚していただろうか、と私は記憶の底を探った。覚えがない。ずいぶん前に本庁の捜査一課で一緒だったのだが、その時も別の班だったので仕事を共にすることはなく、私生活についてはまったく謎《なぞ》だった。彼女専用のマグカップを見て、出身大学だけは見当がついたが。

そのカップを引き寄せ、コーヒーを一口飲んで顔をしかめる。化粧っ気はなく、口紅さえ引いていないのだが、それが癖になっているのか、カップの口をつけた辺《あた》りを人差し指と中指で摘《つま》むようにしてすっと掃除した。

「元気だった？」真弓がわざとらしい笑みを浮かべて訊ねる。私は用心して「ご覧の通りですよ」と言うように止めて肩をすくめた。彼女の目に、自分の姿はどのように映っているのだろうか、と訝りながら。全身から発する酔っ払いの気配。皺の寄ったシャツに曲がったネクタイ、しばらくクリーニングに出していないスーツ。現状認識はできるが、それを何とかしようという気力は湧いてこない。

「あなたには元気でいてもらわないと困るのよね」真弓が椅子《いす》を左右に揺らすようにした。背もたれが高い椅子だが、女性にしては背の高い彼女が座っていると、平社員が使う小さな椅子にしか見えない。

「さあ、どうかな」私はもう一度肩をすくめた。どうにも肩が凝る。二日酔いのせいか？まさか。とにかくこんなことばかり繰り返していたら、毎日マッサージのお世話になる羽目になるだろう。

「すぐに分かると思うけど、ここは事務屋さんの集まりみたいになってるのよ」

「実際、そうじゃないんですか」

「組織規則では、実際の捜査も仕事のうちに入っているわ」

「書類整理だって立派な仕事では？」

話には聞いていたが、この分室に賭ける真弓の気合はかなりのものだ。入れこんでいる、と言っていいだろう。そしてそれが空回りしているであろうことは容易に想像できた。

「我々は、足を使ってこその仕事でしょう」

「素人《しろうと》みたいなこと、言わないで下さい」

真弓の右の眉《まゆ》がすっと上がった。マグカップを離し、指先でデスクをこつこつと叩《たた》く。爪は綺麗《きれい》に手入れされていた。

「とにかく私は、ここをちゃんとした捜査部門にしたいの。ただ書類を右から左へ流したり、データベースに情報を打ちこんだり、相談に来る人たちの話を適当に聞き流したりするだけじゃなくてね」

「つまり、今は聞き流してるわけですね」

真弓が一瞬言葉を切り、ほどなく苦し気な表情を浮かべて素早くうなずいた。彼女にすれば触れられたくない事実だったのかもしれない。「お前は無能だ」と言われたも同然だろう。

「それじゃいけないと思うのよ。日本で今、年間どれぐらいの人が失踪してるか、あなたも知ってるわよね？　十万人よ。十万人もの人が、それまでの生活や家族を捨てざるを得ない状況に追いこまれている。中には事件に巻きこまれて家を捨てる人もいるわ。私はそういう人たちをできるだけ助けてあげたい。それが失踪課の存在価値だと思っている」

「室長、本音《ほんね》でいきませんか」

私はワイシャツの胸ポケットから煙草《たばこ》を取り出した。真弓がゆっくりと首を横に振ったのでパッケージを戻し、手持ち無沙汰になった唇に指を這《は》わせる。

「いい成績を上げたい。それであなたは捜査一課に返り咲きたい。そういうことでしょう」

「いいわよ」真弓が深く息をついた。「認めます。本庁から蹴り出されて、こんなところに閉じこめられているのはいい気分じゃないから」

内示を受けた時に私は、案外ここは自分に合った部署ではないか、と考えた。別に命を削るような仕事はしなくてよさそうだ。それでも給料は貰《もら》えるし、適当に流して仕事をしていてもプライドが傷つくわけでもない。私はもう、長い晩年に足を踏み入れているのだ。そういう人間に、失踪課というのはいかにも適した職場ではないか。

「とにかく私は、いつまでもこんな所で燻《くすぶ》っているつもりはないから」真弓がデスクの上に両肘《りょうひじ》を置き、上半身を乗り出した。「ここが刑事部の本筋だと思っている人間は、警視庁の中に一人もいない。そして本筋にいなければ、警察官である意味はない」

「一つ、教えてもらえますか」私は顔の前で人差し指を立てた。「室長、今何歳でしたっけ」

「四十八」真弓が一瞬顔をしかめる。単に目の脇に皺が寄っただけのように見えたが。

「俺より三歳上ですよね……三年後、俺は自分があなたのように野心たっぷりでいられるとは思えない」

「これは野心じゃないわ」真弓がぴしゃりと言った。「正当な権利。自分の立場を守るための戦いだから。本来自分がいるべき場所に帰るためには、それなりの成果が必要なの。

そのためにあなたの力を借りたい」

「さあ、どうかな」肩をすくめる。何回目だっただろう？　本当に肩凝りを感じた。「俺があなたの役にたつとは思えない」

「私はあなたを買ってるのよ。だからかなり無理をしてここに異動させてもらった。貴重な戦力になってくれると期待してるわ」

「俺と一緒に来たあの娘さんはどうなるんですか？　彼女も貴重な戦力？」

「将来的には、ね」真弓が素早くうなずいた。「本当は、金町署から捜査一課に異動する予定だったの。ところが、例の一件でね……」

「例の一件？」

「城西署の自殺」

「ああ」

すぐに思い当たった。一月《ひとつき》ほど前の一件である。城西署刑事課の若い刑事が、自分で拳《けん》銃《じゅう》をくわえて引き金を引いた。即死。問題になったのは、拳銃保管の管理責任だけだった——自殺するほど追い詰められていた若い刑事の心のケアではなく。

「その件であちこちに歪《ゆが》みが出て……責任を取った人間、取らせた人間、いろいろ。それであれこれあって」

「玉突き人事であの娘《こ》が割を食った、と」

「そういうこと」

　真弓がマグカップを引き寄せ、中を覗きこんだ。見てはいけないものを見てしまったように顔をしかめる。中に入っているのは本当にコーヒーなのだろうか、と私は疑念を抱いた。結局真弓は、指先をカップに当て、肘を伸ばして遠くへ押しやった。

「彼女は若いから、文句を言える立場にもないし」

「年齢は関係ないでしょう。誰だって、異動を断ることはできない」

「それに加えてあなたぐらいの年になれば、諦《あきら》めることも覚えるわね」

「分かりました」私は両手を前に突き出し、先ほどの復讐《ふくしゅう》としか思えない真弓の非難を受け止めた。「室長の年齢を口にしたことは謝罪します。ここでは年齢の話はタブー、そういうルールでいきませんか」

「あなたは論点をずらしてるわ」

　真弓が一瞬私を睨《にら》みつけた。本当に一瞬。すぐに表情のない顔つきに戻る。あまりよくは知らないこの上司を侮《あなど》ってはいけない、と私は気を引き締めた。部下に向かって怒鳴り散らすだけなら誰でもできるが、怒りを呑《の》みこんで平然としているのは難しいことだ。

「とにかく、彼女にはいろいろ不安も不満もあると思うわ。でも、ここで仕事を覚えてもらわないと。彼女を育てるのもあなたの仕事」

「失踪課の仕事を、ですか？　何か特別なやり方があるとは思えませんけどね」

「確かに人捜しの方法は、どんな部署でもそれほど変わらないでしょうね。一課でも防犯でも……でもそういうやり方が失踪課に合わないと思えば、あなたが独自に新しいやり方を開発すればいい。それをここの連中にも教えてあげて欲しいの」

「授業料は給料の内に入ってないんですけどね。そもそもそんなこと、教えられなくても自分で身につけるものでしょう」

「今の若い人たちはそうはいかないのよ――私やあなたの年代と違ってね。人のやってることを盗み見て、自分のものにしようなんて気は一切ないわ。どんなことにもマニュアルが用意してあって、それを見れば分かると思ってる。マニュアルに書いてないとすれば、それを作った人間が悪い」

「俺たちが若い頃も、『最近の若い奴はマニュアル通りの仕事しかできない』って言われたような記憶がありますよ」

真弓が唇の端を持ち上げて小さく笑った。

「歴史は繰り返すのよ」

「分かりました」私は膝《ひざ》を打った――それを終了のゴングにしようという意図をこめて。しかし真弓は、簡単には物事を終わらせないタイプの人間だった。延長戦にこそ戦いの真実があると信じているのかもしれない。

「それで、あなたは？」

「俺が何か？」

真弓が無言で、杯《さかずき》を口元に持っていくジェスチャーをした。無駄なことだと分かっていたが、小さく首を振って、彼女の疑念を否定してやる。酔っ払いは決して、自分が酔っ払っていることを認めない。

「元気なの？」

「ご覧の通りです」

「いろいろ話は聞いてるわ。七年前のことはお気の毒だったと思ってる」

再び肩をすくめざるを得なかった。不幸の消化の仕方は人によって違うし、自分の状況を他人に完全に知ってもらうのは不可能である。私はさらに頭を振って、「そのことには触らないでくれ」と伝えたつもりでいた。一人であれこれ悩んでいるだけなら、不幸が外に染み出すことはないのだ。何も真弓を巻きこむ必要はない。

「でもあなたは……そう、こういう表現が正しいかどうかは分からないけど、落ちたわけではなかった」

「さあ、どうかな」

今の私は落ちている。どん底だ……強烈な二日酔いで。昨夜《ゆうべ》どうしてあんなに呑んだのか、自分でも分からない。もしかしたら新しい職場に対する不安だったのかもしれないが……外で呑む習慣がなくてよかった、とつくづく思う。他人の前でどんな醜態《しゅうたい》を晒《さら》すかと考えただけで、恐怖がこみ上げてきた。

彼女が聞いている私の評判がろくなものでないことは、十分想像できた。馘《くび》にはならないが査定でプラスのポイントは絶対につかない。上層部の同情で、何とか警察という組織に置いてもらっている——それがここ数年の私だ。主な問題はアルコール。深酒が仕事に影響を与えたことがあったか……自分では「ない」と信じている。酒のせいで仕事を休んだことはないし、誰かに迷惑をかけた記憶もない。ただ、少しずつ仕事が減っていっただけだ。ここ何年かずっと暇な所轄にいたのだが、どんよりした目つきで二日酔いの辛《つら》さに耐えている男に仕事を割り振る上司はいない。

そして今、もっと暇な——暇だろうと想像している部署にいる。この異動は、婉曲《えんきょく》な形での辞職勧告なのだろうかとも思っていたが、真弓の考えはまったく逆だった。しかし彼女の意図と私の意図が合致するとは到底思えない。

「とにかく私は、酒をやめろとは言わないわ。呑むも呑まないもあなたの自由。いい大人なんだし——」

「年齢の話は三回目ですよ」私は彼女の言葉を断ち切った。「タブーでお願いします」

真弓の顎《あご》がわずかに強張《こわば》った。目が少しだけ細くなり、眠たそうな表情が浮かぶ。

「きちんと仕事をしてくれれば、何も問題はありません。私は、あなたならやってくれると思っている。この分室を、戦える部署に変えてくれると信じています」

「過大評価ですね」

「結構です。そういうことを言う人に限って、手当てもつかない仕事を平気でするものだから。これは私の経験から分かってること。それと、一つだけ」

「何ですか?」

「髭《ひげ》だけはきちんと剃《そ》って。ここには、不安を抱えて駆けこんでくる人がたくさんいる。神経質になっているから、髭面を見て腰が引けるかもしれないでしょう」

「そうですか」ゆるりと顎を撫《な》でた。単に剃り忘れただけなのだが、他人に指摘されると少しばかりカチンとくる。「こう見えても肌が弱いんです」

「だから?」

「毎日髭剃りをすると、顔が真っ赤になるんですよ。その方がよほど、印象が悪い」

「いいスキンローションを紹介するわ」真弓がデスクに視線を落とす。溜息《ためいき》をつかぬよう、必死に我慢しているのは明らかだった。「女性用の方が、肌に優しいから」

「結構ですね」調子を合わせて私はうなずいた。「ジェンダーフリーの時代だから、いいものは男も女も関係なく使うべきですね。では、そろそろいいですか? 聞くべき話は全部聞いたと思います」

「そうね」真弓のデスク上の電話が鳴り出した。椅子から立ち上がった私を目線で制しておいてから、受話器を取り上げる。課内の誰かが真弓に電話をかけたのではないかと思って、私は金魚鉢の外に目をやった。案の定、公子が電話に向かって喋っている。真弓が「回して」と言うのに合わせて電話のボタンを幾つか叩き、受話器を戻した。

「代わりました。失踪課三方面分室の阿比留です……はい、ああ、八雲《やくも》署の木本《きもと》さん。お世話になります」

八雲署は、目黒《めぐろ》区の西半分を管轄する所轄だ。木本という人間がそこにいただろうか。目を瞑《つむ》ってみたが、答えが浮かび上がってくるわけではなかった。警視庁には四万人からの職員がいるわけで、顔を知っている人間の方が少ない。

真弓がくるりと椅子を回し、私に対して半身の姿勢になった。聞かれたくない話なのだろうかと訝ったが、特に声色を変えるでもなく、事務的な口調で話し続ける。

「ええ、で、どこから？　長野《ながの》。それは大変でしたね。かなり動揺している様子ですか？　なるほど。こっちへは来られそうですか？　それとも誰か迎えにやった方がいい？……そうですか。じゃあ、ここの場所を教えて、すぐに来るように伝えて下さい。大丈夫です。後はこちらで引き取りますから。書類は……いいですよ、メモ程度でも。それを流してもらえますか？　そうです、事前に情報を摑《つか》んでおきたいので。はい、それじゃ、よろしく」

壊れ物を扱うようにそっと受話器を戻し、椅子を回して私と正面から向き合う。

「事件の神様に好かれてるって言われたことは？」

「そんな神様は存在しませんよ」

「来た早々、ややこしそうな話が回ってきたわ。初仕事として、話を聞いてあげて下さい。実戦訓練がてら、明神も同席させてね」

「八雲署が、面倒な話を回してきたわけですか」

「面倒というわけじゃなくて、向こうで手に負えないということなの。私たちはエキスパートだから、頼られてるのよ」

「何のエキスパートなんですかね」

　言い残して立ち上がると、真弓も同時に席を立った。正面から私と向き合い、かすかに鼻を動かす。

「あなたは今の状態では、エキスパートとは言えないわね。酒臭いまま会ったら、相手が不安になるでしょう。すぐにアルコールを抜いてきて」

「二日酔いの特効薬は、時間しかないんですよ」

「今すぐ」

　真弓がドアを指差した。私はのろのろとそちらに向かい、取りあえず二日酔いを抜くために知っているあらゆる方法を試してみることにした。

　給料分だけでも働くために。

2

「そう緊張するなって」

「してませんよ」愛美が軽い口調で答えたが、その割には口元が強張っていた。しかし本人が緊張していないというなら、これ以上追いこむ必要はない。私は彼女の横顔から視線を外して部屋の中を見回した。室長室の横にあるこのスペースは「面談室」と呼ばれているらしい。三方向がガラス張りで、駐車場に面した窓の所では、鉢植えのオーガスタが勢い良く葉を広げている。伸びやかな茎と肉厚の葉は、室内の空気を浄化しているようだった。

デスクは警視庁内で標準的に使われているスチール製のものではなく、白い木製。椅子は座面がベージュ、背もたれが薄いオレンジ色というポップなカラーリングだった。壁際にはスチールと黄色い合板を組み合わせたキッチンワゴンが置いてあり、コーヒーサーバーとポット、紙コップに緑茶の用意もある。全体に警察の部屋というよりは、一般企業の応接室か会議室といった様相だった。失踪課には三つの分室があるが、どこも似たような雰囲気なのだろうか。もしもこの三方面分室だけを独自の色に染め上げたのだとしたら、真弓の手腕はかなりのものだと言える。個人の趣味で什器《じゅうき》を揃《そろ》えることなど、「役所の中の役所」と言われる警察ではほぼ不可能なのだから。

私は濡《ぬ》れたワイシャツの不快さに耐えていた。トイレに入って背広とネクタイを外し、ワイシャツを半分脱いでシンクに頭を突っこみ冷水を浴びること五分。当然背中はびしょ濡れになり、まだ肌に貼りついている。短い髪はハンカチで拭《ふ》いたが、水滴はまだ後頭部から背中へ滴り落ちている。「二錠《にじょう》で」という指示がある頭痛薬を四錠。五百ミリリットル入りのミネラルウォーターを一気飲み。それから立て続けに煙草を吸って、何とか一息ついた。あとはコーヒーを流しこんで、痺《しび》れたような感覚を元に戻すしかない。

愛美がテーブルにファイルを置き、キッチンワゴンに向かう。ポットにお湯が入っているのを確認してお茶の用意を始めた。

「いい心がけだ」彼女が残したファイルを開きながら、声をかける。「率先してお茶を入れるのはいいことだよ」

「私が飲むんです」

「俺にももらえないかな」

「ご自分でどうぞ」

妙に突っ張る態度の理由は、真弓の説明で理解できたつもりでいた。予定されていた栄転が、どこぞの馬鹿野郎が自殺したことで吹っ飛んでしまった――その悔しさは分かるが、私にとってはどうでもいいことだ。仕事をやる、やらないは他人に決めてもらうことではない。

「よ、お客さんだぜ」ドアが開き、警部補の法月大智《のりづきだいち》が顔を突き出す。小柄で、綺麗に白くなった髪をぺっとりと後ろに撫でつけている。定年まで数年というベテラン刑事は人懐っこい笑顔が特徴で、孫をあやしている姿が簡単に想像できた。私は今まで一度も一緒に仕事をしたことはないが、つき合いにくい相手でないことは初対面でもはっきり分かる。

「すいません」立ち上がってドアを押さえると、法月が「お手並み拝見といこうか」と悪戯《いたずら》っぽく笑って、私の「客」を部屋に通した。

二人だった。先頭は五十代前半ぐらいの女性。地味な茶色のコートを腕にかけ、戸惑いと疲労が顔に滲《にじ》み出ている。その後が若い――二十代前半の女性だった。彼女の方がショックが大きいようで、顔色は真っ青である。目は真っ赤で、化粧っ気のない唇はきつく引き結ばれていた。

八雲署が簡単な調書を取って、それを送ってくれていた。最初に真弓が連絡を受けてから二人が顔を出すまで四十五分、簡潔な、素っ気無いとも言える調書の内容を頭に叩きこむには十分だった。

愛美は、二人への応対を如才なくこなすぐらいには常識的だった。椅子を勧め、すかさずお茶を――私にも――用意する。私はもう一度調書に目を落としてからファイルを閉じた。両手を組み合わせ、わずかに身を乗り出す。

「面倒な話は抜きにしましょうか」

最初に入ってきた女性――調書に記された名前は赤石芳江《あかいしよしえ》――が驚いたように顔を上げた。ここへ来るまで、既《すで》に何か所も回ってきたのだろう。地元の派出所、警察署、そして東京に飛んで八雲署。何度も同じ話を繰り返して、新たに送りこまれた訳の分からない部署でも一からやり直しかとうんざりしているはずだ。私はその煩《わずら》わしさを取り除いてやるつもりだった。

「警察で何回も、同じような話をしてきたんでしょう？　ここへ来る前に行かれた八雲署から書類が回ってきていますから、大体の事情は分かっています。ですから、基本的なところはお聞きしません。とりあえず、出欠だけは取らせていただきますが」

ちょっとした冗談にも反応はなかった。二人とも疲れ切って、笑う元気もないのだろう。私の隣に座った愛美は、沈黙を守ったまま短い爪をいじっている。一つ咳払《せきばら》いをし、なるべく息を吐かないように気をつけながら続けた。口の中には、まだ火が点《つ》きそうなほど濃いアルコールの臭いが残っている。

「赤石芳江さんですね」

「はい」

「それで……あなたが婚約者の矢沢翠《やざわみどり》さんですね」

「はい」かすれた、今にも消え入りそうな声だった。両手はデスクの下に隠れているが、きつく握り締めているのは間違いない。二の腕から肩にかけて力が入っていた。

「行方《ゆくえ》不明になっているのはあなたの婚約者の赤石透《とおる》さん、二十六歳。間違いありませんね」

「はい」芳江と翠が同時に答えて顔を見合わせる。翠が小さく芳江にうなずきかけ、この場の主導権を渡すことに決めたようだった。

「透さんの住所は目黒区八雲六丁目……いいところにお住まいですね」瀟洒《しょうしゃ》な一戸建てが建ち並ぶ高級住宅街だ。

「いえ、あの……東京のことはよく分かりませんから」

「外車所有率九十パーセントと言われているような街ですよ」

「透は外車になんか乗ってません」

「失礼」どうにもやりにくい。失踪者の家族は皆こんな感じなのだろうか。ナーバスになるのは分かるが、こんなにがちがちになっていたら、自分で自分を精神的に追いこんでしまうことになる。ここは余計なことを言わず、できるだけ事務的にいこうと決めた。

「実家は長野でよろしいんですね？　岡谷《おかや》……松本《まつもと》の隣ですか」

「はい」

「透さんは目黒で一人暮らし。職業は会社員」一瞬言葉を切り、記憶を呼び出した。「会社の名前は『TJS』ですか。すいません、何の略でしょうか」

「東京ジョブサービスです」芳江が言い淀《よど》んだので、翠がすかさず助け舟を出した。

「派遣か何かの会社ですか」

「そうです」

「派遣社員ではなく、派遣する方、ということですね」

「ええ。私もそこで働いています。営業推進部で、派遣社員の管理をしています」

「一緒に住んでいるわけじゃないんですか」

「違います」わずかに耳を赤くして、翠が慌てて首を振った。

「結婚の予定は？」

「来月です」

了解の印に小さくうなずきかけてやった。彼女が焦るのも分かる。結婚式の前月、いきなり婚約者が姿を消したらダメージは大きいだろう。母親が決まり悪そうにしているのも十分理解できる。息子の婚約者に対して気を遣っているのだ。

「いなくなったことに気づいたのは、四日前、先週の木曜日ですね」

いつの間にかハンカチを握り締めていた芳江が、再び話を引き取った。

「ええ、その日に家へ帰って来る予定だったんです。二人で……でも、待ち合わせに現れなくて、電話もつながらないし家にもいないって、翠さんから連絡があって」

「当然、警察に相談する前に自分たちでも捜してみたんですよね」私の質問に二人が同時にうなずくのを見て続ける。「先週の木曜日は平日ですよね。会社はどうしたんですか」

「休みを取りました」翠が説明する。「木曜と金曜に休んで、四連休で長野に行く予定でしたから」

「それはいわゆるご挨拶《あいさつ》ということで？」

「それはもう済んでたんですけど、結婚前はいろいろとやることがあって」

「今までどんなところを捜してみましたか」

「知り合いとか……そう、知り合いぐらいですね」言い訳するように言って、翠が溜息をついた。

「会社の同僚とか、学生時代の友だちとか」

私の確認に、翠は今度は無言でうなずくだけだった。

「木曜日から昨日まで、ずっと自分たちで捜していたんですか」

「そうです」芳江が認める。「男ですから、そんな危険な目に遭《あ》うこともないんじゃないかって。でも全然連絡が取れないんで、心配になって、昨日東京に出てきたんです」

「部屋はご覧になりましたか」

「はい」

「どんな様子でした？　これから我々も調べてみますけど、とりあえず印象を教えて下さい」

「普通でした」

「普通、というのは抽象的な表現ですね。独身男性の部屋なら、そんなに綺麗ではないと思いますけど、荒らされた様子があったとか……」

「綺麗に片づいてます」翠がむっとした口調で反論した。「というか、私がちゃんと片づけてますから」

「そうです、綺麗になってます」芳江が頰に手を当てる。「荒らされたりしてたら、何となく分かるものじゃないですか？　少なくともそんな感じではなかったです」

「そうですか」

一瞬、私は最悪の想像をした。翠がやったのではないか？　婚約者を殺して死体をどこかへ隠し、部屋を綺麗に片づけて証拠を湮滅《いんめつ》した――いや、それでは筋が通らない。わざわざ母親に連絡するのは、墓穴を掘るようなものだ。隠蔽《いんぺい》工作を企《たくら》んでいるのかもしれないが、だとしたらよほど杜撰《ずさん》なものか、私が経験したこともないほど複雑かつ完璧《かんぺき》なものか、どちらかだ。

ありえない。

翠の顔に浮かんでいるのは紛れもない疲労と不安である。罪の発覚を恐れる気苦労から生じるものではなく、愛する者の安否を心の底から心配しているのだということは、経験的に分かった。

「会社の方にも何の連絡もないんですね」

「はい」翠が素早くうなずく。

「今のところ、彼と最後に会ったのは誰ですか」

「私……だと思います。水曜日の夜、一緒にご飯を食べましたから」

「別れたのは何時ごろ？」

「十時を過ぎてました」

「その時何か、いつもと変わった様子はありませんでしたか？　落ち着かない様子だったとか、何かを気にしているようだったとか」

「いえ、いつもと同じでした」

「木曜日は、何時頃長野に出発する予定だったんですか」

「朝十時のスーパーあずさで」

「ということは、待ち合わせは新宿《しんじゅく》ですね？」

「はい」

「だけど、来なかった」

無言で翠がうなずく。不意に顔を伏せると、零《こぼ》れ落ちた涙がデスクの上に小さな水溜りを作った。

一息つくために、私は茶を一口含んだ。少し温《ぬる》くなっていたが、その分早く体に沁みこむような気がする。音を立てないように気をつけながら湯呑《ゆの》みを置き、話を再開した。

「部屋を調べてみないと何とも言えませんが、自分の意思で家を出た可能性は捨て切れません。そうであったら、警察としてできることは限られます」

「そんなはずはありません」それまでと打って変わって強い口調で芳江が否定した。

「何故そう言い切れるんですか」

「何故って……」振り上げた拳《こぶし》の下ろし先が見つからないように、芳江が戸惑った表情を浮かべる。

「家族として、失踪するような理由がないと思いたいのはよく分かります。でもそれは、感情的な問題なんですよ。冷静になって考えてみれば……」

「あの子はもうすぐ結婚することになってたんですよ」芳江が私の言葉を遮《さえぎ》った。「苦労して、やっとちゃんとした仕事に就いて、これからっていう時です。どうして今の生活を捨てなくちゃいけないんですか。調べてもらえないんですか」

「それは……」

「助けて下さい」

芳江の弱々しい言葉に、私は黙ってうなずいた。給料分。馘にならないように。理由はともあれ、動かなければならないのは間違いないようだ。

「これが事件だと思ってるんですか」

分室のある渋谷《しぶや》中央《ちゅうおう》署を出てから十分ほど経って、愛美がようやく口を開いた。車は山手《やまて》通りで渋滞に捕まっている。

「さあ、どうかな」

私は煙草を一本振り出して口にくわえた。ハンドルを握る愛美が素早く忠告を飛ばす。署の駐車場に出たところで、彼女は私の手からキーを奪ったのだ。飲酒運転は絶対に許さないと、無言で睨みつけながら。今は体をわずかに右に倒して運転することで、私から距離を置いている。

「車内は禁煙ですよ」

確かに。ダッシュボードに、わざわざ「禁煙」というプラスティック製の小さなボードが貼りつけてある。しかし私は助手席に座った瞬間、車内に漂う煙草の臭いに気づいていた。私のほかにも誰かが、この車の中で吸っているということだ。構わず火を点け、窓を開放する。湿《しめ》っぽい二月の風が吹きこみ、私は思わず肩をすぼめた。愛美がわざとらしく顔の前で手を振る。

「いいんですか」

「規則は破るためにある」

「どうでもいいような小さな反則ですね」

「大きな反則をしたら本当に問題だろう。そんなことより、君の感触はどうだ？」

「事件じゃないですね」

「というと？」

「自分の意思で失踪したんですよ。事件だったら、もう少し何か家族が気づくような材料があるはずです」

「例えば」

「仕事のトラブルとか、私生活の問題とか」

「それは具体的じゃないな。想像に過ぎない。想像するのは悪いことじゃないけど」煙草の灰を窓の外に叩き落とす。愛美がかすかに舌打ちしたように聞こえたので、コートのポケットから金属製の携帯灰皿を取り出し、蓋《ふた》を開けてダッシュボードに置く。右手を伸ばして慎重に灰を落とし、顔を背《そむ》けて車の外に煙を吐き出した。

「今の状態で具体的な話をしろと言われても無理ですよ」

「君はもう少し切れると思ってたけど」

「はい？」

「何歳だっけ」

「二十七です」

「若いよな」煙草を唇に押しこみ、煙の向こうを見つめる。「二十七で捜査一課に上がる予定だったということは、相当切れ者のはずだ」

「だから何なんですか」

「もう少しいろいろ考えてみろってことだよ」私は耳の上を人差し指で叩いた。立ち上《のぼ》る煙草の煙が右目をいたぶる。溢《あふ》れ出した涙を人差し指で拭《ぬぐ》って続けた。「いずれは全てのパーツがはまるかもしれないけど、今のところはまだばらばらなんだぜ。だから、ありとあらゆる可能性を想像すべきだ」

「高城さんこそ、具体的に言って下さい」

口の利き方だけは刑事になって十年選手という感じだが、私は余計な説教を控《ひか》えた。

「君は何て言った？　仕事のトラブル。私生活の問題。ところが今日俺たちは、その二つには問題がないらしいことを知ってしまった」

「どうしてそう言えるんですか」

頼むよ、と心の中で呟いた。愛美は見かけほど鋭くないのか、それとも希望の異動が潰《つぶ》れた怒りでまだ腐っていて、まともな思考ができないのか。

「翠さんの存在が鍵だ。彼女は赤石さんの会社の同僚でもあり、婚約者でもある。ということは、赤石さんの生活のかなりの部分を占める存在なんだぜ。その彼女が、失踪するような理由を思いつかないって言うんだから」

「嘘をついてるだけかもしれないじゃないですか」

「どういうことかな」

「彼女が殺したとか……」言ってしまってから失言だと思ったのか、愛美が急に口を閉ざす。

「実は俺も、一瞬だけどそう思った。だけどもしそうだったら、わざわざ母親に連絡したりしないはずだ。何もそんな危ない橋を渡らなくてもいい」

「それはそうですけど」

「彼女を犯人にしたいのか?」

「まさか」

「了解」携帯灰皿に煙草を押しつけ、丁寧に火を消した。蓋を閉めて、ポケットに落としこむ。「まずは部屋を調べてみよう。その後は会社の方で関係者に話を聴いて、彼女が作ってくれたリストの人間も当たってみる」

「そのリストって、つまり翠さんが一度は当たった人のリストですよね」

「彼女が当たるのと俺たちが聴くのとじゃ、全然違う。こっちはプロなんだから」

「プロ、ですか」どこか白けた調子で愛美が言った。「プロね」

車が動き出した。赤石の家の最寄り駅は東横線の都立大学。山手通りから駒沢通りに入り、渋滞がなければ十分か十五分で着くだろう。ただし、すぐに家を見つけられれば、だ。あの辺りは区画整理を経ておらず、かなり道路が入り組んでいるはずである。

「要するに、八雲署はうちにこの件を押しつけてきたんですよね。自分たちで処理するのが面倒になって」愛美はまだ、投げやりな口調のままだった。

「それが気になるなら、八雲署に直接聞いてみたらどうだ？　お前ら、どういうつもりだって」

「まさか」愛美が鼻で笑う。「どうでもいいですよ。失踪課の仕事なんて……所詮《しょせん》人の後始末みたいなものでしょう」

「君は一度、室長とじっくり話をした方がいいな」

「はい？」

「室長は全然別のことを考えてるみたいだぜ。失踪課をちゃんと認めさせたいんだ」

「無理ですよ、そんなこと。書類仕事と統計調査だけなんだから。あとは苦情処理。要するに、行方不明者の家族を安心させるためだけの存在でしょう？」

「君の言い方は一々引っかかるけど、それは事実だな。今までのところは」

本来、失踪者——家出人の担当は生活安全部だった。そして事件性がないと判断された場合、積極的な捜索が行われることはまずない。しかし五年前、ある事件をきっかけに、失踪人捜査の重要性がクローズアップされた。当時の都知事の孫が、突然姿をくらましたのだ。高校を卒業して浪人中の十九歳だったのだが、予備校からの帰りに行方不明になった。家族はすぐに警察に届け出たのだが、捜査するかどうか微妙な案件であったのは間違いない。十九歳といえば、当然自らの意思で家を出ても不自然ではない。しかも間近に迫った大学受験で悩んでいたという事情もあった。それでも家族はきちんとした捜索を依頼してきた。普通なら状況を記した書類をファイルに綴《と》じこみ、統計のデータとなって生身の人間は姿を消してしまうが、さすがに都知事の孫となると話は違う。それなりに捜索は行われたようだが、届出を受けてすぐさま動き出したというわけではなかった。

結果的にこの一件は、「数時間のスタートの遅れが致命傷になった」と後に激しく批判されることになる。予備校からの帰りに拉致《らち》されたこの孫は既に殺され、遺体は山梨の山中に埋《う》められていたのだ。受験のストレスから覚せい剤に手を出していて、売人とトラブルになったのが原因だった。

警察に落ち度はなかったか？　何とも言えない。しかし口うるさいマスコミが騒ぎ出したのは事実だった。当時の知事は非常にマスコミ受けのいい男だったから、同情も集まったのだろう。失踪人捜査のあり方は？　もっと真剣に家族の声に耳を傾け、積極的に捜索を行うべきではないのか？　そういう真摯《しんし》な取り組みが、幼児が犠牲《ぎせい》になる犯罪――たまたまその頃連続していた――の抑止にもつながるはずだ、などなど。

言うだけなら誰にでもできる。

しかし一連の報道、社会的な圧力に、警視庁も結局腰を上げざるを得なくなった。翌年の異動時期に、失踪人に関する捜査を一手に引き受ける「失踪人捜査課」が刑事部内に発足し、都内に三つの分室が作られた。各所轄に全て課を置くほどの予算的余裕がなかったための中途半端な措置《そち》である。依然として受け付け窓口は所轄署なのだが、そのまま担当の分室に回されることも少なくないらしい。

要は、「行方不明者の家族にきちんと話を聴きました」「必要と判断すれば捜査もします」という対外的なアリバイ作りのための組織であり、警視庁内では一種の「苦情処理係」のような扱いを受けている。そして本当に事件の臭いがすれば、しかるべき担当部署が乗り出して、失踪課から仕事を奪っていく。

発足から数年で、早くも存在意義が揺らぎ始めている。予算の無駄遣いではないかという突き上げの声が、内部から絶えず上がっていた。特に孫を殺された都知事が引退してからは、都議会でも失踪課の存続について議題に上がるようになった。

そういうことは当然、私には関係のないはるか上の方で交わされている議論なのだが、愛美が不安になるのは分かる。ここは絶対に花形部署ではない。一線の職場とさえ言えない。自分がそこに放り込まれてしまったことに不満を持っていないとしたら、彼女は上昇志向がない人間ということになる。もちろん、上昇志向があればそれでいいというわけではないのだが……私は涼しい顔をしながら水面下で必死に足掻《あが》く真弓の顔を思い浮かべていた。おそらく女性だからという理由で、刑事部内の出世争いで梯子《はしご》を外され、苦情処理係の責任者として無聊《ぶりょう》をかこつ日々。しかし彼女は、ここから何とか抜け出そうとしている。失踪課を踏み台にして、自分だけはメインストリームに戻ろうとしている。

そういうことを隠そうともしない態度には呆《あき》れてしまうが、完全にやる気を失った人間を相手にするのも疲れるものだ。私自身、自分の面倒さえ見られないのに。

「この辺じゃないですか」

愛美に指摘され、我に返った。いつの間にか駒沢通りで環七《かんなな》を越えていた。この辺りの住所は柿《かき》の木坂《きざか》。「そうだな」と答えると、愛美は次の信号で左折し、住宅街に車を乗り入れた。いつの間にか電柱の住居表示が八雲に変っている。

「確かに外車所有率が高いですね」

「お屋敷ばかりで……この辺は侵入盗が多いはずだぜ」

「そういう家は、だいたい警備会社と契約してるんじゃないんですか」

「それでも盗みに入るのが泥棒ってやつなんだよ」

「ここが五丁目ですから、この少し先だと思いますけど……あ、あれじゃないですか」愛美が左手でハンドルを握ったまま、右の人差し指で前方を示した。二階建ての広い家ばかりがある中、彼女の細い指が指しているのは五階建てのマンションだった。ドアの数を見て、ワンルームだろうと見当をつける。この街には不似合いな、質素な建物だった。

「この辺りでワンルームマンションを借りると幾らぐらいするだろう」

「どうでしょう……かなり高いですよね」

「七万、八万、それぐらいかな。どう思う？」

「どうって、どういう意味ですか」

「派遣会社の社員は、どれぐらい給料を貰ってるんだろう。赤石さんはまだ若いから、手取りで二十万……二十五万はいかないんじゃないかな。その中から七万円や八万円の家賃を捻《ひね》り出すのは結構大変だろう」

「それぐらい、普通はやりくりできますよ。うちの家賃だって、八万円ですから」

「それは高い。どこに住んでるんだ？」

「梅《うめ》ケ丘《おか》です。小田急《おだきゅう》の」

「いいところだな」

「通勤に便利なように引っ越したんです。それまでは松戸《まつど》にいました」

「いつ梅ケ丘に？」

「一か月前」

不機嫌に打ち明けて、愛美が唇を噛《か》む。捜査一課への異動の内々示を受けて、少しでも本庁に近いところに住もうと、早々と引っ越しを強行したに違いない。実際には電車に乗っている時間はそれほど変わらないはずだが、彼女にすれば心機一転、憧《あこが》れの捜査一課で仕事を始めるに際して、都内への引っ越しは最高のアイディアに思えただろう。

「渋谷中央署には近くていいな」

「まあ、そうですけど」

「俺は武蔵境《むさしさかい》だから、結構遠いよ。吉祥寺《きちじょうじ》で乗り換えるのが面倒なんだ」

「まだ出勤初日でしょう」

「ごもっともだね」軽く調子を合わせたとき、車が路肩に停まった。腕時計を見ると十時半。部屋をざっと調べたら昼食の時間になるだろうが、彼女と二人切りで食事するのは何となく気が進まなかった。だいたい私はまだ、固形物を口にできる状態ではない。

「鍵は高城さんが持ってるんですよね」

「ああ」私は翠から預かった合鍵をつまんで掲《かか》げて見せた。

五階建てのマンションには、全部で二十五部屋あった。赤石の部屋は四階。中へ入る前に、郵便受けを確認した。金庫のダイヤルのように数字を合わせないと開かないタイプだったが、それを翠から聞くのを忘れていた。細く開いた隙間《すきま》から中を覗きこんでみたが、暗くて郵便物は確認できない。赤石の足取りを探る手がかりになりそうなものがあるかもしれないのだが。

オートロックを解除して中に入るのに少しだけ手間取る。リモコンで解除するタイプなのだが、合鍵にはその機能がついていなかった。呼び出し用のインタフォンのところに鍵穴がついているのを見つけ、それでようやくドアを開けることができた。

マンションは築十年といったところだろうか。大規模な修繕《しゅうぜん》を終えたばかりなのか、薄《うっす》らと塗料《とりょう》の臭いが漂っている。エレベーターの中も綺麗だったが、早くも誰かが何かをぶつけたのか、ドア枠の真新しいベージュの塗装が一部剝《は》げて、茶色い下地が露出していた。エレベーターは狭く、私と愛美の二人しか乗っていないのに、妙な息苦しさを感じる。ほどなくそれは、彼女が発する怒りと緊張感から生じるものだと気づいたが、「リラックスしろ」と言うのも場違いな感じがしたので、黙って腕組みをして壁に背中を預けたまま、階数表示が変わるのを睨み続けた。

部屋のドアを開けると、男臭さ、それに煙草の臭いが軽く鼻を刺激した。玄関は狭く、靴を三足置いたら床が見えなくなる。赤石はそこに、黒い革靴を一足だけ置いていた。中敷のロゴがかすれてメーカー名は確認できないが、最近若い連中がよく履いている、先の尖《とが》ったタイプだ。人間の足はこういう形をしていないのにどうしてこんな靴を履くのだろうと、私は常々疑問を感じている。小さな靴箱を開けると、同じような革靴が他に二足、スニーカーが二足入っていた。二十代の若者として平均的、というところか。

愛美が先に立って部屋に入る。いつの間にかラテックス製の手袋を取り出してはめていたので、私もそれに倣《なら》った。部屋は八畳程のワンルーム。玄関のすぐ左側が作りつけの小さなキッチンで、コンロが二つあるガス台は綺麗だった。きちんと掃除しているのではなく、ほとんど使っていないせいだということはすぐに分かった。使った形跡があるのはガス台の横にあるコーヒーメーカーだけで、ポットの底が黒く汚れている。灰皿には吸殻が二本。彼が愛用していたのはマイルドセブン・スーパーライトで、フィルターまでかなり残して吸い終えていた。

愛美が、冷蔵庫を開ける。自炊していないだろうという私の予想は、冷蔵庫の中身が証明してくれた。ほとんど空で、缶ビールが三本、封を切っていないコーヒーのパックが一つ、それにヨーグルトと牛乳が入っているだけだった。私は何となく、赤石という男に親近感を抱き始めている。冷蔵庫の中身は私も同じようなものだ。独身男の侘《わび》しさに年齢は関係ない。

「ヨーグルトと牛乳は賞味期限が切れてます」愛美が口の開いた牛乳のパックを手にしながら言った。「四日前からずっと戻ってないのは間違いないですね」

「戻ったけど、冷蔵庫は無視していたのかもしれない」

「そうですね……キッチン周りは他に何もありません」

「クローゼットを調べてくれないか？　俺は他の場所を見てみる」

「分かりました」

クローゼットを開ける愛美を見守りながら、ざっと部屋の様子を頭に叩きこむ——叩きこむというほど大変なことではなかったが。極端に家具の少ない部屋で、ベッドと小さな机、それに小型の液晶テレビがあるぐらいだった。机にはノートパソコンが置かれ、LANケーブルが壁際まで延びて、ケーブルテレビのセットトップボックスの脇に置かれたモデムにつながっていた。このパソコンは、調べてみる価値がある。翠が知らない赤石の人間関係が、ここに残されているかもしれない。

「インテリアには興味のない男だったみたいだな」

「そうでもないですよ」クローゼットに顔を突っこんだまま愛美が答える。「安いなりにこだわりはあったのかもしれません。家具は全部IKEAで揃えたようです」

「ああ、安売りの」

「スウェーデン製って言った方がイメージがいいですよ。私も幾つか持ってます」

「なるほど」

　愛美の家具談義が始まらないうちに、私は狭いユニットバスの調査に取りかかった。風呂は、膝を抱えれば何とか体を浸《ひた》せそうなサイズ。ベージュのシャワーカーテンにはシャンプーの泡が飛んだ跡が残り、薄い斑《まだら》模様になっていた。カーテンを開け、中を確認する。風呂桶は完全に乾いており、シャワーヘッドに触れても水は零れ落ちてこない。何日も使っていないのは明らかだった。便器の上の小さな棚を開けたが、トイレットペーパーが三つ、転がっているだけだった。這いつくばるようにして——圧迫された胃が吐き気を訴える——床を精査してみたが、肉眼では何も確認できない。

部屋に戻り、ベッドを調べた。掛け布団《ぶとん》できちんと覆われている。マットレスまで動かしてみたが、特に異常はなかった。テレビの横にはＤＶＤが何枚か、床に直接積み重ねてある。ハリウッド製の映画ばかりだったが、それを見ただけでは、彼の趣味や嗜好《しこう》についいて想像することもできなかった。窓辺に歩み寄り、狭いベランダの向こうに広がる光景を確認したが、マンションにくっつくように建っている二軒の家の屋根が見下ろせるだけだった。その向こうには、非個性的な住宅街の景色が広がっている。この辺りからなら、渋谷や新宿の高層ビル街も望めそうなものだが、今日は曇《くも》っているせいか視界は悪かった。

「クローゼットの方はどうだ？」

「よく……分かりませんね」

愛美の肩越しにクローゼットの中を覗きこむ。扉二枚、広さにして一畳分ぐらいだろうか。奥行きも浅く、横幅一杯に渡してある金属製の棒に背広をかけたら、壁に肩がくっついてしまいそうだった。そこには冬物の背広が二着、カバーがかかったものが二着――夏物だろう――それにコートが一枚かけてあるだけだった。ハンガーをネクタイかけにしていたが、きっちり長さを揃えてかけてあるので整然としている。その下にはプラスティック製の衣装ケースが三つ積み重ねてあり、愛美が格闘中だった。一番下に下着や靴下、真ん中がジーンズやＴシャツなど、一番上にはワイシャツとセーターが何枚か入っているようだ。

「なくなっているものは？」

「ないんじゃないですか。だいたいここは、翠さんも調べたんですよね」

「ああ」

「服がなくなっているかどうかは、彼女でないと分からないでしょう」

「だろうな。バッグの類《たぐい》はどうだ」

「ありますよ」しゃがみこんだまま手を伸ばし、愛美がクローゼットの奥からバッグを二つ、引っ張り出した。一つは薄い布製のブリーフケース、もう一つは容量がたっぷりしたメッセンジャーバッグだった。どちらも空。独身の若いサラリーマンは、バッグをいくつぐらい持っているものだろう。ブリーフケースとメッセンジャーバッグというのは、仕事用と遊び用という分け方なのだろうが、普通は旅行や出張用に大き目のボストンバッグのようなものも持っているのではないだろうか。それがないということは――自分で荷物をまとめて出て行った、その可能性が次第に高くなっていく。

「何かなくなっているものがないか、後で翠さんに確認しよう」

「そうですね。でも、無駄じゃないですか？　彼女は一度見てるんだし、おかしな様子はないって言ってたでしょう」

「動転してたかもしれない。落ち着けば、もう少し冷静に見られるようになるはずだ」

「家出ですよ、これは。一人暮らしで家出というのは変かもしれないけど」愛美が立ち上がり、腰を叩きながらクローゼットの扉を閉めた。腰痛に悩まされるような体形でも年齢でもなさそうだったが。

「どうしてそう思う？」

「大き目のバッグがありません。出張とかに持っていくようなものが、普通は一つぐらいあるんじゃないですか？　それがないということは、そこに服を詰めこんで出て行ったんだと思います」

自然に頬が綻《ほころ》ぶのを感じた。彼女は私と同じ結論に達している。しかし愛美は、私のにやけた表情をすぐに見咎《みとが》めた。冷たい口調で「何か？」と訊ねる。

「いや、何でもない。君の考え方は極めて論理的だ……さて、このパソコンをいただいていこうか」

「いいんですか」愛美が眉を吊り上げた。「令状もないんですよ」

「翠さんに許可を取ればいい。婚約者の許可があれば、問題にならないだろう」

「ちょっと強引過ぎませんか」愛美が右手を拳に固めて腰に当て、体をSの字にくねらせる。格好をつけているわけではなく、彼女なりの疑念の表明だということはすぐに分かった。「まだ事件だと決まったわけじゃないんですよ。そこまで熱心に調べなくても」

「まあ、そうだな」

急に馬鹿馬鹿しくなって、私は溜息をついた。俺はなにをむきになっているんだ？　失踪課でまともな仕事ができるわけがない。

「彼は、車は持ってないっていう話だったよな」

「そうですね」

「自転車はどうだろう」

「さあ？　それは確認しませんでしたね」

「下に自転車置き場があるんじゃないか？　そこを調べてから引き上げよう」

「分かりました」

どこかもやもやした気持ちを消せないまま、私はノートパソコンを小脇に抱えた。一階に降りて自転車置き場を探す。マンションの裏側に見つかった。置いてある自転車十台を、一台ずつ確認していく。あった。フレームが黒く塗られたクロスバイク。「赤石透」の名前と住所を書いたラベルがフレームに貼りつけてある。

「ありましたね」さして感動した様子もなく、愛美が言った。

「ああ」

「だから――」

何か言いかけた愛美が言葉を呑みこむ。放たれなかった言葉は簡単に想像できた。「何なんですか」。そう、ここに自転車があったとしても、何も証明できない。類推することさえも。

今のところ、赤石透という若者が事件に巻き込まれた形跡はまったく見当たらない。室長という立場から、真弓がどんな反応を示すかはだいたい予想できた。彼女は無駄なことはしないだろう。つまり、手柄になり得る案件以外はさっさと見捨てる。

それでいいのか？　一度手をつけた案件を「事件にならない」と簡単に手放してしまっていいのか？

そんなことを考えている自分の思考回路が、自分でもまったく理解できなかった。

3

昼飯時に分室に戻ったが、まだ固形物の食事を取る気にはなれず、コーヒーを持って自席についた。赤石のノートパソコンを広げ、ウィンドウズが立ち上がるのを待つ間、聞くともなく周辺の音に耳を傾ける。

「えー、ラーメン屋ですか？」不満そうな女性の声。

「今月の新メニューが出てるはずだよ」太い男の声。「試してみたら？」

「私、今日、夜はイタ飯なんで……」

「ってていうか、昼にラーメンで夜はイタ飯って、栄養バランス悪過ぎじゃないですか？」

「麺《めん》がかぶる？」

何なんだ、この意味のない会話は。顔を上げると、会話の主はすぐに分かった。ラーメンの昼食に異議を唱えていたのは、確か六条舞《ろくじょうまい》。派手な顔つきの美人なのだが、顔の派手さをさらに強調する縦ロールの髪型が目を引く。縦ロール？　警察官が？　そもそもこういう手のかかる髪型がまだ流行《はや》っているのだろうか。会話の相手は醍醐塁《だいごるい》。大柄な男で、しかも髪を短く刈りこんでいるので、見た目の迫力がさらに増していた。この男は警視庁内では有名人で、私も面識はないものの、経歴は頭に入っている。元プロ野球選手。十七年前にドラフトの下位で関西のチームに入団したが、すぐに肩を痛めて一年で引退した。それが今ここにいるのは、父親も祖父も警視庁の警察官だったからだ。野球選手から警察官。あまりにも極端に思えたが、そういう人生もあるだろう。管理職一直線、上向きのキャリアから酒浸りの人生へ、とか。

結局醍醐は舞を誘うのを諦め、一人で出て行った。残された舞は、前の席に座る森田に声をかけた。

「ラーメンなんて食べてられないわよね。和食にしない？」

「いいですよ」森田が弾《はじ》かれたように立ち上がる。「じゃ、『らくがん』ですね」

「そうね、あそこしかないわね。飽きちゃったけど」疲れたような溜息をついて舞が立ち上がる。森田を従えるようにして、部屋を出て行った。女王様と従者か、と私はぼんやりと思った。

真弓に報告していた愛美が、頭を下げながら室長室のドアを閉めた。ほぼ空っぽになった部屋を見回し、私に近づいて来る。

「室長、何だって？」

「とりあえず調査は続行、だそうです」戸惑いを隠そうともせずに告げる。真弓の判断は、私にとっても意外だった。事件化できる——すなわち失踪課の手柄にできる状況ならともかく、今の段階では捜査打ち切り、書類に閉じこんで忘れてしまえという結論を出してもおかしくないのに。

「分かった。君は飯でも食ってこいよ」

「高城さんは？」

「食欲がなくてね」両手で顔を擦《こす》る。ざらざらとした髭の感触が鬱陶《うっとう》しい。

「二日酔い、そんなにひどいんですか」わずかに非難するような調子を滲ませながら愛美が訊ねる。

「いや。年を取っただけだ……室長から何か吹きこまれたのか？」

「いえ、別に」

「そうか。俺のことをいろいろ言う人間もいると思うけど、話半分に聞いておいた方がいいぞ」

「何が半分なんですか」

「あらゆることを半分、だ。いい話も、悪い話も。いい話はほとんどないだろうけど」

彼女は私にまつわる話を聞いただろうか。聞いていないわけがない。警察官というのはとにかく噂話《うわさばなし》が好きなのだから。もっとも愛美は、聞きかじった話をそのまま当人の前で口に出すほど愚かではないようだった。座るわけにもいかず、立ち去るのも気が進まず――といった様子で、私の席から二つ離れた自席の前に立ち、拳をこつこつとデスクに打ちつけている。

「何だ、一人じゃ飯を食えないのか?」

「そういうわけじゃありませんけど」

「醍醐がラーメン屋に行くとか言ってたぞ」

「そうですか」

「この辺、あまり飯を食う場所がないかもしれないな」分室が間借りしている渋谷中央署は、六本木《ろっぽんぎ》通りと明治《めいじ》通りの交差点に面している。六本木通り沿いには飲食店がほとんどなく、食事をするなら少し離れたセンター街か、山手線の線路を挟んで反対側にある桜《さくらが》丘町《おかちょう》に行かなければならないことは分かっていた。どちらへ行くにしても、長い歩道橋が壁になって立ちはだかる。二月の寒い風が吹く中、吹きさらしの歩道橋を渡るのは、どんなに距離が短くても結構面倒なものだ。

「醍醐と飯を食うのが嫌なら、室長を誘ったらどうだ。上司に顔を売っておいて悪いことはないぞ」

「室長はお弁当みたいですよ」

「だったら君も、明日から弁当を作ってくればいい。二人で並んで弁当も悪くないだろう」

「どこかで食べてきます」そう宣言しながらも、愛美はまだ机を離れようとしなかった。

「何か言いたいことでもあるのか」

「何か、だれてませんか？」

「何かって、何が」

「ここの雰囲気」愛美が右手をさっと振って、分室全体を指し示した。

「そうかな」

「ええ、何だか……」

「そう思うなら、君には二つの道がある。そういう空気に流されないように頑張るか、だらけた雰囲気に染まって楽をするかだ。好きな方を取ればいい」

「高城さんは染まらない道を選んだんですね。あんなにむきになって仕事をして」

「俺がむきになった？」私は椅子を回して彼女に正対した。「まさか。この程度は給料のうちだよ」

「でも、動きが早かったですよね」

俺が早く動いたらおかしいか、という抗議の言葉が喉元《のどもと》まで上がってきた。しかしそれを何とか呑みこみ、顔の前でさっと腕を振る。

「さっさと飯を食ってこいよ。俺はこのパソコンを調べておくから」

小さくうなずいて、愛美が部屋を出て行った。ガラス張りの室長室に目をやると、真弓がじっとこちらを見ているのに気づいた。私たちが交わしていた会話は聞こえていないはずだが、全てお見通しとでも言いたそうな顔つきだった。

溜息をついて立ち上がる。二日酔いはまだ居座っているが、とにかく何か腹に入れておこう。パソコンを調べながらでも食べられるサンドウィッチか握り飯でいい。だいたい、食事などどうでもいいのだ。家族と食べる食事には意味があるが、一人だけでは……固形物ではなくアルコールに頼っていた私の栄養状態は、ここ何年かで確実に悪化しているはずだ。それでも私はまだ生きている。適当に流していても、人は生きていけるのだ。浮きもせず、沈みもせず、漂いながら。多くの人が私のような人生を送っているのは間違いない。社会全体を支え、動かしている人間は、全体の二割しかいない。私は自分が残りの八割に入っていることを確信していた。

コートを着ないで出たのを、たちまち後悔する羽目になった。ビル街を複雑に風が回り、体を芯《しん》から凍えさせる。唯一助かったのは、それでアルコールがかなり抜けたことだ。明治通りを渡ったところに牛丼屋があるのが見える。あそこなら五分で食事を終えられるが、店の前に長い行列ができているのを見て諦めた。まだ牛丼を食べられる状態ではない。明治通りを恵比寿《えびす》方面に歩き始める。少し先にはファミリーレストラン、それにチェーンのうどん屋があったが、結局コンビニエンスストアのお世話になることにした。熱いお茶と握り飯一つで十分だ。まだ胃が目を覚ましていない。

店に入ろうとして、出てきた愛美と鉢合わせになった。彼女は疑わしげに私を見たが、結局は目礼しただけで署に戻って行く。振り返り、その後ろ姿を見送ったが、ひどく寂しそうに背中が丸まっていた。誰か彼女に言葉をかけてやらなかったのだろうか。今回の異動はたまたま運が悪かった。お前には何の問題もない。我慢してきちんと仕事をしていれば、いつか必ず希望は叶《かな》う——簡単なことなのに、そういう気遣いさえなかったのではないかと私は訝った。かといって、私がそんな台詞《せりふ》を口にするのも場違いである。

ふわふわと漂うように生きているだけの人間に、他人を励《はげ》ます資格などないのだ。

愛美はどこかへ消えていた。失踪課の部屋で食事を取る気にはなれなかったのだろう。真弓もいつの間にか室長室からいなくなっていた。人気《ひとけ》の消えた部屋で握り飯を頬張りながら、私は赤石のパソコンのチェックを始めた。

まずメール。メーラーに残っているものを差出人の名前でソートし、チェックしていく。圧倒的に多いのは翠からのもので、全体の三分の二が彼女からのメールだった。内容には目を通さないように気をつけながら、他の差出人をチェックする。残り三分の一のうち、半分ほどが会社関係だった。メールアドレスが「tokyojob.co.jp」になっているものは約三十通に上る。上司、同僚……内容は極めて事務的な連絡ばかりだった。その他は友人関係だろうか、メールアドレスはばらばらだった。データを自分のUSBメモリに吸い上げてから、改めて友人関係と思われるものを中心に内容を確認していく。他愛もないものばかりで、飲み会の相談や雑談ばかりだった。中には、派遣社員からのメールもある。一見しただけでは、クレームめいた内容のものは見つからなかったが、ここはきっちり調べておく必要がある。派遣社員と派遣先のトラブルは日常茶飯事だろう。それで派遣会社の人間が殺されるようなことはまずないはずだが、可能性ゼロとは言い切れない。念のためにそういうメールを全てチェックし、名前と連絡先が明記してあるものを書き出した。後で、翠がくれたリストとつき合わせてみよう。そうすれば、翠が知らなかった赤石の人間関係がある程度は浮かび上がってくるはずだ。

メールのチェックを終え、その他の情報にアクセスする。ブックマークを調べたが、一見して怪しいサイト名は見当たらない。ブックマークもUSBメモリにコピーし、後で実際に開いて確認し直すことにする。ブックマークの中に出会い系サイトや犯罪絡みの裏サイトがあれば何かの取っかかりにはなるが、タイトルを見た限りでは、そういう怪しいサイトに頻繁《ひんぱん》にアクセスしている可能性は低かった。もちろんブックマークせず、その都度検索する方法もあるのだが。

ドキュメントフォルダを開き、中に入ったファイルの確認を始める。仕事関係がほとんどだった。予定表、契約書の雛形《ひながた》、派遣先へのお願い文書。家にも仕事を持ち帰っていたのは明らかだったが、私生活が垣間見えるようなものはまったくない。ドキュメントフォルダではなく自分でフォルダを作って、私的なファイルはそちらに入れているのではないかと思ったが、そもそもそういうフォルダが見当たらなかった。

愛美が戻って来て自席についた。私が隣の席――法月のデスクで、電話機以外に何も載っていない――にUSBメモリを放ると、愛美が素早く手を伸ばして取り上げる。

「赤石さんのパソコンからブックマークを抜いた――」

「調べます」

私が言い終わらないうちに、愛美が自分のノートパソコンを開く。文句は言っても、仕事を拒絶することはないようだ。猥褻《わいせつ》なサイトがあるかもしれないぞ、と警告しようとしたが言わずにおいた。余計なことを言えば、また神経をぴりぴりさせるだろう。

ブックマークは調べるのを彼女に任せておいて、私はメールの差出人の再チェックを始めた。署名がないのは二人だけ。しかしその二人が「竹内《たけうち》」「黒田《くろだ》」という名前だということは内容からすぐに分かった。会社と関係ない友人のようだが、この二人については後で翠に確認しよう。翠のリストに名前があったのは十二人。そのうち会社関係が八人だった。この八人に関しては、会社の方で話を聞くことができるだろう。残る四人は、メールが赤石のパソコンに残っていた。翠のリストになくて赤石がメールをやり取りしていた人間は三人だけで、その中に竹内と黒田が含まれる。赤石は、決して交友関係が広いわけではなかったようだ。

今後の手順を考える。まずは会社に手をつけよう。そちらで何も出なければ、会社以外の筋を当たる。

「終わりました」愛美が顔を上げる。さっと眼鏡を外すのを私は見逃さなかった。

「変なブックマークは？」

「ないですね。アダルト系が幾つかありましたけど、違法なものではありません」

「了解……飯は食ったんだよな」愛美が無言でうなずく。うなずき返して指示した。「TJSに連絡を取ってくれ。これから訪ねてみよう」

「分かりました」すぐに仕事用の淡々とした表情に切り替え、愛美が受話器を手に取った。それを見ながら、私も電話に手を伸ばす。先に翠にも連絡しておこう。TJSの方の事情聴取が終わったら、すぐにもう一度彼女に会わなくては。

徐々に体が温まってくるのを感じた。こういう感覚は実に久しぶりである。悪いものじゃないなとは思ったが、何もむきになることはないだろうと自分を諫《いさ》めるもう一人の自分がいた。

ＴＪＳの本社は虎《とら》ノ門《もん》にあったので、私たちは都心部の道路渋滞を避《さ》け、銀座線で現地に向かった。車内では立ちっ放しだったが、愛美はずっと私が作ったリストを睨み続けていた。見たからどうなるというものでもないのだが。

地上に出て、外堀《そとぼり》通りを西新橋《にししんばし》一丁目の交差点で右に折れて二分ほど。真新しいビジネスビルの七階にＴＪＳの本社はあった。ホールでエレベーターを待ちながら、私は愛美に話しかけた。

「こういう派遣会社っていうのは、都内にどれぐらいあるのかな」

「さあ」

「こういう時代には儲《もう》かってるんだろうな」

「どうでしょう」

素っ気無く言って愛美がまたリストを取り出し、眼鏡をかけてじっと見つめた。

「何か気になることでも？」

「暗記しようとしてるだけです」

エレベーターに乗りこみ、七階に向かう。愛美は終始無言で、かすかな緊張感を漂わせていた。エレベーターを降りるとすぐに受付のデスクがあり、その向こうに広い応接スペースが広がっている。その奥には小さく区切られた会議室が幾つかあった。愛美が既に話を通していたせいか、受付で名乗るとすぐに小さな会議室に通された。私たちが腰を落ち着ける前に、会議室のドアが開き、フォルダを両腕一杯に抱えた男が、険しい表情を浮かべて入ってくる。名刺を交換すると、人事部長の中屋《なかや》という男だと分かった。私より少し年下の四十歳ぐらい、背広を脱いでワイシャツ姿で、しかも袖《そで》を捲《まく》り上げている。それでも額には薄く汗が浮かんでいた。

「どうも、ご面倒おかけしまして」

「いえいえ」私は精一杯愛想のいい笑みを浮かべ、彼に座るよう促した。「お時間をいただきまして、ありがとうございます」

「赤石のことですね……私どもとしても、困っているんですが」

中屋が窓際の席に陣取ってフォルダをテーブルに置いた。掌《てのひら》で額を拭う。注意して見ていると、鬢《びん》の辺りに結構白髪が目立つことに気づいた。私より年上かもしれないと、第一印象を訂正する。

「いなくなったと言われましても、それが分かったのが今日でして」

「そうですね。赤石さんは木曜日と金曜日には休みを取られた」

「そうなんです」掌では追いつかず、体を捻ってズボンのポケットからハンカチを取り出す。最初は上品に額に押し当てていたが、それでは間に合わず、急いでワイパーのように左右に動かして汗を拭った。

「ですから、今日いきなり矢沢の方からそういう話を聞いてびっくりしまして……ご家族が警察に届けられたんですね」

「そういうことです」

「あまり大事《おおごと》になると、弊社《へいしゃ》としても……」

「いやいや、会社の方にご迷惑はおかけしませんよ」私は少し大袈裟《おおげさ》に手を振ってやった。この会社の業務が、赤石の一件に直接関係しない限りは。「今日は、彼の普段の様子を伺《うかが》おうと思って来ただけですから」

「そうですか」小さく溜息を漏《も》らし、ハンカチを丁寧に畳《たた》んでフォルダの脇に置いた。

「確認ですが、今日初めてお聞きになったんですね」

「ええ」

　ということは、木曜日と金曜日は、翠は会社に知らせずに赤石を捜していたわけだ。その間の心細さは、私にもはっきり想像できる。

「彼女がこの話を会社に伝えたのは何時頃でしたか？」

「朝一番です。九時頃でした」八雲署から電話をかけたのだろう。うなずいて先を促す。

「かなり慌ててました。赤石のお母さんと一緒だとか」

「そうでした。そのフォルダには入っていない情報だと思いますけど、二人がつき合っていることは、社内では知られていたんですかね」

「若い同僚の連中は知っていたようですよ。でも、直属の上司たちははっきりとは知らなかったはずです」

「そういうものですか？　来月結婚式でしょう」

「私も若い連中に話を聞いてみたんですけど、結婚式は会社の人間もほとんど呼ばずに、ごく内輪でやる予定だったようです。だから特に、上司にも報告していなかったんですね。書類上のことはともかく、事前に報告する義務があるわけでもないですし」

私はちらりと横を向いて、愛美の顔を見た。最近の若い連中は皆こんな感じなのか、と無言で訊ねたつもりだったのだが、反応はない。仕方なしに、質問に戻る。

「二人は木曜日に、赤石さんの田舎《いなか》の長野に行く予定だったんですけど、そのことも会社では把握《はあく》していないんですか」

「ええ。二人とも休暇の届けは出していましたけど、その理由までは聞きませんからね」

「東京の外に出る時でも、届け出る必要はないんですか」

「まさか」中屋が目を見開いた。「休暇中に何をしているかは、会社が口を挟む問題じゃないでしょう」

「そんなものですか？」

「そんなものです。うちは、休んでいる間に緊急事態が起きるような仕事じゃありませんから。海外にでも行くなら話は別ですけど」

「なるほど」言葉を切り、ちらりと愛美の顔を見やった。そっちからいくか？　無言で問いかけたが、彼女は私の顔を見ようともしなかった。交互に質問を続けた方が、相手に考える暇を与えずに本音を引き出せるものなのだが。

「最近ですが、赤石さんは何か仕事上のことで悩んでいるような様子はありませんでしたか」

「いや、特にそういうことはなかったと聞いています」

「派遣先の会社とトラブルは？」

「ないでしょうね。実際、そういうことは少なくないんですが、彼は上手《うま》くやっていました。トラブルになる前に何とか話をまとめてしまうタイプだったんです」

「それは上司の評価ですよね」愛美がいきなり口を開いた。スムーズに続いていた会話をいきなり骨折させる質問。

「はい？」中屋が戸惑いの表情を見せた。

「トラブルがなかった。いい社員だった。本当ですか？　彼の周りにいる社員全員から聴いたわけじゃないでしょう」

「それはもちろんそうですが……」中屋がまたハンカチを取り上げ、額を拭った。助けを求めるように私に視線を向ける。

「まあまあ、とりあえず」誰に対してというわけでもなく、私は口を挟んだ。まずい。愛美の突然の質問は、ひどく感情的なものに聞こえる。私でさえそうなのだから、中屋の戸惑いはそれ以上だろう。「赤石さんがこれまで無断で会社を休んだり、遅刻したりということはなかったですか」

「今年に入ってからは、そういうことはないですね」

「その前はあったということですか」

「普通の病欠ですよ。去年が一日、一昨年が二日」書類を見ながら答える。「いずれもちゃんと会社に連絡は入ってます」

「仕事のことで悩んでいた様子はない？」

私はあえて同じような質問を繰り返した。そうすることで、相手の嘘が分かることがある。しかし中屋は、淡々とした口調で答えるだけだった。

「特にそういう報告は上がっていません」

「会社として、一切問題はなかったという理解でいいですか」

「彼に関しては、何もありません」眼鏡をぐっと押し上げ、目を瞬《しばたた》いた。「何て言うんでしょうか、トラブルになりそうな状況を敏感に察知できる男でしてね。だから話が大きくなる前に解決することができるんです。そういうことは教えてできるものではありませんからねえ。持って生まれた人柄と言いますか」

「ノウハウがあるんじゃないんですか」

「マニュアルはありますよ。とにかく一番大事なのは、派遣社員とよく話すことです。話していれば、派遣社員がどんな問題を抱えているか、いち早く知ることができますから。特に彼の場合は、相手が自然に話してしまうような人柄がありましてね。いろいろ苦労してるせいかもしれません」

「苦労？」

「こういうことを言っていいかどうか、分からないんですが」中屋が拳を口に押し当て、咳払いをする。突っこまれるのを恐れるように、ちらちらと愛美を見ていた。「彼、大学を出た時に就職に失敗して、一年近くホームレスみたいになっていたようです。ホームレスというか、ネットカフェ難民ですね」

「それが……彼が大学を卒業したのは何年前ですか」

「ええと」中屋が初めてフォルダを開け、一枚の紙を取り出した。「四年前ですね」

頭の中で赤石の経歴をひっくり返した。四年前に大学を出たということは……生年月日から逆算すると、現役で大学に合格し、四年で卒業したということが分かる。そして卒業後、一年間のネットカフェ難民としての生活。しかし今はきちんと働き、結婚も控えている。随分振幅《しんぷく》の大きな人生だ。

「こちらではいつから働いているんですか」

「ほぼ二年前ですね。一昨年の四月から」

「ちょっと計算が合わないようですが」私はここで初めて手帳を広げた。「大学卒業後に職がなかった時期が一年。ここで働き始めてから二年。一年……そう、一年間のブランクがありますね」

「そういえばそうですね」中屋も首を捻った。何かを隠しているような不自然な様子はなく、彼自身まったく知らない様子だった。

「どこかよその会社で働いていたんでしょうか」

中屋が慌ててフォルダの中を掻《か》き回す。書類を見つけ出して一瞥《いちべつ》し、首を振った。

「いや、うちに提出した履歴書には、そういうことは書いてありませんね」

「でもあなたは、彼がネットカフェ難民だったということは知っていたんでしょう」

「ええ、それはもちろん。彼を採用する時に面接したのは私ですからね。面接の時に、彼の方からその話を持ち出したんですよ」

「そういうことは、就職の面では不利にならなかったんですか」

「正直申し上げて、難しいところでしたけどね……」中屋が腕組みをする。「ただ、悪いことをしていたわけじゃないんだから。そういう苦労も社会人としての生活に役立つと思って、採用することにしたんです」

「その後の一年をどうしていたかは確認しなかったんですね」

「聞かなかった……ですね、その時は」苦々しい表情を浮かべて認めた。「ホームレスのような生活を送っていたという話は、それだけで十分衝撃的でした。それ以上、あまり突っこんでもね」

「その時、何か犯罪に係わっていたとは考えなかったんですか」愛美がまた爆弾を落とした。それは私も考えていたことではあるが、言うべきタイミングというものがあるし、それは明らかに今ではない。

「犯罪」中屋がゆっくりと繰り返した。急に弾かれたように、椅子の肘掛を掴んで身を乗り出す。「それはないですよ」

「どうして分かるんですか」愛美は引かなかった。

「それは、我々も調べますから」

「どうやって？　興信所でも使いましたか？　それは信用できる情報なんですか」愛美が容赦《ようしゃ》なく突っこむ。

「きちんとやっています」

それを機に、事情聴取の雰囲気はがらりと変わってしまった。中屋は平板な声でこちらの質問に最低限の言葉で答えるだけで、とても実のある内容とは言えなくなった。まったく、よくもぶち壊してくれたもんだ——ここを出たら彼女に一言忠告しないわけにはいかないだろうと、私は怒りを押し殺しながら決意を固めた。

4

「今のはどういうつもりだ」

「何がですか」

歩いて虎ノ門駅に戻る途中、私は愛美を問い詰め始めた。人出は多く、歩きながら話すのは容易ではなかったが、どうしても言わずにいられない。

「あれじゃ、喧嘩《けんか》を売ってるのと同じだぜ」

「いい警官と悪い警官ですよ。事情聴取の基本的なテクニックじゃないですか」

「あのな」競歩のようなスピードで歩く愛美に何とか追い着いて、私は続けた。「相手が容疑を否認している容疑者なら、そんな風に揺さぶる手もある。だけど今日の相手は普通の会社員、人事部長なんだぞ。こっちは情報を貰いにいっただけじゃないか。気分よく喋ってもらわないと意味がない」

「だけど本当のことを言うかどうか、分からないじゃないですか」

「あんなやり方じゃ、素直に話す気になってる人だって引く」

「私のやり方が気に入らないなら、一人でやったらどうですか」

いきなり立ち止まって振り向いたので、私は愛美に衝突しかけた。彼女は目を細め、怒りを撒《ま》き散らしながら私を睨みつけてくる。

「それは駄目だ」

「どうしてですか」

「聞き込みは二人一組で。そんなの、常識じゃないか。金町署の刑事課でも教わっただろう」

「こんな仕事で、そういう原則を守る必要はないと思います」

「こんな仕事？　君は失踪課を馬鹿にしてるのか」

「馬鹿にするも何も、実際馬鹿じゃないですか。いい大人が一人いなくなったからって、どうして私たちが大騒ぎしなくちゃいけないんですか？　向こうは見つけてもらいたくないかもしれないのに」

「これで給料を貰ってるんだぜ、俺たちは」

「馬鹿馬鹿しい」愛美が吐き捨てる。

「君は、どこへ行ってもそう言うつもりなのか」一度収まった頭痛がぶり返すのを意識しながら私は言った。

「はい?」愛美の目がすっと細くなる。

「生活安全課に行ったらどうする? 交通課に配属になってもそうやってごねるのか。自分の希望が通らないと文句ばかり言って、どこに行ってもまともに仕事をしないつもりなのか?」

愛美の目に宿る炎が、一層高く燃え上がる。今にも私の顔面にハンドバッグを叩きつけそうな勢いだったが、唐突にその怒りは引いた。体から力が抜け、顔からは表情が消える。

「だったら高城さんは、どこでも真面目に仕事するんですね」

「給料分はね」

「だけど——」

愛美が唇を固く結ぶ。彼女の口から発せられなかった言葉——あんたみたいなアル中に何ができる。どれほど怒らせても、彼女がその台詞を吐くことはないだろう。誰もがそうだった。私はここ七年間ずっと、腫《は》れ物のような存在だったのである。突けば膿《うみ》が出る。それで治る可能性もあるが、逆に悪化して死んでしまうかもしれない。言葉で人を殺したい人間などいない。敢《あ》えて荒療治をしようとする人間は一人も現れなかった。

だが、誰かがそうすべきだったと思う。人生をへし折るような出来事から一人で立ち直れる人間は滅多にいないし、私も大多数の人と同じ、弱い人間である。もしも誰かが「しっかりしろ」「やる気がないなら辞めろ」と思い切った言葉をかけてくれていたら——想像するだけなら自由だが、時を巻き戻すことはできない。

そして私は今日も生きている。だらだらと。そのことにさほどの意味があるとは思えなかった。


会社を休んだ翠は、都営浅草《あさくさ》線の中延《なかのぶ》駅近くにある家に戻っていた。歩き回ることの非効率性に気づいたのか、電話作戦に切り替えたようである。

五階建てのマンションの三〇五号室。インタフォンを鳴らすと、知らない声——子どものようだ——で返事があった。名乗ると、ドアの向こうでぱたぱたと走り回る足音が聞こえてくる。ドアが開いて顔を見せたのは、十歳ぐらいの女の子だった。オーバーサイズのフリースのトレーナーに細いジーンズを合わせている。アーモンド形の顔に大きな目。長い髪をゆるく後ろで束ね、不安そうな表情を浮かべている。その顔つきが、私の心にも不安を呼び起こした。彼女が感じているのと別種の不安を。

「ええと、君は？」私は表札を確認した。

「赤石美矩《みく》です」

「美矩ちゃん。赤石さんの妹さんかな」

「はい」

「お母さんと一緒に出てきたんだ」

「はい」

年の離れた妹か。ようやく酔いの抜けてきた頭で、赤石家のデータをひっくり返す。確か父親は死去していて、母親と十歳のこの子の二人暮らしのはずだ。美矩を一人で田舎に残しておくわけにはいかなかったのだろう。警察のものだと名乗ると彼女の顔から不安が消え、笑顔がぱっと広がる。それを見た瞬間、私は軽い罪悪感を覚えた。何の土産《みやげ》も持ってきていない。その暗い気分を美矩は敏感に察したようだったが、それでも何とか笑みを浮かべたまま、私に訊ねる。

「お兄ちゃんは……」

「ごめんね、まだ見つからないんだ」頭を撫でてやろうかとも思ったが、もうそういうことを嫌がる年かもしれないと考え直し、ズボンのポケットに手を突っこんだままうなずくに止めた。美矩が顔を伏せると、長い睫《まつげ》が強調される。ここでこの娘と一緒に落ちこんでいるわけにはいかないのだと自分に言い聞かせ、「翠さんはいるかな」と訊ねた。

「今、電話してます」言葉を切り、私の次の質問を読んだように「お母さんは寝てます」とつけ加えた。

「寝てる？」

「はい」美矩の顔に暗い影が過《よぎ》る。

「病気なのか」

「疲れてるだけだと思います」

「そうか。心配だもんな」

「はい……」美矩がまた顔を伏せる。部屋の中にかすかに流れていた声が途切れ、ほどなく翠が玄関に顔を見せた。美矩がわずかに体を後ろに倒して体重を預ける。無意識のうちにだろうか、翠が美矩の肩にそっと手を添えた。本当の姉妹か、あるいはもう何年も一緒に暮らしているように見える。

「お忙しいところ、申し訳ない」

私が頭を下げると、釣られて翠も顔を伏せるようにした。家に戻って着替えたのか、喉元までボタンをかけた白いブラウスにグレイのカーディガン、脚に張りつくような細身のジーンズという格好だった。

「二、三、確認したいことがあるんです」

「はい、上がっていただいてもいいんですけど……」翠が言葉を濁した。

「芳江さん、休んでおられるんですよね」美矩に笑いかけながら私は言った。「起こすと悪いですから、外に出ましょうか。その辺でお茶でも飲みながら話しましょう」

私はわずかに屈《かが》みこみ、美矩と顔の高さを合わせた。十歳にしては背が高い方だが、それでも私の膝は無理な姿勢に抗議して悲鳴を上げた。

「美矩ちゃん、ちょっと翠さんと話をしなくちゃいけないんだ。お母さんについててやってくれないかな」

「でも、私も……」

「大丈夫。何を話したかは、後で翠さんが教えてくれるから。そうですよね？」

「え？　はい」いきなり話を振られ、翠の返事があやふやになった。しかし美矩は、彼女の言葉で納得したようだった。

ダウンジャケットを羽織った翠が部屋を出る。座って話をしようと提案すると、彼女は駅から延々と続くアーケードの商店街に案内してくれた。八百屋や魚屋、惣菜《そうざい》店などが並ぶ昔ながらの商店街で、歩いているだけで温かな食べ物の香りが気持ちを和ませてくれる。私たちは看板に「炭火焙煎珈琲《ばいせんコーヒー》」の文字がある喫茶店を見つけて入った。店内は内密の話をするには明る過ぎる雰囲気だったが、長い間歩き回って翠に負担をかけたくなかった。

「禁煙」の看板がどこにもなかったので煙草をくわえると、水と一緒に灰皿が出てくる。それだけで、この店に対する私の評価は一段階上がった。あとは、コーヒーが作りおきでなければ何も文句はない。愛美が顔の前に漂い出した煙を鬱陶しそうに手で払ったが、翠は気にする様子もなかった。そういえば赤石は喫煙者だったのだ、と思い出す。部屋に入った途端に鼻を襲ってきた、特有の籠《こも》った臭い。

「どうもすいません」翠が頭を下げた。「わざわざ来ていただいて」

「いや、これが仕事ですから」どうして自分が失踪課の立場を代弁しているのか分からないまま、私は言った。二人の方に煙が流れないように喋るには、体を不自然に捻っておかねばならず、すぐに背中が痛くなってくる。「芳江さんは大丈夫ですか」

「疲れただけだと思います。ずっと心配してましたし、慣れない東京を歩き回りましたから」

「長野で待っててくれてもよかったですよね」

「私もそう言ったんですけど、どうしても出て来たいって、仕事を休んだんです」

「そうですか……率直に申し上げますが、今のところ赤石さんの行方につながる手がかりはまったくありません」

「ええ……」翠が深く溜息をつく。そうすると、二十六歳という年齢よりも幼く、弱々しく見えた。化粧をしていないせいかもしれない。もっとも形の良い唇、すっきりした鼻立ちという美点は、化粧の必要性を感じさせなかったが。耳が隠れるほどの長さでまとめた髪は、艶々と光の輪をまとっている。

「でもまだ、始めたばかりですからね。これから手がかりは出てくると思います。どんな人でも、いきなり何も残さずに姿を消すということはあり得ませんから」そんなことはない。いきなり誰かに因縁をつけられ、山の中で殺されてしまったら何の証拠も残らない――もちろん、彼女にそんなことを言えるわけもなかった。「ですから、もう一度冷静に考えてみましょう。赤石さんに一番近い存在だったのはあなたですからね」

「でも、何も思い当たる節がないんです」

「考えてみましょう」少し口調を強くして繰り返した。翠はまだ軽いパニック、そして不安から抜け出していないが、集中すれば思い出すこともあるはずだ。「アトランダムに何か考えるといっても難しいでしょうから、最初からいきましょうか」

「最初？」

「あなたと赤石さんの出会いからです。どうやって知り合ったんですか」

「ですから、会社の同僚で……」

「赤石さんは、大学を卒業してから御社に入社するまで、二年ほど間が空いてますよね。年齢はあなたと同じだ。あなたは何年前に入社したんですか」

「四年前です」

「ということは、彼は後輩なんですね」

「そういうことです」

何となくまだるっこしいが、今のところ話はつながっている。私は這うようなスピードで質問を続けた。

「二年前、赤石さんが入社してきて知り合った。そういうことですね」

「はい。最初、私のいた部署に配属されてきて、仕事のことでいろいろ話をしたんですけど……」

「あなたが指導社員だった？」

「いえ、それは別の男性社員が担当だったんですけど、その人、性格が悪くて」

「ああ、いますよね、そういう人。すぐに先輩風を吹かせて、『馬鹿野郎』とかね。そういうことでストレス解消されちゃ、たまらないですよね」

翠の表情がわずかに緩んだところでコーヒーが運ばれてきて、会話が一時中断する。淹《い》れたてのコーヒーの香りが、翠を少しは落ち着かせたようだった。私は短くなった煙草を揉《も》み消し、もう一本吸いたいという気持ちを何とか抑えて続ける。

「とにかく嫌な先輩が指導社員だったんですね。で、赤石さんはあなたに助けを求めてきたわけですか」

「そんな露骨な感じじゃなかったですけど。ちょっと聞かれたから教えて、そんな感じの繰り返しでした」

「それで親しくなったんですね」

「ええ」

「結婚の話はいつ頃出たんですか？」

「そんなことまで聞くんですか」翠が顔を上げて私の視線を正面から捉えた。私は愛美が余計なことを言い出すのではないかと冷や冷やしながら質問を継いだ。

「そんなに深い意味はありません。何かヒントがないかと思って、適当に話をしているだけですから。話したくなかったら、話さなくてもいいですよ」

「……一年前です」私の言葉に毒気を抜かれたのか、低い声で翠が白状する。

「彼の仕事ぶりはどうでしたか？　会社で話を聞いたんですけど、かなり有能な感じですよね」

「有能というか、担当している派遣の人たちには慕われていました」

「人の話を聞くのが得意だそうですね」

うなずき、コーヒーにミルクを加える。砂糖の入った袋に手を伸ばしたが、しばし躊躇《ためら》った末に引っこめた。愛美は遠慮なく砂糖を加え、ミルクもたっぷり入れる。「太る」という概念が頭にないのだろう。軽い嫉妬《しっと》を覚えて私は苛《いら》ついた。ズボンのウェストサイズこそ変わっていないものの、最近体重が少しずつ増えているし、体全体が緩んだ感じも否めない。増えた分の体重がどこにいったのか、想像するのも嫌だった。

「派遣の人には、親身になって相談に乗ってあげていました。私もそういう話は聞いたことがあります」

「例えば？」

「言っちゃっていいのかな……」翠が顎に手を当てて首を傾《かし》げる。

「大丈夫、まだ雑談モードですから」にこりと笑ってやったが、それで彼女の迷いが消えたわけではなかった。それでも何とか、言葉を選ぶように慎重に話し出す。

「女性の派遣の人がセクハラを受けたりして……」

「そういうことはよくあるんですか」

「派遣じゃなくても、どこの職場でもある問題でしょう？」助けを求めるように翠が愛美に視線を動かしたが、愛美はそれを見事に無視した。彼女は絶対にセクハラに遭わないタイプだろう。もしも被害を受ければ——いや、相手がその素振りを見せただけでも、完膚《かんぷ》なきまでに叩き潰してしまうはずだ。常に涎《よだれ》を垂らしてチャンスを窺《うかが》っているようなエロ親父《おやじ》でも、そういう気配を振りまく女性には用心して近づかない。

「確かに、どこの会社でもそういう問題はあるでしょうね」

「困るのは、被害を受けた女性がはっきり言わないケースも多いことなんです。自分が我慢していれば、丸く収まると考えちゃうんでしょうね。仕事をなくすのも怖いし」

「馬鹿馬鹿しい」いきなり愛美が吐き捨てた。ぎょっとして私は彼女を見つめたが、それは翠も同じだった。二人の視線を集めていることに気づき、愛美が一言「失礼しました」と言って自分のコーヒーに集中する。

「ええと、何でしたっけ」私は咳払いして話を引き戻した。「セクハラ問題か。あなたの言う通りなんでしょうね。泣き寝入りってやつですか」

「ええ。でもそれで、結果的には仕事を辞めざるを得なくなったり、もっとひどい時には体調を崩したり事件になったり……洒落《しゃれ》になりませんよね」

「でしょうね」

「でも赤石さんは、大事になる前にそういうことを察知するような力があって」

「まさか、超能力じゃないでしょうね」中屋も同じようなことを言っていた。

「違いますよ」ようやく翠の顔に笑みが浮かぶ。疲れた笑みではあったが、ぶすっとしているよりはずっといい。顔つきが変われば気分も変わるものだ。「何だか、自然に話したくなるような人なんです。分かります？」

「確かにそういうタイプの人はいますね。どういうわけか、刑事にはあまりいないんですが」

翠の笑みが少しだけ大きくなった。素早くうなずいてコーヒーを一口飲んでから続ける。

「何て言うんでしょうね。この人なら話しても大丈夫、信頼できるって思わせるんですよ。だから、普通の人が相手だと言いにくいことでも、結構喋ってしまうんですよね。私たちの仕事は派遣営業――派遣社員の管理なんですけど、彼は派遣の人たちから一番信頼が厚かったと思います。実際、セクハラで問題になりかけていたのを、本当に危なくなる前に防いだことも何度もありますしね」

「どうやって？」

「派遣先の会社にやんわりと忠告するんですよ。相手を怒らせないように上手く伝えるのは難しいんですけど、彼はそういう交渉は本当に得意でした」

「派遣の人からは相当頼られていたんですね」

「ええ。でもそのせいで、彼自身の時間はあまりなかったけど」

「サービス残業ですか」

「それだけじゃなくて、自腹で食事を奢《おご》って慰めたりとか。普通、そこまではできないものですけどね」

「どうしてでしょうね」

「はい？」

「普通はできない。それは分かります。だったらどうして彼は、そこまで献身的に仕事ができたんでしょう」

「それは……」翠がカップに手を伸ばしかけて止め、視線を宙に彷徨《さまよ》わせる。放っておいてもいずれ話すという確信はあったが、こちらから助け舟を出してやることにした。

「彼は大学を卒業してから、苦労していた時期がありますね」

翠の目から光が消えた。顔に張りついていた微笑――それは人に頼られる赤石の真面目な仕事ぶりを誇っているようでもあった――も消え去り、能面のようになっている。

「就職に失敗して、一年間ネットカフェ難民だった。そういう苦しい経験をしているから、人の痛みが分かるようになったんでしょうか」

「彼はもともと優しい人です。気配りができる人です」

「翠さん」私は背筋を伸ばした。煙草を手にしかけたが引っこめ、低い声で話しかける。

「今のところ、赤石さんが自分の意思で家を出たのか、何か事件に巻きこまれたのかは、一切分かりません。しかしどちらにしろ、何か問題があったと考えるのが自然です。彼が現在の仕事の関係で何らかのトラブルを抱えていたのでない以上、過去にトラブルの原因があったと考えざるを得ません」

「でも、その時期のことは、私もよく知らないんです」

「知ってはいたんですよね」

「ええ……でも彼も、積極的には話したくないようだったから、私も詳しくは聞けなくて。思い出すのも辛かったんだと思います」

「その後の一年についてはどうですか」

「いえ」それまで見せていた戸惑いと変わって、今度の返事は早かった。

「赤石さんは、ネットカフェでほぼ一年間生活していた。そのことはＴＪＳの面接でも話していたようです。積極的に話したくはないけど、隠すことでもないと思っていたんじゃないかな。でも、その後の一年についてはどうですか？　私の中では、そこが今のところ空白になっているんです」

「私は何も知りません」

「聞いてもいない？」

「関係ありませんから――今の生活には」

この件について彼女がこれ以上話す気がないのは明白だった。あまりしつこく突っこまないことにして話題を変える。

「赤石さんは、実家との関係はどうだったんですか」

「仲はいいですよ、もちろん。だからこうやって心配して、上京して来てるんだし」

「あなたも、赤石さんのご家族とは仲良くやっているんですね」

「そうですね……」翠が座り直すと、背筋がすっと伸びた。「私、母親がいないんです。中学生の時に病気で亡くして……だから、結婚して母親ができるのが嬉しくて仕方ないんです。彼は逆に、お父さんがいません。高校生の頃に亡くなったそうです。美矩ちゃんが生まれてすぐだったそうですけど、交通事故で。だから――」言葉を切り、翠が宙に指を舞わせながら適当な台詞を探した。「お互いに新しい家族、ですね」

「美矩ちゃんもあなたになついてるようですね」

「ずっとお姉さんが欲しかったって」翠の顔が柔らかく綻んだ。「私も一人っ子で兄弟がいなかったから、妹ができるのは楽しいんです。美矩ちゃん、可愛いでしょう？」

穏やかな表情でうなずいてやったが、心の底でざわざわと荒波が立ち始めるのを、私ははっきりと感じていた。左手をきつく握り締める。愛美の視線がそこに注がれているのを感じ、ゆっくりと左手から力を抜いた。何事も自然に。何でもないのだ。何でもない。

「だから私、結婚は本当に楽しみなんです」

「彼も同じ気持ちでしょうね」

「そう……だったと思います」目を伏せ、睫を震わせた。

「自信がないんですか」

「あったんですけど、今は分からなくなりました」ゆっくり首を振る。店の灯《あか》りに照らされ、天使の輪が穏やかに光った。「彼のことは何でも分かっているつもりだったんですけど、本当は何も知らないのかもしれない。今回だって、どうしてこんなことになったのか、全然見当もつかないんです」

「結婚のことで悩んでいた、ということはありませんか」

「ないと思います……思うだけですよ。はっきりそうだとは言えません。考えてみれば彼は、人の話を聞くのは得意だったけど、自分のことはあまり話さないタイプだから」

「あなたにも打ち明けなかった？　大事な人なのに？」

「責めないで下さい」弱々しい声で言って翠が目を伏せる。

「申し訳ない。そういうつもりで言ったんじゃありません。赤石さんに何か隠し事があるかもしれないと思っただけです」

「あったとしても私は知らないんです」

「そうですか……いや、お時間を取らせてすいません」コーヒーを飲み干し、私は伝票を手にした。すがるような目つきで、翠が私の動きを追う。「明日以降も引き続き赤石さんを捜索します。何か思い出したらすぐに連絡して下さい。それと芳江さん——お母さんにもう一度話を伺《うかが》いたいんですけど、今は無理でしょうね」

「ええ。疲れているだけだって言ってますけど、心配なんで明日は病院に連れていこうと思っています」

「それがいいですね。親孝行は大事ですよ」

翠が小さな笑みを見せたが、それがあくまで私に対する義理のようなものであることは分かっていた。

分室に帰る途中、私と愛美の会話はやや活気を帯びて——正確に言えば論争の様相を呈《てい》した。翠が本当に何も知らないか、あるいは嘘をついているかという点に関して。結論は「分からない」だが、とりあえず愛美との間でまともな会話が成り立ったことで、私はかすかな満足感を覚えた。会話こそあらゆる仕事の第一歩だ。

分室に帰り着くとちょうど退庁時間になっており、全員がそそくさと帰り支度を始めていた。化粧直しをした舞は顔つきが派手になり、警察署内には異質の雰囲気を振りまいている。森田に「行くわよ」と声をかけると、さっさと部屋を出て行く。森田が、昔のサラリーマン映画で腰ぎんちゃくの社員が見せたような腰の低さでその後に従う。私は呆気《あっけ》にとられて二人を見送るしかできなかった。

「何を驚いてるんだ」法月がにこにこしながら声をかけてきた。こちらも既にコートを着こみ、手には薄い鞄を持っている。

「いや、その……六条って、随分派手な娘《こ》ですね」

「確かにな」法月が苦笑を浮かべる。「今日も合コンらしいよ。いろいろと忙しいお嬢様でね。毎日合コンだ習い事だで、定時には必ず引き上げる。元々本物のお嬢様だから、仕方ないかもしれないが」

「お嬢様は死語でしょう」

「いやいや、本当に。親父さんが厚労省の幹部で、母親が製薬会社の創始者一族の出なんだ。そんな娘がどうして警視庁にいるのか分からないが……とにかく俺の理解は超えてるな」

「森田は？　何だか彼女の家来みたいですけど」

「実際家来なんじゃないのか？」法月が含み笑いを漏らした。「あいつも、本当に仕事ができないからね。厄介払いでここに放りこまれて、六条の鞄持ちみたいになっちまったんだよ」

仕事ができない奴。冗談でそう嘲《あざけ》ることは珍しくない。だが法月は「本当に」という形容詞を付加することで、それが冗談ではなく森田に対する定まった評価だということを私に伝えた。

「何とかしなくちゃいかんのだが、お前さん、管理職として頑張ってくれよ」

「何か伸ばせるところがあればいいんですが」

「射撃の腕だけは抜群だ。俺が知ってるのはそれぐらいかな」

「馬鹿馬鹿しい」

聞き取れるぎりぎりの低い声で愛美が悪態をついた。法月が笑みを浮かべたまま、愛美に向き直った。

「お嬢さんよ、口が悪いと嫁に行き遅れるぞ」

「大きなお世話です」セクハラぎりぎりの法月の台詞を一言で嚙み砕き、愛美が自分のパソコンを立ち上げる。法月の顔にはまだ笑みが浮かんでいたが、ほとんど凍りつき、今にも崩れ落ちそうだった。

「お疲れです！」部屋中に響き渡る馬鹿でかい声を上げて、醍醐が走るように飛び出して行く。

「あいつも早いですね」私は嘆息を漏らした。

「ガキが三人もいるから大変なんだよ」

「あいつ一人で子育てしてるわけじゃないでしょう」

「奥さんが四人目を妊娠中なんだ」

「たまげたな。自分の一家だけで少子化問題を解決しようとしてるんですか？」

「そいつを無駄な努力と馬鹿にするのは、いかがなものかと思うね」

「すいません、お二人とも少し静かにしてもらえませんか」

愛美の脅迫に、法月が慌てて首をすぼめた。私は素直に従う気にはならず、わずかに声を低くするに止めた。

「それにしても全員早いですね。室長ももういないじゃないですか」

「室長はどこかに出かけたけど、ここはいつもこんなもんだよ」法月が左胸を押さえて見せた。「かくいう俺も、これで退散させてもらうわ。何しろ無理がきかなくてね」

「心臓……ですか？」

「そう。一回発作で倒れてるからね。無理はしないように医者に忠告されてるんだ。それじゃ、お二人さんもあまり無理をしないように」

軽く手を振って、法月がゆっくりと部屋を出て行った。彼の背中が完全に見えなくなると、愛美がわざとらしく溜息をついた。

「やっぱり腐ってませんか、ここの職場？」

「そうかもな」

「そんな簡単に言わないで下さい」

「君は腐りたくないわけだ」

「当たり前じゃないですか」そんなことも分からないのかと言いたげに、愛美が目を細める。可愛い顔が台無しだった。

「だったら仕事をするしかない。実績を作らない。『異動させてくれ』って文句ばかり言ってても、誰も聞いてくれないからな。実績を作らないと」

「だけど今回の件だって、事件かどうかも分からないじゃないですか」

「そこは調べてみないとね……なあ、事件として表面化していない失踪事件はいくらでもあると思わないか？　ここはネタの宝庫かもしれない」

「それはただの理屈でしょう」

「理屈でも何でもいいんだよ。動いてみないと何もできないし、何も分からない」

「ああ、そうですか」

激しく突き合いながらも、私たちは今日調べた材料を吟味し、明日の予定を確認した。一々苦痛を伴うやり取りだったが、一度始めたことを途中で放り出すわけにはいかない。

六時半、真弓がコートの裾を翻《ひるがえ》しながら戻って来た。私たち二人がいるのを見ると、大きな笑顔を浮かべて訊ねる。

「初日はどうだった？」

「どうもこうもありません」

私と愛美の声が揃ってしまい、二人ともむっとしてそっぽを向くはめになった。こんなところでタイミングが合っても何にもならないのに。

渋谷の街は、これからが賑《にぎ》やかになる時間帯だ。一時の危うい雰囲気はわずかながら薄れ、今はただ騒々しいだけだが、人ごみの中にドラッグの売人が混じっていることを私は知っている。あまりにも数が多いので、一人二人を拘束したところで何にもならないのだ。生活安全課も苦労している。

私が通勤に利用する井《い》の頭《かしら》線の渋谷駅と渋谷中央署は、直線距離にして三百メートルほどだが、感覚的にはもっと遠い。大きな歩道橋を渡り、ＪＲの駅構内の混雑を突っ切っていかなければならないからだ。午後七時。決して遅い時刻ではないが、久しぶりに疲れを感じていたので、その距離がさらに長く感じられる。愛美はまだ失踪課に残っていたが、放っておいて先に出た。梅ヶ丘に帰る彼女とは、途中まで井の頭線で一緒になってしまう。互いに気まずくならないように先に出たのだと、私は自分に言い聞かせていた。

ＪＲの西口に出て、バス乗り場を左手に見ながらモヤイ像の前を通り過ぎ、マークシティへ至る横断歩道を渡る。右手にはセンター街へ続く巨大なスクランブル交差点。無意識のうちに歩くスピードが落ちた。信号が青になっている短い時間、あのスクランブル交差点を渡る人がどれだけいるのだろう。渋谷という街の特性上、若者の姿が目立つ。全員の年齢を平均してみたら、二十歳をずっと下回るのではないだろうか。十代――もしかしたら十代前半かもしれない。この街で楽しい想い出を作る若者がほとんどだろうが、中には最悪の人生へ踏み出す者もいるだろう。

制服姿の女子中学生が三人、手をつないだまま駆け足で交差点を渡っていく。三人ともまだ成長途中で、手足の長さのバランスが取れていないようだった。一人が遅れ始めて足並みが乱れ、残る二人が歩調を緩めて合わせようとする。信号が点滅し始めたので、三人はつないでいた手を解《ほど》き、短いスカートを翻しながら全力疾走を始めた。

中学生か。失ってしまったものの大きさを思う。自分の中では決着をつけたつもりでいるのに、拭い去れないものもある。

――どうして？

ふいにどこからか声が聞こえた。目の前に私の娘、綾奈《あやな》が立っている。あの頃住んでいた家の近くにあった、私立中学校の制服を着て。その制服を着た彼女の姿を私は知らないのに、妙に似合っている。親の贔屓目《ひいきめ》かもしれないが。

――どうして一生懸命捜してあげないの？

――無理なこともあるんだ、綾奈。

――パパは何でもできるんじゃない？

――そんなこと、言うなよ。

いるようでもあった。


——捜してあげて。

綾奈の顔がふっとぼやけた。笑っているようにも見えるが、その一方で父親を非難しているようでもあった。

——お願い、パパ。捜してあげて。美矩ちゃんが可哀相だから。

——お前は今何歳なんだ？　十四歳になったんだよな？　どこにいるんだ？

——お願いね、パパ。

煙を手で払うように、綾奈の姿が掻き消えた。

「綾奈」私は声に出して言い、そこで幻を見ていただけだと気づいた。

周りを歩く人の流れが速くなり、信号が赤になりつつあるのが分かった。それに合わせて広い交差点を歩きながら、私は誰かに襟首《えりくび》を引っ張られているような気分になっていた。

クソ。中途半端に仕事を切り上げられない。

リストの住所を頭の中で確認した。交差点を渡り切ったところで足を止め、踵《きびす》を返す。帰る前にもう一人。それぐらい、愛美を誘わず自分だけでやっておいても問題はないはずだ。確か、渋谷から田園都市《でんえんとし》線を使って訪ねることのできる相手がいる。

この一件がどう転がるかは、まだまったく読めない。もしかしたらこの瞬間にも、赤石は生命の危機に晒されているかもしれないし、それまでの生活を全てなかったことにして、新しい人生をやり直すための準備を進めているかもしれない。彼がどこか田舎町《いなかまち》の狭いアパートで、数少ない荷物を解いている様も容易に想像できた。金も物もないが、刹那《せつな》の自由に顔は輝いている――。

ふいに美矩の顔が脳裏に浮かび、綾奈の顔と重なり合って私をたじろがせた。何でこんな、自分の暗い記憶と向き合うような仕事をしなければならないのか。美矩との出会いは偶然なのだろうが、私の異動を画策した真弓の企みを少しだけ恨めしく思う。

5

目指す相手はまだ帰宅していなかった。田園都市線の二子新地《ふたこしんち》駅、多摩川の堤防沿いの道路から一本引っこんだ住宅地にある一戸建て。赤石の大学時代の友人である上池拓司《かみいけたくじ》という青年が、この家で家族と暮らしている。家族に話を聞くと、八時過ぎには帰宅するはずだというので、それまで家の外で待機することにした。異動初日にしては働き過ぎだろうか？　そうかもしれない。妙に肩が凝っていた。街灯の灯りが届かない暗がりの中でストレッチの真似事をして体を解してやる。この時間になってようやく酒が抜けた感じで、頭痛も消えていた。いつもこうだ。二日酔いが治る瞬間を意識することはない。それが何だか悔しい気がした。

さほど待たされなかった。最初にインタフォンを鳴らしてから三十分、煙草三本を灰にした後で、背中を丸めた青年が、北風に背中を蹴飛ばされるように早足でこちらに向かって来る。玄関に立って鍵を取り出そうと鞄を探っているところに、後ろから声をかけた。

「上池さんですね」

怪訝《けげん》そうな表情を隠そうともせず、青年が振り返る。紺色のキルトのコートに濃いグレイのスーツ、真っ白なワイシャツに無地の紺のネクタイという格好だった。薄いブリーフケースは書類でパンパンに膨《ふく》れ上がって、型崩れを起こしている。

「警視庁失踪課の高城といいます」

「ああ」漏れ出るような声を出しながら上池がうなずいた。「赤石のことですよね」

「そうなんです。こんな時間に申し訳ないんですが、ちょっと話を聞かせてもらえませんか」

「構いませんけど……あの、赤石に何かあったんですか？　婚約者の人、何て名前でしたっけ？」

「翠さん。矢沢翠さん」

「そうそう、彼女から電話がかかってきたけど、警察の人がわざわざ訪ねて来るっていうことは、本当に事件なんですか」

「いや、そうと決まったわけじゃありません。事件でもそうじゃなくても、行方不明の人を捜すのが仕事ですから」

「そうですか」上池が、鍵を握った手をぶらぶらさせる。私を家に入れたくないのだ。何か言い出す前に声をかけてやる。

「その辺を歩きましょうか。ちょっと寒いけど、お騒がせしたらご家族にも悪いですからね」

「いいですよ」上池がほっとした表情を浮かべる。すぐに玄関を離れ、私と並んで駅の方に歩き出した。といっても、行き先の当てがあるわけではなさそうだった。二子新地の駅周辺は閑散としており、軽くお茶を飲めそうな場所もなかったはずである。

「申し訳ないですね、仕事でお疲れのところ」

「いや」私に言われて初めて自分の疲労に気づいたように、上池が首を左右に倒す。ばきばきという枯れ枝を折るような音が、私の耳にもはっきりと聞こえた。

「お勤め先は銀行でしたね」

「ええ」

「お仕事は何を?」

「個人向けの営業なんですけど、最近また景気が下向きで、いろいろ難しいですね。それに銀行の信用度なんか、今は本当に低いもんですよ。皆さん、タンス預金なんだから」

「私は家にはほとんど金を置いてませんけどね。いつ泥棒に入られるか分からないから」

「そういう用心をするのは刑事さんだからじゃないですか」

「そうかもしれない」

当たり障りのない会話はスムーズだったが、このまま世間話を続けていくわけにもいかず、私は本題に取りかかるきっかけを求めて周囲を見渡した。多摩川を渡って世田谷《せたがや》区から川崎市に入っただけで急に闇が深くなった感じがする中、コンビニエンスストアの灯りが灯台のように安心感を与えてくれる。

「ちょっと冴《さ》えませんけど、そこで缶コーヒーでも奢りましょう」

「ああ」

上池の顔が少しだけ緩んだ。私が求めているのが缶コーヒーレベルの話、百二十円分の情報だと判断したのかもしれない。店の前の自動販売機でコーヒーを二本買い、一本を手渡すと、上池はすぐにプルタブを押し上げて口に運んだ。かすかに白い湯気が口元に漂い出す。一口飲むと、ああ、と溜息を漏らした。

「今日は冷えますね」本題に入らなければと思いながら、私はなおも無意味な会話を続けた。

「ええ」

「車で来ていれば、中で話を伺うこともできたんですけどね」

「それはちょっと……パトカーの中は、ね」上池が苦笑を浮かべる。「何だか犯人みたいじゃないですか」

「じゃあ、寒いですけどしばらくここで我慢して下さい。赤石さんが失踪したことは、矢沢翠さんから聞いたんですね」

「ええ」

「彼女とは以前から顔見知りなんですか」

「二月《ふたつき》ほど前に一度会っただけです。結婚するから婚約者に会わせたいって赤石が言ってきて。彼女とはその時一度会っただけなのに、いきなり電話がかかってきて、赤石がいなくなったって聞かされたからびっくりしましたよ」

「赤石さん、最近何か悩んでいる様子はありませんでしたか」

「いやあ、全然」上池がまたコーヒーを一口飲む。「結婚するっていうんで、でれでれしちゃってね。そういうタイプじゃなかったから、びっくりしちゃいましたよ」

「あなたから見て、赤石さんはどういうタイプなんですか」

「真面目な男ですよ。女の子には縁がない感じで……真面目過ぎて考えこんじゃうタイプ、かな。だから、女の子からは暗く見えるかもしれない」

「それで、就職に失敗した後で……」

「ああ、あれは運が悪かっただけです」上池がさらりと言った。何か隠していて、さりげない態度で誤魔化そうとしているのだろうか。ちらりと横顔を窺ったが、そういう感じではなかった。友人の少しばかり不運な過去を、単なる想い出として軽く振り返っているようにしか見えない。もちろん彼は当事者ではないから、赤石の苦労を本当には知らないのかもしれないが。

私の疑念には気づかない様子で、上池は軽い調子で続けた。

「赤石は、大学の成績は良かったんですよ。普通にやってれば就職なんて楽勝だったと思います。でも本番に弱いタイプっていうんですか？　試験当日になって風邪《かぜ》を引いて寝こんじゃうとか、面接で予想もしていないことを聞かれると黙っちゃうとか、そういう男なんですよ」

その評価は外れていないだろう。赤石は聞き上手だったが、自分のことを上手く話せる人間ではなかった——翠もそんなことを言っていたではないか。就職試験でも自分の売りこみが下手《へた》だったのだろう、ということは簡単に想像できる。

「就職希望先は？」

「マスコミ関係。うちの大学のレベルからするとちょっとハードルが高いんですけど、俺はあいつなら受かるんじゃないかって思ってたんですけどね……結局全滅でした」

「また受けるつもりだったんですかね。マスコミなら、就職浪人して何度も受験する人もいるでしょう」

「ああ」上池の顎の辺りがかすかに強張った。「あいつもそのつもりだったんですよ。すごく落ちこんで、自分の全人格を否定されたような気になってたけど、気合を入れ直して。次の年にはもう一回チャレンジするつもりだって言ってたんですけどね」

「だけどその後、彼は家をなくしている」

「マスコミへの就職ってやっぱり大変なんですよ。相当勉強しなくちゃいけないし、バイトなんかしてたら間に合わないでしょう？　収入がなければ、家を借りることもできませんよね」

「実家を頼らなかったんですかね」

「心配かけたくなかったんでしょう。そう言ってましたよ。あいつ、親父さんがいないんですよね。母親一人で妹もまだ小さいから迷惑はかけられないって、結構悩んでました。でもまあ、あいつは完全に駄目になったわけじゃないから」

「でも、ネットカフェ難民ですよ？　大変なことでしょう。収入のあてもないし、それこそマスコミに就職するための勉強をする余裕なんかなかったんじゃないかな」

「俺、あいつがそういう生活をしている時にも何度か会ってるんですよ。赤石、携帯だけは何とかキープしてたから、連絡は取れたんです。でも、案外元気そうだったな。俺には辛いところを見せたくなかったのかもしれないけど、仕事のことで愚痴《ぐち》なんか零すと『社会人も大変だな』って同情してくれたぐらいだから。こいつ、案外大丈夫なんじゃないかって思ったぐらいで」

「実際に大丈夫だったんですかね」

「それは……本当のところは分かりません」上池が掌に挟んだコーヒーの缶を転がした。

「そういう状況になったら、友だちにだって簡単に本音は話せない、かもしれない」

「そうかもしれません。その後、彼は今の会社に就職するまで何をしてたんでしょう」

「それは……知らないんですよ」上池が首を捻った。「一年ぐらい、全然会わない時期があったから」

「それはいつ頃ですか」

「卒業して……そう、一年ぐらい経ってからですね。それから一年ぐらいは電話もメールもなかったし、こっちが連絡しても返事がこなかった。それがいきなり、就職が決まったからって電話があって。ほっとしましたけどね。あいつのことはずっと引っかかってたから。俺みたいな人間は就職の世話をすることもできないし、だけど何も手を貸せないのが悔しい感じもしてたんですよ」

「空白の一年、ですか」ここにもまた、赤石の過去を知らない人間が一人。

「まあ、そういう風に言えるかもしれませんけど……」上池の言葉は歯切れが悪かった。

「とにかく、その頃のことは全然知らないんですよね」

「翠さんも知らないようですね」

「あなたも詳しく聞かなかったんですね？」

「そうですか」

「本人が話さないのに聞くのは失礼じゃないですか。向こうだって話したくないことかもしれないし」

「そうかもしれない」傷つけ合いたくない若者たち。

まだ熱さの残るコーヒーを掌の中で左右に転がしながら、私は黙りこんだ。何か妙だ。何かが引っかかっている。それは——金の問題だ、と気づいた。赤石がネットカフェ難民だったのは、今となっては単なる過去である。苦労したのだろうが、今はきちんと仕事を得て自活し、結婚も間近なのだから、その一年間の嫌な記憶に激しく悩まされることも少なくなっていたのではないだろうか。しかしそもそも彼は、どうやってその生活から抜け出したのだろう。金がなければ家も借りられない。八雲のあのマンションを借りる金はどこから出てきたのだろう。実家か？　しかし上池の言葉を信じるとすれば、赤石が母親に金銭的な援助を要請したとは思えない。

「一番最後に赤石さんを見たのは、翠さんと三人で会った時ですか？」

「そうですね」

「その後も、メールや電話のやり取りはしていたんですよね」

「ええ、もちろん」

「彼がいなくなったと知らされてからは?」

「電話しましたよ。メールも打ちました。返事はないですけど……」右手に缶コーヒーを握ったまま、上池が左手でスーツのポケットから携帯電話を取り出した。着信をチェックして、素早く首を振る。「連絡はないですね」

「本当に、何か悩んでいるような様子はなかったんですか? 結婚するのを躊躇っていたとか」

「それはないですね。あいつ、翠さんをすごく大事にしてたから……何だか変な話ですよね」

「そう、変なんです。そういう人が、どうして婚約者を置いて姿を消したりするんだろう」

「やっぱり、何か事件なんですか」上池の顔に影が過る。

「それは何とも言えない」歯切れの悪いことしか言えないのが辛かったが、私は早くも、失踪課の仕事の大事なポイントを摑みかけていた。情報の共有。普通の捜査とは違い、家族や関係者と積極的に情報を分け合わなければならない——もちろん、本当に事件になれば話は別だが。

「赤石さんは、学生時代の友だちとは今でも連絡を取り合ってますか」

「どうかな……家のないあの一年間があって、その時に仲間とも結構切れちゃいましたからね。実際俺らも、就職して一年目で右も左も分からない頃だったし、自分のことで精一杯だったから」

「でもあなたは、連絡を欠かさなかった」

「いや、まあ……一応、友だちですから」照れ笑いを浮かべて、上池が後頭部を掻いた。

「いいことですよ。あなたもこれから、彼の知り合いに連絡してみて下さい。それで何か分かったら、私にも伝えてもらえますか」

「いいですよ。でも、分からないなあ。婚約者に心配かけるなんて、人間として最低ですよね」

「一般的には、ね」

「あいつはそういうことが――人に心配をかけることが嫌いなはずなんですよ。だからあれだけ苦しい時期でも、実家には頼らなかったわけだし」

「そのことを、ご家族は知ってるんでしょうか」

「いや、どうかな」上池が顎に手を当てる。「言ってないんじゃないかなあ。実家には気を遣ってましたからね。あいつのことだから、いくら終わったことだからって、話してないんじゃないかな」

とすると、今後母親に事情聴取する時には気をつけなくてはいけない。私たちがほじくり返した穴が、彼女が初めて見るものだったら、さらに余計な心配を背負いこませることになる。心労で寝こんでいる相手に対して、更なるショックは与えたくなかった。

上池に名刺を渡して別れ、駅に向かって歩き出す。さほど遠くないはずなのに、その道のりは随分と長く感じられた。


東京と神奈川の共通点は、南北の交通網が弱いことである。二子新地から自宅のある武蔵境までどうやって帰るか、駅に戻って路線図と睨めっこをした結果、武蔵溝《みぞ》ノ口《くち》まで出て、南武《なんぶ》線で立川《たちかわ》まで行ってから中央線に乗り換えることにした。渋谷まで戻ってから、まだ混み合っているであろう井の頭線や中央線の下り電車に乗る気にはなれない。

東急田園都市線を二駅だけ乗り、溝の口で乗り換える。田園都市線とJR線は乗り場が少し離れており、二分ほど歩かなければならなかった。既に午後九時。放ったらかしにしておいた胃が不平を訴えたので、田園都市線の改札を出たところにある立ち食い蕎麦《そば》屋でカレーをかきこんで夕食にする。ずっと仮死状態だった胃が、ようやく目覚めた。最近、酒が抜けるのが遅くなってきたようだ。年なのか……いや、昨夜はほとんどボトル一本空けてしまったのだから仕方がない。先ほど買った缶コーヒーを飲まないまま持ってきてしまったのに気づき、歩きながらプルタブを開けた。すっかりぬるくなっており、甘ったるさが一際強くなったようだった。

ややこしい駅である――そもそも名前が違う。田園都市線が溝の口。JRが武蔵溝ノ口。

そして二つの路線は同じ駅舎の中にあるわけではなく、両者を行き来するにはペデストリアンデッキをそこそこの距離、歩かなくてはならない。この時間でもデッキはまだ乗り換えの人で溢れ、歩きにくかった。それに追い打ちをかけるように、ストリートミュージシャンたちが通路を占拠している。ギターやベースを弾いている連中は、ユニフォームのように、決まって指先だけを切った手袋をはめていた。JRの改札に入る頃、それが寒さをしのいだうえで指先の自由を確保するために必須の道具なのだと気づく。

人気の少ない南武線のホームでベンチにだらしなく腰かけ、残ったコーヒーをちびちびと飲む。ひどく疲れており、睡魔が誘いかけてきたが、何とか持ちこたえた。今日一日の動きを頭の中で反芻《はんすう》する。これだけ動き回り、多くの人に会ったのは久しぶりだった。俺はまんまと真弓の思惑にはまりつつあるのか？　そうかもしれない。依然として、自分の人生をやり直すことには何も意味を見出せていないが、美矩の寂しそうな顔つきが今も頭から離れない。

あの表情は、これからも私の脳裏に何度となく去来するだろう。一度見たら忘れられないものが世の中にはある。

家に帰り着くと十時半近くになっていた。長い間一人で暮らしている1LDKのマンションでは、どこに何があるか、暗がりの中でも手に取るように分かる。そのせいでもないだろうが、最近は明かりなしで夜を過ごすことも多かった。テレビはあるがニュースを見るためだけのものであり、今夜は点ける気にもなれない。代わりにラジオのスイッチを入れると、いつも合わせてあるFM局でワールドミュージックの特集をやっていた。あまり興味のないジャンルだが、無音の静けさとつき合うよりはましだ。複雑にうねるようなドラムのリズムをBGMにしながら酒の準備を始める。サントリーの角瓶、グラス。以上。グラスは昨夜水でゆすいだ後、シンク脇に置いたままだった——昨夜に限った話ではないが。底に溜まった水の残りを切るためにもう一度洗い、ボトルの底に指二本分だけ残ったウィスキーを注ぐ。軽く一口流しこむと、口中に火がついた。いつもより刺激が強いように感じるのは、夕食に食べたカレーのせいだろうか。

フローリングの床に直《じか》に腰を下ろす。暖房がまだ効いていないので、コートは着たままだ。膝の上にグラスを置き、体を少し傾けて、波のような打楽器のリズムに耳を傾ける。ラジオの時代はもう終わった、などと言ったのは誰だっただろう。無聊の慰めにこれほど相応《ふさわ》しいメディアはない。押しつけがましくなく、静かに心を満たしてくれる。

グラスに手を伸ばしかけ、止めた。一杯だけでやめておくつもりが、その一杯をいつものようにぐっと呑み干す気がおきない。何故だ？　美矩の顔が浮かぶ。あの子の真剣な表情が……酒なんか呑んでいて、美矩を助けられるか。

立ち上がり、寝室の箪笥《たんす》を開ける。そこには何枚か、写真が残っていた。暗がりの中、目を細めて綾奈の写真を眺める。綾奈は美矩に似ているのだろうか。そんなことはない……いや、もしかしたらイメージは、全体の感じは似通っているかもしれない。まさか真弓は、そんなことまで知っていて私にこの仕事を押しつけたのだろうか。いや、それはあり得ない。美矩たちは今日いきなり飛びこんできたのだから。

リビングルームに戻り、屈んでグラスを拾い上げる。膝と腰がわずかに悲鳴を上げた。クソ、まだ関節が痛くなるような年ではないはずなのに。思い切ってジョギングでも始めるか。ヨガという手もある。しかし、何のために？　仕事に集中できる体を作るため？　そんなことのためにエネルギーを使いたくない。

グラスを鼻先に持っていく。甘いウィスキーの香りが漂って気分を解してくれたが、どうしてもこれ以上呑む気は起きない。残った分を流しに捨て、今夜は丁寧にグラスを洗う。一日が終わった。何かが変わった一日だったかもしれない。その変化を私がまだ見つけていないにしても。

酒が残っていない朝はいつ以来だろう。頭がすっきりしている感覚が妙に不自然だった。失踪課、二日目。ベッドから体を引き剝がす必要もなく、早目に出てきてしまった。

失踪課の部屋は渋谷中央署の一階、交通課の横にある。外来者が訪ねやすいようにという配慮から一階のこの場所が選ばれたのだが、一つ難点があることを私は早くも見抜いていた。部屋がメインのエレベーターホールと階段のすぐ脇にあるので、上階にある刑事課や生活安全課の連中がばたばたと出動していく騒ぎが、そっくりそのまま見えてしまうのだ。私たちはそういう騒ぎに慣れているから何とも思わないが、家族が行方不明になって不安を抱えたままここを訪れる人たちにすれば、さらに心配になる光景に違いない。

私は出勤してきた途端、そういう騒ぎに巻きこまれた。一階にある地域課から、制服の警察官たちが署の前に停めたパトカー目がけて突進する。火事の恐怖から逃れるような勢いで階段を下りてきた私服の刑事たちも、駐車場になだれこんで行った。私は一人の男とぶつかりそうになり、慌てて身を翻した。相手がバランスを失い、その場で派手に転倒する。手を貸して立たせてやると、相手の顔に苦痛の表情に混じって微笑が浮かんだ。

「高城」

「こんなところで何やってるんだ、長野《ながの》」

長野威《たけし》は警察学校時代の私の同期で、今は警視庁捜査一課の警部として捜査班を一つ預かる身だ。身長は私とほとんど同じだが体重は十キロほど重く、腹は丸く突き出し始めている。腹に合わせてワイシャツを選んでいるせいか、肩や首の布地は余っており、「どうせすぐに小さくなるから」と二回り大きなサイズの制服を着せられた中学生のように見えた。実際、中学生というには無理があるにしても、童顔であるのは間違いない。くりくりとした大きな目に、ふっくらとした唇。若い頃は「坊や」とあだ名されて、先輩刑事たちから随分からかわれていたものだ。

「殺しなんだ。マル暴絡みだと思うんだが――」

「ちょっと待て」その場で足踏みする長野を押さえるために、私は彼の腕を摑んだ。「何でお前がマル暴絡みの捜査を？　だいたい、どうして渋谷中央署にいるんだ」

「一月ほど前に起きた強盗傷害事件の裏取りでね。犯人は捕まったんだが、いろいろつじつまの合わないことがあって、先週末からずっとこっちに詰めてるんだよ。今日は来た途端にどかん、だ」

早口で説明する彼の顔は、喜びで輝いていた。こと事件に関する限り、この男には「磨《す》り減る」ということがない。新しい事件が新しい喜びをもたらし、いつでもフレッシュな気持ちで現場へ飛び出していくのだ――おそらく私だけでなく他の刑事たちも、彼のことを本当には理解していない。凄惨《せいさん》な現場や、事件を引き起こした人間関係の闇は、どんなベテラン刑事の魂にも荒い紙やすりをかけるのに、長野だけには何の影響も与えないようだ。

「それはお前の事件じゃないだろう」

「何言ってるんだ。せっかく現場に居合わせてるんだぜ。チャンスを逃しちゃもったいないだろうが」

「おいおい、チャンスって何だよ。お前の班が強盗傷害の捜査をやってるなら、この件は関係ないだろう。マル暴絡みなら、そもそも部が違う」

「強盗傷害の捜査なんか、後は放っておいてもオーケーなんだよ。俺は暇潰しにこっちに来てただけなんだからさ。何たって殺しだろうが、殺し」にやりと笑うと八重歯が覗く。まったくキュートな男だ。キュートなタフガイ。その表情が一瞬で引っこみ、長野が真顔になった。「お前、失踪課に移ったんだよな」

「ああ、昨日から三方面分室に来てる」

「俺が特に言うことはないいんだけど……」

「だったら何も言うな」

そう言うと、長野が傷ついたように唇を噛む。まったく、子ども並みに扱いにくい男だ。

「分かったよ、悪かった。それで、お前の今日のありがたい一言は何だ?」

「ゆっくりやれよ。誰もお前を見捨ててないからな……じゃあ、また後で。時間を見つけて飯でも食おうや」さっと手を上げ、その場に風を巻き起こすような勢いで長野が去っていった。

まったく、あの男は。話していると、いつでも小型の嵐に巻きこまれたような気分になる。誰も見捨ててない、か。そもそもそれが問題なのかもしれない。見捨てられていれば、とっくに別の人生を歩んでいたかもしれないのに。中途半端に吊り下げられたままだから、こんな感じになるのだ――負のスパイラルに陥《おちい》りそうになって、私は首を振った。

失踪課には愛美しかいなかった。最年少の人間の義務、お茶くみを拒否するつもりはないようで、黙ってコーヒーを用意している。私を認めると軽く頭を下げたが、誠意や尊敬とは縁遠い仕草だった。

「何だ、誰も来てないのか」

「賭けてもいいですけど」愛美がカップにコーヒーを注ぎながら言った。「ぎりぎりまで誰も来ませんよ」

「何でそう思う？」

「昨日、すぐに全員いなくなったでしょう？　そういう部署には、早く出てくるような人間もいないんじゃないですか」

「鋭い推理だ」からかうと、愛美が突き刺すような視線を向けてきた。咳払いしてから続ける。「他の連中のことは気にしないようにしよう。こっちはこっちでやるだけだ」

「私はそれで構いません」

愛美が自分の分のコーヒーだけを運んでデスクに戻った。いつものように朝飯抜きで出勤してきてしまったせいか、コーヒーがひどく恋《こい》しい。しかし愛美は立とうとしなかった。

「コーヒーは美味《うま》いかな？」

「別に、お茶くみをしないって言ってるわけじゃないですよ」愛美が素っ気無く言った。

「高城さんのカップがないだけです」

「湯呑みでいいよ……いや、自分で用意する」

無用な争いを避けるため、私はコートを椅子の背にかけ、コーヒーサーバーに向かった。来客用の湯呑みにコーヒーを入れ、自席に戻る。何だかひどく情けなかった。できるだけ早く、自分用のカップを買おう。そうすれば、まともな世界に戻った気分になれるかもしれない。

「今日はまず、赤石さんの知り合いを当たるんでしたね」コーヒーを一口飲んだだけで愛美が立ち上がり、手帳を広げて私の席の前に立った。「近い順からいきますか？　だったら上池拓司さんという人がいます。勤務先の銀行が青山《あおやま》ですし、この時間なら捕まるんじゃないですか」

「彼の事情聴取は済ませた」

無言のまま、愛美がすっと眉を上げる。説明を求める態度だと判断し、淡々と事実を告げた。

「昨夜は暇だったんだ。そのまま帰るのも馬鹿らしいから、ちょっと彼の家に寄ってみた」

「私を無視して、ですか」

「二人がかりでやるような仕事じゃないよ」

「でもそれは、ルール違反じゃないですか。昨日そう言ってたのは高城さんですよ」

「時と場合による。とにかく、彼を除いて――」

「いい加減にして下さい！」愛美が手帳を自分の腿《もも》に叩きつけた。勢い余って床に落ちたが、拾おうともしない。「どういうやり方をするにしても、命令には従います。高城さんは上司ですから。でも、ころころ方針を変えるのはやめて下さい。そういうやり方をされたらついていけません」

「状況によってやり方は変わるんだ。いつも同じというわけにはいかない」

「だったら、変わったらすぐに私にも言って下さい。高城さんは私を役立たずだと思ってるかもしれないけど、取り残されたままじゃ納得できません」

「役に立たないなんて思ってないぜ」

「だったらどうしてですか？　気まぐれですか？」

「……まあ、そういうことだ」彼女の怒りを宥《なだ》めるために私は認めた。「あのな、俺は壊れかけてる。時々おかしくなるんだ」

「それは言い訳になりません。壊れてようが何だろうが、ここに来て私の上司になったんだから、ちゃんとして下さい」

「お二人さん、朝から喧嘩？」

　涼やかな声が私たちの言い合いを遮った。小杉公子が部屋に入って来るところだった。コートを脱ぎもせず、自分のデスクから「未決」と書いた箱を取り上げると、それを私の前に置く。

「これは?」私は書類で埋まった箱に目を落とした。

「昨日、私が帰る時にいらっしゃらなかったので。室長に渡す前に目を通して下さい。週末、それに昨日一日で受けつけた管内の失踪人の届出です。何か事件性のあるものがないかどうか、チェックしていただかないと」

「それが俺の仕事なんですか?」

「当然でしょう」眼鏡の奥で公子の目が大きくなった。「高城さんは、ここのナンバーツーなんですよ」

「そういうのは勘弁して欲しいな」私は両手を振り上げたが、公子は一切同情を見せない。ずり落ちかけた眼鏡を直すと「お願いします」とだけ言って自席に戻って行った。私は書類をざっとめくって枚数を確認した。少なくとも午前中は動けそうにない。

「今日当たることになってた人たち、とりあえず君が一人で行ってくれ」

「また、そういうルール違反を」

「冗談じゃない」私は肩をすくめた。「この書類を見ろよ。全部目を通すのに午前中一杯かかる。その間、君はそこでぼうっと座ってるつもりか? いい若い者が体を動かさなくてどうする」

「大きなお世話です」

大股に自分の席に戻り、愛美が荷物をまとめた。コートを手に取り、そそくさと部屋を出て行く。「午後一番で連絡しろよ」と声をかけたが、彼女は無反応だった。一つだけ分かった。私は管理職に向いていない。もう何年も昔の話だが、むきになって昇任試験を受け続けたのは完全に時間の無駄だった。

6

書類仕事は昼休みの時間にまで食いこんだ。ずっと下を向いていたので肩は鉄板のように張り、顔を上げると首に痛みが走る。マッサージだ。こんな仕事を定期的にしなければならないなら、絶対にマッサージが必要だ。書類をまとめて室長室に運んでいくと、真弓がわざとらしい笑みを浮かべて出迎える。

「書類仕事、お疲れ様」

「毎日こうなんですか？」

「事件性のありそうな案件は見つかった？」私の質問には答えず、真弓が逆に聞き返した。

「ゼロ、ですね。どれも問題がありそうには思えない。昨日の一件を除いては」

「そっちの件はどんな具合？」

「今のところは何とも……仕事が遅くてすいませんね」

「はっきりしないのに、どうして受けたの」真弓が未決箱の一番上にある書類に手を載せた。「事件性がないとあなたが判断した、こういう案件との違いは？」

「捜査続行を指示したのは室長ですよ」

「あなたが乗り出したんだから、目鼻がつくまではやってもらうつもりでした。それで、どうしてやってみようと思ったの？」

「さあ、勘ですかね」

「あなたの勘が鋭いことは分かってます。私だってそれを期待してるんだから。錆《さ》びついてないかどうかは、すぐ分かりそうね」

「かなり錆びついてますよ。今のうちに白状しておきます」

真弓の笑みが少しだけ柔らかくなった。マグカップに手を伸ばすと、コーヒーを一口啜《すす》って顔をしかめる。昨日も同じようなことをしていた。もしかしたらコーヒーではなく漢方薬でも呑んでいるのだろうか。

「錆びついた勘を当てにしていい？　それともやっぱり事件性はないのかな」拳の上に顎を乗せた。「中止する？」

「いや」

「どうして」余裕のある真弓の口調は、猫が傷ついたネズミをいたぶるように聞こえた。

「さあ」美矩の顔が脳裏を過る。十歳の娘を泣かせてはいけない。絶対に。

「まあ、いいわ」急に軽い口調になり、真弓が胸の前で腕を組んで椅子に背中を預けた。

「ところで明神はどう?」

「さあ、どうかな」

「あまり買ってないようね」

「まだ判断できるだけの材料がありませんよ。でも、あいつは揺れてますね」

「揺れてる?」

「ここに、失踪課に来たことに関して」私は自分の足元に指先を向けた。

「そう」ゆっくりうなずき、真弓が目を細めた。「まあ、そう簡単に馴染《なじ》むとは思ってないけど」

「馴染む?」

「失踪課に」真弓がさっと手を一振りした。

「馴染むっていうことは、このだらだらした雰囲気に呑まれるっていうことですか」

真弓の眉がかすかに上がった。上体を前に倒し、肘をデスクに乗せる。そのついでに二の腕でマグカップを押しやった。

「何が言いたいの?」

「室長、ここをどうしたいんですか？　戦う部隊にするつもりなら、もう少し精鋭を集めるべきでしたね。少なくとも、合コンに精を出したり、五時を過ぎたら大慌てで帰るような連中ばかりじゃどうしようもない。自分から事件を探しに行ったり、書類の間に潜んでいるヒントを見つけられるような人間じゃないと、あなたが想像しているような戦力にはならない」

「あなたが変えてくれると思ってるわ」

「どうやって？」

「態度で。仕事ぶりで」

「冗談じゃない。そんなことを期待されても困る」

「あんなことがあった後も、あなたは辞めなかった。アル中で倒れることもなかった。それはどうして？　結局刑事の仕事が好きだからじゃないの？」

「これ以外に金を稼ぐ手段を知らないからですよ。俺だって生きていかなくちゃいけない」

「自分を貶《おとし》めるようなことを言っても無駄よ」依然として余裕を漂わせながら、真弓が言った。「あなたはやってくれるはずだと信じてる」

「何をですか」

「その答えは自分で探しに行くべきじゃない？　書類仕事は毎日あるわけじゃないし、午後からは自由に動いてもらって構わないわ。何か大きな動きがあるまでは、私への報告も必要ありません。あなたの判断で動いてもらって構わない。私はその判断を支持するから」

「それは買い被りじゃないですかね」

「私はね、目だけはいいの」真弓がわざとらしく、両方の人差し指で自分の目を指差した。

「人の評価で失敗したことはないわ」

「世の中に絶対はありませんよ。室長にそんなことが分からないはずはないけど……失礼します」

私の捨て台詞に対して、真弓は言葉を返さなかった。それすら自信の表れなのだろうか。私は思わず首を傾げざるを得なかった。

「ラーメンねえ」私が小声で答えると、法月がすかさず宥めた。

「結構いけるよ」

「並んで待つほどですか」

「それぐらいの価値はある」

愛美と連絡を取ってすぐにも動き出すつもりだったが、朝食抜きだった私は法月の誘いを断り切れなかった。法月お勧めのその店――「末永亭《すえながてい》」は桜丘町、玉川通り沿いに楽器屋が何軒も立ち並ぶ一角の雑居ビルにある。引き戸の脇に、青く染め抜かれた布製の巨大な暖簾《のれん》がテントのようにかかっていた。えらく達筆で、勢いがありながら上品な白い文字は、ラーメン屋の看板よりも老舗《しにせ》の和菓子屋に似合いそうだった。

私の目がその看板に向いているのに気づいたのか、法月が教えてくれた。

「そいつは、ここの主人の自筆らしいぜ」

「へえ」六十絡みの頑固親父。でっぷりとした体形で、弟子の動きに鋭く目を光らせ、スープの出来が悪い日は店を臨時休業する。そんな主人の姿を私は想像したが、その想像はあっさり裏切られた。店内はL字型のカウンターだけで、調理場では四人のスタッフが忙しく立ち働いていたが、全員が二十代に見える。私たちはL字の短い一辺の方に座ったが、法月がすかさず「あれがここの主人」と教えてくれた。「あれ」はどう見ても二十代前半にしか見えない小柄な男で、ラーメンを作るのが楽しくてたまらないといった感じで立ち働いている。暖簾と同じ紺色のTシャツに、頭には白いバンダナ。麺の湯切りと仕上げを一手に引き受けているようで、派手なパフォーマンスを見せるわけではないが、機械のように正確にラーメンを作り続けていた。顔から笑みが消えることはない。

法月の薦《すす》めで塩ラーメンを頼み、店内を見回す。ラーメン屋と言えば隣の人と肩が触れ合うほど狭いのが普通だが、この店にはゆとりがあった。インテリアはアジアっぽい雰囲気をイメージして木を多用したもので、観葉植物を幾つも置いて穏やかな空気を作り出している。メニューはオーソドックスに醤油《しょうゆ》、味噌、塩。他にトッピングが数種類と「今月のラーメン」というのがあるだけだった。

「ここはうちの連中の溜まり場でね」

「そうなんですか？」

「夜は軽く酒も呑める。で、締めでラーメンを食べればいいわけだ」

「法月さん、気楽にラーメンなんか食べて大丈夫なんですか」ラーメンを悪役にしてしまったことに気づき、私は一つ咳払いをした。

「ああ。医者に言わせれば食べ過ぎがよくないんだそうだ。特に食事制限はないんだけど、何事もほどほどに、ということらしいよ」

「お願いですから、俺と飯を食べてる時に倒れないで下さいよ」

「分かってるよ。それは醍醐と一緒の時にする。あいつなら俺を担《かつ》いで帰ってくれるだろうからな」

「救急車を呼んだ方が早いでしょう」

「嫌なこと言うなよ」法月が顔をしかめた。「この前倒れた時のことは、あまり思い出したくないんでね。仕事で救急車は散々乗ってきたけど、自分が横になってあそこに乗ってるのは、いい気分じゃないぜ」

「すいません」

「いや、まあまあ……」法月が苦笑を浮かべる。

「ところで、失踪課って昔からこういう雰囲気だったんですか」

「昔って言ったって、まだできたばかりじゃないか。でも、全体に素っ気無いのは確かだな」

「やる気がないっていう方が正確でしょう」

「まあ、そう責めるな。うちの課がどういう経緯でできたかは知ってるだろう？　外向けのアリバイ作りみたいなものなんだぜ。頭数が合ってればいいわけだから、他で使い物にならない連中ばかりが放りこまれてきたのは間違いない。俺を含めてな」法月が寂しそうな笑みを浮かべた。

「法月さんは病気だから仕方ないでしょう」

「でも、もういらない人間だと言われたも同然だからな。俺の場合は片肺飛行みたいなものだから、馘にならずに済んでる分、感謝せんといかん」

「俺も似たようなものですね」

「お前さんは……」法月が言葉を切った。何を言うべきか迷い、結局言葉を見つけられなかったのは明らかである。「まあ、頑張ってくれよな。そろそろ失踪課も認めてもらわないと」

「俺に期待されても困りますよ」

「いや、お前さんはもう、何か材料を摑んだんじゃないのか」

「まだ何とも言えません」

「はい、お待ちどおさま。塩二つです」

店主が軽々と両手に丼《どんぶり》を持って掲げていた。慎重に受け取り、カウンターに置く。ほとんど透明なスープに軽く脂《あぶら》が浮いていた。具はホウレンソウ——いや、小松菜と、脂身の少ない叉焼《チャーシュー》が二枚、色薄く煮上げた大量のメンマというシンプルな組み合わせ。縮れの強い麺がスープの底に沈んでいる。

「ああ、この人が店主の末永充《すえながみつる》さんね。こっちがうちの新戦力の高城賢吾」法月が紹介してくれた。

「ああ、どうもよろしくお願いします。ご贔屓に」さらりと爽やかな口調で言って、末永が頭を下げる。

「表の看板、あなたの直筆ですって？」箸《はし》を割りながら私は訊ねた。

「いや、お恥ずかしい」私の質問に照れ笑いを浮かべ、末永がバンダナの上から頭を掻いた。

「書道をやってたんですか」

「親にやらされてたんですよ。別に好きなわけじゃなかったですけどね」

「芸は身を助く、だ。大したもんですよ」

「いやいや……これからもどうぞよろしく」勢い良く頭を下げると、末永は寸胴鍋の並ぶガス台の方に戻って行った。

「なかなか感じがいいですね」

「ラーメンも美味いよ。食ってみな、流行ってる理由が分かるから」

確かに。スープはすっきりした塩味なのに奥深さがある。麺との絡みを計算しつくした濃さだった。

「確かに美味いな」

「な？　そのうち、夜に呑みにこよう。スープだけ出してくれるサービスもある。酒の時は締めにそれもいいんだ」

「なるほど」

ほぼ食べ終えた時、携帯電話が鳴り出した。法月に「失礼」と声をかけて店を出る。外ではまだ十人ほどが並んでいたが、私が食べ終えたのではなく電話で話すために出てきたのだと気づくと、一斉に迷惑そうな表情を浮かべた。

「はい、高城」

「明神です」

「ああ、ご苦労さん」

「食事ですか」かすかに非難するような口調で愛美が言った。

「俺だって飯ぐらい食うさ」

「私はまだなんですけど」

「きちんと食事を取るのも給料のうちだぜ……で、どうした」

「一人、会うべき人ができました」

「リストに載っていた人で？」

「いえ、違います」

「誰だ」

「昔、赤石さんがネットカフェで暮らしていた頃の知り合いです」

「それは……」

「当時、そこで勤めていた人」愛美が私の質問を途中で遮って答えた。いい線を探り当てたようだ。最初の不機嫌な様子は消え、声が弾んでいる。

「店員か」

「赤石さんの顔見知りらしいです。当時の事情を知っているんじゃないでしょうか」

「すぐに会えそうなのか」

「アポは取ってません。予断を持たせないように、直接行った方がいいと思って」

褒《ほ》めるところか？　いや、これぐらいはやってもらわなくては。

「了解。どこで落ち合う？」

「大森《おおもり》ですね」

「分かった。時間は」

「一時間後でどうですか？　フランス料理のランチでも食べてるんだったら間に合わないかもしれませんけど」

「あのな、俺がランチにフランス料理を食べるようなタイプに見えるか？　六条じゃあるまいし」

「あの人は……」

「六条がどうかしたか？」

「何でもありません」深く溜息をついて、愛美が話を切り替えた。「大森駅には、確か改札が二つあるはずです」

「ああ、そうだったな……ええと、中央改札でどうだろう」

「了解しました」

寒風が首筋に突き刺さり、私は思わず肩をすぼめた。愛美は今日、どんなコートを着ていただろう。駅の構内は風が吹き抜けるから、立っているだけで凍えてしまうものだ。

「暖かくしてるか？」

「はい？」

「待たせないつもりだけど、駅の構内は冷えるぞ」

「自分の面倒ぐらい、自分でみられます」

電話が切れた。結構。それだけ自信たっぷりに断言するのなら、絶対に「寒い」などと文句は言わせない。


嫌がらせだろうか、と私は大森駅の中央改札を出たところで足踏みしながら考えた。愛美は約束の時間に遅れており、私は今日、普通のトレンチコートで来てしまったのだ。歩いている分には寒さを感じないが、突き抜けるように風が吹く場所では、寒さで骨が悲鳴を上げる。約束の時間に十分遅れて、愛美が改札から出てきた。クソ、膝まである暖かそうなダウンジャケットを着ているではないか。私の前で立ち止まると、遅れた謝罪をする前に「寒くないんですか」と訊ねた。声にはわずかに皮肉が混じっている。

「オヤジは暑がりなんでね」首に手を伸ばしてコートの襟を寝かせる。途端に風が首筋を撫でていって身震いした。

「遅れてすいません。電話がかかってきたりして、電車に乗り遅れました」

「問題ない。で、相手の勤め先は？」

「会田《あいだ》司法書士事務所」

「司法書士なのか？」

深夜のネットカフェの死んだような時間。それと司法書士という職業が上手く結びつかない。

「何か?」愛美がすっと眉を上げる。

「イメージが違うな」

「何を想像してるかは分かりますけど」愛美が先に立って歩き出した。「私たちが会おうとしている相手は、ネットカフェ難民だった人じゃありません。元店員です」

「それが司法書士になったわけか」

「勉強しながらのアルバイトにはちょうどよかったんじゃないですか」

「なるほどね」返す言葉を失くし、私は軽く相槌《あいづち》を打つに止めた。

駅の東側に出て、愛美が迷わず歩き始める。ベルポートの方角を目指してるようだったが、途中で右に折れ、ごちゃごちゃとした古い繁華街に入った。ほどなく、三棟並んだ同じような雑居ビルの前に出る。真ん中のビルに歩み寄って入居者の名前を確認すると、私の方を振り返りもせずに「三階です」と告げて、さっさと階段を上がっていった。少しだけ恨めしい気持ちを抱きながら、彼女の背中を追う。どうしてこんなに元気なのか。自分がまだ二十代の頃、三階へ上がるのに階段を使っただろうか? 記憶にない。そこにエレベーターがあるのに使わない手はないではないか。

三階の踊り場のすぐ脇に、ドアが二つあった。どうやら一フロアに事務所が二つという作りらしい。「会田司法書士事務所」の看板は、左側のドアの横にかかっていた。愛美が身を屈めるようにして、小さなインタフォンに話しかける。

「警視庁失踪課の明神と申します。会田さん……息子さんはいらっしゃいますか」

「息子の方なのか」

私の問いかけに、愛美が唇の前で人差し指を立てる。どうやらインタフォンは調子が悪いらしく、耳をそばだてていないと相手の声が聞き取れないようだ。ほどなく、苛立たしげに愛美が背中を伸ばし、私に文句を告げる。

「壊れてるんじゃないですか、このインタフォン」

「だったらノックすればいい」

「こっちの声は聞こえてると思うんですけど……」

愛美が拳を振り上げようとした瞬間、ドアが開いた。でっぷりと太って顎の線がぼやけた若者が顔を覗かせる。緑色の背景に鳥が飛んでいる図柄のサスペンダーが、まず目についた。お洒落をしているわけではなく、ズボンがずり落ちないための必需品。

「すいません、インタフォンの調子が悪いんです」

「会田光信《みつのぶ》さんですか」愛美がバッジを彼の顔の前に突きつけながら言った。会田がすっと背筋を伸ばして、彼女との間に距離を置く。丸い黒縁眼鏡の奥の目は、戸惑いで一本の線のようになっていた。

「そうですけど、何か？」辛うじて認め、ドアを少しだけ大きく開いた。

「ちょっとお聴きしたいことがありまして……四年ほど前のことなんですが」

「そんな昔の話、何事ですか」会田が一層不安そうになり、視線が泳ぎ始めた。

「いや、大した話じゃないですよ」私は助け舟を出した。愛美が振り向いて一瞬だけ鋭い視線を向けてきたが、無視して進める。「あなた、四年ぐらい前に大森のインターネットカフェでアルバイトしてたでしょう？　その時の話です」

「確かにバイトはしてましたけど、それがいったい……」

「ちょっと中に入れてもらえませんか？」私は大袈裟に両手を擦り合わせて見せた。「何しろここは寒くてね。私ぐらいの年になると、寒さが応《こた》えるんですよ」

「どうぞ」まだ怪訝そうな表情は消えなかったが、会田はドアを大きく開けてくれた。愛美が振り返り「オヤジは暑がりなんじゃないんですか」と小声で皮肉を飛ばした。私は「臨機応変だ」と切り返し、彼女に続いて事務所に入った。

狭い事務所で、入ってすぐの場所に応接用のテーブルがあり、その奥が事務スペースになっている。私たちは応接用のテーブルに案内されて腰を下ろしたが、暖房は十分には効いておらず、コートを脱ぐにはかなりの勇気が必要だった。一方の会田はワイシャツ一枚で袖まくりまでしている。脂肪にはここまでの断熱効果があるのだろうか。愛美はダウンジャケットを脱いできちんと畳み、膝の上に置いている。これならそれなりに暖かいだろう。結構だ。私一人が寒い思いをすればいい。思い切ってコートを脱いだ。

お茶でも、という会田を制し、愛美が早速話を切り出した。

「四年前、あなたは大森の『べる・かふぇ』というインターネット喫茶で受付のアルバイトをしてましたね」生真面目な口調に、相手を追い詰めようという意図が見える。

「ああ、『べる・かふぇ』ね。ええ」

「学生時代ですか？」

「いや、あの時はもう卒業してましたけど」

「司法書士の受験勉強中ですね」

会田が肩をすくめた。

「そういうことです。でも、浪人してるのは格好いい話じゃないし、家や事務所にいると親も煩《うるさ》いんでね……あそこでバイトしながら受験勉強してました。そういうことをするにはいい環境なんですよ」

「その時に、赤石透さんという男性と知り合いになりましたね」平板な声。質問ではなく決めつけ。

「赤石……」会田が天井を見上げた。助け舟を出すように、愛美がハンドバッグから赤石の顔写真を取り出してテーブルに置く。会田は素早くそれを見下ろしたが、反応は鈍《にぶ》い。私は腕組みをして、この場の主導権を愛美に引き渡した。お手並み拝見だ。

「分かりませんか？」愛美の声に焦りが滲む。

「ちょっと待って下さいよ……この写真、触ってもいいですか」

「どうぞ」

会田が写真に手を当て、赤石の顔の上半分を隠した。次いで、何か透けて見えるのではないかとでもいうように、蛍光灯に翳《かざ》してみる。

「ああ、はい、分かった。分かりました」左手に右の拳を叩きつける。「これは、最近の写真ですよね」

「そうです」

写真の赤石はネクタイにスーツ姿で、髪をきちんとカットしていた。眼鏡もかけており、口元には笑みが浮かんで柔和な印象である。

「だったら分からないわけだ。あの頃は髪の毛はぼさぼさだったし、ネクタイなんかしてるのを見たことないから。それに眼鏡もかけてませんでしたしね」

「目は悪くなかったんですか」

「いや、眼鏡を壊したって言ってましたよ。でも、買い換える余裕がないとかいう話でね……何だか随分立派になったけど、どうしたんですか、彼」

「今は人材派遣会社で働いています」

「そりゃ良かった」会田の丸い顔に邪気のない笑みが浮かんだ。「俺と同い年なんですよね。就職に——俺は試験にだけど——失敗したのも同じ。お互い苦労するね、なんて愚痴を零し合ったこともありました」

「赤石さんは、客として『べる・かふぇ』に来ていたんですね」

「そうです。というか、住み着いてたみたいなもので。こういう言葉はあまり好きじゃないけど、ネットカフェ難民ですよね」

「仕事はしてなかったんですか？」

「してましたよ。携帯で呼び出されて、その日一日だけの仕事とか。ワンコールってやつですか？　だから仕事がないわけじゃなかったけど、一日働いて数千円にしかならないから、生活は苦しかったはずです。ああいうのっていい加減な商売らしいですからね。派遣の又貸しみたいなこともしていたみたいだし。又貸しっていうのは変か」

「下請けや孫請けへの二重派遣」

「そうそう、そういうことです」会田が両手を打ち合わせてうなずいた。

「彼はずっと『べる・かふぇ』で寝泊まりしてたんですか」

「そうですね。俺はだいたい夜勤に入ってたんだけど、受付に入る夜の九時ぐらいに、毎日顔を出してましたから」

「その頃、彼はどんな様子でした」

「そりゃもう、落ちこんでて」大きくうなずくと、顎の肉がぶるぶると震えた。「死人みたいな感じでした。歩き方が何か……ゾンビみたいな？　彼、結構いい大学を出てるんですよね。いろんなことをよく知ってたし、頭の回転も早かったな。就職に失敗しただけで、ああいう厳しい目に遭って可哀相でしたね」

「誰かと揉めていたということは？」

性急過ぎる。私は彼女に気づかれないよう、眉をひそめた。

「いや、そんなことはなかったですよ。そういうタイプでもないし。何かあったんですか？」

会田が大きく目を見開く。一瞬の間を置いて、愛美が質問を再開した。

「彼はどうしてネットカフェで寝泊まりするようになったんですか」

「実家は長野の方だそうですね」探りを入れるように会田が訊ねる。

「ええ」

「一度、言ってみたことがあるんですよ。知り合ってしばらくして、結構話すようになってからだけど、『実家に帰ればいいじゃん』って。だけど、親に迷惑も心配もかけたくないからって、言うんですよ。そういう意味では優しい奴でしたね」

「赤石さんとはどうして親しくなったんですか」

写真をバッグに引っこめながら愛美が訊ねる。てきぱきとしてツボを外さない事情聴取だが、もう少し相手に余裕を与えるべきだ。事実、会田は窮屈《きゅうくつ》そうに体をすぼめている。

「そりゃまあ、彼は毎日店に来てたわけで、顔を合わせてりゃ話もするようになりますよ。

年も同じだしね。実は彼、一度ぶっ倒れたことがあるんです。病気じゃなくて、腹が減り過ぎただけなんだけど……仕方ないから、五百円貸しましたよ。それで牛丼を食べて——いや、あの頃はBSE騒ぎがあったから豚丼だったかな、何とか元気になってね。その五百円、返してもらってないんですけど、それはまあ、どうでもいい話か」

「変な話ですね。赤石さんは真面目で律儀な人だったという印象があります。それがお金を返さなかったのは、よほど困っていたということなんですかね。あなたの印象はどうですか」

「印象も何も、そのすぐ後で彼はいなくなったから」

「いなくなった」

愛美の声が鋭く尖り、会田をたじろがせた。太いソーセージのような指を組み合わせ、しきりに揉みしだきながら弁解を始める。本来なら彼が弁解するようなことではないのだが。やはり愛美の突っこみは厳し過ぎる。

「いや、ですから店に来なくなったっていう意味ですよ。あそこに住んでいたわけじゃないし、それまでも何日も顔を見せないこともあったから、その時もそういうことかなって……いつの間にか一週間が一か月になってました。でも、就職してたんじゃ、あんなところに顔を出すわけがないですよね」

「五百円ぐらい、返しそうな感じもしますけどね」愛美が五百円にこだわり続けた。

「いや、俺も別に気にしてないんで。困ってる時はお互い様ですしね……あの、それで彼、どうかしたんですか？」

「今度は本当に行方不明になったんです」

彼女の言葉に、丸々と血色のいい会田の顔が瞬時に青褪《あおざ》めた。


「どう思った」大森駅に戻る途中、愛美を誘って喫茶店に入る。彼女の余裕のない事情聴取で、私まで頭が痛くなっていた。全席禁煙の店だったので苛つき、ついテーブルに煙草を転がしてしまう。愛美がそれを見咎めたので素早くパッケージに戻すと、ようやく彼女は喋る気になったようだった。

「空白の一年が気になります」

「ああ」

「午前中、会社の関係者――赤石さんの同僚に話を聞けました。でも、会社へ入る前の一年間に何をしていたか、知ってる人はいないようですね。ネットカフェ難民だったことを知ってる人は結構多いようですけど。そもそも『べる・かふぇ』の名前もそこで割れたんです」

「それで店に電話を突っこんで会田の存在を突き止めたわけか……いい腕だ」

無理して褒めてやったのに、愛美は何も反応を示さなかった。仕方なく話を本筋に戻す。

「ネットカフェ難民っていうのは恥かね。どう思う？」

「プライドが高い人なら、そう考えるかもしれません」

「赤石さんはいい大学に通っていて成績も良かった。そういう人が希望の会社に入れず、家賃を払えないでアパートを追い出されて、ネットカフェで辛うじて雨露をしのいでいた──確かにきつい体験だっただろうね」

「でも赤石さんは、無用にプライドの高いタイプじゃないと思います。このことは特に隠していたわけではないでしょう？　自分から積極的に話すこともなかったようだけど、飲み会でお酒が入ると、自嘲《じちょう》的に喋ることがあったそうですから」

「自嘲的に、ね」

私は顎を撫でた。昨日真弓には忠告されたが、今日も髭は剃っていない。剃ろうかと思ったのだが、アフターシェーブローションを切らしたままだったことに、朝になって気づいた。あれがないと、剃り跡が真っ赤になって髭面よりもひどい印象を人に与える──昨日と違って真弓は何も言わなかったが。

「冗談にできるほどには、過去のものになっていたんでしょうね」

「そういうことだろうな」舌を火傷《やけど》しそうなほど熱いコーヒーを飲み、テーブルを指先で叩いた。椅子はやけに背が高く不安定で、体も気持ちも落ち着かない。「しかし、変だな」

「確かに変です」うなずき、愛美が手帳を広げた。何か重大な事実が書いてあるわけではないはずだが、自分の字を見て考えをまとめようとしているのだろう。「赤石さんは二十六歳ですね。普通に大学を出て、今は普通にサラリーマンをやっている二十六歳の人にとって、一年間家もなく暮らしたことは大変な経験だったと思います。でも、そのことは喋れるようになった。しかも冗談半分で。ところがその後の一年間のことは誰も知らない」

「喋れないのか、喋る価値もないと思ってるのか……」

「喋れないんですよ、きっと」愛美が断じた。「翠さんが知らないのが何よりの証拠じゃないですか。婚約者にも喋ってないのは、喋れない理由があるからです」

「だろうね」素早くうなずいて賛意を示してやった。考えがぴたりと一致してしまうのは危険でもあるのだが、今は彼女が私と同じ結論に達していることが素直に嬉しかった。

「何か変な商売に手を出していたとか」

「それが今になって引っかかった」

「それなら二つの可能性が考えられますね。一つは、その頃やっていたことに関連して、彼が……」声を潜める。「消されてしまった。もう一つは――」

「危険を察知して、自ら姿を隠した」

もう少しで愛美が笑いそうになった。ぽんぽんと調子よく進む会話が嫌いなわけではないようだ。だがその笑顔は、携帯電話が鳴り出したせいですぐに引っこんだ。

「はい、明神です……ああ、翠さん。どうしました？　はい、お母さんですね。ええ？

病院は……過労ですか。大丈夫なんですか？　いいんですね？　じゃあ、どうしましょう。お宅にお伺いすればいいですか……分かりました。三十分後ぐらいでどうでしょう。はい、ではその時に」

「大丈夫なのか？」

電話を切った彼女に訊ねる。

「病院で点滴を打って帰ってきたそうです。今は家で寝ているそうですけど、お話ししたいと……午前中、電話で伝えておいたんです」

「だったら行かないと」カップを持ったまま私は立ち上がった。「翠さんは？」

「一度会社へ行くそうです。それで、部屋には芳江さんと美矩ちゃんと二人きり」

「よし、都合よく厄介払いできたな」

「そういう言い方しなくてもいいじゃないですか」愛美が私を睨む。

「君だって、翠さんがいないことが分かったから家に行くと言ったんだろう？」昨日から気にしていたことだった。できれば翠と芳江には別々に話を聴いて――翠からは既に聴いていたが――あとから摺《す》り合わせをしたかったのだが、二人を分断させる上手い手が見つからなかったのだ。もちろん、無理に引き離して話を聴くことはできるが、二人は容疑者ではない。不快な思いをさせるのは本意ではなかった。

「とにかく、三十分後に家に伺う約束をしました」彼女も椅子から滑り降りた。

「結構」腕時計を覗く。大森から中延……近い。歩く時間も含めて、二十分もあれば十分だろう。「ところで、俺の髭は似合ってるか？」

愛美が私の顔を凝視した。こちらの弱点まで見透かそうとするような強い視線だった。

「汚いだけですね」

「口が悪いって言われたことはないか？」

「ノーコメント」

捜査のやり方は教えてやれるが、性格までは直せないぞ、と私は心の中で真弓に悪態をついた。

7

初めて会ってから三十時間ほどしか経っていないのに、玄関先で私たちを出迎えた芳江は別人のようにやつれていた。化粧をしていないせいもあるだろうが顔色は悪く、目も落ち窪《くぼ》んでいる。色の抜けた唇は、冬の海に長時間浸かっていた水死体のようだった。

「どうもすいません」第一声は、全ての原因が自分にあると認めるような謝罪だった。

「お体は大丈夫ですか」

声をかけると、彼女の後ろから美矩が心配そうに顔を覗かせる。「よ」と声をかけて手をあげると、はにかんだような笑みを見せてから奥へ引っこんだ。

「どうぞ、お上がり下さい」芳江が部屋の奥に向かって手を伸ばした。

「失礼します」一礼して靴を脱ぐ。愛美も後に続いた。

赤石の家よりやや広い1DKのマンションで、ダイニングには二人がけの丸テーブルと食器棚があり、ステンレスの流しは綺麗に磨き上げられていた。キッチンはかなり使いこんでいる様子だが、鈍く光る流しを見ただけで、翠が綺麗好きなのが分かる。もう一部屋が寝室兼リビングで、淡い黄色のカバーがかかったベッドが壁に寄せて置いてあった。二人がけのソファと小さなデスク、その横にはドレッサーがあって、鏡が使えるように上蓋が開いていた。

美矩がベッドに寄りかかるように腰を下ろし、膝を抱えこむ。芳江はベッド脇にあるガラス製のテーブルの前で正座した。私と愛美は立ったままだった。四人が座ると明らかに狭過ぎる部屋。目配せすると、愛美がかすかにうなずいて芳江に話しかけた。

「お茶でも淹れましょう」

「それなら私が……」テーブルに両手をついたが、芳江はそれだけでエネルギーを使い果たしてしまったようで、立ち上がることはできなかった。

「私がやります」

芳江の動きを制して愛美がキッチンに移動する。薬缶をガス台にかけ、食器戸棚を探る音が聞こえてきた。顔を見せぬまま、声をかけてくる。

「紅茶にしましょうか。翠さん、ちゃんと紅茶の道具を揃えてるわ……美矩ちゃん、手伝ってくれない？　紅茶の淹れ方、教えてあげるから」

「はーい」弾かれたように美矩が立ち上がる。出口が見えない中で、彼女の明るさは救いだった。

愛美が紅茶の淹れ方をレクチャーし始め、美矩がくすくす笑う声が私の耳をくすぐる。私は芳江を必要以上に緊張させないため、わざと正面を外して斜め向かいに腰を下ろして胡坐《あぐら》をかいた。床はフローリングで敷物はないため、木の冷たさが直接尻に食いこむ。

「心配ですね」

「はい……」消え入るように言って、芳江がカーディガンの胸元をかき合わせた。「捜しに来たのに私がこんなことで……何の役にもたちません」

「仕方ないですよ。こんなことがあれば、誰だって疲れます」

「あの、息子は……」

「いろいろ調べてみましたが、正直に言えば、まだ有力な手がかりはないんです。もう一度詳しくお話を聞かせていただければ、何かヒントが摑めるかもしれません。幾つか疑問も出てきましたから、確認させて欲しいんです」

「私に分かることでしたら」芳江の眼差《まなざ》しは真剣だった。

「透さんが今の会社に就職する前のことなんですが……彼は大学を卒業してからどうしていたんですか」

芳江が黙りこんだ。知っている。赤石は自分の境遇を母親には明かさなかったというが、その後で知ることになったのだろう。意を決したように顔を上げたが、その目は赤く潤《うる》んでいた。

「あの、本当にみっともない話なんです」

「そんなことはないでしょう」

みっともない話……彼女は誰からそのことを聞いたのだろう、と私は訝った。直接赤石から？　芳江の声は消え入りそうだった。

「ホームレスですか？　そんな暮らしを一年も続けて……」

「ホームレスじゃありませんよ。ネットカフェで寝泊まりしていたんです。雨に濡れることもないし、安心して眠れる。常に最新の情報に触れることもできるんですから、ホームレスとは違うでしょうね」

「私に心配をかけまいとして、ずっと黙っていたんです。そういう子なんです。就職が決まって初めて、打ち明けてくれました」

「優しい人だという評判は、あちこちで聞いてますよ」

「父親が亡くなった時も私を励ましてくれて……お金のことで迷惑をかけたくないって思ったんでしょうね。だからあんな苦労をしながら、私には何も言わなかったんです。言ってくれたら、何とでもしたのに」

「分かります」

「でも、何とか立ち直ったんです。本当に、自分一人の力で。就職してからそういう話を聞いて、心臓が止まりそうになりましたけど、今は安心してます。あんな素敵なお嬢さんと結婚できることになったんですから」

「そうですね」言葉を切り、芳江の顔色を窺った。相変わらず元気はなく、本当なら病院のベッドで静養しているべき状態である。しかしそれは無理なのだろう。美矩の面倒を見なければならないし、翠にも迷惑をかけられないと思っているに違いない。あらゆる心配ごとを一人で背負いこんでしまう人間がいるものだが、彼女はまさにそういうタイプだった。

「時間の流れをはっきりさせておきたいんです。嫌な話かもしれませんけど、確認させて下さい」

「はい」芳江の背筋が少しだけ伸びた。

「透さんが大学を卒業したのが四年前。それから一年間、彼は日雇いの仕事をしながらネットカフェで寝泊まりしていました。今の会社に就職したのは二年前です。私が知りたいのは、空白の一年間なんですよ。ネットカフェで暮らした一年間と就職する間には、一年間の開きがあります。この間、彼が何をしていたかはご存じですか」

「いえ」芳江の返事は速かったが、不自然な感じはしなかった。

「連絡は……」

「なかったです。ほとんどなかったです。卒業して住む家もなかったことを知ったのも、今の会社に就職してしばらく経ってからだったんですから。『心配させたくなかったから言わなかった』って……」芳江の目から涙が零れる。「優しい子なんです」

「分かります。でも、どうですか？　その一年間に透さんが何をしていたか、話は聞いていませんか」

「ええ」

「翠さんからも？」

「聞いてません。翠さんも知らないんじゃないかしら。透に訊ねたこともあるんですけど、急に不機嫌になって黙りこんでしまって。よほど嫌なことがあったんでしょうか」

「そうかもしれません」

やはり、芳江が嘘をついている気配はない。私は腕組みをして次の質問を探した。適当な言葉が浮かんでこない。クソ、やはり俺の勘は錆びついているのか。考えろ。徹底して考えろ。話を中断させるのは最悪のやり方だ。

「お茶です」

愛美が紅茶を運んできた。話を切り替えて質問を考え直すにはありがたいタイミングである。

「紅茶は結構時間がかかるんだな」

「そうですよ」やけに快活な声で愛美が言った。「ちゃんと美味しい紅茶を淹れるには手間がかかるんです。ね、美矩ちゃん」

美矩がこっくりとうなずいた。今日は髪を束ねていないので、長く柔らかい黒髪が、顔を覆い隠すようにふわりと揺れる。

「とにかく、少し休みましょう。何か食べられたんですか？」愛美がカップに紅茶を注ぎ分けながら芳江を気遣った。芳江が無言で首を振る。愛美がカップを彼女の方にそっと押しやりながら忠告した。「少しでも食べておいた方がいいですよ。体を壊したらつまらないでしょう」

「でも……」

「クッキー」美矩が両手を叩き合わせた。「クッキーがあるわよ」

「美矩、それはお姉ちゃんのでしょう」芳江がたしなめる。

「お姉ちゃん、食べていいって言ったもん」

「美矩――」

「いただきましょうか」愛美が割って入った。私が初めて見る柔和な笑みを浮かべている。家族を安心させるために表情を使い分けられるのか、それとも単に甘いものが好きなだけなのか。美矩がキッチンに飛んでいって、クッキーの箱を持ってきた。私は遠慮することにして、三人がクッキーを食べるのを眺めながら紅茶を啜った。ウィスキーを一垂らしすると美味いのだが、と思いながら。

「美矩ちゃん、随分翠さんになついてるんですね」世間話でもするような気軽な調子で愛美が訊ねた。芳江の顔がわずかに綻ぶ。

「ねえ、ずっとお姉ちゃんが欲しかったのよね」芳江が美矩の頭を撫でた。美矩が少しだけ迷惑そうな表情を浮かべたが、逆らって身を引くことまではしなかった。難しい年頃なのだろう。親子の微妙な距離感を眺めながら、私も結局クッキーに手を伸ばした。アーモンドがしこんであるようで、歯が溶けそうなほど甘く感じる。薬を飲むつもりで何とか一枚を食べ切り、紅茶で流しこむ。一息ついて、軽い調子で質問を再開した。

「透さん、最近はよく帰省されてましたか」

「盆暮れぐらいは――就職してからですけどね」

「翠さんと一緒に」

「いえ、それは一度だけです。最初に『嫁さんになる人に会わせたいから』っていきなり言ってきて……それが半年ぐらい前、去年の夏でした」

「翠さんとは随分親しくなったんですね」

「そうですね。いいお嬢さんだから。随分苦労されたようだけど、そういう点では息子と似たようなものかもしれません」

「新しい家族ですね」

「そうです」私の話に合わせてそう言ったものの、自分の言葉に潜む不確かさに気づいたのか、芳江が深く溜息をつく。

「もう一度確認します。透さんが最近何かを気にしていたり、心配していた様子はないんですか」

「ええ。離れて暮らしているからはっきりしたことは言えないんですけど、電話で話していた限りでは、そういうことは……」

「ねえ、お母さん」美矩が割りこむと、芳江が難しい表情を浮かべる。美矩もそれに気づいたようだが、臆《おく》せずに続けた。「この前東京でお兄ちゃんに会ったの、いつ?」

「何で?」

「うん……」美矩がうつむき、指先をいじった。助けを求めるように愛美の顔を見やる。

愛美は穏やかな笑みを浮かべ、芳江を促した。

「お答えいただけませんか? 美矩ちゃん、何か気になるみたいですから」

「いいけど、どうしたの、美矩？」あくまで娘を子ども扱いしたい様子だったが、それと対照的に、美矩は妹として何かの役に立ちたいと思っているのは明らかだった。

「お兄ちゃんが電話してたの」

「電話？」芳江が座り直す。テーブルの上に乗った携帯電話を取り上げてカレンダーを操作し始め、同時に美矩に助けを求める。「こっちに来たのは……二月前ぐらいだっけ？」

「クリスマスの後だったよ」

「そうそう、二十七日。十二月二十七日だったわ」

「暮れも随分押し詰まった頃ですね」具体的な話が出てきたので、私は二人のやり取りに割りこんだ。芳江がうなずいて説明する。

「透が一回東京の家に泊まりに来いって誘ってくれたんです」

あの狭い家に。かなり鬱陶しい誘いのように思えたが、この家族の絆《きずな》は、私が考えているよりもずっと太く強いのだろう。それにしても布団はどうしたのだろう、と余計な心配が頭に浮かんだ。

「美矩、その時なの？」覗きこむようにして芳江が訊ねる。

「うん」

「美矩ちゃん、その電話って、どういう内容だったか覚えてる？」愛美が質問を引き継いだ。安心させるためか、美矩の背中にそっと手を当てている。

「何か、怒ってた」

「怒ってた？」愛美の眉がすっと上がった。「誰と話してたか、分かるかな」

「分からない」美矩が首を振った。「携帯電話で話してたけど……」

「どんな話だったか、分かるかな」

愛美が柔らかい声で質問したが、美矩はまた首を振った。先ほどよりも激しく。その目には、悔しそうな色が浮かんでいる。自分から言い出したことなのにはっきり説明できないのを情けなく思っているのだろう。

「美矩ちゃん、お兄ちゃんは普段はあまり怒らない人じゃない？」

「うん」

「そのお兄ちゃんが怒ったのよね？　珍しいことだよね」

「うん、泣いてたし」

「泣いてた？」芳江が目を剝《む》いた。「そうなの？　お母さん、知らなかったわよ」

「お母さんが買い物に行ってた時だから。それですぐに電話を切って……ずっと怒ってたよ、お母さんが帰って来るまで」

「何なんでしょう」助けを求めて、芳江が私と愛美の顔を順番に見た。

「どうでしょう」はっきりしたことは言えない。何かが引っかかる……私は素直に疑問を口にした。「それが年末ですよね。その後、透さんの様子が変わったということはありませんか？　怒りっぽくなったとか、落ち着かない様子だったとか」

「それはないです。いつも通りでした」

「年末以降、透さんには会いましたか」

「……一度も会ってません」芳江が唇を嚙んだ――大変な罪を打ち明けるとでもいうように。携帯を壊れ物のように慎重にテーブルに置き、ゆっくりと顔を上げる。「知らなかったんです、何も」

「知られたくなかったのかもしれません。電話でお話はされていましたか？」

「ええ。でも、特に変わった様子もなくて」

「そうですか……」

窓を見る。カーテンは開いており、空がわずかに見えた。天気はいい。散歩日和か？　たぶん大丈夫だろう。子どもは寒さに強い。

「美矩ちゃん」美矩が紅茶のカップ越しに私の顔を見上げた。笑みを浮かべてうなずきかけ、窓を指差す。「ちょっと散歩でもしないか？　今日は久しぶりに天気もいいし、暖かいし」

「私も行きます」愛美がすかさず私に目で合図し、助け舟を出してくれた。助かった、と正直ほっとする。子どもの――しかもこれぐらいの年の女の子の相手をするのは、正直言って苦手だ。私生活では経験することができなかったが故に。

「頼む。美矩ちゃん、ちょっと外の空気を吸ってきた方がいいよ。部屋の中にばかりいると疲れるからね」

一瞬、美矩が不審そうな表情を浮かべた。だが子どもらしい直感で何かを悟ったようで、黙って愛美の後につき従う。愛美がダウンジャケットを着せてやると、ほとんどお揃いの格好になり、少し年の離れた姉妹という感じになった。

ドアが閉まると、私は改めて芳江に向き直った。

「すいません。美矩ちゃんを邪魔者扱いしたわけじゃないんですけど、彼女からは別に話を聞いたほうがいいんです。それは明神に任せますから」

「私は邪魔しませんよ」少しだけ憮然とした表情を浮かべて芳江が反論する。私は首を振って、彼女の疑念を打ち消してやった。

「子どもは母親に頼るものです。近くに母親がいると、何か分からなくなった時に助けを求めてしまうでしょう？　そうなったら、本当の記憶は引き出せない」

「そうですか……」

「ここは明神に任せて下さい。もちろん、美矩ちゃんに無理強いするようなことは絶対にありませんから」

「すいません、私が何も分からないばかりに」

「あなたのせいじゃありませんよ。家族だって、お互いに全てが分かっているわけじゃないでしょう。離れて暮らしていれば尚更《なおさら》です」

「情けないんですよ」目の縁に溢れかけた涙を、芳江が人差し指で拭った。「母親なのに、息子が家も借りられないで困っていることに気づかなかったなんて……だから、今回いなくなったことだって、きっと私が知らない理由があるんです」

「それは当然です。相談できるようなら、最初から話しているはずですからね。赤石さん、こんな時にこんなことを言うと気分を害されるかもしれませんけど、今、彼にとって一番大事な人は翠さんでしょう」

「そうですね」芳江が寂しそうに笑って鼻を啜り上げた。「やっぱり母親より婚約者ですよね」

「その彼女でさえ、何も知らないんですよ。だから透さんには、本当に誰にも言えない理由があるはずです。あなたが知らなくても仕方がないでしょう」

「理屈では分かってるんですけど、何だか情けなくて……」

「自分を責めても彼の行方は分かりませんよ。もっと気を強く持って下さい。美矩ちゃんもいるんですから」

「変な話ですけど、私の方が美矩に助けられているんです」芳江がとうとうハンカチを取り出した。雑巾を絞《しぼ》るように両手で握り締める。「あの子が生まれてすぐに主人が亡くなって、美矩は自分の父親の顔も知らないんです。でも、真っ直ぐ育ってくれて、最近は急に大人びてきたし……あの子がいなかったら、私はとっくに駄目になっていたかもしれませんね」

「人間は案外強いものですよ。心配なのは分かりますが、あなたがここで頑張らないと。確かに年の割にしっかりしてますけど、美矩ちゃんはまだ子どもなんですから」

「はい……分かってますけど……どうもすいません」

思う存分泣いてくれとは言えなかった。芳江は既に、知っていることを全て吐き出してしまっただろう。感情を爆発させた後で、忘れていたことを思い出す人もいるものだが、彼女の場合は揺さぶっても何も出てこない感じがした。

それからの事情聴取は、単なる愚痴の羅列《られつ》になった。だが芳江を責めることは、私にはできなかった。家族の愚痴を聞くのが私の役目だというなら、甘んじてそれを受け入れよう。少なくとも私には、芳江の立場が理解できる。完全とはいわないまでも、ある程度は。人によって事情は違うにしても、悲しみの色は一つしかない。後悔の色も。

家に戻って来た時、愛美は私に向かって軽くうなずきかけただけだった。美矩の様子に変化はない。唇から赤みが消えていたが、それはあくまで寒さのせいだろう。

家を辞去し、中延駅に向かって歩き始める。愛美が美矩から何を聞き出したのか早く確認したかったが、歩きながら、あるいは電車に乗ってするような話でもない。車を使わなかったことを後悔したが、愛美は私の考えを見越したように、翠の家の近くにある公園に入っていった。

コンクリートの冷たいベンチに並んで腰を下ろそうとした瞬間、愛美が言葉を発した。

「逃げろ」

「何だって？」私は慌てて彼女の顔を見た。

「赤石さんが、問題の電話で話していたことです。相手が誰だったのかは分かりませんけど」

「それは、相手に向かって言ったんだな？」

「美矩ちゃんが聞いた限りでは、そういう感じだったそうです」

「なるほど……忠告かな」

「ええ」愛美が素早くうなずく。「少し臭いますね」

「ぷんぷん臭うよ。その電話をかけていた時、彼は怒っていた。電話が終わったら泣いていた。赤石さんの普段の行動パターンからは考えられないと思わないか？」

「ええ」

「誰と話していたかが問題だけど――」

「通話記録を取れませんか？」

「裁判所命令がいるな」

「となると、長引きますね」予想していたことなのか、愛美が淡々と言った。

「少し考えてみよう。何かいいアイディアが出るかもしれない。失踪課の連中にも知恵を借りよう」

「それは無駄です」またもや愛美の顔に冷たい仮面が張りついた。「よくもあれだけやる気のない人ばかりを集めたもんですね。まさか、そういう基準なんですか？」

「じゃあ、俺も君もやる気のない人間ということになるわけだ」指摘すると、愛美が薄い唇を一文字に結ぶ。私は軽い調子で前言を撤回した。「俺はともかく、君は違うだろう。さ、引き返そうか。今から帰ると——」腕時計を見た。三時半で止まっている。クソ、電池切れか。家では目覚まし時計の電池も切れているに違いない。ステレオのリモコンも動かなくなっているだろう。悪いことは連鎖するものだ。そして小さな悪いことが積み重なって、やがては大きな不幸が襲う。私は手首を振って、時計が動かないことを示しながら愛美に訊ねた。

「今、何時だ」

「四時十分です」

「急いで帰ってぎりぎりか」膝を叩いて立ち上がる。「とにかく、通話記録を入手する方法を考えよう」

「自分たちで、ですよ」愛美が肩をすくめて念押しした。「他の人たちをあてにしても無駄です」

五時五分前に渋谷中央署に到着し、失踪課へ向かう。時間がない時にかぎって妨害が入るもので、今回は長野に捕まってしまった。駐車場から庁舎に入ってきた彼が興奮に顔を赤く染め、嬉しそうに話しかけてくる。

「いやあ、これは一級品だぜ」

うなずいたが、私は一瞬だけ迷った。この男は何でも喋らずにはいられないタイプで、こちらがいくら「都合が悪い」と言っても一切耳を貸さない。黙らせる方法はただ一つ、ぜんまいの巻きが終わるまで喋らせることだ。「先に行ってくれ」と愛美に声をかけ、覚悟を決めて「それで？」と先を促す。

「銃だ。後頭部に二発。こいつはマフィアの手口だな」

「馬鹿言うな。ここは日本だぞ。被害者はマル暴なのか？」

「それが違うみたいなんだ。だから一級品の事件なんだよ」

一般市民に銃口が向けられるケースは、まだまだ日本では少ない。暴力団の事件以外で銃が使われたケースを探すのが難しいぐらいだ。だからこそ市民が犠牲になれば、長野が言うように事件の格は上がる。

「現場は？」

「富《とみ》ケ谷《や》」

うなずき、頭の中で地図を広げる。千代田線の代々木《よよぎ》公園駅と、井の頭線の駒場《こまば》東大前駅の中間辺り。すぐ近くの松濤《しょうとう》ほどではないが、渋谷区内で指折りの高級住宅地であることに変わりはない。

「被害者の身元は割れてるのか」

「甲本正則《こうもとまさのり》。三十歳、会社員。ミネラルウォーターなんかを輸入している、小さな商社に勤めてる」

「それ、普通の会社なのか?」

「暴力団と関係があるような会社じゃないようだな。本人は二年前から勤めてる」

「三十歳で二年前からっていうと、中途入社か」

「そういうことだ。発生は今日の午前七時四十分頃。自宅を出た途端に、後ろから撃たれたらしい」

「随分腕のいい殺し屋じゃないか」

「いや、おそらく後ろから腕を摑まえて銃口を頭に固定して……」長野が引き金を引く真似をした。「素人臭いやり方だが、確実は確実だ」

「そんな住宅街じゃ、目撃者もたくさんいただろう」

「いや、それがな」渋い顔で長野が顎をさすった。「たまたま、一方通行の行き止まりにあるマンションで、玄関辺りは死角になってるんだ。偶然前を通りかかりでもしない限り、見ることはないだろうな」

「それにしたって、音を聞いた人ぐらいはいるだろう」

「それは確かにいた。何人もいた。車が急発進する音を聞いた人もな。車を目撃した人もいるよ。ただ、肝心のナンバーは割れていない。そっちの線からは厳しいかもしれないな」

「普通の商社マンか……小さい会社だと、仕事のトラブルが個人的な問題に発展することもあるんじゃないか？　逆恨《さかうら》みとか」

「それはまだ何とも言えない。今、被害者の身辺を洗ってるけど、とりあえず仕事絡みのトラブルはなさそうだ。トラブルってのは、金のあるところに生まれるもんだけど、それほど儲かってる会社じゃないみたいだし」

「洗ってるって、お前の班、この件の担当になったのか」

「まさにその通り」嬉しさに胸を膨らませながら長野が認めた。「たまたま他の班は手一杯で、うちの班しか空いてなかったんだ。それに例の強盗事件の関係で何人かこっちに詰めてたから、そのまま特捜本部に移行さ」

「お前が好きそうな事件だな」

「当然。それより、お前も手伝わないか？」長野が揉み手をした。

「まさか。管轄が違う。それに俺だって事件を抱えてるんだぜ」

「ほう、来たばかりでいきなりか。さすが、事件を呼ぶ男だな」

「よせよ」私は苦笑を浮かべた。確かに過去には、そのように言われていたこともある。何度異動したか忘れてしまったが、私が辞令を受け取って一週間以内に特捜本部ができた確率は相当高かったはずだ。刑事の中には「事件づき」している者もいるが、私は明らかにその一人である。もちろん、次第に灰色が濃くなっているとはいえ、赤石の一件が事件だと決まったわけではないが。

「じゃあ、今日はまだ忙しいから」どうやら話のネタは尽きたようだ。案外あっさり解放されたことにほっとしながら、私は無言でうなずいた。長野が刑事課のある二階に向かって、階段を二段飛ばしで上がっていく。四十も半《なか》ばになってあの元気さ。羨《うらや》むべきか呆れるべきか、私には判断がつかなかった。

8

「何だか困ってるそうじゃないか」失踪課の部屋に入ると、法月が妙に機嫌よく出迎えてくれた。既に帰り支度をしていたのか、コートを腕にかけて立ったままである。自分のデスクについた愛美が、戸惑ったような表情を浮かべている。私は二人の顔を順番に見て答えを求めたが、話は出てこない。仕方なく、法月に話しかけた。

「別に困ってるわけじゃないですけど、携帯電話の通話記録をどうやって手に入れようか、考えているんです」

「明確な犯罪捜査を前提としたんじゃない限り、すぐには手に入らないだろうな。のんびりしていたら状況が変わっちまうだろうし。まったく、悩ましい話だよ」

「法月さんが電話をかけてくれたんです」愛美が解説を加えた。

「どこへですか？」

「俺ぐらいの年になれば、あちこちにコネがあるもんさ。それもできなけりゃ、無駄に年を取ったっていうことだ」

「それはありがたいですけど……」眉を寄せて疑念を表明してやったが、法月のにやにや笑いは消えなかった。

「おっと、折り返しだ」鳴り出したのは法月のデスクの電話だった。身軽な動きでそちらに近づき、受話器を取り上げる。「はい、失踪課分室、法月」と言ってから、私に向かってOKサインを送ってくる。顔に浮かぶ笑みはさらに大きくなっていた。椅子を引いて座ると、背中を丸めてねちねちと喋りだす。

「ああ、どうもお久しぶりで……お元気ですか？　いやいや、こっちはなかなか大変でね。年を取ると、体が言うこと聞かないんだ。いやあ、もう引退寸前て感じで。何？　馬鹿言ってないで」豪快に笑い飛ばし、受話器を右手から左手に持ち替えて、ボールペンを構えた。「よし、さっさといこうか。あんたも忙しい身だろうからね。話は簡単だ。ある男の携帯電話の通話記録が欲しい。そう、いつ、誰に電話したかは、本人なら記録を請求できるだろう？　ところがこっちが追いかけてる男は行方不明でね。そうそう、そんなことは分かってる。本人じゃないと記録の請求はできないよな……裁判所命令を取ればいいんだろうが、どれだけ時間がかかるか、あんたにも分かってるでしょう。もしかしたらこの男は事件に巻きこまれているかもしれない。一刻を争うんだよ。うん、あんたが心配するのは当然だ。もちろん、家族が届け出ても駄目なんだよな？　本人の委任状がいる、それは分かってるけど、肝心の本人がいないから、この件は手詰まりになってるんだ。そこであんたの出番ってわけだよ。難しい話じゃない。ある日の通話記録が分かればいいんだからさ」

一瞬言葉を切り、法月が私に向かって親指を上げて見せた。何とか情報源に「イエス」と言わせたようである。

「いや、この件が表沙汰になることは絶対にない。それに仮に事件になったとしても、裁判で明らかにされるようなことじゃないから、心配しないで。大丈夫だって、俺が約束を破ったことはないだろう……よし、じゃあ、明日でいいね？　もちろん。いやあ、助かりますよ——で、そっちに必要な情報は？　名前と電話番号か」

愛美に向き直り、宙に何かを書く真似をした。愛美がすかさずメモを書き殴《なぐ》って渡すと、法月がそれを読み上げ、馬鹿丁寧に礼を言ってから電話を切った。両手をさっと広げ、「な？」と短く自慢する。

「えらく強引でしたね」内心ひやひやしながら、私は彼の手腕を認めた。気さくに喋ってはいたが、実際には脅《おど》しだった。

「ちょいと貸しがある奴がいてね」

「それを今回収した、と」

「そういうこと」わざとらしく、法月が人差し指を真っ直ぐ立てて見せる。「使えるものは親でも使わんとな。明日の朝には返事がくるが、まず大丈夫だろう……しかし、今気づいてよかったな。十二月二十七日といえば、あと一か月もしないで三か月だぞ。確か、電話会社でも記録は三か月しか残してなかったんじゃなかったかな」

「そんなに短いんですか？」愛美が驚いたように目を見開く。

「お嬢ちゃんよ、携帯電話が日本に何台あるか、知ってるか？　その通話記録を全部、何年も保管しておいたんじゃ、サーバがパンクしちまうよ」

「お嬢ちゃん」と呼ばれてむっとしたようだが、愛美は辛うじてそれを表に出さずにうなずいた。法月は彼女の内心の怒りに気づかないのか無視しているのか、さっさとコートを手にして立ち上がった。

「じゃ、俺はこの辺で。明日、俺がいない時に電話がかかってきても分かるようにしてあるから。心配するな……ところでお二人さんには申し訳ないけど、歓迎会の話が全然出てないな」

「気にしないで下さい」

愛美が素っ気無く言った。本当は「願い下げだ」とでも言いたいのだろう。救いを求めるように法月が私に視線を移す。

「今やってることが落ち着いてからでいいでしょう」

「そうかい？」

「まさか、末永亭でやるんじゃないでしょうね」

「それは無理」法月が裏のない笑みを浮かべる。「あそこじゃゆったり座れないし、六条があういう店には絶対に行かないからな。あそこで呑む時はメンバーを厳選しようや」

「そうですね」

「じゃあ」法月が、コートを持ったままで右手を挙げる。カーテンのように垂れ下がったコートで彼の顔が半分隠れた。「二人とも、いつまでもだらだら仕事してても仕方ないぞ。それは熱心っていうんじゃなくて、仕事が遅いだけなんだ」

法月が部屋を出るのを待って、愛美が呆れたように口を開く。

「仕事が遅いって言われても、終わらないものは仕方ないですよね。法月さんも定時に帰ってるけど、ちゃんと仕事してるんですか？」

「法月さんは心臓をやってるんだ」私は左胸を叩いて見せた。「無理が利かないんだよ」

「そうですか」わずかに耳を赤く染め、愛美がうつむく。

「体は大事にしないとな。だから本当は、末永亭なんかに行っちゃ駄目なんだ」

「何なんですか、末永亭って」

「ラーメン屋。ＪＲの線路の向こう側にある。店長が若くてなかなかイケメンだぜ」

「だから？」氷のように冷たい言葉の刃を私につきつけ、愛美は自分のパソコンに向き直った。

「いや、単なる話題として」

「話題なら足りてます」

相変わらずやり辛い。愛美に対しては、基本的に冗談は通じないと考えておいた方がいいだろう。いや、そもそも「冗談」の定義に関して、私と彼女の間には大きな隔たりがあるようだ。それなら仕事の話をしよう――刑事の共通語として。

「今、翠さんと連絡を取れるかな」

「大丈夫だと思いますけど、ご自分で電話されたらどうですか」

「君の方が向こうも安心するんじゃないか？　君は、彼女と信頼関係を築きつつある。刑事と失踪者の家族の関係を超えた関係。女性同士だし」

「そうですかね」愛美が首を傾げる。

「少なくとも俺よりは君に対しての方が、警戒心も少ないと思う」

「分かりました」愛美が携帯電話を取り出す。「十二月二十七日に赤石さんが話した相手のことですね」

「ご名答」人差し指を突きつけると、愛美が思い切り嫌そうな表情を浮かべる。指差し禁止、と私は心の中のメモ帳に書きつけた。ほどなく愛美に関する注意事項を書きこんだページは黒々と埋まってしまうだろう。「その電話について彼女が何か知らないか、二十七日前後に赤石さんの様子がおかしくなかったか、そういうことを聞き出して欲しいんだ。運が良ければ、誰と話していたかを知っているかもしれない」

「直接会った方がいいですね」

「そう、かな」止まってしまった腕時計を見てまた舌打ちし、壁の時計に視線を移す。瞬時に様々なことを考えた。翠は「どうしても処理しておかなくてはならない仕事をするだけ」と言っていたから、さほど長く居残ることにはならないだろう。いや、もう会社を出ているかもしれない。これから彼女はどうするつもりだろう。知り合いを頼って情報収集に努める。あるいは家に戻って、間もなく義理の母親と妹になる二人に夕飯を食べさせる。

いずれにせよかなり忙しいはずで、彼女のスケジュールのどこかに自分たちの都合を押しこむことができるかどうか、分からなかった。会社のある虎ノ門からまっすぐ中延の家に帰るつもりなら、三田《みた》線と浅草線を乗り継いでいくはずで、その途中、どこかで落ち合うことはできるだろう。三十分だけ時間を貰ってお茶を飲みながら話をする、それが一番いいかもしれない。電話よりも、互いに顔を見ていた方が何かを思い出すものだ。

「そこは君の判断でやってくれ。彼女が会ってくれるなら、場所も時間も向こうの都合に合わせる」立ち上がり、一度脱いだコートを肩に羽織る。

「どちらへ？」逃げ出すのか、と非難するように愛美が鋭く訊ねた。

「煙草ぐらい吸わせてくれよ」一人で考える時間も必要なのだ。何か言われる前に、私は早々に部屋から退散した。

既に陽は暮れ、コートを着ていても寒さは容赦なく襲いかかってくる。署で唯一喫煙が許された場所である駐車場の片隅には、常に風が強く渦巻き、夏はともかく冬は地獄だ。それほど煙草を吸わせたくないのか——と文句を言いたくなったが、自分以外にも背中を丸めて煙草を吸っている数少ない同輩の姿を見て言葉を呑みこむ。いいだろう。納税者の鏡として、この程度の迫害に負けず、これからも自分の体を汚し続けてやる。喫煙者には決然たる覚悟が必要だ。

「よう、サボってる暇はあるんだな」

声に顔を上げると、またもや長野だった。今日の私はついているのかいないのか……零度に近い気温のはずなのに長野はワイシャツ一枚で、寒そうなそぶりはまったく見せない。煙草の煙を盛大に噴き上げ、にやにや笑いながら近づいて来た。

「そういうお前もサボってるじゃないか」

「俺はしっかり労働した」自分で言っておきながら、古めかしく堅苦しい言葉に長野が小さく噴き出した。「だから少しはサボりも許されるのさ。それに今夜も長くなりそうだから、その前に一回リセットしないとな。俺の方の最新ニュース、聞きたいか？」

肩をすくめてやった。「嫌だ」と断っても、この男なら話す。聞かないことには放してくれないだろう。

「ジャパン・ヘルス・アカデミーって覚えてるか」

「何だっけ」

「しっかりしろよ」面白そうに言って、火の点いた煙草の先を私に向ける。「二、三年前に、随分話題になったじゃないか。インチキ健康食品を売りまくって、その後社員が全員姿を消した会社」

「ああ、あったな」相槌を打ったが、記憶は曖昧《あいまい》だった。二、三年前ということは、私の脳味噌が一番アルコールに汚染されていた時期である。頭と胃にはアルコール。肺には二コチンとタール。心には消せない娘の想い出。「確か、何か略称で呼ばれてたんじゃなかったかな」

「ＪＨＡだ。それで殺された甲本なんだが、これがなんと、ＪＨＡの元社員だった」

「ほう」関心はなかったが、一応相槌は打ってやった。私の素っ気無い反応に、長野が傷ついたように唇を歪める。

「何だよ、それは」

「いや、そう言われても俺には関係ない事件だからね、そのＪＨＡってやつは。だけど、どうして分かったんだ」

「奴さんの家にガサをかけてた連中がさっき帰ってきてな。ＪＨＡの社員証、契約書類、パンフレット、そういう類のものが大量に出てきたらしい」

「なるほど」

「もっと驚けよ」長野が露骨に不満を表明した。「いいか、ＪＨＡの連中は、ぱっと消えちまったんだぞ。被害者が騒ぎ始めてすぐだ。だから被害者は民事訴訟も起こせなかったし、生活安全部の連中の捜査も進まなかった。そこへいきなり、元社員が死体で現れたわけだ。何年も経ってから」煙をよけるために右目だけをきつく閉じたまま、両手を擦り合わせる。「こいつはいったい何なんだ？　今頃になってＪＨＡの連中が仲間割れを起こして、殺し合いでも始めたのか？　それとも被害者が社員の存在を割り出して復讐したのか？　どっちにしろ、こいつは相当面白い事件になるぞ」

「事件を面白がるなよ。お前の悪い癖だぜ」

「一級品だ。超一級品だ」長野は私の警告をまったく聞いていなかった。「もしかしたら、JHAの連中を燻《いぶ》り出して、昔の事件も解決できるかもしれん。部間の協力が重要になるな。これから、本庁の生活安全部の連中も呼ぶことになってるんだ」

「そいつは大変だ」興奮状態に入った長野を停めるのは不可能である。私はもはや寒さに耐えられず、一刻も早く失踪課の暖房の利いた部屋に戻りたかったのだが、彼はなかなか私を解放してくれなかった。

「お前さんはどう思うよ。やっぱり仲間割れかね。昔の利益を巡《めぐ》って、今になって内輪揉めを起こしたとか」

「そいつは――甲本という男はJHAの幹部だったのか？」

「名刺で確認した肩書きは、営業主任」

「主任なんて、幹部じゃないよ。だいたいそんな肩書き、名刺の上だけのものだろう？　実際には何も知らない平社員だったんじゃないのか。昔の利益を巡ってって言っても、主任クラスにまで金が行き渡っていたかどうかも疑問だな」

「何だよ、水をぶっかけるつもりか？」本当に水をかけられたように、長野の唇が蒼《あお》くなった。

「ま、とにかく頑張ってくれ。俺には俺の仕事があるからな。お前の抱えてる案件に比べればどうでもいいことかもしれないが……じゃあ、戻るから」

背中を丸めたまま踵を返し、庁舎に通じるドアに手をかけた瞬間、長野の声が追いかけてきた。

「おい、自分を貶めるなよ」

「何言ってる。そんなことしてないさ」

「お前さんの喋り方を聞いてると、卑下《ひげ》してるようにしか聞こえないんだよ。だけどな、お前がやってる事件がつまらないはずがないぞ。お前には事件の神様がついてるんだから。俺が保証する」

そんな保証は何の役にも立たない。腹の底で苦笑いしながら、私は長野と別れた。


六時半。夕方の渋滞を避けて、車を使わずに電車で五反田《ごたんだ》に向かい、翠と落ち合うことにした。駅ビルの二階にあるカフェで待ち合わせたのだが、インテリアがウッドと白を基調とした軽めのもののせいか、何となく落ち着かない。周りの客がほとんど女性のためかもしれなかったが。

五分ほど遅れて翠が店に入って来た。心なしか前屈《まえかが》みになって足を引きずるように歩いているのは、靴が合わないせいか、あるいは疲れ切っているのか。愛美が席を立ち、翠が座るスペースを空けた。翠は黒い革のトートバッグを膝に置く形で、私の前、愛美の横に座る。尻の端を引っ掛けるような浅い座り方で、一刻も早くこの場を離れたいと切望しているのは明らかだった。やることはいくらでもある。本当ならこんなところで話している場合ではないとでも思っていることだろう。

「お忙しいところすいません」

「いえ」一応頭を下げたが、内心の焦りは隠しようもない。盗み見るように腕時計に視線を落とし、水を持ってきたウェイトレスの顔を見もしないでコーヒーを頼んだ。

「翠さん、水を飲んで」私はわざとのんびりした口調で言った。

「はい？」翠の責めるような視線が私を突き刺した。

「焦るのは分かりますけど、ちょっと落ち着いて話を伺いたいんです。水を飲んで一息つきましょう」

「はい」翠が手を伸ばしてグラスを摑んだが、水を飲もうとはしなかった。

「何だったら煙草でも？」

「ここは禁煙です」愛美が素早く釘を刺した。

「分かってる。言ってみただけだ」私は水を一口飲んで、両手を組み合わせた。それを戦闘開始の合図と受け取ったのか、翠がすっと背筋を伸ばす。「今日の午後、芳江さんにお会いしました」

「はい」

「芳江さんというか、美矩ちゃんにですね」

「美矩ちゃん、ですか」翠が首を傾げる。「美矩ちゃんにまで話を聴いたんですか」

「関係者には必ず話を聴きますよ。ただし、彼女はしっかりしているけどまだ子どもだ。証言が有効かどうかは難しいところです。でも話にはリアリティがある。嘘や思いこみとは考えにくいんです。あなたが美矩ちゃんの話を裏づけてくれるかもしれないと思って、ここへ来てもらいました」

「はい」

翠の顔からは、まだ怪訝な表情が消えなかった。私たちが、美矩から無理やり話を聞き出したとでも思っているのだろう。その疑念を解消してやることにした。

「美矩ちゃんが自分から喋ってくれたんです。やっぱりお兄さんのことが心配なんでしょうね。彼女も、何かできることがないかと精一杯頑張ってるんですよ」

「分かりました」ようやく納得した様子で翠がうなずいた。「それで、どういうことなんですか」

「去年の十二月二十七日なんですが……」

翠が無言でバッグに手を突っこみ、手帳を取り出した。落ち着いた赤色のクオ・ヴァディス。

「その手帳で去年のことも分かりますか？」

「十二月の途中からのスケジュールが残ってますから……ちょっと待って下さい」

「芳江さんと美矩ちゃんが長野から上京して来た時です」

「ああ、はい」ようやく翠の顔に明るい光が射した。ささやかなものではあったが、その表情を見て私も少しだけ明るい気持ちになった。「覚えてます、その日なら」

「あなたは一緒じゃなかったんですか」

「帰省していたんです」翠の指が手帳をなぞった。「本当はお母さんたちと一緒にいたかったんですけど、独身で迎える正月も最後だから、お父さんと一緒にいてあげなさいってお母さんに言われて、実家に帰ってました」

「いつからですか？」

「仕事納めの後ですから……そう、二十七日です。お母さんたちとは入れ違いで」

「こっちへ戻って来たのは？」

「二日の夜です」

「年が明けてから、赤石さんと最初に会ったのはいつですか」

「二日です。戻って来て、そのまま彼の部屋に行きました」

「その時、芳江さんたちは？」

「また入れ違いでした。確か、二日の朝に長野に帰られたんだと思います」

水を一口飲み、言葉を切る。質問が核心に入ることを翠に知らせるためだった。敏感に状況を察したのか、彼女がわずかに体を硬くする。コーヒーが運ばれてきて、沈黙の時間が少しだけ長くなった。ウェイトレスが立ち去るのを待って、私は質問を再開した。

「その時——正月に再会した時、赤石さんはどんな感じでしたか？　普段と変わった様子はありませんでしたか」

「いえ」即座に否定してから考えこむ。口元に拳を当て、眉根《まゆね》を寄せた。

「気難しくなっていたとか、口数が少なくなっていたとか、何でもいいんです」

「普通でした」回想から現実に戻り、翠が再度否定した。「少なくとも私が見た限りは普通でした。いつもと変わりなかったと思います……あの、美矩ちゃんはいったい何て言ってたんですか」

「電話です」

「電話？」

「赤石さんが誰かと電話で話して、その後で泣いていたと。怒ってもいたそうです。彼にしては珍しいことじゃないでしょうか」

「珍しいって……そんなこと、一度もありません」翠の声がわずかに高くなる。「少なくとも私は一度も、彼が怒ったところを見たことはありません」

「そうですか」

微妙な間ができた。互いに言葉を口にすることができず、気詰まりな沈黙が続く。それを破ったのは愛美だった。

「翠さん、その前はどうだったんですか」

「十二月二十七日の前ですか？」

「ええ。クリスマス、大イベントですよね」

「地味でしたよ」翠が笑ったが、それは自嘲気味のものだった。「軽く食事しただけで、プレゼントもなしです。今時そういうのは流行りませんから。それに私たち、これからいろいろとお金がかかるんで、無駄遣いするわけにはいかないんです」

「それはそうですね」愛美は柔らかい笑みを浮かべていた。私の前ではまだ一度も見せていない笑み。何だか気に食わない。「クリスマスの頃は、頻繁に会ってたんですか」

「そう――そうですね。どれぐらいなら頻繁って言うのかは分からないけど」

「何か変わったことがあれば分かるぐらいっていう意味です」と愛美。

「でも彼は、いつもペースが変わらない人ですから」翠が頬杖《ほおづえ》をつく。自分が赤石のことを完全に把握していないのが、大変な犯罪であるとでも思っているようだった。

「じゃあ、彼の様子がどうのこうのじゃなくて、何か変わったことはありませんでしたか？　何でもいいんですよ。すぐに事件につながりそうなこととかじゃなくて、いつもと違うこと。どうですか」

「変わったことって言われても……」翠が頰に手を当てた。

「約束に遅れたとか、会社で誰かと喧嘩していたとか」愛美の声にわずかに苛立ちが混じった。まずい。彼女は、普通の人の普通の生活が、大抵は何の変化もないまま過ぎ去っていくものだということを分かっていないのだろうか。多くの人は、日記に書く材料にも事欠くものだ。

「そんな、変わったことって言われても」困ったように翠が手帳に視線を落とす。不意に、顔に怪訝そうな表情が走った。「ああ……」

「何か」愛美が身を乗り出す。

「いや、でも、これは別に関係ないと思いますけど」

「何でもいいんです。教えて下さい」

「約束に遅れたっていう話なんですけど」

「ええ」

「一度そういうことがあったんです」

「クリスマスの時ですか」

「ええ、ちょっと前なんですけど……十二月二十二日です」

「間違いありませんか」

「間違いありません」何故か翠が耳を赤く染めた。手帳に、自分にしか分からない文字で、赤石を詰《なじ》る言葉でも書きつけていたのだろう。

「どういう状況だったか、教えてもらえますか」愛美が手帳を広げたが、ペンは構えなかった。彼女がペンを握れば翠は緊張する。確実に記録されていると意識すると、どうしても話しにくくなるものだ。本当は手帳も広げないのが正解である。聞いた話は頭に叩きこめ。

「はい、あの、会社を定時に出て、内幸町《うちさいわいちょう》で落ち合う約束だったんです。その後、五反田で夕飯を一緒に食べる予定でした」

「それが遅れた?」

「ええ、一時間半も」その時の様子を思い出したのか、翠が不満気に頰を膨らませる。

「連絡はなかったんですか?」

「遅くなるっていう電話は一回あったんですけど、まさか一時間半も遅れるなんて……本屋さんでずっと時間を潰していました」

「来た時、赤石さんはどんな様子でしたか?」

「平身低頭っていうか……もう恐縮しまくりで、あんまり謝るから、呆れて怒る気にもなりませんでした」

「ちょっと待って下さい」私は話に割りこんだ。「時間を追って確認させて下さい。その日あなたたちは、五反田で食事をするために駅で落ち合う約束をしていた……その約束は何時だったんですか」

「五時半過ぎです」

「会社は何時まで？」

「五時半、です」

「先に会社を出たのはあなたですか」

「ええ」

「定時に？」

「そうです。五時半にはもう席を立ってました」

「その時、彼は何をしていましたか？　まだ仕事中？」

「いえ、そういうわけじゃなくて」

「じゃあ、どうしてあなたが先に会社を出たんですか」

「別に会社の人たちに隠れてつき合ってるわけじゃありませんから、一緒に出てもよかったんですけど、そういうのってちょっと恥ずかしいじゃないですか。だからちょっと時間差で出ることにして。内幸町の駅で落ち合って、一緒に五反田まで行くことにしてたんです。でも、会社を出たらすぐに電話がかかってきて、『少し遅れるから先に五反田まで行っててくれ』って」

「どうして遅れるかは？」

「その時は理由までは聞きませんでした」

「ゆっくり思い出しましょう」煙草が吸いたくて仕方がなかったが、水で喉を湿らせることで何とか我慢する。「会社で別れ際、彼は何をしていましたか」

「それは……」翠が顎に人差し指を当て、天を仰いだ。「電話でした。そう、ちょうど私が部屋を出る時に電話がかかってきたんです。着信音で分かりました」

「仕事の電話？」

「違うと思います。会社から支給されている仕事用の携帯じゃなくて、私用の携帯にかかってきてましたから」

「わざわざ会社の金で携帯を持たせているんですか」

「仕事の電話がしょっちゅうかかってきますから。派遣社員の人とか、派遣先の会社とか。それを自分の電話で受けていたんじゃ、きりがないでしょう」

「ちゃんと思い出せるじゃないですか」笑みを浮かべてやる――自然に見せるには、結構努力が必要だったが。「その時は間違いなく、私用の電話だったんですね」

「着信音が違うし、話しているのがちょっと聞こえたんですけど、仕事の口調じゃありませんでした。友だちと話しているような感じで」

愛美に目配せすると、彼女がかすかに首を捻った。友だちから電話がかかってきてデートに一時間半遅れた。だから？　謎は泡のようなものだ。形は見えるが中身は空っぽ。

「それで、あなたが会社を出てから赤石さんから電話がかかってきた、と。会社を出てからどれぐらい経っていましたか？　五分？」

「いえ、それこそ建物を出てすぐでした」

ということは、会話の内容はややこしいものではなかったはずだ。電話の内容は、相手と会うことを決めただけではないだろうか。

「御社はタイムカードを使ってますか？」

「社員証で出入りのチェックをしてます」

「だったら、出入りした時間のデータは残ってますよね」

「そんなに重要なことなんですか？」

無言で首を振った。何が重要で何が重要でないのか、今は情報にランクをつけられない。赤石が去年の十二月二十二日の何時に会社を後にしたかは、調べれば分かるだろう。スクラッチくじのようなものだ。少しずつ削り取り、その日の赤石の動きを明らかにしていく――それが何かにつながるという保証はなかったが、いつも同じようなペースで生活し、感情の揺れもあまり露《あら》わにしなかった男の小さな変化は、普通の人間にとっては大変な異常である可能性もある。

刑事になりたての頃、先輩から言われたことがあった。疑問はゼロになるまで絞り続けろ。あらゆる可能性を潰し終えた後で残ったものこそが真実なのだから。何もなかったら、絞る雑巾を間違えていたということだ。その場合は最初からやり直し。新しい雑巾を探す。

「会話の内容を確認します。『少し遅れるから先に行っててくれ』、その他には？」

「それだけなんです」

「理由は聞かなかったんですか」

「聞く暇もなく電話を切られちゃったんです」翠がカップを両手で包みこんで暖める。

「そう言われて、あなたは何と答えたんですか」

「五反田の本屋で待ってるからって言ったと思いますけど……たぶん、そうですよね」助けを求めるように私の目を見た。答えられない質問だ、と首を振ってやる。

「分かりました」

本当に分かったのか、と疑義を呈する代わりに、翠が小首を傾げる。私自身、首を傾げたい心境だった。

9

何度も失踪課に出たり入ったりしているうちに、いい加減くたびれてきた。右往左往を繰り返して足を使っていると、どうしても自分の年齢を意識せざるを得なくなる。いや、そもそもこれほど歩き回ること自体、久しぶりなのだ。椅子に座ったまま、両の太ももを強く掌で擦ってやる。

「お疲れですか」冷ややかな口調で愛美が訊ねた。

「君みたいに若くないからね」

「高城さんは、ここに座って指示してるだけでもいいんですよ。動くのは私がやりますから」私の体を気遣っているのではなく、からかっているのは明らかだった。

「鍛え直そうとしてるんだ。ちょうどいい疲れだよ。これで今夜もよく眠れる」たぶん、久しぶりに酒抜きで。もっとも、眠るために呑んでいるわけではないのだが。

「そうですか」

「俺の体のことなんかどうでもいい。それよりさっきの話、どう思った？」

「そうですね」愛美がボールペンを握ったまま、拳を顎に当てた。皮膚を刺激するように、ボールペンの尻の部分をゆっくりと顎にぶつける。「違和感があります」

「どこが？」

「赤石さんが翠さんを一時間半待たせたこと。あれだけ仲がいいんですから、そんなに待たせるとは考えられません。待たせるにしても途中で必ず連絡を入れるだろうし、どうしても外せない用件だったら、約束をキャンセルしてもよかったはずです」

「まあ、そうかな……うん、そうういうもんだろうな」私は耳の後ろを指で掻いた。翠があの後思い出してくれたのだが、一時間半遅れで落ち合った後、赤石は「友だちに急に会わなくちゃいけなくなったから」とだけ説明したというのだ。「友だちか……」

「その相手、女性ですよ」愛美が乾いた口調で断言した。「十二月二十二日に会った人も、二十七日に電話で話していた人も、同じ女性だった。要するに赤石さんは、浮気してたんじゃないですか。それで翠さんに対して立場がなくなって、行方をくらました……そんなところでしょう」

「浮気、ねえ」顎を掻きながら天井を見上げる。その可能性は私も考えていたのだが、改めて愛美に指摘されるとピンとこない。浮気をしない男はいないかもしれないが、こと赤石に関してはリアリティが感じられなかった。

「案外、そういう簡単なことだと思います」

「まだ結論を出すのは早いぜ。仮にそういうことだったら、二十七日の電話で、逃げろとかいう話になったのはどういう意味なんだろう」

「それは現実からの逃避とか、そういう意味じゃないんですか。赤石さんの方で急に結婚する気がなくなったとか」

「なるほど」

「納得できませんか」愛美が挑むような視線を向けてきた。

「納得できるだけの材料がないからね。彼がどこに電話していたか分かれば、もう少しはっきりしたことも言えるかもしれないけど」

「分かりました」愛美が荷物をまとめて立ち上がった。「でも、多分そういうつまらないことなんですよ。警察が介入するようなことじゃなくて……高城さん、こういう下らない人捜しをするのが私たちの仕事なんですか？」

「下らないかどうか、決めつけるなよ。最後の最後まで突き詰めてみないと」私も立ち上がった。急に違和感を覚える。何だ？　その場で足踏みすると、右足からぺたぺたと間抜けな音がした。足首を持ち上げて捻ってみると、底が大きく剝がれかけているのが見える。クソ、これだから安い靴は。このまま愛美と話していると正面からぶつかり合うことになりそうだったので、この靴を休戦材料に使うことにした。

「この辺で、まだ開いてる靴屋はないか」

「どうでしょう。センター街にはあるかもしれません」

「よし、行くか。飯を奢るからつき合えよ」

「いいですよ、食事なんて」愛美が露骨に顔をしかめた。

「これから家に帰って食事にしたら遅くなるだろう」

「それは私の勝手《かって》です」頰が膨らみ、わずかに残った幼い雰囲気が滲み出た。

「まあまあ、そう言わないで。飯でも食いながら、今までの情報をつき合わせよう。こんなところで打ち合わせしてたんじゃ、気が滅入るだけだよ。部屋にいる時間は短ければ短いほどいいんだ」

「分かりました」何の前触れもなく、愛美が翻意する。急な変わりように、私は密《ひそ》かに怯《おび》えを感じた。彼女は舞台を変えて、私との最終決戦に臨もうとしているのではないだろうか。


私が五分で靴屋から出てくると、愛美が両目を大きく見開いた。

「何か」

「こんなに早く靴を買う人、見たことがありません」

「だったら今日が貴重な初体験だ。そもそも、足のサイズは簡単に変わるわけじゃない。選ぶのに時間をかけるのは馬鹿馬鹿しいだろう」

「そうですか」呆れたように言ってから、愛美が周囲を見渡す。

センター街はいつの間に、こんなに歩きにくい街になってしまったのだろう。私も学生の頃はよく来たものだ——安く食事ができる店がたくさんあるという一点だけで高評価を与えていた——が、当時はこれほど猥雑《わいざつ》な雰囲気ではなかった。確かに人は溢れていたが、まだしも健全な繁華街の気配が残されていたと思う。今は、路上を自分の部屋代わりに友だちと喋ったり、飲み食いしている若者が多過ぎる。風俗店の数も増えたようで、裏通りに回ると原色のネオンが目を疲れさせる。暗がりへ移動すれば、もっと危ない状況に出くわすだろう——私にドラッグを売りつけようとする人間がいるとも思えなかったが。

その場にいるのがいやなのは愛美も同じだったようで「食事なら別の場所へ行きませんか」と提案してきた。異存はない。うなずいて駅前のスクランブル交差点に引き返す。

「カレーはどうかな」

思いついて言ってみると、愛美がすぐに食いついた。

「いいですよ。確かこの辺に、美味しいカレー屋さんがあったと思います」

「ああ、そこなら分かる」

愛美の提案——どうしてもカレーを食べたいわけではなく、私と一緒にいる時間をなるべく減らしたいのだろう。カレーならすぐに食べ終えることができる。そう考えると逆に、時間のかかる食事をしながらねちねちと突っつき合いをしてやろうかという、天の邪鬼な気分にもなった。だいたい私は、昨夜もカレーを食べたではないか。もちろん、立ち食い蕎麦屋で食べるカレーと、私たちが思いついた店のカレーは同レベルではないのだが。

愛美は私に何か言う暇を与えず、さっさと道玄坂《どうげんざか》を歩き出した。センター街ほどではないがここも人で溢れている。しかし彼女は、のろのろと歩く人たちの脇を軽快にすり抜けて先へ進んだ。私はまだ靴が合わずに難儀している。柔らかい合皮だからすぐに馴染むはずだが、今夜家に帰るまでに、マメができてしまうかもしれない。それに、靴底が嫌な感じで滑るのも気になった。帰ったらすぐに、靴底にナイフで滑り止めを刻むこと、と頭の中のメモ帳に書きこむ。

目当てのカレー屋に入るとすぐに、食欲を刺激する香辛料の香りが熱波のように襲いかかってくる。閉店間際の時間で空いていたので、愛美は私に確認もせずに店内の一番奥のテーブルに陣取った。彼女の向かいに腰を下ろして靴を蹴り脱ぐ。クソ、いつも同じメーカーの同じサイズのものを買っているのに、今日に限って痛むのは何故だろう。デザインが違うからか。そう言えば、駄目にしてしまった靴に比べて少しだけ細身だ。

「ちゃんとフィッティングしないで買うから、靴ずれするんですよ」勝ち誇ったように愛美が言った。

「ばれてたか」

「分かりますよ。足を引きずってるんですから」

「俺がいい年をしたオッサンだから、疲れ切ってるとは考えなかった?」

「年のせいか靴が合わないせいか、それぐらいの違いは分かります」

「さすが、観察眼が鋭いな」

私の皮肉を愛美はあっさり無視した。

この店に来たら食べるものは決まっている。ドライカレーだ。カレー味で炒《いた》めたご飯ではなく、汁気のないひき肉のカレーがライスに乗ったやつ。辛くはないのだが味に深みがあり、一度食べると病みつきになる。しかし口中でその味を再現しようとして、記憶がぼやけていることに驚いた。この前ここに来たのはいったいいつだったか？　記憶の底を探っているうちに、古傷を引っかいてしまった。あの時だ。娘を連れてきた時。七歳の娘でも食べられる、あまり辛くないカレーだからと——。

「高城さん？」声をかけられ、我に返る。愛美が怪訝そうな表情で私を見ていた。「どうかしましたか？　ぼうっとして」

「エネルギー切れだ」店員を呼び、ドライカレーの大盛りを頼む。愛美は普通サイズにした。

すぐに運ばれてきたカレーは、私の記憶にある通りの独特のものだった。丸く平らに盛ったライスの上にドライカレーを敷き詰めているので、皿の上には茶色い円が出来上がっている。その上には半分に切ったゆで卵。おぼろげな舌の記憶にあったのと同じでほとんど辛みはなく、ただ爽やかで深い香りが鼻腔を突き抜ける。これなら確かに七歳の女の子でも喜んで食べるはずだ、などとぼんやりと考えているうちに、あっという間に食べ終えてしまった。

「随分早いんですね」

「え？　ああ」愛美に声をかけられて顔を上げると、彼女はまだ半分も片づけていなかった。「早食いすると太るっていうからな。気をつけよう」

「高城さんの場合、それはまだ心配ないんじゃないですか」

「そろそろやばいよ」

当たり障りのない会話を交わしながら、私は愛美を見るともなく見た。瘦《や》せ過ぎと言ってもいいスリムな体形で、捕り物では頼りにできないだろう。何だか、第二次性徴を経ずにそのまま子どもが大人になってしまったようだ。彼女は私の娘よりは随分年上だが、どういうわけかイメージが重なってしまう。

「高城さん？」

「ああ？」

「大丈夫ですか？　本当にぼうっとしてるみたいですけど」

「やっぱり疲れたんだろうな」わざとらしく眉根を揉み、空になった皿を脇にどける。水差しからコップに継ぎ足し、一口飲んで軽く頰を張った。「食べながらでいいから聞いてくれ。君はさっき、浮気の線を打ち出した。その推理を引っこめるつもりはない？」

愛美がうなずいてカレーを呑みこんだ。形の良い、白い喉がこくりと動く。

「可能性の一つとしては。今のところ、一番大きな可能性と言っていいと思います」

「なるほど……だけど俺は、それには賭けられないんだよな」

「どうしてですか？」

「赤石さんの人柄。彼は、二股かけるようなタイプじゃないと思うんだ。そんな器用な人じゃないだろう」

「器用じゃないからこそ、二人の女性の間に挟まって、身動きが取れなくなったんじゃないんですか」

「動きは取れたじゃないか。実際、いなくなったんだから」私は顔の前でさっと手を振った。「そうだとしたら、彼にしては随分思い切った行動だ」

「本当に思い切った行動だったのか、判断するのはまだ早いんじゃないですか？　私たち、赤石さんのことを完全には知らないんですから」

「了解。だったら君も、彼が浮気していて愛人と逃げたと判断するのはやめておいてくれ。決めつけるのはまだ早いよな」

「あ……」自分の言葉が自分の首を絞めてしまったことに、愛美は気づいたようだった。言い合いをするつもりもやりこめるつもりもなかったが、結果的にそうなってしまったことを一瞬だけ悔やむ。

「あとは明日にしよう。彼が電話していた相手が分かれば、絶対にヒントになるさ……まずい」私は背広の内ポケットから携帯電話を摑んで立ち上がった。

「何ですか？」愛美が怪訝そうに私を見上げる。

「法月さんに連絡しておかないと。十二月二十二日に赤石さんと話していた人間も割り出したいんだ。もしも二十七日に話していたのと同じ人間だとしたら、もう少し線が太くなるんじゃないか?」

「まだ食べてるんですけど」愛美が非難したが、私は顔の前で掌を立てて謝罪し、その場を何とか切り抜けた。

背広姿のまま表に出ると、冬の空気に全身を包まれ、軽く身震いした。この時間に法月に電話して大丈夫だろうかと考えながら、こうやって動いていることが全て無駄になる可能性もあるのだ、と心に銘記した。そうなったら、まだ若い愛美はショックを受けるかもしれない。だが私は平気だ。年を取ることの利点の一つがこれである。失敗を受け入れる度量だけは大きくなる。

一般的には、鈍くなるとも言うが。


離婚してこの部屋に越してきてから私が買った唯一の家具が、ベッドである。横たわって天井を見上げながら、私は赤石の気分が少しだけ分かったような気になっていた。彼が失踪した動機、ではない。家を追われ、ネットカフェ難民になっていた時の絶望感だ。家は、人がしがみつく最後の、そして最も太い柱である。それがなくなった時の衝撃と不安はどれほどのものか。おそらく自分が社会の縁から零れ落ち、どこか別の次元に足を踏み入れてしまったように感じるに違いない。終始頭を離れないのは、「元の生活に戻れるか」という不安だろう。

私も、彼のような絶望感を抱いてもおかしくなかった。そうなるべきだったかもしれない——自分に対する罰として。酒を飲み続け、仕事に対する熱を失うぐらいでは、罰せられたことにはならない。家を失い、仕事を失い、酒を手に入れるためならやばいことにも手を出す、それぐらいのレベルにまで落ちてしまった方がよかった。しかし私は、まだ元の世界にしがみついている——仕事という細い線を通じて。いや、その線は案外太いものだったに違いない。私をぶらさげて、七年間も耐えるほどに。

ふいに言いようのない恐怖感に襲われ、跳ね起きて床に降り立つ。家がなかったら——私のようにいい年をした男がネットカフェや簡易宿泊所で寝泊まりし、日々だらだらと酒を呑み続ける生活に堕していたらどうなっていたか。おそらく今、こうやって生きてはいまい。そう考えると、私を放り出さなかった警察という組織の度量の広さに感謝せざるを得ない。助かったよ、と心の中で言ってみたが、それを具体的に誰に向けて言うべきかが分からなかった。

やはり酒が必要だった。グラスにウィスキーを注ぎ、一息で飲み干す。腹の底で琥珀色の液体が熱を発し始めるのを感じながら、二杯目を注いだ。少しだけゆっくり、啜るように呑んで喉を麻痺《まひ》させる。体が内面から温まってきて、少しだけ不安感が遠のく。あとはシャワーだ。そういえば、久しく湯船につかっていない。いや、もしかしたらここに引っ越してきてから一度も、湯船に湯を満たしたことはなかったかもしれない。

シャワーだけでは、体を完全に温めることはできない。だが、湯船に浸かって体を芯から温めたところで何になるのか。体を温めることはできても、凍りついた心が解れるわけではないのだから。

愛美はさっさと聞き込みに出て行った。少し残った酒に苦しむ私のもとには、また書類の山が回ってきていた。一枚目を取り上げた時、法月が近づいて来て「ちょっと時間がかかりそうだ」と告げる。ひどく悔しそうで、自分の存在意義を全て否定されたような様子だった。

「二日分となると、ちょいと面倒らしい」

「申し訳ない。お手数おかけします」

「ちょっと出てくるよ。直接会って話した方が早いみたいだから」

「一緒に行きましょうか」

「いや」法月が顔の前で人差し指を振った。「情報源は神経質になってる。俺一人で行くよ」

「じゃあ、お願いします」

「任せとけ」

私の肩をぽんと一つ叩いて、法月は部屋を出て行った。取り残された私は書類を読むのに専念した。昨日もあちこちで家出人の捜索願が出されている。目を引くようなものは見つからなかった。この書類を見ることで何か発見できるのだろうかと、自分の仕事に早くも疑問を抱き始める。書類を全て処理するのに、やはり昼までかかった。失踪課の部屋に残っているのは醍醐と六条、それに小杉公子だけ。真弓は本庁に呼ばれて朝からいなかった。軽い二日酔いは収まっていたのでとりあえず昼食にしようとコートを取り上げた瞬間、戻って来た法月と目が合う。軽く手を上げ、私のデスクに近づいて来た。

「どうですか」

「こっちが二十二日午後五時三十一分にかけてきた人の情報。二十七日にも同じ番号がある」そう言って、法月が私のデスクにコピー二枚と一枚のメモを置いた。鉛筆書きのやや丸みのある文字で、名前と電話番号、それに住所が書いてある。

「住所まで分かったんですか」

「本来分かっちゃいかんのだよな、こんなことは」法月が声を潜める。「この部屋だけの話にしてくれ」

「分かりました」私はメモを睨んで、内容を頭に叩きこもうとした。

「暗記しなくてもいいよ」法月が苦笑する。「あんたの手帳に書き写して、あとは廃棄《はいき》してくれ」

「いい情報源を持ってますね」

「年を取ると、それぐらいしか取り得がなくなるからな」にやりと笑い、法月がコートを丸めて自分のデスクに置いた。

「飯でもどうですか？　お礼に奢ります」

「いや、済ませてきた。ちょっと——」法月が右手をひらひらと宙に舞わせる。どうとでも解釈できる仕草だったが、私は彼が情報源に食事を奢ったのだという結論に達した。

「分かりました」私は自分の手帳に情報を書き写し、法月のメモの文字を消しゴムで丁寧に消した。その上でシュレッダーにかける。やり過ぎかもしれないが、証拠を湮滅するなら完璧を期す必要がある。

「で、どうだい。こいつは役に立ちそうか？」法月が訊ねる。

「早速当たってみます」

「周辺から攻めた方がいいぞ。とりあえず、相手の人定ぐらいは済ませてからの方がいい。申し訳ないが、俺の方ではこれ以上の情報を持ってないんだ」

「これで十分です」手帳を掲げて見せてから、私はコートを着こんだ。愛美の携帯電話にかけてみたが、留守電になっている。出られない状況かもしれないと思い、一人で調べてみることにした。

「おい」声をかけられ、法月を見やる。彼は薄い、しかし暖かい笑みを顔一杯に浮かべていた。「お前さん、生き返ったみたいな顔をしてるな」

「そうじゃないって誰が言える？」

「だったら、今までの俺は死んでたんですか？」

「いや、本当に」

「まさか」


この男も私の過去を知っているはずだ。隠すことではないから当然なのだが、生傷を逆撫でされたような痛みを感じる。死んだようになっていた理由——それは誰からも同情されて然《しか》るべきものかもしれない。逆の立場だったら、私だってそうしただろう。何かしてやろうとさえ思ったかもしれない。だがその先、自分の生活を崩壊寸前にまで追いこんだのは私自身の責任であり、これに関しては同情の余地はない。

しかし法月の表情は「俺は赦《ゆる》す」と物語っていた。

俺は誰からも赦されるべきじゃありませんよ、と心の中でつぶやき、私は部屋を後にして冷たいビル風の中へ突進した。メモに書かれていた福永真人《ふくながまこと》という名前を呪文のように唱えながら。


福永真人に関しては、名前と電話番号、住所しか分かっていない。電話には反応がなく、勤務先も分からないから、とりあえず家を訪ねてみるしかなかった。成増《なります》……随分遠い感じがしたが、考えてみれば副都心《ふくとしん》線で渋谷からは乗り換えなしで行ける。まだ新しい地下鉄の車両に揺られながら、私は頭の中で関係者の名前を整理し始めたが、まだリストが必要なほど登場人物は多くない。まだこちらが摑んでいないだけの話かもしれないが。

川越《かわごえ》街道の真下にある地下鉄成増駅で降り、牛丼屋で昼飯を五分で済ませてから、光《ひかり》が丘《おか》公園の方に向かって南へ歩き出す。駅前の賑わいはすぐに消え、静かな住宅地に変わった。住居表示を確認しながら歩いて行くと、五分ほどで古びたマンションにたどり着く。ホールに不動産屋の問い合わせ番号が貼りつけてあったので、賃貸マンションだということはすぐに分かった。福永の部屋は二階の二〇三号室。細い隙間から郵便受けを覗いてみると、新聞と郵便物がごっそりと入っているのが見えた。何日も留守にしているか、よほどの面倒臭がりか、どちらかだ。

すぐに聞き込みを始めたが、五分ほどで頓挫《とんざ》してしまう。ワンルームマンションで、住んでいるのはほとんどが学生か独身のサラリーマンのようだ。ということは、この時間に在宅している人間はほとんどいない。二階、全滅。続いて一階と三階の部屋も当たってみたのだが、会えたのはわずかに二人だけで、しかもどちらも、このマンションに福永という人間が住んでいることすら知らなかった。一人暮らし世帯が多い東京で聞き込みをしていると当たり前なのだが、こういう状況には未だに苛々させられることも多い。

仕方なく、直接不動産屋に当たることにする。ところがこの不動産屋が池袋《いけぶくろ》にあり、都心へ戻らなければならない羽目になった。将棋《しょうぎ》の駒の喩《たと》えを思い出しながら駅に戻ろ

う と歩き始めた瞬間、携帯電話が鳴り出す。愛美だった。

「通話記録の件、どうなりました」

「二十二日の分から割れたよ」福永の名前と電話番号、住所を告げる。

「これから行ってみましょうか？」

「いや、今その家に行ってきたところだ。成増のワンルームマンションで、手がかりはゼロ。これから不動産屋に向かう」

「そうですか」むっとした口調で愛美が言った。どうして自分を放置したまま勝手に捜査を進めているのだ、とでも思っているのだろう。それは悪い傾向ではない、と思うことにした。仕事などどうでもいいと考えているなら、こんな風に気を悪くするはずもない。

「不動産屋で話を聞いたら、こっちから連絡する。君はどこにいるんだ」

「新橋……虎ノ門です」

「会社か」

「ええ」

「仕事のトラブルをまだ疑ってるのか」

「あらゆる可能性を排除すべきじゃないんでしょう？」

　昨夜《ゆうべ》彼女は、赤石の失踪は女性問題に違いないと決めつけていた。一晩で考えが変わったということか。何だかんだ言いながら、私の話を無視しているわけではないようだ。にやりと笑い、電話を切る。

副都心線で池袋まで戻る。すぐに見つかった不動産屋は、オフィスビルに入居した、かなり大きな会社の城北支店だった。担当者に会うまで、素っ気無い会議室でしばらく待たされる。壁に貼った地図――この支社が担当しているらしい豊島《としま》区、練馬《ねりま》区、板橋《いたばし》区、北《きた》区――と睨めっこをする。無性に煙草が吸いたかったが、灰皿はどこにも見あたらなかったし、ヤニの臭いもしない。例によってビルの中全体が禁煙なのだろう。エレベーターホールの外に灰皿が二つ置いてあったのを思いだし、あそこで一服してからくればよかったと後悔し始めた瞬間、ドアが開いて若い社員が姿を見せた。体にフィットした細身の白いシャツ――そのせいで上半身の貧弱さが強調されていた――を腕まくりし、これも異様に細く、足首が覗くほど短いズボンを合わせている。ネクタイはシルバーと黒の縞模様。靴は、爪先から先が十センチほども余っているのではないかと思えるほどの細長いものだった。赤石の家にあった靴によく似ている。

「お待たせしました」社員が透明なフォルダをテーブルに置き、名刺を取り出す。交換してから彼の名刺を確認した。

「失礼、何とお読みするんですか」

「まだ、です」

間田《まだ》。名刺をひっくり返すと、ローマ字表記で「ＭＡＤＡ」とあった。

「珍しい苗字ですね」

「そうですね、少ないみたいです」

「仕事をするにはいいでしょう？　すぐに名前を覚えてもらえる」

「いやあ」間田が、整髪料のたっぷりついた髪をそっと撫でつける。掌がべたべたになるのではないかと、他人事ながら心配になった。「お客様にはいいんですけど、社内ではちょっと……『まだか』って仕事を急《せ》かされましてね」

私たちは軽い笑いを交換し終えて席に着いた。間田の顔からは笑みが消え、真剣な表情に変わっている。

「成増の『コーポ桜井《さくらい》』の件ですよね」

「ええ。そこにお住まいの福永真人さん、彼の勤務先を教えていただきたいんです」

「個人情報に係わることなんですけどね……」間田はフォルダに手を置いたままだった。できれば何も見せずにここを切り抜けたいと願っているのは明らかである。

「ある事件の関係で、どうしても彼に話を聞かなければならないんです。人の命がかかっているかもしれません」

「命、ですか」間田の喉仏《のどぼとけ》が上下したが、すぐに冷静さを取り戻したようだった。「そう言われましても……福永さんが何か事件に係わっているということなんですか」

「それなら、正式に捜索令状を取って部屋を調べますよ。そういうことじゃないんです。

ある人が行方不明になったんですが、福永さんはその人と接触があったらしい。行方について、何か知っているかもしれないんです」

「そういうことですか」間田の手がフォルダから離れた。そのままこちらに押しやってくれるのではないかと期待したが、すぐにフォルダを摑んで立ち上がる。「すいません、ちょっと上の者と相談させていただいてもいいですか」

「どうぞ」溜息をつきたくなったが、できるだけ平静を装って答える。部屋を出て行く彼の背中に「ここ、禁煙ですよね」と声をかけると、喧嘩を売るような目つきで睨まれた。

「もちろんです」

何か煙草にまつわる嫌な想い出でもあるのか、と訊ねようとしたが、結局言葉を呑みこむことにした。彼との間には、まだ気安い関係を築けていない。

五分待たされた。頭の固い上司を連れて戻ってくるのではないかと思ったが、間田は一人で会議室に帰って来た。やはりフォルダを抱えているので、少なくとも門前払いを食らわされることはないだろうと判断する。

「お待たせしまして」間田が席に着き、私と正対する。すぐにフォルダを開け、書類を取り出した。

「上司の方は何と？」

「警察には協力しろ、と。ただし、うちから情報が出たということは、絶対に内密にしてもらえますか」

「もちろんですよ」安堵《あんど》の吐息を漏らしながら私は答えた。「捜査の参考にするだけです。この情報が外に漏れることはありません」

「分かりました」間田がA４サイズの紙を立てるようにして眺めた。どうやらコピーを渡すつもりはないらしい。それどころか、私に直接見せることすら避けようとしているようだ。まあ、いい。ここは妥協しよう。情報さえ正しければ、わざわざ彼と揉める必要はないのだから。

「福永真人さん。お勤め先は和光《わこう》の方ですね」

「埼玉の和光市？」

「ええ」不思議そうな表情を浮かべて間田が顔を上げる。「和光っていえば埼玉ですけど、何か問題でも？」

「いや」また副都心線か……同じ路線を何度往復することになるのだろう。少しばかりうんざりし始めていたが、首を振ることでその怠惰《たいだ》な思いを追い払った。「勤務先は？」

車のディーラーだった。営業所の名前と住所、電話番号を書き留め、まだ情報を搾《しぼ》り取れるはずだと質問を続ける。

「あのマンションにはいつ入居したんですか」

「二年前ですね。正確には一昨年の三月。もうすぐ契約更新になります」

「更新の話はしていたんですか?」

「まだ印鑑は貰っていませんね。一応、こちらから通知は済ませてますけど」

「今まで何か問題を起こしたことは?」

「お聞きになりたいのは、そういう話じゃないはずですよね」間田が顔を強張らせ、書類を伏せた。

「いや、失礼。つい何でも聞きたくなるのは癖でしてね。職業病と言ってもいいかな」

無言で間田がうなずいたが、不満気な表情は消えない。私は少し姿勢を崩し、顎に手を当てた。

「間田さんは、この会社——福永さんの勤めている会社をご存じですか」

「それはもちろん知ってますよ。私もこの車に乗ってるし。でも、福永さんが勤めていた営業所のことは知りませんけどね」

「成増から和光に通うのって、ちょっと不自然じゃないですか? 都心に近い街に住んで、田舎の勤務先に勤めるっていうのは、何だか逆の感じですよね」

「成増と和光なら、それほど家賃は変わりませんよ。それにあの物件は格安なんです」

「何か事件でもあったんですか? 自殺者が出た部屋だとか」

「築年数が古いだけですよ」苦笑しながら、間田が私の質問を一蹴した。「ワンルームマンションの走りの頃の物件ですから、そろそろ建て替え時期ですね」

「なるほど……今まで福永さんが家賃を滞納したりしたことはありますか？」

「ですから、そういう質問には……」

「雑談ですよ」笑みを浮かべてやる。効果があったかどうかは分からなかったが、間田は案外はっきりと首を横に振った。言葉は発しないが意思表示をしないわけではない、ということか。しかし、こんな神経戦を長く続けているわけにもいかない。

「保証人はどうなってますか」

「ご家族ですね」

「東京じゃない？」

「あの近くじゃない、とだけ言っておきます。すいません、あまり喋ると……」

「どこなんですか」

「まあ、それは……」言葉を濁し、間田が顎を撫でる。生まれてから一度も髭を剃ったことがないようにつるつるしていた。「とにかく、私の方から申し上げられるのはこれぐらいです。お役に立てたかどうかは分かりませんが」

「十分です」少なくとも糸はつながった。私には行くべき場所があり、話を聴く相手がいる。今は流れを切らないことが何より大事なのだ。たとえその流れが、全然別の海に注ぎこんでいるとしても。間違っていると分かった時に引き返せばいいだけの話だ。

10

副都心線、今日三回目。和光市駅のホームに降り立ってから愛美に電話を入れたが、また留守番電話になっていた。居場所を伝えるメッセージを残して駅を離れる。

川越街道沿いにある店にたどり着き、いつもの癖でまず周囲をぐるりと回ってみる。建物は前面がガラス張りのまだ新しいもので、三角形の屋根が特徴的だった。全体に白を基調とした清潔な印象で、その分巨大な赤いロゴが浮いている。店の外では真新しい展示車が冬の弱い日差しを受けて鈍く光っていた。店の中は広々とした作りで、車が数台、それに商談用のテーブルがアトランダムに配されている。しかしいつの間に、車は軽自動車とミニバンばかりになってしまったのだろう。私が若い頃——二十年ほど前までは、流麗なデザインのクーペや大馬力のスポーツカーを手に入れるのが多くの若者の夢だったのに。

中へ入ったが、誰も声をかけてこない。しばらく自分で車を買っていなかったので、車のディーラーとはこういうものだと思い出すのに少し時間がかかった。高い買い物だし、冷やかしの客も多いだろう。客が本気かどうかを見抜くまで、余計なことを話しかけないのがディーラーのやり方だ。しかし物欲しそうな顔つきで、七人乗りのミニバン――今の私には無縁なものだ――を眺めながら、誰かが声をかけてくるのを待っているわけにはいかない。受付でバッジを示し、店長を呼び出すように頼んだ。

座って待つように言われたが、何となくそうする気になれず、展示された車を眺めて時間を潰す。かつては私も車を持っていた。さして高くない公務員の給料で車を維持していくのは結構厳しかったのだが、「趣味は車だ」と思いこんでいた時期もあった。このメーカーがかつて生産していた、小型のハッチバックに乗っていたこともある。あれは名車だった。最高出力は控え目だったが、車重は軽く一トンを切るほど軽量で、動力性能的には何の不満もなかった。ホイールベースは短いが操縦安定性はしっかりしており、ミズスマシのようにすいすいと走ったものである。「エンジン屋」と評されたメーカーの車だけに、スペック的な最高出力以上の味わいもあった。最大の問題は、シートは一応四つあったものの、後ろは荷物を載せる以上の役割には使えなかったことで、結婚を機に手放さざるを得なかった。その後で普通のフォードアのセダンを買ったのだが、ミニバンに乗り換えようと相談していた時期もあった。親子三人で七人乗りはシートの無駄ではないかと長い論争が続いたのだが、結局購入に至ることはなかった。三つ目のシートさえ必要なくなったのだから。

そんなことを考えながら最新のミニバンを眺めていると、背後から声をかけられ、私は暗い想い出から引きずり出された。

「お待たせしまして」

濃い緑色のブレザーを着ている男を見て、自分がゴルフ場にいるのではないかと一瞬勘違いした。私と同年輩の男は店長の渡辺《わたなべ》と名乗り、商談用のテーブルにつくよう、促した。露骨に心配そうな表情を浮かべ、眉毛《まゆげ》の間には皺が寄っている。それが豪胆そうな四角い顔の雰囲気とまったく合っていなかった。

「警視庁の方……ですか」うなずいてバッジを提示すると、日焼けした渡辺の顔から血の気が引く。「どういったご用件でしょう」

すぐには答えず、あまりにも神経質になっている渡辺の顔をもう一度見やる。この販売店に何か問題があるとでもいうのだろうか、露骨な警戒心を隠そうともしない。女性社員がコーヒーを運んでくるのが視界の片隅に入った瞬間、私は最悪のタイミングで声をかけてしまった。

「こちらにお勤めの福永真人さんのことなんですが」

浅く腰かけていた渡辺がいきなり立ち上がり、その拍子《ひょうし》に女性社員と——正確には彼女が運んできた盆とぶつかってしまった。プラスティック製のカップが倒れ、コーヒーが流血のように床を汚すのを見ながら、私は一段深く足を踏み入れてしまったことを意識した。

床に零れたコーヒーを掃除し、新しいコーヒーが用意されるまでに五分かかった。その五分間を利用して渡辺は何とか気持ちを落ち着かせたようだったが、完全に平常心に戻るところまではいかなかった。額には汗が浮かび、しきりにハンカチで拭い続けている。

「どうしたんですか」わざと軽い口調で私は訊ねた。「ちょっと過剰反応ですよね」

「すいません、偶然なんでしょうけど……いや、偶然じゃないのかな」渡辺がコーヒーに口をつけた。猫舌なのか、顔をしかめて慌ててカップを口から離す。

「どういうことですか」

「こちらから、警察に相談しなければならないかもしれないと思っていたんです」

「警察に？」鼓動が跳ね上がるのを感じる。ただ事ではない。「彼が何か事件……に巻きこまれたんですか」事件を起こした、と言いかけて慌てて言葉を変える。

「それはまだ分からないんです。分からないんですが……」カップに手を伸ばしかけ、引っこめた。本当は冷たい水が欲しいのではないかと思ったが、結局は飲み物抜きで話し続けることにしたようだ。「二日前から出勤していないんです」

「一昨日ですね」

「そうです」

奇妙な合致だ。年末に赤石が電話で話していた相手、福永も行方不明になっている。ただし、失踪した時期に微妙なずれがあるのが気になった。私は手帳を広げ、福永の電話番号を読み上げた。

「これが彼の携帯の番号ですね」

「間違いありません」自分の携帯電話を取り出してキーを操作し、確認する。「こっちから何度連絡しても出ないんです」

「まだ警察には届けていないんですね」

「ええ。どうしたものかと迷ってまして……家には昨日行ってみたんですが」

「反応、ないでしょう」

「何でご存じなんですか」

「私も先ほど行ってみました」

「ああ……」溜息を漏らすように言って、渡辺がまた額を拭った。顔はいっそう蒼くなり、今にも気を失うのではないかと私は心配になった。「あの、それで、部屋の方は……」

「あなたが心配するようなことはないと思います」安心させるための台詞だ。仮に二日前に自殺——あるいは殺されていても、この寒さではまだ特徴的な腐敗臭が漂い出すまではいかないだろう。だが私の言葉で、渡辺の顔にはいくらか赤味が戻った。「でも、部屋に入ったわけではないですからね。できたら直接確認したいんです」

「そうすべきなんでしょうか」渡辺は私の提案に対して懐疑的だった。

「ぜひ。部屋を見ればいろいろなことが分かるものです」

「そうですか」

「ええ。こちらは埼玉県警の管轄ですけど、福永さんの家は東京ですしね。お手伝いさせてもらいますよ」

「あの、やっぱり何か事件なんですか？」

「それは今のところ、分かりません」

「でも、わざわざここを訪ねていらしたんだから……」

赤石の名前を出さず、私はどうして福永を捜しているかを説明した。それは何の慰めにもならなかったようで、渡辺の顔からまた血の気が引く。

「どうも事情が呑みこめないんですが、何というか……これは連続失踪事件ということなんですか？」

「連続失踪というのが言葉として正しいかどうかは分かりませんが、実態はそういうことになりますね」

彼に指摘されて、私の中で不安が膨らみ始める。どういうことだろう。二か月前に電話で話していた二人が、ほぼ同時期に姿を消した。赤石と福永、二人はどういう関係なのか。いつ知り合ったのか。今でも頻繁に会っているのだろうか。

最後の可能性に関しては低くはない。赤石が待ち合わせに一時間半遅れたという十二月二十二日、彼が福永と携帯で話していたことは、記録から証明されている。彼が大事な婚約者を長い間待たせたのは、福永と会っていたからだろう。婚約者とのデートよりも大事な用件とは何か——その疑問が、私の頭の中で宙ぶらりんになった。

「では、不動産屋に交渉して部屋の鍵を開けてもらいましょう。そちらは私がやっておきますから、出かける準備をして下さい」

「はい」弾かれたように渡辺が立ち上がる。

「ちょっと調べて欲しいことがあるんですが、いいですか」

「何でしょう」

「福永さんの勤務状況です。去年の十二月二十二日……それと二十七日に出勤していたかどうか、確認できますよね」

「ええ、もちろんです」

「では、そちらをお願いします。それが分かったら、できるだけ早く彼のマンションに行ってみましょう」

素早くうなずき、渡辺が走り出す。誰かに尻を蹴飛ばされたような勢いだった。

渡辺が車を出してくれたので、移動する時間を利用して愛美に連絡を入れる。気を利かせたのか、私においていかれまいと焦ったのか、既に池袋まで移動してきていた。現場で落ち合うことを決めて電話を切る。渡辺は私の電話の内容を気にしている様子で、話している間もちらちらとこちらを盗み見た。

「ご心配なく。同僚と落ち合うだけですから」

「同僚って……そんなに何人も来るんですか」

「普通は二人コンビで動くんですよ。その方が聞き漏らしがないでしょう？　今回みたいに一人で伺うことの方が珍しいんです」

「そうなんですか……」拳を口に押し当て、人差し指を嚙んだ。

「随分心配されているようですけど、何か心当たりでもあるんですか」

「いや、そういうわけじゃありません。でも、昔嫌な経験をしたことがありましてね」

「どういう？」

「営業所の先輩が出社してこないことがあって……家まで行ってみたら亡くなっていたんですよ、首を吊ってね。最初に私が部屋に入ったもので」

「それは大変でした。でも、今回は違うと思いますよ」

「どうして分かるんですか」

「経験から生まれる勘です。それと、あなたの存在がキーですね」

「私ですか？」車が信号待ちで停まっていたので、渡辺が首を捻って私の顔をまじまじと見詰めた。「どういう……意味でしょう」

「普通の人が、一生のうちに二度も自殺した人を見つけることは、確率的にあり得ませんからね」

「でも、ゼロじゃないでしょう」渡辺が唾《つば》を呑んだ。

「そんなに悲観的にならないで下さい。たぶん、取り越し苦労です」

「じゃあ、福永はどうしたんですか」

「それは私にも分かりません」

想像するだけならできたが。渡辺が調べてくれたのだが、福永は十二月二十二日には会社を休んでいた。その日どこにいたかは分からないが、赤石が夕方電話で話し、その後に会っていた確率がにわかに高くなる。それに、二十七日に赤石がおそらく彼に放った言葉、「逃げろ」というのが頭に引っかかっていた。あれから二か月後に何かがあり、二人は今の生活から逃げ出した——根拠はまだ完全ではないが、私の中ではその可能性がどんどん成長している。

車が流れ出した。川越街道はいつも渋滞しているのだが、今日もひどい。現場への到着は愛美や不動産屋の方が早いかもしれない。拙速《せっそく》に踏みこんで欲しくなかったが、何度も電話で念押しするのも気が進まなかった。彼女の良識を信じてシートに背中を押しつけ、じっと前方を睨む。

「福永さんはどういう人だったんですか？」

「いきなりそう聞かれても……」渡辺が声に戸惑いを滲ませる。

「じゃあ、まず年齢から」

「二十六歳です」

赤石と同い年か。手帳を取り出し、乱暴にデータを書き殴る。

「いつからこちらにお勤めですか」

「ほぼ二年前ですね。正確に言うと一昨年の四月からです」

「新卒で？」

「いや、別の会社で働いていたという話ですけど……私は彼の採用を担当したわけじゃありませんからね」

「ディーラーさんは、会社は県単位なんですよね」

「うちはそうです。福永は、他の営業所に欠員が出た時に契約社員として働き始めたんですけど、なかなか優秀でしてね。一年働いて、去年の四月に正式に社員になりました。それでうちの営業所に回されてきたんです」

「どんな感じの人なんですか」

「真面目ですよ」即座に渡辺が返事をした。一番無難な回答であり、職場で人物評を訊ねた時によく聞く台詞である。もっとも、ある程度は真面目でなければ、普通にサラリーマンができるわけもないのだが。「それに几帳面《きちょうめん》な男でね。セールスの腕はなかなかのものでした。間もなくデータが出揃いますけど、去年一年間の営業成績は、うちの営業所でベストスリーに入るでしょう」

「それはすごいことなんですか」

「もちろん。うちには営業は八人いて、全員あいつより年上なんですから」

「そういう営業力はどこで鍛えたんですかね。中途採用だとしたら、前の会社かな」

「それはどうでしょう。ここに来る前にどこにいたかは、私もまったく知らないんですよ」

「それは、訊ねたことがないという意味ですか？　それとも訊いても答えなかった？」

「訊いてみたことはありますよ。飲み会の時なんかにも、そういうことは話題になりますしね。でも彼は、話さないんだな」

どこかで聞いたような話ではないか。赤石との一致点が増えていく。私は手帳に書いた福永の名前の右側に、大きなクエスチョンマークを書き加えた。

「何か隠している感じではなかったですか」

「いや、そういうわけじゃなくて」慌てて渡辺が言い訳した。「ただ話したくないっていう感じですよね。それに何か問題があったら、本社も採用するわけがないでしょう」

「そうでしょうね。しかし、話したくないっていうのも変な話じゃないですか？　若いのに、人に隠すような話があるのかな」

「ですから、隠してたんじゃなくて、単純に話したくなかったっていう意味ですよ」苛ついた口調で渡辺が否定したが、私が「その二つに違いがあるんですか」と突っこむと、むっつりと黙りこんでしまった。

営業所から福永のマンションまでは二キロほど。しかし川越街道の渋滞のせいで、走り切るのに二十分もかかった。不動産屋はまだだったが、愛美は既に到着していて、ロビーで目を光らせている。軽く右手を上げて合図してやると、険しい表情のまま頭を下げた。渡辺が駐車に手間取っていたので、彼が来るまでの時間を利用して詳しい情報を伝える。

「いろいろ一致するんだ。そう思うだろう？」

「ええ。そうなると、電話で二人が何を話していたのかが気になりますね」

「何かを相談していた。それは間違いない。福永が赤石さんに相談を持ちかけたんじゃないかな」

「そんな感じですね」

「急に動き出したな。今夜は室長に報告しないと——」渡辺がコートの裾を翻しながら走って来たので、私は口をつぐんだ。

「すいません、お待たせしました」

「お手数でした。こちら、失踪課で私の同僚の明神です」

「どうも」まだ呼吸が乱れているせいか、渡辺はそれだけ言うのがやっとだった。愛美は無言で深々と頭を下げる。

「あとは不動産屋さんが来てくれれば、メンバー全員集合だ。ちょっとここで待っていてくれ」愛美に声をかけ、歩道に出て待つ。このマンションを管理している会社の人間が道に迷うとは思えなかったが、出迎えるのを口実に、この辺でニコチンを補給しておく必要があった。

一本をゆっくり吸って携帯灰皿で揉み消したところで、一台の車が私の前で停まった。助手席の窓が開き、間田が顔を見せる。

「どうも。何度もすいませんね」私は軽く頭を下げた。

「いえ」間田が言ったが、顔には戸惑いが浮かんでいる。「ちょっと駐車場を探してきます」

「そこの車の後ろに停めて下さい」私は、五十メートルほど離れた路上に停まっている渡辺の車を指差した。

「この辺りは駐禁ですよ」

「所轄が文句を言ってきたら追い返してやります。急いで下さい」

急いで、という言葉に反応して、間田がアクセルを乱暴に踏んで去っていった。渡辺の車のバンパーに鼻先をくっつけるように駐車すると、すぐにドアを開けて飛び出して来る。

私たちはロビーで落ち着きなくうろついていた渡辺と合流し、挨拶もそこそこに二階へ上がった。福永の部屋の前には愛美がいたが、私を見ると小さく首を振るだけだった。異臭、なし。間田がクラッチバッグからキーを取り出し、鍵を開ける。しかしドアには手をかけず、私たちに主導権を譲り渡した。愛美と顔を見合わせてから、私がドアノブを握る。ゆっくりと開けると、愛美がその隙間から顔を突っこむようにした。しばらくそのままの姿勢を保っていたが、やがて簡潔に報告する。

「大丈夫です」

その一言で、渡辺の体から力が抜けた。少しわざとらしい感じがしたが、廊下の壁に手をついて辛うじて体を支えている。

「死体……」間田が戸惑いながら言って、振り返った愛美の強烈に突き刺すような視線に迎えられた。慌てて口をつぐみ、鍵をバッグに落としこむ。

「何もないです。誰もいません」愛美が言った。

「とりあえず彼は無事なんじゃないかな」私は呑気《のんき》な言葉でその場の空気を和ませようとしたが、反応は一切なかった。咳払いをして、「とにかく調べてみます」と告げる。

「しかしこれは、問題じゃないんですかね」間田はまだ納得していない様子だった。「本人の了解もなしに部屋に入って、帰って来たらどう説明したらいいんですか」

「人に心配をかけてるお前が悪い」目を真っ直ぐ見据えて言ったので、間田は自分が注意されたと思ったようだ。ぎょっとしてドアから離れる。「福永さんにはそう言ってやればいいんです。会社をサボって心配をかけるのは、社会人として問題でしょう」

「まあ、そうですけど……」不満そうに間田が唇を捻《ね》じ曲げる。

「とにかく中を調べてみます。渡辺さん、本社に連絡を取っていただけますか？　可能なら、福永さんの前職が何だったのかを知りたい」

「分かりました」死体がないことが分かっても、この部屋の前にいるのは落ち着かないようだった。逃れられると分かってほっとした様子で、渡辺が階段に向かっていく。

「間田さんは残って下さい。管理会社の人には立ち会ってもらわないと」

「仕方ないですね……あの、会社にはどう報告すればいいでしょう」

「それは、調べ終わってから考えましょう。優先事項は別のことですよ」

私が二人と話している間に、愛美は既に部屋に上がりこんでいた。私もラテックス製の手袋をはめ、彼女の後に続く。典型的なワンルームマンションだった。狭い玄関に続く短い廊下の左側には作りつけの小さなキッチン、右側には風呂場とトイレ。廊下の奥が六畳間だった。若い男の一人暮らしに特有の、乾いた汗の臭いが漂う。カーテンは開け放されたままで、午後遅い日差しが部屋を白っぽく染め上げていた。西向きの部屋なので、夏の午後は耐え難いほど暑くなるだろう。

　愛美が部屋の中央に立ち、中の様子を記憶に収めようとしていた。覚えるほどではない。乱雑に散らばってはいるが、とにかく狭いのだ。六畳の部屋は、ベッドと二人がけのソファでほとんど埋まっている印象だ。窓際には小さなデスクと、レンガを四つ置いた上に乗せたテレビ、それに本で一杯になった小さな本棚がある。着道楽だったようで、テレビの横に置いた長さ一メートルほどのハンガーラックはぎっちりと埋まっていた。コート、革ジャンパー、ダウンジャケット。背広も何着か、かかっている。古い作りのマンションのせいか、クローゼットは狭い上に奥行きも浅く、しかも二段に区切ってあった。上の段にはポールが渡してあったが、服を大量にかけるには頼りない細さである。そのため福永は上着類を全部外に出し、クローゼットを押し入れとして使っているようだった。

「クローゼットを頼む」

「分かりました」

愛美がすぐに捜索に取りかかる。私は椅子に座ってデスクを調べた。引き出しは大きいものが一つ、小さいものが三つ。上から順番に調べていったが、めぼしい手がかりには行き当たらなかった。学生時代の名残、それに二年間のサラリーマン生活で積み重なった垢《あか》のようなものがごちゃごちゃになって、収拾がつかなくなっている。文房具の類がやたらと出てきた。ボールペン、シャープペンシル、マーカー、ほんの少しだけ使った消しゴム。見つかることを期待していたメモ帳やスケジュール帳の類は見つからない。パソコンもなかった。

「そっちはどうだ」

「大したものはないですね」返事に力はない。「服と靴と……給料はほとんどそういうものに使ってたんじゃないですか。靴箱が十個もありますよ」

「独身の男としてはおかしくないさ」

「ちょっと待って下さい……段ボール箱が一つあります」

「段ボール箱？」

「かなり重い……です」

「代わろう」

愛美がクローゼットの前からどいた。彼女が指摘した段ボール箱は一辺が三十センチほどの小さなものだったが、動かそうとするとかなりの抵抗を感じた。このサイズでこれだけ重いものは何だろう。紙類ではないか、と思った。紙は案外重いものだ。引きずりだして部屋の中央まで移動し、立ち上がる。いつの間にか、額に汗が滲んでいた。酒が残っていたらダウンしているところだ。

「相当重いな」

「何でしょう」

「開けてみるか」

「いいんですか？」

「構わん」私は段ボール箱の前にしゃがみこんで、蓋を封したガムテープに手をかけた。

「ちょっと、本当にいいんですか」慌てて愛美が止めに入る。ガムテープの端を摑んだ私の手首を思い切り握り締めた。ひんやりとした彼女の手の感触に気持ちが揺らいだが、今さらやめるわけにはいかない。

「大丈夫だって」私はそっと手を持ち上げ、彼女の手を振りほどいた。「誰かに文句を言われたら、後で謝ればいい」

「私は知りませんよ」

「もちろん。君は止めた。俺は言うことを聞かなかった。そういうシナリオでいいよ。俺一人が悪者になればいいんだから」

「そんなにむきになってどうするんですか」

「むきになる？　俺が？　まさか」笑い飛ばしてやったが、いつの間にか自分がこの一件にどっぷり浸っていることを意識した。理由は自分でも分からない。美矩に頼まれたから？　それは否定できない。しかし事件そのものは、まだ正体を明らかにしていないのだ。姿も見えない相手に向かって体当たりを繰り返している自分は大馬鹿者ではないか——そう思ったが、馬鹿でなければ突破できない壁もある。

ガムテープを一気に引き剝がした。埃《ほこり》が舞い、愛美は片手で口と鼻を押さえたが、目だけはしっかりと段ボール箱に注いでいる。私は蓋を開けた瞬間に、にやりとしてしまった。予想通り、紙。中身は全てパンフレットらしい。Ａ４サイズのものが綺麗に積み重ねてあり、どこかで見た記憶のあるタレントが私に笑いかけていた。しかしこれは……記憶をつなぎ合わせようと目を閉じる。一瞬で済んだ。

「明神」

「はい?」愛美が立ち上がり、パンフレットの詰まった箱を見下ろした。

「大事だぞ、これは」

「何ですか」

「分からないか、これ」私はパンフレットを一枚取り上げ、彼女の顔に突きつけた。

「謎かけはやめて下さい」愛美がパンフレットを横殴りに押しのけ、私の前に顔を突き出した。

「謎かけじゃない。お前さんが知らないだけなんだ。刑事——いや、社会人失格だぜ」

途端に愛美の顔が怒りで赤くなる。

「どういうことですか」

「このパンフレットで分からないか?」

「……すいません」うつむいて低い声で自分の無知を認める。

「ここは引き上げよう。しっかり保存してな。まだ鑑識を入れる段階じゃないけど、俺たちは第二ステージに突入したんだよ」

「何言ってるのか、さっぱり分からないんですけど」

「帰る途中で話す」

段ボール箱をそのまま持ち帰れないかと思ったが、車なしでは無理だ。証拠ではなく、あくまで参考にするだけ――そう考えれば、一枚を持っていけば十分だろう。ざっと調べて、全て同じものだと確認してから、最初に取った一枚を自分のバッグにしまう。段ボール箱にもう一度蓋をして、クローゼットに押しこんだ。

「どうなんですか？」玄関から間田が声をかけてきた。

「もう終わりにします」答えて立ち上がると、膝がぽきぽきと嫌な音をたてた。最近、この音を聞く機会が増えた気がする。玄関で合流した間田に提案する。

「ここの鍵を換えてもらうわけにはいきませんかね」

「はい？」お前は馬鹿か、とでも言いたげに間田が唇を捻じ曲げる。「何のために？」

「証拠保全」

「証拠保全？　何か分かったんですか」

「彼は」私は部屋の奥に視線を向けた。「犯罪者なのかもしれない」

　渡辺が本社に電話を入れてくれていたが、福永が以前どんな会社に勤めていたかは結局分からなかった。今となっては、彼が自分の前歴を隠しておきたかった理由も分かる。摘発間際と言われた悪徳商法会社に勤めていたら――ＪＨＡ＝ジャパン・ヘルス・アカデミー。私は既に、最悪のケースを考え始めていた。渋谷中央署の管内で、ＪＨＡの関係者が一人殺されている。そして、かつてそこに勤めていた福永が姿を消した。もしかしたら彼は、まだ死体が見つからないだけで、二人目の犠牲者になっているのかもしれない。ＪＨＡは実質的に消滅しているのだが、あちこちでいろいろな人を怒らせていたのは間違いないだろう。足を洗って今はまっとうな商売をしているとしても、簡単に過去から抜け出せるわけではない。命乞いが通じない相手もいるはずだ。

この構図のどこに赤石が入る？　悪い予感が勝手に走った。赤石にも空白の一年があるではないか。その時期、彼がＪＨＡで働いていたとしたらどうだろう。誰にも話せないのも理解できる。ＪＨＡの捜査は既に頓挫しており、被害者による民事訴訟も起こされていないが、自分が係わっていたことを誰かに話すのは憚《はばか》られるはずだ――たとえ婚約者や家族に対してでも。

帰りの電車の中で、私は世間話をするような調子で、愛美にＪＨＡの概況を説明した。といっても、私も知っていることは限られていたのだが。週刊誌が騒ぎ始めた時に読んだのを、何となく覚えていただけである。だが、知識ゼロの愛美に対して、多少は優位に立てた。「優位に立つ」などと考えている自分に嫌気も差したが。

赤石や福永の名前は一切出さなかったが、愛美も私が考えていた可能性に思い至ったようだった。手帳に几帳面な文字で書きつけ、私の前に示す。小さ過ぎてひどく読みづらかったが、目を細めて何とか判読する。

『赤石＝ＪＨＡ＝福永』

「そういうことだと思うよ」手帳を返して、彼女の推理を肯定した。

「昔の同僚、ですか」

「お互いに顔を知っていたかどうかはともかく。結構大きな組織だったかもしれないし」

「どんな風に解散したんですか？」

「それは俺もよく知らないんだ。普通は幹部がいなくなって、平社員が取り残されてあたふたして——というパターンが多いはずなんだけど、夜逃げみたいに一斉にいなくなってしまった、としか聞いていない。その辺りは、俺の知り合いがよく知ってると思う」

「戻ったら確認できますかね」

「奴が捕まればね。話せばすぐに飛んでくると思うが……君は会わない方がいいかもしれない。暑苦しい男だから」

「そんなこと、どうでもいいです」

　会話はそこで終わり、私たちは押し黙ったまま渋谷に戻った。渋谷中央署に行く歩道橋の上で、ふと立ち止まる。私の背中にぶつかりそうになった愛美が慌てて立ち止まる気配がした。

「何ですか」

「いや」歩道橋の手すりに腕を預け、玉川通りと明治通りの交差点をじっと見下ろす。視線を少し青山方向に向けると、渋谷クロスタワー――昔の東邦生命ビルだ――が目に入った。

「早く行きましょうよ」愛美が、苛ついた口調で急かす。高い場所にいるせいか、冷たい風は地表よりも強く、彼女は暖かそうなダウンジャケットを着ているにも拘《かかわ》らず、背中を丸めて寒そうにしていた。

前にある白い雲のようなものが、急にはっきりした。綾奈だった。また、あの制服を着ている。

――パパ、やったね。

――まだこれからだよ。

――パパならできるから。

――まてよ。俺の仕事のことじゃなくて、お前の話をしよう。

――今はダメなの。ごめんね。

「高城さん？」愛美が呼びかけると同時に、綾奈の姿が消えた。

「ああ」

「どうしたんですか」

「随分たくさん人がいるな」

「当たり前でしょう、東京なんだから」

「この中に赤石さんもいると思うか」

「隠れるには、都会の方が簡単なはずです」

「そうだな」

「何か変ですよ、高城さん」

「変、か。俺はずっと変だった」

「はい？」

振り返り、愛美と向き合う。寒そうに肩を丸めていたが、目は光っていた。

「七年間、ずっと変だった」

「どういうことですか」

「俺の娘も行方不明なんだ」

口を開いたものの、愛美からは何も言葉が出てこなかった。そういう情報をどこかで聞いていないか、必死で記憶をひっくり返しているのだろう。知らなくても不思議ではない。隠しておく話ではないが、積極的に宣伝するようなことでもないからだ。

「七年前、学校から帰って来るはずの娘が帰って来なかった。それ以来、ずっと行方が分からない」

「それは、どういう……」ぶっきらぼうに言って口を閉ざす。余計なことを喋ってへまをするのを恐れているようだった。

「今言った通りだ。刑事がこういう言葉を使っていいのかどうか分からないけど、まさに神隠しだったんだ。事件に巻きこまれた形跡もない。かなり捜索の範囲を広げて、同僚たちも協力してくれたんだが、手がかりは何も見つからなかった。消えちまったんだよ、煙みたいに」私は両手を持ち上げ、彼女の前で掌をぱっと広げて見せた。「いつの間にか、俺は諦めていた。いつかは諦めなくちゃいけないタイミングがくることも分かっていた。でも、女房は諦めなかった。夫婦の間で、そういう重大な問題に温度差が生じると、一緒に住むのは難しくなる。で、離婚して、俺の同居人は酒になった」

「――今回の事件にこんなに入れこんでいるのは、そのせいなんですか」

「そうなんだろうな……いや、よく分からない。美矩ちゃんが、俺の娘とあまり変わらない年齢だということはあるけど……やっぱり分からないな」

「そういう個人的な事情で……」

「分かってる」私は少し声を高くして、彼女の言葉を遮った。「そう、たぶん、仕事をする動機としては、あまり上等なものじゃない。だけど俺にはやっぱり、仕事が必要なんだと思う。生きていくために」

「高城さん――」

「すまん、下らない話をしちまったな」私は顔を一擦りした。「別に同情する必要はない。俺はとっくに乗り越えてるから。今までと同じようにしてくれればいい」

「私は何も変えるつもりはありません」

「それで結構だ」

私たちはしばらく見詰め合った。それで二人の間に暖かなものが流れ始めるわけではなく、彼女の戸惑いが伝わってくるだけだったが。

11

本庁でずっと会議に出ていたという真弓と、渋谷中央署でほぼ同着になった。「報告があります」と告げると無言でうなずき、コートも脱がずに私たちを自室に招き入れる。真弓はデスクにつき、私と愛美は立ったままで彼女と向かい合った。

「コーヒーでも?」

「まさか」

「まさかって?」真弓が顔をしかめる。

「それを飲むつもりですか？」私は彼女専用のコーヒーメーカーを指差した。「いったいいつ淹れたんですか」

「たぶん、五分前」立ち上がり、真弓が自分のカップにコーヒーを注いだ。「帰って来る時に電話して、公子さんに用意してもらったの。どう？」

「先に話をしましょう」

私は鞄からパンフレットを取り出してデスクに置いた。真弓がじっと視線を注ぐ。

「JHA？　今、一課で大騒ぎしてるやつ？」

「悪いことに、一番煩い奴が担当してるんですけどね」

「長野君ね。あなたの同期でしょう」

「ええ。あいつがどれだけ煩いか、ご存じですか」

「まあね」真弓の顔に苦笑が浮かぶ。被害を蒙《こうむ》ったのは一度や二度ではないようだ。「それで、このパンフレットは？」

「失踪した赤石さんの友人の家から出てきたんです」

「どういうこと？」

関心よりも先に懸念が真弓の顔に浮かぶ。やはり危ない捜査を恐れる普通の管理職なのか、と私は軽い失望を感じた。しかし隠しておくわけにもいかず、事実を正確に告げる。真弓の顔から懸念は消えなかったが、特に困惑した様子でもなかった。

「ぎりぎりのやり方ね、それは。家族を立ち会わせた方がよかった」

「時間がなかったんです。家族にはこれから当たります」

「それであなたは、赤石さんもＪＨＡの社員だったと疑っている？」

「ええ。それなら彼が失踪した理由も想像できます。身の危険を感じたんでしょう」

「分かったわ。引き続き、捜査を続けて下さい。それと、長野君とも連絡を取って。彼の方の捜査にとっても、何か手がかりになるかもしれない」

「分かりました」

私は一礼して部屋を後にしたが、愛美は呼び止められ、室長室に残った。何を言われているのか気になったが、ドアに耳を押し当てて立ち聞きするわけにもいかない。何しろガラス張りなのだ。

「よう、どうだった？　俺の情報は少しは役にたったかい」席につくなり、法月が話しかけてきた。今日一日の動きを話すと、低い音で口笛を吹く。「たまげたな。話が一気に広がったじゃないか」

「どこへ転がるのか、まだ全然読めませんけどね」

「手を広げ過ぎないことだぜ」法月が両手を平行に立て、ゆっくりとその間隔を縮める。

「ここからはできるだけ狭めていかないとな」

「今の段階だったら、もっといろいろ情報を集めておくべきじゃないですか」

「他の部署だったらそれでいい」寂しそうな笑みを浮かべて法月がうなずく。「だけどここは、そういうわけにはいかないんだ。何しろ人手が足りない」

「人手ならあるでしょう」

「人数とやる気と能力のかけ算をしてみろ。まともな捜査ができるような部署じゃないんだぜ、失踪課は。お前さんができる範囲でやっておくんだな」

「法月さんは協力してくれたじゃないですか」

「あんまり無茶言うな」法月が緩く拳を固め、胸を軽く叩いた。「俺は無理できないんだ。今日もこれから、定期検診で病院なんだぜ」

「大丈夫なんですか?」私は眉をひそめた。これまでのところ、私の前で彼が苦しそうな様子を見せたことはないが、心臓のことは本人にもはっきりとは分からないのではないだろうか。疲労とストレスが負担になることぐらいは、私にも想像できるが。

「今のところは何とか持ってるけどな。正直言って、お前さんの若さが羨ましい」

「四十五歳のオッサンを摑まえて『若い』はやめて下さい」

「俺から見れば小僧っ子みたいなもんだよ」法月がにやりと笑い、コートを取り上げた。「というわけで、今日のところは失礼するよ。実際、少し疲れた……久しぶりにシビアな話をしたからな」

「すいません」自分のせいだ。情報源と会ってややこしいやり取りをするだけでも、今の彼には大きな負担なのだろう。

「いやいや、軽い運動はかえって体にいいからね。ここさえまともなら……」もう一度、法月が胸を叩く。「いくらでもお前さんの手助けができるんだが。申し訳ないな」

「とんでもない」

「できる限りの協力はするよ。できる限りのことっていっても、ひどく小さいけどな……おっと、お迎えだ」

「奥さんですか？」廊下に向かって開かれた失踪課の入り口を見る。幅二メートルほどのカウンターがあり、そこで訪れた人に対応することになっているのだが、若い女性が一人、両肘を預けて上体を乗り出してこちらを覗きこんでいた。「……失礼、娘さんですね」

「まったく、娘に面倒見てもらうようになるとは情けない限りだ」法月が寂しそうな笑みを浮かべて立ち上がる。

　まったく似ていない親子だった。法月の愛嬌《あいきょう》のある笑みは人を惹《ひ》きつけるが、お世辞にもハンサムとはいえない。しかし娘はすっきりとした顔立ちの面長な美人で、しかも小柄な法月に対してすらりとした長身だった。長い髪は安っぽい照明の下でも艶々と光り、高貴という形容詞が似合う顔立ちに、華やかな輪郭を与えている。仕立てのよさそうな紺色のスーツ。目に痛いほど白いブラウスのボタンを二つ開けて、首元にはシンプルな銀色のネックレスを輝かせている。手に持ったコートの襟はファーで、エアコンの風を受けてさわさわと揺れた。公務員……にしては高そうな服装をしているが、何か固い商売に就いているのは間違いなさそうだ。何度かここに来たことがあるらしく、受付近くにいる舞とも顔見知りのようである。何か言葉を交わしていたが、その内容までは聞こえなかった。

「じゃ、悪いけど今日はこれで」法月がひょいと右手を上げた。

「お疲れ様でした」

私も立ち上がり、彼を受付のところまで送る。気づいた娘が軽く頭を下げると、法月が照れたようにうつむきながら、紹介してくれた。

「娘のはるかだ」

「失踪課の高城です」

「はじめまして」はるかがまた頭を下げたが、高慢な本音を私はかすかに感じ取った。

「父がいつもお世話になってます」

「お世話になってるのはこっちですよ。だいたい私は、今週こっちに来たばかりですから」

「そうなんですか」

「これから病院ですか。お気をつけて」

「まったく、病院ぐらいちゃんと行ってもらわないと困るんですけどね」はるかが盛大に溜息を漏らした。

「おいおい」困ったように法月が割りこむ。「こっちは頼んでないぞ。お前が勝手にしゃしゃり出てるだけじゃないか」

「一人じゃちゃんとできないんだから。今日だって忘れてたんでしょう？　病院に謝ってスケジュールを調整してもらうの、大変だったのよ……それじゃ、失礼します」

「参ったね、こりゃ」低い声で漏らして、法月が娘の後について廊下を歩き始めた。一度だけ振り返って私の顔を見やり、薄い笑みを浮かべる。

「法月さんも、娘さんに頭が上がらないようじゃおしまいですね」馬鹿にしたように舞が言った。そちらを見ると、指先を髪に絡ませてくるくると回している。

「親思いのいい娘さんじゃないか」

「そうかもしれないけど、娘さんに手を引かれて病院通いじゃ、もう完全に老人ですよね」

「おいおい、法月さんは心臓が悪いんだぜ」

「定期検診の度に迎えに来るのが何だか気に入らないのよね」あらぬ方を見ながら舞が言った。「あの人、私たちを馬鹿にしてるのよ。たかが地方公務員って」

「彼女は何者なんだ？」

「弁護士です。私たちにとっては敵みたいなものだし」

「なるほどね」固い職業のイメージが裏づけられた。「君は、彼女に馬鹿にされるようなことをしてないか？」

「はい？」すっと語尾が上がる言い方に、彼女の戸惑いと怒りが感じられた。「私はちゃんと仕事してます。弁護士に馬鹿にされるいわれはないと思いますけど」

「こっちが弁護士に対して怒る権利もないいんじゃないかな」

「どうしてですか」呆れたとでも言いたそうな調子で舞が反論した。むきになっているわけではなく、馬鹿にしたような口調は変わらない。「彼女は刑事弁護士なんですよ。警察にとっては敵じゃないですか」

「俺たちも弁護士も全部ひっくるめて、司法関係者なんだぜ。大きな枠の中にいるんだ」

「どうでもいいです、そんなこと」溜息を漏らして、舞が書類に視線を落としてしまった。何か仕事をしているようには見えなかったが。

こんな議論ならいつまでも続けることができるし、いずれは舞を論破できる自信もあった。しかし彼女とは、議論するだけ無駄だろう。それに話し続けていれば、そのうち熱くなって、自分の妻——元妻が弁護士だということを喋ってしまうかもしれない。先ほど愛美に身の上話を語ってしまっただけで、一日分としては十分だ。今まで自分のことを積極的に話したことなど、一度もないのに……この部屋の空気が私を変えつつあるのかもしれない。

それがいい方への変化なのか、悪い方への変化なのかはまったく分からなかったが。

「いいか、短くだ」

「何で？」不満そうに長野が両手を広げる。

「決まってるだろう。お前さんは話が長いからだよ。俺も、これからまだ動かなくちゃいけない。時間がないんだ。黙って俺の話を聞け。質問はなし。それでいいな？」私が本題を切り出す前に、彼はＪＨＡの悪徳商法の実態について散々講義したのだ。生活安全部から情報を仕入れたせいか、誰かに話したくてたまらなかったらしい。悪気はないのだが、世の中の人間が全て自分と同じことに関心を持っているはずだという思いこみだけは、何とかして欲しかった。

「しょうがねえな」長野が腕組みをほどき、両手をテーブルに乗せた。渋谷中央署で一番大きな会議室。甲本正則殺しの捜査本部はここに置かれている。捜査員がまだ街に散っている時間帯なので、陣頭指揮を執る長野の他には数人の刑事がいるだけだった。「話せよ」

福永真人に関して分かっている情報を全て伝えた。長野の顔が見る間に紅潮する。分かりやすい男だ。こいつが調べる方ではなく調べられる方だったら、捜査員は楽で仕方がないだろう。顔色を読む必要などなく、一見しただけで心の動きが手に取るように分かってしまうのだから。

「おいおい、こいつはとんでもない事件に発展するかもしれないぞ」とんでもない、と言いながら長野の顔は喜びに綻んでいた。

「それは俺には何とも言えない。殺しはこっちの仕事じゃないからな」

嬉しそうに長野が言った。「行方不明の人間を捜してるだけじゃつまらんだろう。これで点数を稼いで一課に戻れよ。そろそろそういう時期だ」

「一課に戻るには年を取り過ぎた」

「何言ってるんだ。俺たち、これから定年まで十五年あるんだぜ。それだけあれば、いくらでも仕事ができるよ」

「今の俺には別の仕事があるからな」

「……失踪課の仕事、そんなに気に入ってるのか？　まさか、阿比留室長にたらしこまれたんじゃないだろうな」

「とにかく俺はまだリハビリ中だ」

　それ以上の反論を何とか封じこめ、私は捜査本部を後にした。リハビリ？　何からの？　何のために？　私は無意識のうちに、捜査一課に戻ることを考えていたのだろうか。あり得ない。私が最後に捜査一課にいたのは六年も前のことだ。娘が失踪した一年後に所轄に回され、そこで人生はぐずぐずになってしまった。それからは何もしていなかったと言っていいだろう。本当は管理職としての基本を学ばなければならない時期だったのに、私が詳しくなったのは酒の種類についてだけだった。それと、離婚手続きの煩雑《はんざつ》さ。妻に言われるままに進めたのだが、それは彼女にとっても悪夢のような体験だっただろう。自分の離婚を自分で処理する弁護士。麻酔なしで自分の腫瘍《しゅよう》を切り取るはめになった外科医のようなものかもしれない。痛みの質に違いこそあれ。

車を出して、福永の実家、国分寺《こくぶんじ》まで足を伸ばした。夕方のラッシュを何とかすり抜け、七時に到着する。駅の南側の住宅街にある古びた一軒家であり、灯りは点《とも》っていなかった。インタフォンにも反応はない。

「しばらく待つか」

「仕方ないですね」愛美が肩をすくめる。

仕方ない、という言い方が引っかかった。私と一緒に待つのも、仕事だから我慢するという意味か――今日の俺は、いつも以上に皮肉っぽくなっているな。気を取り直してハンドルに両手を乗せ、街灯にぼんやりと浮かび上がる家を見つめる。

「法月さんには悪いことをしたかな」

「どうしてですか」

「今日も夕方から定期検診だったんだ。無理させたかもしれない」

「でも、元気そうだったじゃないですか」

「娘さんがわざわざ迎えに来たんだぜ」

「病院へ行くのを嫌がってるから、連れにきたんじゃないですか？　幼稚園のお迎えみたいなものでしょう」

「法月さんはいいオッサンだぜ」

「年を取ると子どもに戻るって言いますよね」

「そこまでの年じゃないだろう」

「私にはよく分かりません」愛美が肩をすくめる。

しばらく重苦しい沈黙が続いた。発作のように自分の身の上話を喋ってしまったのは失敗だったかもしれない、と悔やむ。個人的な事情を聞かされても、愛美も混乱するだけだろう。もっと親しい仲ならともかく、初めて会って三日である。彼女だってどう消化したらいいか、判断に迷うはずだ。

その沈黙に耐えられない。

「今日、室長と何の話をしてた？　昼間の件を報告してからだけど」

「世間話ですよ」

「世間話？」

「もう仕事には慣れたか、とか」

「で、何と答えた？」

「こういう仕事に何の意味があるか分かりませんって」

「おいおい――」

「実際、分からないんです」愛美がうつむき、爪をいじった。「人を捜す――それは、警察の仕事の基本だと思いますよ。それが犯人であれ参考人であれ、人の足跡を辿《たど》るのは、どんな事件でもやることですからね。でも、私たちがやっていることが何かにつながるんですか」

「捜し出せば喜ぶ人がいる」

「高城さん、本気でそんなこと信じてるんですか」

「どんな事件でも、警察が結果を出せば、喜んでくれる人がいるんだよ」

「でもこの事件は、最後は一課に持っていかれるんじゃないですか」悔しそうに言う。ちらりと見ると、唇を軽く嚙んでいた。

「君は、殺しにつながると思ってるわけだ」

「その可能性は高いでしょう」

「だったら、それはそれで仕方ないじゃないか」

「自分たちの事件にできたかもしれないんですよ」

「縄張り争いか」

「いけませんか」愛美が眦《まなじり》を決して私を見た。「自分で捜査したことが横取りされて他人の手柄になるなんて、馬鹿馬鹿しいでしょう。でもきっと、今回の件だって一課の捜査に呑みこまれますよ。人が一人失踪したことよりも、殺しの方がずっと大事ですからね」

「赤石さんがこの事件に関係しているかどうかは、まだ断定できないんだぜ」

「予感です」愛美が耳の上を人差し指で叩いた。「とにかく失踪課なんていいように使われて、あとはご苦労さん、ですよ」

「それでも仕方ない。組織なんて、どこも同じようなものじゃないか」

「だけど――」

「来たぞ」私は愛美の言葉を遮ってドアに手をかけた。初老の男が玄関の前に立ったところだった。背中は丸まり、ちょっと強い風が吹いたら吹き飛ばされてしまいそうな小柄な男だった。

「福永さん」

声をかけると、銃を突きつけられたとでもいうようにびくりと体を震わせる。用心させないように愛美に行かせるべきだったかとも思ったが、そうしたら彼はさらに怯えたかもしれない。今夜は愛美の方がよほど凶暴な雰囲気を発している。福永がおずおずと振り返った。私を見る目は恐怖に見開かれている。警察だ、と名乗ったら失神してしまうかもしれない。仕方なく、少しくだけた調子で話しかけた。

「ええと、福永真人さんのお父さん？」

失敗だった。福永真人という名前は、彼の心にさらなる恐怖心を呼び起こしたようだった。手が震え、鍵を落としてしまう。ちょっと待てよ、と声をかけたくなった。息子の話ではないか。どうしてそんなに怯える必要がある？

一瞬後に私は、家族の問題だからこそショックはより大きくなるのだという単純な原則を思い出していた。被害者であれ加害者であれ、単なる顔見知りよりも家族である方が衝撃は大きい。だがどうして怯える必要がある？　もしかしたら彼は、私を警察官だと思っていないのかもしれない。息子を追う人間だと……しかしそう考えていたとしたら、何故なのか。息子が追われる理由が分かっているのか。

面倒臭い事情聴取になりそうだった。しかしその一方で私は、必ず手がかりがあるはずだという確信に近い気持ちも抱いていた。

福永の父親――福永総一郎《そういちろう》は、私たちを家に入れることを拒絶した。理由はたった一つ、散らかっていて足の踏み場もないから。五年前に離婚しまして、という一言で、私は納得せざるを得なかった。一人暮らしの男の家がどんな風になるかは、身をもって知っている。ひたすら乱雑を極めるか、私の家のように生活の臭いがほとんどないものになってしまうか、両極端に分かれるのだ。
いずれにせよ、ごり押しはできない。仕方なく家ではなく、車の中で事情聴取を行うことにした。私と福永が後部座席に座り、愛美が運転席に腰を落ち着ける。福永は膝に置いた薄いブリーフケースを、後生大事に両手で抱えている。分厚いマフラーに顔の下半分が埋まっていた。

「いきなり押しかけて申し訳ありません」謝罪から切り出した。横で小動物のように震えているこの男を、何とか落ち着かせないと。「そんなに大変な話じゃないんです」

「しかし、警察のお世話になんか……」

私は声を上げて笑ってやった。福永がびくりと体を震わせ、上目遣いに私を見る。

「お世話になるのはこっちの方なんですよ。協力していただく立場ですから」

「はい……」消え入りそうな声だったが、ずっと丸まっていた背中はわずかに伸びている。そろそろ本題に入るタイミングだ。

「息子さんのことなんです」

無言で、福永が自分の手元を見下ろす。しまった。また殻に入ってしまったようだ。こうなったら強引に殻をぶち破るしかない。

「息子さん――真人さんとは一緒に住んでいないんですね」

「ええ」

「いつからですか」

「八年前から」間髪入れず、福永が答える。

「ということは、息子さんは高校卒業後すぐ家を出られたんですね」

「ええ」疑り深そうな口調で福永が認めた。いつの間に自分の息子のことを調べ上げたのか、と懸念している様子だった。構わず続ける。

「大学へ行かれたんですね」

「ええ」

「今は埼玉県内にある自動車ディーラーで働いている。それは間違いありませんね」

「そう聞いています」

聞いている？　妙に他人行儀な態度が気になったので、そのまま疑問を口にする。

「まったく会ってないんですか」

「ここ何年かは」

「今の会社に入る前に息子さんが何をしていたか、ご存じですか」

「いや、大学へ入ってからはほとんど連絡を取ってませんから。私の方も、家族の問題でいろいろと……」

「息子さんも家族でしょう」

指摘すると、初めてそれに気づいたようにはっと顔を上げる。

「すいません」

「いや、謝ることじゃないんですけどね」肩を叩いて励ましてやりたい、という気持ちを何とか抑えた。ここにも家族の崩壊に悩む男が一人いる。一瞬、自分の身の上を明かそうかとも思ったが、口をつぐんだ。事情はそれぞれに違う。下手な同情は彼の心を一層怯えさせ、さらに頑《かたく》なにしてしまうかもしれない。

「とにかく息子さんとはしばらく会っていない、そういうことですね」

「ええ」

「最後に会われたのはいつですか」

「もう三年ぐらい前になりますか……」

「失礼ですが、息子さんとはあまりいい関係ではなかったんですね」

「そうなんでしょうね。母親とはともかく」

「なるほど」そちらを当たってみる手はある。バックミラーに目をやると、愛美も同じ感想を抱いたのか、素早くうなずくのが見えた。「実は、息子さんが行方不明になっています」

「行方不明……そうですか」衝撃を受けたというより、諦めたような口調だった。まるで何度も同じことが繰り返され、慣れてしまったとでもいうように。

「前にも同じようなことがあったんですか」

「連絡が取れなくなったことはあります。電話がつながらなくなって……まったく、何をやってるんだか」

「私たちもそれを知りたいんです。どうなんですか？　息子さんが仕事を放り出して行方不明になるような事情、何か心当たりはありませんか」

「申し訳ないんですけど、私は何も知らないんです。真人とはすっかり疎遠でしてね。今はちゃんとした会社で働いているっていうから安心していたんですが」

「今は、ですか」

言葉尻を捉えて確認すると、福永がまた肩を震わせた。何も知らないことはない、と確信する。

「以前は、何か変な仕事をやっていたということですか」

「いや、それはよく分からないんですが」

「私が調べた限り、息子さんは警察と係わったことはありません。交通違反はありましたけど、それも随分前の話です。息子さんはＪＨＡという会社に勤めていたんじゃないですか？　悪徳商法で問題になった会社です。ご存じありませんか」

「いえ、私は何も」

「その会社を知らないということですか、それとも息子さんが勤めていたのを知らないということですか」

「何も知りません」完全に殻を閉ざしてしまった。愛美はバックミラーの中で露骨に眉をひそめている。自分ならもっと上手くやれた、と確信している顔つきである。

「だったら、知っている人を教えて下さい。奥さん——元の奥さんでも真人さんの友だちでも、誰でも構いません」

「それならあいつの兄弟に聞いて下さい。兄が一人いますから」

「どちらに？　この家にはもうお住まいじゃないんですか」

「結婚して家を出ました。今は荻窪《おぎくぼ》に住んでいます」

「住所と電話番号を教えて下さい」手帳を取り出そうとしたが、愛美がバックミラーに向かって手帳とボールペンをかざして見せたので、記録は彼女に任せることにした。苦しそうな口調で福永が情報を明かす。

「福永さん、どうしてそんなに真人さんのことを邪険にするんですか」

「邪険？　違いますよ」

「だったら、もう少し喋ってくれてもいいと思います。息子さんじゃないですか。彼を一番よく知ってるのはあなたじゃないんですか」

「息子なんて、一度家を出ると二度と帰ってこないものですよ。それに私は、ずっと真面目に仕事をしてきたんだ。ごく普通のサラリーマンとしてね」

「だから、息子さんが犯罪に手を染めるのは赦せない？」

「犯罪なんですか」急に挑むような口調になって、福永が声を荒らげた。「あいつが何かしたと言うんですか？　だいたい、ＪＨＡの件なんて、事件にもならなかったでしょう。いつの間にか立ち消えになったじゃないですか」

「そうですけど、実際に被害者はいるんですよ」

「被害？　何が被害ですか。私はね、あそこの会社の健康食品ですっかり病気が治ったんだ。息子は悪いことなんかしてませんよ。ちゃんと役に立つものを売って、人様に喜ばれてたんだ」

「……だったらあなたも被害者じゃないですか」混乱を感じながら私は指摘した。

「違います」福永の声に苛立ちが増した。「あれはちゃんとした健康食品です。真人のために買ってやったんだ。慣れないセールスの仕事で、急に飛びこんでも誰も買ってくれないでしょう。だから、親である私が引き受けてやったんですよ。間違ってますか？　息子のためにしたことなんだ」嘘が一つ、綻びた。ほとんど連絡もないと言いながら、息子が売っていた商品を買っていたのだから。

「私はそれを判断する立場にありません。でも、ＪＨＡのやっていたことが犯罪じゃないとしたら、彼はどうして行方をくらましたんでしょう。今の会社では何の問題もなく、優秀なセールスマンとして頑張っていたんですよ」

「それは……」急に福永の体が萎《しぼ》んだようだった。一気に喋って疲れてしまったのか、深く溜息を漏らす。法月と同年配に見えるが、心臓に問題のある法月の方がよほど健康そうだ。

「ご協力、感謝します」

「息子はどうなるんですか」

「今のところは何とも言えません。ＪＨＡの一件が立件されるかどうかも分かりませんしね。私たちは、そちらの事件の担当じゃないんです」

「どうも……お手数をおかけします」親としての謝罪の言葉だったが、誠意は一切感じられなかった。おそらく彼は、息子が危ない商売に手を染めていたことを十分に意識している。商品を買ったことで、自分も共犯者のような立場になってしまったことも意識しているだろう。

だが私には、それを責めることができない。馬鹿でない親がどこにいる？

「親馬鹿ですね、あれは」荻窪に向かう車の中で、愛美があっさりと福永の態度を切り捨てた。ハンドルを握っているので真剣な低い口調である。

「そう言うなよ。ああいう話はよくあるんだ。車のディーラーだって、最初に売る相手は親や親戚だっていうぜ」

「それとこれとは事情が違うでしょう」

「ごもっとも」

「だいたい、ＪＨＡの扱っていた健康食品って何だったんですか」

「何だ、まだ勉強してなかったのか」からかうと、むっとして黙りこむ。しばらくして、言い訳するように口を開いた。「仕方ないでしょう。JHAの話が出てきたのは今日の午後だし……」

「今回の件にどこまで関係あるか分からないけど、ちょっとレクチャーしておこうか」といっても、私も夕方長野から仕入れた話の受け売りなのだが。「JHA、正式名称ジャパン・ヘルス・アカデミーは、名前から想像できる通り、元々は健康食品を扱う会社だ。創設は結構古くて、八〇年代の後半にはもう、会社としての実態があったらしい。その頃は海外から健康食品を細々と輸入する会社だったんだけど、それが九〇年代の後半から急に商売を拡大する。それまでは単純に『健康にいい』っていう売り方だったそうだけど、急に『病気が治る』という方向に転換したんだ。この二つの間に大きな違いがあるのは分かるよな」

「そもそも病気が治るって言ったらいけないんですよね。健康食品というのは、法的には存在しないはずです」

「ご名答。とにかくあくまで食品であって薬じゃないから、『病気が治る』と言ったら薬事法違反になるわけだ。まあ、よくある商売だよ。売りさばくために、いわゆるバイブル商法をやっていた」

「効能を書いた本を教科書代わりにして売りつけるやり方ですね」

「ああ。その本を錦の御旗みたいにするわけだ。本のタイトルは何だったかな、『ガンを殺す十の食べ物』とか何とか。結構有名な大学の先生や芸能人なんかが係わってたらしい。そういう人の顔と名前で、病気で困ってる人を信用させたんだろう」

「馬鹿みたいな話ですよね」

「でもＪＨＡに限らず、その手の本は、本屋に行けば今でも溢れてるぜ。しかも結構売れてる。誰だって健康には興味があるし、病気で苦しむのは辛いんだ。医者に行ってすぐに効果がなければ、食べ物にも頼りたくなるよ」

「ＪＨＡを擁護《ようご》するんですか」

「まさか」私は煙草に火を点け、窓を開けた。煙は細い筋になって流れ出ていったが、愛美は不満気に目を細めて一つ咳をした。無視して続ける。「俺は心理学の解説をしてるだけだ。とにかくＪＨＡは、そういう弱っている人につけこんだわけだ。昔から繰り返された悪徳商法だけど、これが売れに売れた。中身は南米の何とかいう木の実の抽出液とか、中国のキノコを煎《せん》じたものとかだけど、一説には、こういう商売を始めてから会社が解散するまでの売り上げは、軽く百億を超えてたそうだ。ところが当然、効くわけがない。そして買った人たちが『騙《だま》された』って騒ぎ始めた途端に会社は消えたんだ」

「消えた？」

「こんな風にね」私は顔の前でさっと手を振った。「警察は内偵を始めたばかりだったし、被害者の相談に乗っていた弁護士も、会社の実態は摑んでいなかった。ある日突然、本社から人が消えて、そのまま誰にも連絡がつかなくなった。夜逃げみたいなものだったと思うけど、そのやり方は見事だったそうだよ」

「見事っていうのは被害者に対して失礼ですよ」

「失礼」愛美の突っこみは一々もっとも過ぎる。咳払いして続けた。「会社そのものはあまり大きくなかったようだ。中心になっていた幹部連中はほんの一握りで、営業の若い連中は何も知らなかったんじゃないかな。アルバイトみたいなもので。殺された甲本も福永も、そういう若い社員の一人だったんだろう」

「たぶん、赤石さんも」

「今さら彼らの責任を問えるかどうかは分からないけど、この事件はまだ終わってないんじゃないかな。元社員が殺されたことが、この事件に関係ないとは言い切れない」

「だから、福永も赤石さんも逃げた？」

「それが一番リアリティのあるシナリオじゃないかな」煙草を吹かしてから私は言った。

「嫌なシナリオだけど」

　婚約者が、悪徳商法に手を貸していた過去があったら。それを知った時、翠はどんな反応を示すだろう。暗澹《あんたん》たる想像が私の心を黒く塗りこめた。赤石は見つからない方がいいかもしれない。その結果誰もが少しずつ不幸を背負うことになるかもしれないが、最悪の事態だけは避けられるのではないだろうか。

12

荻窪に着いた時は八時を回っていたが、福永の兄、友宏《ともひろ》はまだ帰宅していなかった。妻と、ようやく摑まり立ちできるようになった男の子がマンションの玄関先で出迎えてくれたが、友宏の帰りは何時になるか分からない、ということだった。

「友宏さんが何かしたわけではないので、心配しないで下さい」不安気な表情を隠そうともしない妻を慰めるために、私はできるだけ穏やかに告げた。

「でも……」

「大丈夫です。ご迷惑はかけませんから」

「連絡してみましょうか?」

「それはやめて下さい」

妻の顔が強張る。私が証拠湮滅を警戒している、とでも考えたのだろう。強硬な言葉遣いを悔いて、柔らかい笑みを浮かべてやった。

「お手数をかけるわけにはいきませんからね。どうぞ、お気遣いなく」

「あの、どういうことなんでしょう」

「弟さんに会いたいんですけど、連絡が取れないんですよ。お兄さんならご存じじゃないかと思いましてね」

「でも、ほとんど連絡は取ってないと思いますよ。年賀状もきたためしがないし」言い訳するように言って頬に手を当てる。彼女の不安が伝わったのか、足にまとわりついていた息子がぐずりだした。

「戻られたら、私たちが来たことをお伝え願えますか」名刺を渡し、辞去することにした。

「また後でご連絡します」

　ドアが閉まり、廊下を歩き出した途端に愛美が突っこんできた。

「あれでよかったんですか？　明日、会社の方でも当たるつもりですか」

「いや、今日中に話を聞く」

「携帯に電話してみればいいじゃないですか。お父さんから番号を教えてもらったんだし」

「急襲した方がいいんだよ。電話でアポを取ると、考える余裕を与えてしまうから。事前の予告なしに突っこめば、大抵の人は嘘をつけない」

「でも、奥さんが電話するかもしれませんよ」

「そこまでは止められないな。とにかく今夜はここで張り込みだ」私は肩をすくめた。

「幸い今日は車だから。一晩中張り込んでいても寒くない」

「分かりました……何か食べるものを仕入れてきましょうか」

「そうだな」エレベーターに乗りこんだところで尻ポケットから財布を抜き、千円札を二枚、彼女に渡す。「何でもいいや。コンビニの弁当でも構わない」

「分かりました。領収書は？」

「いらない」ゆらゆらと手を振った。領収書程度であっても、書類仕事が増えるのは面倒臭い。「独身の中年男なんて、他に金を使うことがないからな。豪快に奢った方が気分がいい」

「コンビニで豪快に、ですか」愛美が怪訝そうに口をすぼめる。

「君はいつも一言多いんだよ。金額の問題じゃないだろう」

「そういうことにしておきます」愛美が細い指で摘むように札を受け取った。「それにしても皆、随分遅くまで仕事してるんですね」

「これぐらいは普通じゃないかな」腕時計で時刻を確認しようと思って、今日は家に置いてきてしまったことに気づいた。明日は絶対に電池交換に出すこと、と頭の中のメモに書きこむ。「忙しいのは俺たちだけじゃない。最近特に、社会全体が労働強化されてるような気がしないか？　派遣が増えた分、正社員の数は減ってるわけだから、残された人は今まで以上に働かなくちゃいけない」

「何かおかしいですよね」二枚の千円札を握り締めたまま、愛美が溜息を漏らす。

「不況の時期に、人件費を圧縮するためにそうせざるを得なかったのかもしれないけど、安易な方法だったよな。俺たちはそういう目には遭ってないけど、これからは警察だってどうなるか分からない」

「派遣の刑事とか」

「まさか、な」

二人の間に少しだけ柔らかい空気が流れた。

「じゃあ、食料の調達を頼む」

「分かりました。もしも途中で友宏さんに会ったら、どうしますか」

私たちは、父親から彼の写真を見せてもらっていた。面長のなかなかハンサムな顔立ちだったが、それよりも百九十センチという身長が目印になるはずである。父親が小柄な割に大変な長身だが、どうやら彼だけが家族の中で突出して大きいようだ。

「ただちに拉致して、ここまで連行してくれ」

「拉致って……」

「それが無理なら、彼にぶら下がってここまで連れてきてもらうんだな」

むっとして、愛美がロビーから早足で出て行った。張り込みの時間潰しに馬鹿話は必須だが、彼女には通用しないらしい。いつか彼女の頑なな心が解れるのか、あるいはそうなる前に希望通りに捜査一課に異動していくのか。せめてこの仕事を好きになれよ、と言いたかった。しかし私がそんなアドバイスをするのはひどく場違いな気もする。小柄な体を少しでも大きく見せようとするように背筋を伸ばして歩み去る彼女の後ろ姿を、私はじっと見守った。突っ張る気持ちは分かるけど、それだけじゃやっていけないぜ——どうして自然にそう言えないのだろう。

「今、友宏さんが現れないことを祈るよ。こんなニンニク臭い車の中で、事情聴取はしたくない」

「外で話を聞けばいいじゃないですか。そこの公園……じゃなくて緑地が使えますよ」愛美が、マンションの一角に設置された小さな緑地——藤棚とツツジの植えこみ、ベンチが二つあるだけだった——を箸で指した。

「外は寒いよ」先ほどエンジンをかけてドライブコンピューターで確認したところ、外気温は二度だった。二月の夜だから当たり前なのだが、改めて数字で確認すると寒さがさらに身に沁みる。

「大丈夫ですよ、この程度の臭いは」

「そうかね」

愛美はコンビニエンスストアではなく持ち帰りの弁当屋に寄って、幕の内弁当を二つ、仕入れてきた。コンビニ弁当よりはましだが、ニンニクの臭いが車内に漂い出したのには閉口した。鶏の空揚げがその源で、途中から窓を開けたまま食べたのに、しつこく車内に居座ってしまっている。

「美味《おい》しいじゃないですか」

「美味《うま》いけど、張り込み中に食べるものじゃないな。次からは海苔弁にしてくれ」

「あれは栄養バランスが悪いですよ」

「俺は海苔弁が好きなんだ」弁当を食べ終え、臭いを封印するように蓋を閉めてビニール袋に落としこんだ。口中に残るニンニクの臭いを洗い流すために、暖かいお茶を含んでぐるりと回す。窓を全開にしてコートの襟を立て、寒さに耐えながら臭いが去るのを待った。

五分後に愛美が食べ終え、ごみをまとめる。私はビニール袋を奪い取って外へ出た。愛美が怪訝そうな表情を浮かべる。

「私が捨ててきます」

「いいんだ。煙草を吸うついでだから」

開いた窓から顔を突っこみ、彼女に告げる。百九十センチの大男を見逃すなよ」

「見逃すはずないでしょう。私を何だと思ってるんですか」

「さあ……まだ君のことはよく知らないんでね。頼むよ」

ゴミ箱を捜して歩き出す。確か、近くに小さな公園があったはずだ。そこならゴミ箱も見つかるだろう。一度、身を翻して友宏のマンションを見上げる。十階建て。外壁は七階までは淡いクリーム色、八階から上は濃い茶色に塗り分けられており、なかなか洒落た建物だった。全部で百五十戸ぐらいだろう。おそらく築五年以内。友宏はここを新築で買ったのだろうか、とぼんやり考えた。

福永一家は、緩い転落の道を歩んでいる。父親は定年前だが、いわゆる熟年離婚で妻を失い、すっかり古くなった家にしがみつくしかない。二男はおそらく、犯罪に手を染めた過去を持っており、現在行方不明。長男だけが普通の家庭を持ち、きちんと会社に勤め、マンションも購入した。そういう、真っ直ぐなレールに乗った人生だけが正しいものだとは言わないが、安定した生活からしか生まれないものもある。その証拠に大抵の人は、冒険に満ちた人生よりも、同じことの繰り返しになる毎日を選ぶ。

ごみを捨て、煙草に火を点ける。白い息と煙が混じって顔にまとわりついた。しばらくその場に佇《たたず》んで一本を灰にし、続けて二本目に火を点ける。失踪課に来て以来、少し吸い過ぎかもしれない。昔もそうだった。事件に熱中している時はつい煙草の本数が増え、ニコチンの臭いを体にまとったまま帰宅したこともしばしばだった。綾奈はそういう臭いをひどく嫌がったものだが——。

影が動く。巨大な影。駅から続く道を、長身の男が歩いて来る。友宏だ。慌てて携帯灰皿で煙草を揉み消し、公園を飛び出して跡を追う。

「福永さん！」

大声で呼びかけると立ち止まり、ゆっくりと後ろを向いた。本当に大きい。背の高い人は猫背になることもあるのだが、彼は背筋をぴんと伸ばしているため、百九十センチという身長よりも大きく見えた。駆け寄って名乗ると、怪訝そうな表情を浮かべる。どうやら妻からは、何の連絡も受けていないようだ。

「何でしょうか。私は別に警察のお世話になるようなことは……」

「あなたのことじゃないんです。弟さんのことです。福永真人さん」

「弟が何か」声が冷たくなり、その場の温度すら何度か下がったようだった。コートのポケットに両手を突っこみ、警戒するように目を細める。

「ちょっとお話しさせて下さい。すぐそこに車を停めているんで、その中でどうですか。外は寒いですからね」

「いや……」コートの袖から腕を突き出し、腕時計を確認する。「時間がないんですが」

「そうですよね、奥さんも子供さんも待ってる」

「うちにまで行ったんですか」友宏の目が一層細くなり、顔に入った切れ目のようになった。

「申し訳ありませんね。もうお帰りになってるかと思ったものですから。どうですか？早く始めれば早く終わりますよ」あんたが早く喋ってくれればな、と思いながら笑みを浮かべる。

「……分かりました」

「ご協力、感謝します。ところで、ニンニクの臭いは苦手ですか？」

幸いなことに、車の中から臭いは抜けていた。代わりに凍りつきそうな寒さが車内を支配していたが。何故か、外よりも寒い感じがする。愛美がすぐにエンジンをかけ、エアコンの風量を最大にした。狭い車の後部座席で、友宏は自分の膝を抱えるようにして座っている。

「狭くて申し訳ないですね」

「いえ……真人がどうかしたんですか」

「行方不明になりました」

「ああ……」惚《ほう》けたような口調で言って、友宏が顔を擦る。今さら驚くことではない、という様子だったが、いきなりそれを指摘すると会話が頓挫しそうだったので、回り道することにした。

「弟さんは、高校を卒業してからほとんど家に帰っていないそうですね」

「帰っても仕方ないんでしょう、あんな家」

強烈な一言に、私は内心たじろいだ。何なんだ？　友宏も実家を憎んでいるのか？　崩壊した家と距離を置こうとしている……そうしたくなる気持ちは分からないでもないが、あまりにも激しい拒否反応だった。

「弟さんがＪＨＡという会社にいたのはご存じですか」

「知ってますよ。あの馬鹿が」吐き捨てる声はいきなり甲高《かんだか》くなった。「人様に迷惑をかけて、とんでもない男だ」

「迷惑をかけたことは、ご存じなんですね」

「ぶるぶる震えてましたよ」昆虫の生態でも報告するような口調だった。「あの会社、新聞や雑誌で散々書かれてたでしょう？　その頃うちを訪ねて来てね。『大変なことになった』って、今にも泣き出しそうでしたよ」

「あなたに助けを求めたんじゃないんですか」

「冗談じゃない。あんなインチキ商売をやるような人間を助けるなんて、あり得ない。すぐに追い出しました。オヤジは何を考えていたのか、あの会社が扱っているインチキ食品を大量に買いこんだみたいだけど」

「弟さんを助けようとしたんですよ」

「それって、犯罪の共犯みたいなものじゃないですか」

「それは拡大解釈でしょう」

「実際そうですよ。ああいう商売っていうのは、騙されて買う連中がいるから被害が広がる――」

「その件はちょっと置いておいて下さい」少し声を荒らげて彼の言葉を遮った。友宏はいつまでもＪＨＡの悪口を続けそうだったが、私の目的はそれを聞くことではない。「弟さんはあなたに助けを求めてきた。その後、連絡は取っていたんですか」

「まさか。あんな奴のことは何も知りません」

「電話番号は？」父親に聞いて、私は知っている。彼に対するテストのつもりだった。

「知りませんね」

「本当に？」

「向こうがどう考えているかは分からないけど、奴は人生の落伍者《らくごしゃ》ですよ。係わり合いになりたくないですね」

「実の兄弟なのに？」

「実の兄弟だからです。恥ですよ」

「今、彼が何をしているかはご存じですか」

「さあ、車のセールスか何かをやってるそうだけど。オヤジから聞いただけで、詳しいことは知りませんけどね」

「埼玉の方で働いてるそうですね」

「なるほどね」馬鹿にしたように鼻息を噴き出す。「都落ち、ですか」

「埼玉も首都圏ですよ」

「そういう意味じゃなくてですね」苛立たしげに拳で太腿《ふともも》を擦る。「ＪＨＡの一件以来、奴はしばらく行方をくらましてました。ほとぼりが冷めるのを待ってたんでしょう。今回も何かあったんじゃないですか。今の会社で何かやらかしたんでしょう」

「今の会社じゃなくてＪＨＡの件かもしれません。元社員という人が殺されたんです。ご存じですか」

「まさか」横面を張られたように友宏が目を大きく見開く。喉仏が大きく上下した。「殺されたって……どういうことなんですか」

「昔の事件が関連している可能性もある」

「じゃあ、あいつも危ない？」

「そうならないように早く見つけたいんです」

「放っておけばいいじゃないですか」突然傲慢《ごうまん》な口調を取り戻して友宏が言い放った。

「何ですって？」

「人様に迷惑をかけたんだから、それ相応の罰を受けるのは当然でしょう。奴も考えが甘いんだ。何も考えないで、金になるからっていうだけで訳の分からない仕事に手を出すから、こういうことになるんですよ」

「彼はお金に困っていたんですか」

「大学を出て、就職に失敗してね。仕方なくああいうインチキな会社を選んだんでしょう。考えてみればあいつも被害者みたいなものだけど、罪がないわけじゃない」

「あなたが助けてあげればよかったじゃないですか」

「冗談じゃない。あんな奴は家族だとは思ってませんから」

「どんなに駄目な人間でも、家族に変わりはないんですよ。あなたはそんなに偉いんですか？ 傷ついて助けを求めてきた弟さんを見捨てたことを何とも思わないんですか？」

「高城さん」

愛美が運転席から鋭く忠告を飛ばした。私は大きく深呼吸し、右手を広げて親指と人差し指で目を強く押さえた。暗い視界の中に星が散る。そうだ、落ち着け。関係者を怒らせてどうする。

「とにかく我々としては、彼を放っておくわけにはいかないんです。何か思い当たることがあったら教えて下さい」

「何も思い出さないと思いますよ。あいつのことは積極的に忘れるようにしてますから……もう、いいですか？ お役にたてなくて申し訳ないけど」

「お手数おかけしました」

車から出て、友宏の後ろ姿を見送った。最初に会った時に比べて背中はわずかに丸まり、身長もいくらか低くなっているように見えた。

「あれはやり過ぎですよ」

「分かってる」私は頬杖をついたまま、憮然として答えた。

「関係者を怒らせてどうするんですか」

「ヘマしたことぐらい、自分が一番よく知ってるよ」

「家族同士が憎み合うなんて、珍しくも何ともないじゃないですか。それに、できの悪い人間を家の恥だって思うのは、日本では昔からある考え方でしょう」

「分かった、分かった」私は両手で顔を拭った。「手がかりが摑めなかったから、少し苛ついただけだ」

「もっと冷静にならないと」

「君は冷静だね」

「高城さんが冷静じゃないから、私が冷静になるしかないじゃないですか……でも、これで手がかりが切れましたね」

「残念ながら、な」

愛美が渋谷中央署の駐車場に車を乗り入れた。ふと駐車場に面した失踪課の部屋を見ると、まだ灯りが点っている。

「珍しく残業している奴がいるみたいだな」

「室長じゃないですか？　灯りが点いてるの、室長室ですよ」

「何だろう」

「私たちを待ってたんですかね」

「まずいな。期待されても、あまり話すことがない」

「仕方ないですよ。正直にいくしかないでしょう。もしかしたら、応援をもらえるかもしれないし」

「誰か、あてになりそうな奴がうちの課にいるか？」

「嫌なこと、言わないで下さい」

重い気分で車を降りる。愛美の言う通りで、ここは一度正確に報告しておいた方がいいだろう。言葉を選びながら失踪課に入っていくと、待っていたように室長室のドアが開いた。真弓は私たちを呼びこむのではなく、自分から部屋を出て来る。

「お疲れ様」

「疲れるほど仕事してませんよ」

「そう？　こんな時間まで頑張ってたじゃない」

「遅くまで引っ張ればいいってもんじゃないですよ。室長こそ、こんな時間までどうしたんですか」

「ちょっと一杯引っかけたいけど、一人で呑む気になれなくてね。ビール、どう？」

「ビールね……」炭酸入りの酒はあまり好きではない。腹が膨れるだけで、一向に酔わないからだ。だいたい彼女も、何を考えているのだろう。私に酒を呑ませるマイナスに目を瞑るつもりなのか。

「用意しておいたわ。つまみはないけど、軽くね」

「ここで呑むのはまずいでしょう」

「大丈夫よ。明神、あなたもどう？」

「ええ……」他のことに注意を奪われているような生返事だった。

「まあ、いいか」私は室長室に入った。「一日の区切りだ」

「そういうことね」真弓が調子を合わせる。

仕方ないとでも言いたそうに、愛美が肩をすくめて後に続く。署内の他の部屋からは見えないはずだが、真弓は用心に用心を重ねた。グラスはなし。コーヒーカップにビールを注いで、誰かに見られても、眠気覚ましのコーヒーを呑みながら打ち合わせしているように装ったのだ。ちびちびとビールを啜り、じんわりと緊張が解れるのを意識しながら、夜の捜査の結果を報告する。

「ＪＨＡも罪が重いわね」真弓が感想を零した。「被害者だけじゃなくて、社員の家庭も崩壊させてるわけだから」

「それ以前から、福永の家は崩壊していたようですけどね」私は指摘した。「よくある話かもしれないけど、一度憎み合うようになったら家族の修復は難しい」

「長男だけがまともな人、ね」真弓がコーヒーカップをデスクに置き、写真立ての位置を直した。

「まともとは言えないんじゃないですか」愛美が反論した。「自分の父親や弟をあれだけ馬鹿にしてるんですから」

「一家の中で自分だけがちゃんとしてると思って、他の人間が馬鹿に見える——それは珍しいことじゃないわよ。そういう問題は家族だけじゃなくて、人間同士の集まりには必ずあるものだけど。例えば警察の組織でもね」

「どういう意味ですか」独白のような真弓の言葉に、愛美が顔を強張らせる。真弓が、自分の立場を友宏とダブらせたとでも思っているのだろう。真弓は知らんぷりをしていた。

「まあまあ」私は割って入り、愛美のカップにビールを注ぎ足してやった。水面がほんの一センチほど上がったところで、彼女が「結構です」と手を引く。慌てて缶を垂直に立てたが、わずかに零れた泡が愛美の手首を濡らした。愛美が一瞬私を睨んでから、手首を裏返してビールの泡を吸う。

「今の時点での疑問点はこういうことね」気まずい雰囲気を無視して、真弓が論点をまとめに入った。「一つ、赤石さんは本当にＪＨＡの社員で、失踪した福永さんと同僚だったのか。二つ、二人の失踪には何か関係があるのか。三つ、その失踪の背景にはＪＨＡに絡んだ問題があるのか。四つ、そうだとしたら、富ヶ谷の殺しとの関連はどうなのか。そういうことね？」

「ええ」私はすっかり気の抜けたビールを呑み干して答えた。「一つ目と二つ目は、こちらで積極的に捜査していいことだと思います。三つ目と四つ目は、どちらかと言えば一課の仕事ですね」

「あなたも官僚主義に毒されてるのね」

真弓の軽い挑発に、私は耳が赤くなるのを感じた。

「組織の中にいる人間が、組織の色に染まっていないということはあり得ませんからね。一匹狼なんて、小説や映画の中だけの話ですよ」

「ま、いいわ」話は終わりだという代わりに、真弓がカップを持って立ち上がった。「引き続き、福永さんと赤石さんの関係を調べて。そうすれば、赤石さんが本当にＪＨＡの社員だったかどうかも分かるはずよ」

「それが分かっても、まだ謎は残るんです。ＪＨＡには直接関係ないかもしれませんが」

私はまだ椅子にだらしなく腰かけたままだった。重い疲労感が全身に染みついている。

「謎って？」真弓が座り直した。

「赤石さんは、どこで立ち直ったんでしょうね」

「どういうこと？」

「ええ」空になったカップを両手で包みこんで回す。缶の中にはまだビールが残っていたはずだが、今呑みたいのはビールではなかった。もっときつい酒だ。「赤石さんは大学卒業後の一年間、ほとんど一文無しの状態だったんですよ。日々の生活費を稼ぐのに精一杯で、金を溜める余裕なんかなかったはずです。しかし、いくらＪＨＡのようにいい加減な会社でも、家のない人間を雇いますかね」

「会社が家を斡旋《あっせん》したんじゃないですか？　あるいは借りるための金を出したとか」愛美が指摘したが、私はその考えには首を横に振らざるを得なかった。

「考えにくいな。そこまでして社員を確保しなくちゃいけなかったとも思えない。まあ、あの会社の福利厚生がどうなっていたか分からないから、何とも言えないけど」

もしかしたら赤石は、ＪＨＡで働く前にも、別の犯罪に手を染めていたのではないか。手っ取り早く金になる盗みとか、強盗とか。それで得た金を元手に家を借り、生活を立て直してからＪＨＡで職を得た――三年ほど前に、大森辺りで発生した事件を洗い直してみるのも手だ、と考える。

真弓の卓上の電話が鳴り出す。

「はい、失踪課三方面分室……ああ、課長。どうも。随分遅いですね」

真弓がちらりと私の顔を見た。助けを求めているのかと思ったが、そういうわけではないらしい。スピーカーフォンのスイッチを押し、失踪課の課長――石垣徹《いしがきとおる》との会話が私たちにも聞こえるようにする。やや甲高い、神経質そうな彼の声が耳に突き刺さった。

「——いや、まだ宵の口だよ。随分元気に動いているみたいじゃないですか」

「通常の仕事の範囲内です」

「そう？」

「もちろんですよ」

「一課辺りからは別の話も聞いてるけどね」

　クソ、長野の奴か。いや、仮にあいつが喋ったとしても悪気はないのだ、と思い直す。ただ興奮して事実関係をべらべら喋りまくり、それが課長の耳にも入ったのだろう。

「阿比留室長、あまり無理はしないことですよ。お互いにまだ先は長いんだから」

「私は無理してませんよ」

「そうかな。強引なことが嫌いな人間も出てくるよ。足を引っ張ろうとする奴も。私はそういう状況は嫌いでね。非常に嫌いだ」不快なほど粘っこい口調だった。

「ええ、私も足を引っ張るような人間は好きじゃないですね。詳しい事情も知らないで人の邪魔をするような人間は、刑事の風上にも置けません」真弓が話を自分に都合のいいように捻じ曲げた。

「……何が言いたい？」にわかに石垣の声が鋭く尖った。

「馬鹿な人間はどこにでもいるものですよね、課長？」

「ああ、まあ……何だい、今回の騒ぎは、もしかしたら高城が中心なのか？」

「誰が中心ということはありませんよ。うちはチームで仕事をしてるんですから。それより、高城に何か言いたいことがあるなら代わりましょうか？　目の前にいますから」

「いや、それは結構だ」石垣がわざとらしく咳払いをした。「とにかく、あまり無茶をしないように彼に伝えて下さい。あなたの将来にも係わることですよ」

「私に将来なんかあるんですか？」

石垣が何かもごもごと釈明めいたことを言ってから電話を切った。真弓は含み笑いを漏らしながら受話器をそっと置き、「馬鹿」と吐き捨てた。思わず噴き出しそうになったが、愛美は怪訝そうな表情を浮かべている。私は軽く真弓を非難した。

「室長、今のは聞き捨てなりませんね」

「あら、あの馬鹿の肩を持つつもり？」

「まさか。俺より先に『馬鹿』と言って欲しくなかっただけですよ」

頭をのけぞらせて喉を見せながら、真弓が屈託なく笑う。それを見ている愛美は戸惑うばかりだった。もう少し年を取るとお前さんにも分かるよ、と心の中で話しかけた。警察という組織の中で順調に出世の階段を上っている人間は、自分以外のことを何も考えていない。捜査三課や機動捜査隊で長く経験を積んだ石垣は、メインストリームではないものの、四十八歳で課長の椅子を手にした。しばらく失踪課で我慢すれば、もっといい部署への栄転が待ち構えているだろう。大事なのは、ひたすら頭を下げて大人しくしていることだ。ヘマをしないことだけが出世の条件になる部署もあるものだが、失踪課はまさにその最たるものである。

彼にとって、私は不安定要素なのではないか。何をしでかすか分からない奴――そう考えていても不思議ではない。あの男は、異動を承認した時点では、私を安全パイだとでも思っていたのかもしれない。娘を失い、ひたすらアルコールに逃げ続けた男。そんな人間が急にやる気を見せて、本来やるべきではない仕事にまで首を突っこむはずがない、と。しかし予想に反して私が異動早々に動き始めたので、慌てて探りを入れてきたに違いない。

馬鹿が、と思う反面、「安心していい」と話しかけてやりたい気分もあった。今回は、私は美矩の不安げな顔に揺さぶられて走り出した。そういう状況が再びあるとは限らない。

本当に？　違う。私は、へらへらと笑いながら「適当に仕事してます」と言って石垣を安心させることはしないだろう。意地でも。あの男が余計なことを言わなければ、こんな気持ちにはならなかったかもしれないが――休暇は終わったのだ。長い休暇だったが、警察を辞めたのでもない限り、休暇はいつかは終わる。あまりにも長過ぎて、今はリハビリが必要だったが、それは案外早く終えることができるのではないかと、私は希望とともに考えていた。

私たちはビールで汚れたカップを洗い、失踪課を後にした。石垣が直接私に電話してきて忠告することは考えられない。私が知る限り、あの男は官僚主義の権化のような人間であり、ごく簡単な――たとえ「クソったれ」という悪口でも――伝言を伝えるためだけにも、指揮命令系統を上から下へ順番に使わないと気がすまないのだから。

しかしいつかは、正面からぶつかる時がくるかもしれない。その時には、どんな言葉で戦ってやろう。「馬鹿」ではあまりにもオリジナリティがない。まあ、いい。人の悪口を考える時間だけは、どんなに忙しい時でもたっぷりあるものだ。

13

「……変だ」電話の相手の声が、つけっ放しで寝てしまったラジオから流れる音楽に重なる。音楽は不協和音を多用したピアノ曲。クソ、こんな時間に難解な現代音楽をかけるなんてどういうつもりなんだ、NHK？

「何だって？」

浅い眠りから現実に引っ張り出された私は、不快の極みに漂っていた。電話の向こうでわめいている相手が長野であることだけは把握できていたが、例によってマシンガンのようにまくしてたてくるせいか、言葉がまったく頭に入ってこない。

「ちょっと……ちょっと待て」何とか上体を起こして布団から抜け出る。エアコンがついていないので真冬の寒さが体を貫き、それで一気に目が覚めた。「ゆっくり話せよ、長野」

「ゆっくり話してる場合じゃない。大事だぞ」

「お前にとって、大事じゃない事件なんかあるのか」

「もちろん、全ての事件に貴賤《きせん》はない……おいおい、無駄話してる場合じゃないぞ」

「分かった。ええと……」礫《つぶて》のように投げつけられた彼の言葉を一つ一つ記憶の沼から引きずり出す。途端に、彼の「大事」が決して大袈裟でないことが分かった。「福永」

「そうだ」

「いつ？」

「一時間前に俺のところに連絡が入った」

反射的に、床に放り出した腕時計を取り上げる。クソ、電池が切れたままだった。耳から携帯電話を離し、画面で時刻を確認する。午前五時。ひんやりする床に立ってカーテンを開けたが、真冬の闇が出迎えてくれただけだった。

「場所は」

「大井埠頭《おおいふとう》だ」

大井埠頭……あそこはだだっ広く、どの駅からも遠い。あえて言えばモノレールの大井競馬場前だろうか……武蔵境からいったいどれぐらいかかるのだろう。クローゼットを開けて綺麗なワイシャツを捜す。

「場所は、正確に言えば中央海浜公園《ちゅうおうかいひん》だからな」長野がつけ加える。

「分かった。お前は現場か？」

「俺もまだ向かってるところだ。クソ寒いぞ、今朝は」

「忠告ありがとうよ。俺もすぐに出る」

ダウンジャケットを手に入れておくべきだった、とつくづく後悔する。ウールのコートを引っ張り出したが、これでは寒さは完全には防げないだろう。とにかく意識だけでもはっきりさせておかないと。せめてコーヒーを飲もうと冷蔵庫を開けたが、わずかに残ったインスタントコーヒーは片隅で湿って固まっている。まともにやろうと頑張ってみればこの始末だ。だがその責任は全て自分一人にあるのだと思えば、怒る気にもなれない。


マンションを出てすぐにタクシーが通りかかったので思わず手を上げてしまったが、結果的にはそれが正解だった。ブラックの缶コーヒー一本と荒っぽい運転で、一気に目が覚める。しかも早朝で道路はがらがらだったので、武蔵境から中央海浜公園まで四十五分で着いてしまった。早朝の首都高はさながらサーキットの様相を呈したが。

現場は公園の一角にある大田スタジアムのすぐ近く、小さな池がある場所だった。ようやく夜が明け初めたばかりで、投光機の光が現場を白く照らし出している。非常線の向こうで鑑識の係官が忙しく立ち働き、私服の刑事たちが寒そうに背中を丸めて歩き回っている。私は何となく遠慮して遠巻きに眺めていたが、長野の方ですぐに見つけ出してくれた。

「よ」軽快な口調で言って右手を上げる。薄いトレンチコート姿でマフラーも手袋もないが、寒さや眠気とは無縁で元気一杯の様子だった。私は寒風と寝不足、それに寝酒に飲んだウィスキーのせいで頭痛に悩まされ始めていたのに。自分の息が少しだけアルコール臭く、それが吐き気を誘った。

「いいのか、お前の事件かどうかも分からないのに」最初に疑問をぶつけてやる。

「俺の事件に決まってるじゃないか」

「つまり、JHAを巡る一連の事件だと」

「その通り」大きくうなずき、自信たっぷりの笑みを浮かべる。

「発見者は？」

「近くを通りかかったタクシーの運ちゃんが、被害者がここに引きずりこまれるのを見て一一〇番通報してくれたんだ。で、所轄の連中が飛んで来て死体を見つけた……それが午前三時頃だな」

「引きずりこむって、どんな感じで」

「こういう風に」長野が右腕を自分の首に回して見せた。「後ろから腕を回して、無理やり連れこんだらしい。相手は——福永はその時点では生きていた」

「犯人は一人か？」

「目撃者が見てるのは一人だけど、共犯がいた可能性は否定できないな。ちょいと仏さんの顔を拝んでおくか？　お前も追いかけてた相手だろう」

「そうだな」

長野に案内され、背の低い枯れ草に覆われた草地に足を踏み入れる。福永は枯れ草の上に仰向けに横たわっていた。目は閉じられていたが、口が薄く開いており、端から血が糸のように顎を伝っている。右腕は体の下。左腕は胃の辺りを押さえていた。白いダウンジャケットの前面が真っ赤に染まり、まだ濡れている。刃物傷だ。はみ出した白い羽毛と、体の下になっている薄茶色の枯草が、乾き始めた血で茶色に染まっている。私は目を閉じて頭を垂れてから、現場の様子を網膜に焼きつけた。福永の足元から二メートルほどに亘《わた》って草が押し潰され、血がまき散らされている。すぐ側には公園内を案内する看板が立っていた。福永は、絶命した場所から少し離れた地点で刺され、看板に向かって体を引きずってきてここで力尽きたのだろう。最後に仰向けになって天を仰いだはずだが、夜空は目に入ったのだろうか。看板の向こうには、何か白い建物があった。福永はそこを目指していたのかもしれない。何の建物にしろ、人がいる時間ではなかったはずだが。

「心臓を一突きだな」長野が後ろから近づいてきて、脅すように言った。

「ということは、最初の事件とは別の犯人じゃないのか？　最初は銃、次は刃物……連続殺人犯だったら同じ手口を使うはずだ」

「確かにこれは、お前が考えてる連続殺人とは言えないだろうな」長野が言った。「サイコ野郎だったら手口にこだわるかもしれないけど、他の目的で殺すなら手段は選ばないはずだ」

「他の目的って何なんだ？」

「さあな。それはこれから調べる……おい、ちょっと離れようや。そろそろ死体を出すから」

煙草が吸いたいのだな、ということは分かった。まだ新しい遺体だから腐臭はしないが、独特の甘ったるい血の臭いは、必ず鼻の奥にこびりついてしまう。それを消すには煙草が一番だが、現場で吸うのはタブーだ。

非常線の外に出て、長野が煙草をねだった。一本振り出して火を点けてやると、深く吸いこんで顔をしかめ、咳きこむ。

「えらくきついのを吸ってるな」

「これぐらいじゃないと、吸った気になれないんだよ」煙草に火を点ける前に、バッグを探って頭痛薬を取り出した。水がないので、喉に引っかかるのを我慢しながら飲み下し、煙草をくわえる。

「まだ頭痛薬なんか飲んでるのか？」非難するように長野が言った。「体に良くないぜ」

「俺の体だ。放っておいてくれ」

「お前、鎮痛剤中毒なんだよ」

「ヤク中よりはましだろう」

「これだって一種のヤク中だ」

「そのうち入院して薬を断つよ」深く煙を吸いこみ、鼻から噴き出す。それで何となく、死体の残像が目の前から消えたようだった。

「身元はどうして分かった？」

「免許証、その他。本人に間違いない。たぶん、被害者をここへ引きずりこんだ奴は、誰かに見られたことが分かってたんじゃないかな。始末して慌てて逃げたんだろう。身元が分かるものは残さざるを得なかったんだろうな」

「犯人について、何か具体的な情報はあるのか？」

「目撃者も、顔までは見ていない。かなり大柄な男だった、というぐらいだな。ここのすぐ外に車が停まっていたそうだが、それがたぶん犯人の車だったんだろう。タクシーの運転手は身の危険を感じて、ここから少し離れて一一〇番通報したんだが、戻って来た時には車はなくなっていたらしい。聞かれる前に答えておくが、ナンバーは不明だ。車種も分からない」

「タクシーの運転手なら、車には詳しそうなものだけど」

「暗かったんだよ。大型のセダンだというぐらいしか分からない」

「緊配は？」

「かけた。だけど車種も分からない状態じゃ、あまり役に立たないな」

「やらないよりはまし、か」

「ちょっといいか？　車に入ろうぜ。ここは冷えてかなわん」長野が両手を擦り合わせた。

「お前は寒さなんか感じないのかと思ってたよ」

「馬鹿言うな、俺だって人間なんだ」

「事件の時のお前は人間じゃないみたいだけどな」

「いつまでも言ってろ」ぶっきらぼうに吐き捨てたが、目は笑っていた。自分が捜査マシンであることは、本人も意識して——誇りに思っているのだ。

公園の外に停めた覆面パトカーに乗りこむと、長野が大きく溜息をついた。両手で顔を擦り、欠伸《あくび》を嚙み殺してから手帳を広げる。

「この被害者は、お前が追いかけていた人間だった」

「ああ」

「確認するぞ。時間軸をはっきりさせないとな。福永がいなくなったのはいつなんだ？」

「二日……いや、もう三日前か。無断で会社を休んで、連絡が取れなくなった」

「お前はどこまで調べたんだ」

「会社の人間と不動産屋を連れて、部屋を確認した。そこでＪＨＡのパンフレットを見つけたんだけどな」

「了解。それは昨日聞いた通りだな……で、その後はどうなってる」

父親と兄に会い、どちらからも具体的な手がかりが得られなかったことを説明する。長野は何の感想も述べず、ひたすら手帳にボールペンを走らせていた。私が説明し終えると、ようやく顔を上げて顎を掻く。こんな時間なのに、髭の剃り跡すら見当たらなかった。私の無精髭は既に四日目に入っている。

「一家崩壊か。でもそれは、福永がＪＨＡに係わるようになる前からなんだよな」

「ああ。ＪＨＡは直接は関係ない」

「しかしまあ、家族だからって冷たいもんだな……とにかくこれからもう一度、福永の家にガサをかけなくちゃいかん。お前のことだから、何か見逃したとは思えないが」

「狭い部屋だからな」

「しかし、考えてみれば妙だぜ」長野がボールペンの尻で手帳を叩く。「パンフレットは、奴さんが仕事で使ってたものなんだろうな。それを後生大事に持っていたのは、どういう意味なんだろう。やばい商売をやってた自覚は当然あるはずだし、普通はすぐに処分するんじゃないか」

「捨て忘れてただけかもしれない」

「そんなところかね」長野が右手で顎を揉んだ。「だけど、本当のところは分からない。もう、本人に聴くわけにもいかないしな」

「他にも関係者はいるだろう」

「お前さんが捜している赤石とか？」

「まだはっきりしたことは分からない。それに福永と違って、赤石の足取りはまだ摑めていないんだ。それより、他のＪＨＡの社員や幹部の所在は分かってるのか」

「生活安全部の連中も、完全な名簿を作ってたわけじゃなかった。その不完全な名簿は全部当たってみたんだが、今のところは一人も捕まらない。ああいう悪徳商法をやってる連中は、最後の最後まで儲けようとして逃げ遅れるパターンが多いんだけど、ＪＨＡは事前に逃げる準備もしてたんじゃないかな。引き際だけは見事だった」

「悪党を褒めるな」その悪党の中に赤石も含まれるかもしれないと気づいて、私は少しだけ自分の発言を悔いた。何故か、赤石を犯罪者と決めつける気になれない。

「調子が戻ってきたな」にやりと笑い、長野が手帳を閉じた。「ＪＨＡの元社員が二人殺されたわけだから、俺がまとめて面倒を見るよ。今回の事件は、現場から何か出るかもしれないぞ。犯人もだいぶ慌ててた様子だから、物証を残してるかもしれない。それと並行して、ＪＨＡの元社員を捜してみる。そっちの方は、お前さんも協力してくれるな」

「俺は赤石さんを捜すだけだ」

「結果的にそれが、俺たちを助けてくれることになるんだ。任せてもいいけど、そのためには上の連中同士がいろいろ調整しないとまずいよな。それを待つのは面倒だろう？」

「分かってるよ。ＪＨＡ絡みの情報が何か出てきたら、すぐにそっちに流す」

「すまん。助かる」長野が口元に中指と人差し指を持っていったので、もう一本煙草を渡して火を点けてやる。忙《せわ》しなくふかし始めると、途端に車内が白く煙った。

「何が起きてるんだと思う？」私は長野に訊ねた。

「あらゆる可能性が考えられるな。誰かがＪＨＡの元社員を殺して回ってるのかもしれない。あいつらに恨みを持つ人間は少なくないだろうから」

「被害者の復讐か」

「否定できないな」煙を避けるように長野が目を細める。「生活を滅茶苦茶にされた人もたくさんいたんだ。いいか、ＪＨＡの連中は、何の役にも立たない木の実のエキスなんかを馬鹿みたいな値段で売りつけてたんだぞ。百ミリリットル入りの瓶が一本五千円とかだ。それを毎日三本飲んで、三か月以上続けないと効果がないとかな……何千万も騙し取られた人も少なくない。特に年寄りの被害者が多いんだ」

「警察は立件できなかったし、被害者が裁判で争おうにも、訴える相手が見つからない」

「そういうことだ」

「しかし実際には、こうやって元社員を見つけ出した奴がいる」

「被害者がやったと思うか」長野の声が鋭くなった。

「いや」私はゆっくりと首を振った。「いくら殺してやりたいと思っていても、自分の手を汚す必要はないと思う。こういう事件なら、弁護士は張り切ってやるはずだ。殺すよりも身包《みぐる》み剝いでやった方が、気分もすっきりするだろう」

「うーん」長野が両手で髪を強く撫でつけた。顔の筋肉が後ろに引っ張られ、目が細くなる。「それも分かるけど、裁判なんか待てなかった、とかな」

「だけど被害者は、高齢者が多かったんだろう？　こんなところに引きずりこんで刺し殺すような体力はないと思うぜ」

「本人じゃなくて家族がやったのかもしれない。親が騙されて、その恨みを忘れられない子どもがいたとかさ。この可能性は捨て切れないな。悪くない」長野が満足そうな笑みを浮かべて腕を組んだ。

「一回その考えを捨てろ」まったく、この男は。捜査一課の現場指揮官の中では、馬力という点ではトップクラスなのだが、誰かが手綱を引いてやらなくてはならない。思い入れが強過ぎて、あらぬ方向に暴走してしまうこともしばしばなのだ。「慎重にいけよ」

「心配するな」長野が私の肩を思い切り叩いた。骨にまで伝わる痛みが、頭痛を増幅させる。同時に、やらなければならないことが立て続けに頭の中を走った。

まず、愛美に電話をする——それが今日の仕事では一番大変なことかもしれないが。自分を置き去りにして私だけが現場に出たことを、彼女はどのように受け止めるだろう。

予想に反して愛美は冷静だった。起き抜けのようだったが声ははっきりしており、短く相槌を打ちながら私の報告を聞き続ける。随分落ち着いているな、と不思議に思った。もしかしたら、家で男と一緒なのだろうか。それならば怒るよりも先に、暖かいベッドから引きずり出されずに済んで助かった、と安心しても不思議ではない。

「とにかく、失踪課で落ち合おう」

「すぐに出ます」

「そんなに焦らなくていいよ。俺もあまり早くは行けないから」タクシーを使ってしまったので、財布の中には千円札が三枚しか残っていない。これではもうタクシーに乗れないし、覆面パトカーで送ってくれとも言えない。モノレールと山手線を乗り継がねばならないので、渋谷中央署に愛美より先に着くのはまず無理だろう。「ゆっくり朝飯を食べてからでいい」

「そうはいきません」

「この現場から渋谷中央署までは、結構時間がかかるんだ」

「とにかく署に行ってますから。高城さんも急いで下さい」

「了解」

海浜公園の西側の道を歩いて、大井競馬場前駅までは十五分近くかかった。頭痛と空腹に加え、かすかな胃の痛みも煩わしい。長野が言った通りで、頭痛薬は胃には優しくないのだろう。どこかに胃薬もあったはずだが、バッグの中を引っ掻き回すのが面倒だった。がらがらのモノレールで浜松町まで出る。間もなく八時。山手線ではちょうど通勤ラッシュにぶつかった。空腹と寒さに不平を訴える体を何とか宥め、ほぼ満員の車両に身を押しこむ。クソ、山手線の混雑ぶりときたら。失踪課に通うようになって使い始めた井の頭線も、車両編成が短いこともあって朝のラッシュはかなりのものだが、これほどではない。だが、体のバランスをとるだけで精一杯の状態も、私にとって一つだけ利点があった。余計なことを考えずに済む。

渋谷駅のホームで吐き出された場所のすぐ前に、立ち食い蕎麦屋があった。出汁《だし》と醤油の香りが容赦なく鼻を刺激してくる。クソ、唐辛子をたっぷり効かせたてんぷら蕎麦で体を温めたい。こっちは朝五時に叩き起こされたんだ、少しぐらい遅れても問題はないだろう——揺らぐ気持ちを押し潰し、何とか蕎麦の香りの攻撃をかわして駅を出る。愛美よりも先に着かないとまずい、という競争心だけが走った。

何とか先乗りできたのではないかと思ったが、惜しいことに愛美に先を越されていた。部屋にはコーヒーの香りが漂い始めており、それでいくらか背筋がしゃきっとする。しかもそれだけに止まらず、彼女はドーナツまで用意してくれていた。

「こんなこと、してくれなくていいのに」甘い香りは、アルコールの残った体に厳しい。

「昨日のお弁当のお返しです」

「若いんだから、そんなこと気にするな」

「高城さんに借りを作りたくないだけです」素っ気無く言って、愛美が自分の机の上でドーナツの入っていた袋を破き、皿代わりにした。溶かした砂糖でコーティングされたもの、チョコレートがかかっているもの、白砂糖がまぶされたもの——見ているだけで胸焼けがしてくる。愛美がしょっちゅうこんなものを食べていて、なおかつスリムな体形を維持しているとしたら、絶対に許せない。

「コーヒーは俺が用意する」

「すいません」

二つのカップにコーヒーを注ぎながら、室内を見回した。灯りは点いており、暖房で温まりつつあったが、まだ戦闘準備完了という感じではなかった。なみなみと注いだ二つのカップからコーヒーが零れないよう、ゆっくりと運んでいく。デスクに置くと愛美が軽く頭を下げ、その拍子にふわりと揺れた髪が顔を隠した。ひどく無防備で幼く見える。

私は吐き気を抑えながらドーナツを取り上げ、左手を受け皿にして齧《かじ》りついた。ざらざらとした感触の、結晶の大きな砂糖が手を汚す。

「しかし、何だってドーナツなんだ？」

「好きだから、じゃいけませんか？」

「アメリカの刑事みたいだな。ドーナツとコーヒーと刑事に関する有名なジョークがあるんだけど、聞きたいか？」

「結構です」

　仕方なく、ドーナツを嚙み取っては咀嚼《そしゃく》する作業に専念する。一個食べ終えたところで胃痛がさらに悪化したように感じ、コーヒーを飲んで宥めようと努めた。刺激性の強い飲み物に鎮痛効果があるわけもなく、痛みは鋭く刺すようなものに変わり始める。私が胃の辺りを摩《さす》っているのを愛美が目ざとく見つけ、「どうかしたんですか」と訊ねる。

「年を取ると、体のあちこちが傷んでくるんだよ」

「胃薬、ありますよ」

「貰おうか」

　愛美が無言でうなずき、デスクの引き出しから胃薬の箱を取り出す。箱に書かれた効能を見ると、胃液の分泌を抑える、とあった。これでいいのかどうか分からないが、呑まないよりはましだろう。ごく小さな錠剤だったので、水なしでそのまま呑みこむ。これで治るはずだ、と自分に言い聞かせて二つ目のドーナツに手をつけた。

「室長は？」

「ご覧の通り、まだです」

「相談しないとな」

「この事件、私たちの手を離れるんですか？」

「そういうことにはならない。現場で一課の担当者と話したんだが、赤石さんの捜索はこのまま俺たちが続けるよ。ただし捜査一課では、赤石さんを重要参考人として考えてる」

「――あるいは次の被害者候補」

「おいおい」私はドーナツを持ったまま手を広げた。砂糖がぱっと飛び散り、床を汚す。「嫌なこと言うなよ。とにかく、そうなる前に赤石さんを見つけないと」

「最初とは全然違う話になってしまいましたね」

「俺もこういう状況は、まったく想像していなかった。とにかくこれから、翠さんにもう一度会おう。彼女が本当にＪＨＡのことを知らなかったのか、念押ししておかないと」

「今までとはニュアンスが違う話になるかもしれませんね」

「あるいは、な」

「彼女が、赤石さんとＪＨＡの関係を何か知っていたら――」

愛美が言葉を呑みこんだが、「共犯」と言いたかったであろうことは簡単に想像できる。

私は彼女の言葉をフォローした。

「知っていただけでは共犯とは言えないよ。それに、彼がどれだけ罪の意識を持っていた済まされるような問題じゃないでしょう」

「自分の会社が何をやっていたか知らなかったら間抜けだし、そもそもそういう言い訳で

かも分からない」

「そうだな」

認めながら、私は腹の底で全く違うことを考えていた——不運。赤石、そして福永という若者の身の回りに起こった不運の数々を。もちろん多少運が悪くても、それをはねのけてきちんと生きている人の方が多い。だが「自助努力が足りなかった」と二人を斬り捨てることは、私にはできなかった。彼らのような転落は、誰にでも起こり得る。しかも非常に簡単に。

もしかしたら私にも。

「お早う」真弓がコートの裾を翻しながら部屋に入ってきた。室長室には向かわず、私たちの方に向かって早足で近づいて来る。愛美のデスクに乗ったドーナツを見て、一瞬だけ目を細めた。それには気づかない様子で、愛美がさらりと勧める。

「室長もいかがですか」

「あなたと違って、私は新陳代謝も落ちてるんだから。朝からドーナツは無理よ」恨めしそうに言ってから、私に向き直る。「話は一課経由で聞いたわ。現場に行ってたのね」

「ええ。朝五時に叩き起こされて」

「犯人の手がかりは？」

「残念ながら。何も」私は肩をすくめた。「惜しい所だったみたいですけどね」

もしも目撃者のタクシー運転手が、せせらぎの森の中に入って行ったら——そもそも福永は殺されなかったかもしれない。もちろん運転手が巻き添えを食って、犠牲者が二人に増えていた可能性もある。

「で、あなたたちは赤石さんを捜し続けるわけね」

「ええ。何が起こっているかは分かりませんけど、彼が狙《ねら》われる可能性もある」

「死ぬ気でやって」怖いことをさらりとした表情、口調で言う。「一課の連中の鼻を明かすチャンスよ」

「そういうつもりで仕事はしてませんよ」反論したが、真弓はそれを嘲笑で迎えた。

「とにかく、いつまでもこの部署を盲腸扱いさせておくわけにはいかないの。その高カロリーのジャンクフードを食べ終わったら、さっさと出かけなさい」

最後はほとんど喧嘩腰で言い捨て、真弓が室長室に入っていった。コートを脱ぎもせずに椅子に座り、早速電話をかけ始める。

「何ですか、いったい」愛美がそちらをちらりと見てから眉をひそめた。「室長、ちょっと様子がおかしくないですか」

「手柄が欲しいんだよ。管理職としては極めて健康的な考え方だ」

「そんなのおかしいじゃないですか。自分の点数を上げるために仕事をするわけじゃないのに」

「あのな」もう一つドーナツを食べるべきかどうか、迷った。いつの間にか痛みは消えているので食べられそうだが、食べてしまったら、今日はもう何も口にすることはできないかもしれない。明らかにカロリーオーバーだ。代わりに、カップの底にへばりつくように残ったコーヒーを一気に流しこむ。「俺も若い頃はそう思ってたよ。警視総監賞何回とか、そういうことを自慢する先輩が馬鹿みたいに見えた。自分の点数を上げるために人の手柄を横取りする奴がいるのも信じられなかったしね。でも、そういうことはどうでもいい。この世界、結果が全てなんだ。勝っても負けても、それを自分で受け入れるしかない。だから室長がこの一件で損しようが得しようが、俺には関係ないな」

いつの間にか頭痛も胃のむかつきも消えている。いい傾向だ。薬ではなくドーナツとコーヒーが効いたのかもしれない。

「さあ、出かけるぞ。翠さんを捕まえよう」

「了解です」そう言ってコートを手にしたものの、愛美はまだ完全に納得している様子ではなかった。

翠の携帯電話に連絡を入れたが留守電になっていた。自宅に電話してみたが、芳江も美矩も出ない。それではと、芳江の携帯電話を呼び出したが、そちらも圏外になっていた。

「何だよ、おい」私は携帯電話を乱暴に畳んで吐き捨てた。「急に全員行方不明か？」

「翠さんは会社で捕まるんじゃないですか」

「俺がそっちに行く。君は家の方を確認してくれないか？　もしかしたら芳江さんは、長野に帰ったのかもしれない。いつまでもこっちにはいられないだろうし」

「そうですね……じゃあ、向こうに着いたら連絡します」

「頼む」

渋谷駅で別れ、愛美は山手線の五反田経由で中延へ、私は銀座線で虎ノ門駅へ向かう。会社へ行けば翠に連絡は取れるはずだ、と楽天的な気持ちを保つよう努めた。

何も、赤石が絶望的な状況に陥ったと決まったわけではない。ＪＨＡの関係者を襲ったのがどういう連中かはまだ想像もつかないが、おそらく福永は事前に危機を察知して逃げたのだ。赤石も関係していたのなら、彼が翠という大事な婚約者や家族にも知らせず行方をくらましたことも理解できる。パズルのパーツはぴたりとはまり始めた。

そう考えれば気分は晴れるはずだった。しかし、銀座線が虎ノ門に近づくに連れ、また気分が重くなる。もしも翠が全ての事情を知っていたら。赤石が姿を消すのに手を貸し、私たちに援助を求めることを目くらましとして使っていたら——考え過ぎだ。翠の戸惑いは、不安は、まがい物ではない。

地下鉄を降りて地上に上がり、すぐに携帯電話を取り出す。呼び出し音が二回鳴っただけで翠が出たので、私は思わずビルの壁に背中を預けた。コンクリートの冷たさがウールのコートを通して背中に突き刺さってきたが、同時に嫌な冷や汗が額に浮かぶのも感じる。

「捜してたんですよ。電話がずっと通じなかった」意識していなかったが、つい非難するような口調が浮かんでしまったようだ。翠が怪訝そうに言い返す。

「どうかしたんですか？　地下鉄に乗ってただけですよ」

「ああ、そう、そうですよね。今日は出勤ですか」

「ええ、午前中だけですけど。午後から休みます。有給が余ってるんで、それを使って彼を捜さないと……」

「赤石さんのお母さんたちはどうしました？」

「今日の午後、一度長野に帰ることになりました」

「さっきから家にも電話してるんですよ。出ないから、どうかしたのかと思ったんです」

「ああ」翠の声が暗くなった。「昨日から変な電話がかかってくるんで、怖くて……家の電話には出ないようにしてるんです」

「何ですって？」壁から背中を引き剝がし、会社の方へ向かって歩き出した。「これからそっちへ行きます。待っていて下さい」

「高城さん？」

返事をせずに電話を切り、通勤の人たちで埋まる歩道を走り出す。全力疾走のつもりが、なかなか風景が流れるまではいかない。しっかりしろ、と悪態をつきながら、私は腕を思い切り振った。新しい靴の底に刻み目を入れておいたことは正解だったが、体がついていかない。

会社の入ったビルに到着する。エレベーターがなかなか来ない。待つ間、愛美の携帯に電話を入れる。留守番電話に切り替わったので早口でメッセージを残した。

「昨夜から翠さんの家におかしな電話がかかっている」エレベーターがきた。一緒に乗りこんできた数人の若者が怪訝そうな目を向けてきたので、壁に顔を向けて、口元を包みこんで話し続ける。「十分警戒してくれ。それと、二人は今日の午後――」通話が切れたが、最重要のメッセージは伝えられたはずだと自分に言い聞かせ、携帯電話を畳む。

翠は受付の前に出て待っていた。髪を緩く結んでいるせいか、青褪めた顔が一層際立つ。胸の前で両手をきつく握り合わせ、私を見つけると二歩前に出たが、そこで急に壁にぶつかったように停まった。

「申し訳ない。心配させるつもりじゃなかったんだが」

「何かあったんですか」

私は返事を留保して周囲を見回した。受付の前にある応接スペースで話をするのはいかにもそぐわない気がしたが、外へ出て腰を落ち着けられる場所を探している暇もない。結局、彼女を受付から一番遠い窓際のテーブルに誘い、近くにあった背の高い鉢植えのパキラを動かして目隠しにした。

「何やってるんですか、高城さん」咎《とが》めるように翠が言った。

「人に見られたくないんだ」

「嫌な話ですか」翠の頬がわずかに引き攣《つ》る。

「最悪の状況じゃないけど、決していい話じゃありません」

翠がまた両手を握り合わせ、胃に押しこむようにする。唇に舌を素早く這わせた。目尻がかすかに痙攣《けいれん》し、潤んだ目からは今にも涙が零れそうになった。

「申し訳ない。話し方が悪かったですね」失敗を噛み締めながら、私はわざとのんびりした口調で続けた。「赤石さんの行方は分かりません。今のところはっきりしているのはそれだけです」

翠が盛大に息を吐いた。それで力が抜けたようで、体が一回り小さくなってしまったように見える。すぐ側の窓に目を転じ、外の光景を眺める。といっても、道路を挟んだ向かいのビルしか見えないのだが。目元を押さえて、零れ落ちた涙を指先で受けた。

「変ですね」引き攣った笑みを浮かべ、私の顔を見やる。「ほっとするような話じゃないのに」

「ええ」

「それで、どうしたんですか？」

「最初にこっちから質問させて下さい。あなたは、赤石さんがこの会社に就職する前にどこにいたのか、本当にご存じないんですか」

「知らないと何かまずいんですか」私の質問を不当な非難と受け取ったのか、翠が目を細めて私を睨みつける。

「まずくはないです。でも、もっとはっきり聞いておくべきだったかもしれません」

「……どういうことですか」

「ＪＨＡという会社をご存じですか」

「ＪＨＡ……いえ」

「怪しい健康食品を売っていた会社です。二年ほど前に幹部も社員も姿を消して、会社は消滅しました」

「彼がその会社で働いていたっていうんですか？　そんな……人を騙すような会社で？まさか。あの人はそういう人じゃありません」

「まだはっきり決まったわけじゃありません。でも、十二月二十二日と二十七日に、彼はＪＨＡに在籍していた人と電話で話しているんです」

「そんな……」翠が力なく首を振った。

「シビアな話だった可能性もある。特に二十二日、あなたとの待ち合わせに遅れた時は、その男と会っていたのかもしれない。それで二十七日には『逃げろ』という発言が出た――そういう流れじゃないかと考えています」

「ただの知り合いかもしれないじゃないですか。昔の友だちとか」

「今まで調べたところでは、二人の間には他に接点がありません」

「じゃあ……」

「もちろん、まだ何も決まったわけじゃありませんよ。分からないことばかりなんです。だから、今の段階で赤石さんの身の安全については何とも言えません」

目に見えて翠の顔が青褪めた。唇を噛み締め、必死に事実の重さに耐えている彼女に向かって、さらに残酷な事実を告げなければならないと思うと、心を鑢《やすり》で擦られるような痛みを感じた。刑事の仕事の大多数は、人に不幸を告げることである――それは分かっているのだが、いつまで経っても慣れるものではない。

「赤石さんの知り合い――去年の十二月に彼と話していた人が殺されました」

私の目の前で、翠の表情が崩壊した。

14

十分後、翠は何とか自分を取り戻した。声を押し殺してひとしきり泣いた後で、何事かぶつぶつとつぶやいていたが、やがて顔を上げ、私と正面から向き合う。唇を硬く引き結び、何らかの覚悟を決めたようだ。

「煙草が吸いたいぐらいですね」

「それで落ち着くなら差し上げますが……」私はワイシャツの胸ポケットから煙草を取り出したが、この応接スペースが禁煙だということは分かっている。「ここでは無理ですね。煙草は最高の精神安定剤なんだけどな」

翠の顔が歪む。笑おうと努力したようだが、その試みは無残にも失敗した。

「泣いてても何にもなりませんよね。彼に何かあったと決まったわけじゃないんだから」

「そうです。でも、一刻も早く見つけ出さないといけない。昨日あなたの家にかかってきた電話が気になるんですが……」相手は翠の番号をどうやって割り出したのだろう。

「ええ」

「何時頃でしたか」

「十時過ぎです。そんな時間に家に電話がかかってくることなんか滅多にないから、びっくりして」

「相手は？」

「男です」

「年齢とか、見当がつきますか？」

「いえ……」翠が天井を見上げる。「それはちょっと。若い人じゃないと思いますけど」

「中年？」と私は手帳に書きつけたが、これだけでは絞りこみようがない。

「話の内容は？」

「赤石はいるかって……」

「呼び捨てですか」

「ええ」

「どんな口調でした？」

「何か、威張ってる感じで……ちょっと怖かったです」

「他にはどんなことを？　あなたは何と答えたんですか」

「いませんって、それだけです。そうしたらすぐに電話は切れたんですけど、その後も二回、無言電話がかかってきて。怖いから、昨日は電話線を抜いて寝ました」

「私たちの他に、赤石さんを捜している人に心当たりはありませんか？」

「知り合いには声をかけてますけど、そういう人たちが悪戯電話をするはずがないですよね」

「でしょうね」マナーモードにしてあった携帯電話が、ズボンのポケットの中で震え出した。失礼、と声をかけて電話に出る。愛美だった。

「異常ありません」

「留守電は聞いてくれたな？」

「ええ。変な電話もありませんし、誰かがここを見張ってる様子もありません」

「分かった。ちょっと待ってくれ」電話を掌で覆い、翠に説明する。「明神があなたの家に行っています。今のところ、異常はありません」

溜息をついて、翠が素早くうなずいた。うなずき返し、愛美との会話に戻る。

「昨夜、そこに赤石さんがいないかどうかを確認する電話がかかってきたらしい」

「確認、ですか」

「探りを入れてきたようだ」

「誰なんでしょう」

「それは……」福永を殺した人間。愛美も同じことを考えているかもしれないが、そんなことを翠の前で口には出せなかった。

「今、翠さんと一緒ですよね」

「ああ」

「この家の警備を強化してもらいますか？」

「君がいれば百人力だろう」

「高城さん、いい加減に……」愛美が溜息をついた。

「今は気にしなくていい。今日の午後、芳江さんたちは長野に帰られるそうだから。俺たちで駅まで見送ろう」

「分かりました。それまで話を聞いておきます。駅には私が行きましょうか？」

「念のため、失踪課からも誰かに行ってもらう。醍醐がいいだろう。あいつなら、こういう時は頼りになるはずだ」こういう時。芳江たちの盾になって銃弾の的になるとか。まだあの男のことは何も知らないも同然だが、体を使った仕事ならこなしてくれるのではないだろうか。

「ここを出る時にまた連絡します。高城さんはどうしますか？」

「とりあえず話を聞いてから決める」

「了解しました」

電話を切り、もう一度「異常はありません」と告げた。

「誰が彼を捜しているんですか」

「まだ分かりません」

「その……福永さんという人を殺した人たちですか？」

「何とも言えません。悪い想像をするのは時間の無駄ですよ。そういうことは私たちが代わりに引き受けます。あなたは、赤石さんとＪＨＡの係わりについて、彼から何か聞いたことがなかったか、思い出してみて下さい。仕事のことを喋っていたとか、昔の知り合いの噂話をしていたとか……どうです？」

「分かりません。あの一年間のことは、私たちの間ではタブーみたいなものですから。私は、聞かないのが礼儀だと思っていました。今となっては、彼が話せなかった理由も分かりますけどね。いくら結婚する相手でも、自分がそんな怪しい仕事をしていたなんて……彼のことは全部知ってるつもりでいたのに、自分でも微妙なところは避けていたんですね。どこかで、彼が変な過去を持っているんじゃないかって思って……それを知るのが怖かった。卑怯《ひきょう》だったんですね、私」

「そんなことはない」私は身を乗り出した。「聞かなかったのは、あなたなりの思いやりじゃないんですか。赤石さんが話さなかったのは、嫌な記憶をあなたに背負わせたくなかったからだと思う。お互いに気を遣っていたんでしょう」

「でも、やっぱり話し合うべきでした。私も聞くように努力すべきでした。こんな、上辺だけの関係なんて……」

「翠さん、夫婦になってもいつも本音でぶつかり合ってるわけじゃないんですよ。本音を呑みこんで、何もない振りをして、波風立たないようにするのも生活の知恵なんです。多くの夫婦がそうやって暮らしてるんだから」

もっともそんな生活を続けていると、本当に本音をぶつけ合う日がきた時に、互いに致命傷を負うまで傷つけ合ってしまうこともある——私たち夫婦のように。娘が消えたことを、私はある時から刑事の思考方法で考えるようになった。これだけ捜しても何も出てこないということは、間違いなく犯罪に巻きこまれたのであり、おそらく二度と戻ってはこない。経験的にそう悟り、私は熱心に捜すことを放棄した。しかし妻は、私のそういう態度が赦せなかったらしい。親は絶対に諦めるべきではない。親が無事を信じてやらなくて、誰が信じるのだ。ふとしたことから始まったなじり合いは長く激しく続き、間もなく私たちは、これ以上一緒に住むことはできないという結論に達した。子は鎹《かすがい》というなら、その子を失った私たちの関係をつなぎ止めるものは完全に消えた。

しかし彼女は、今でも娘を捜し続けている。そういう話は、風の便りで耳に入ってくるものだ。聞く度に胸が痛む。

「もしも彼が無事に帰って来ても、今までと同じように一緒にいられるかどうか、分かりません」

「それは私にも保証できない」

驚いたように翠が顔を上げた。

「適当なことを言って、この場であなたを慰めることもできます。でも、そうするべきではないと思う。それに、仮に今までと関係が変わってしまっても、彼がいないよりはずっとましじゃないですか。一緒にいなければ喧嘩もできないんだから」

「すいません、ご心配をおかけして」

「人の心配をするのが警察の仕事なんですよ。これからもう一度赤石さんの家に行って、徹底的に調べ直してみます。あなたも何か思い出したら電話して下さい。いつでもいいです。それと、あなたは芳江さんたちを駅まで送るんですか？」

「そのつもりです」

「念のために明神が同行します。何かあったら彼女に相談して下さい。ついでに、体の大きな護衛もつけますから」

心配させないためにそう言ったのだが、護衛という言葉に敏感に反応して、翠の顔がまた曇った。クソ、修行が足りない。同じ言葉でもある人には安心感を、ある人には怯えをもたらすものだが、私には彼女の顔色を見て言葉を選ぶ気遣いが十分ではなかった。

何か見落としているものはないか。私は再度赤石の部屋の捜索に取りかかった。狭い部屋だが、前回調べた時に見逃した場所があるかもしれない。ガス台の下にある作りつけの戸棚……便器の裏側……トイレットペーパーをしまってある棚の奥。

ベッドのマットレスをずらしてみたが、湿っぽい臭いに襲われただけだった。ベッドそのものに細工して何か隠してあるのではないかとも思ったが、さすがにそこまではしていないようだ——そもそも赤石に隠すものがあったかどうかも分からないのだが。マットレスを戻し、ベッドの上にあるピクチャーレールまで調べてみたが、指先に埃がたっぷりついてきただけだった。クローゼット……何もなし。愛美の捜索が徹底したものだったと気づかされた。天井部分の板がずれて開くのではないかとも思い、ライターを使って照らし出してみたが、継ぎ目が見当たらない。指先が熱くなり、慌てて捜索を中断する。

あとは机の引き出しだ。先日は雑駁《ざっぱく》な気配に気圧《けお》されてざっと見ただけだが、ここはもう一度見直さなくてはならない。一番上の引き出しを抜いて床の上に置き、その前で胡坐をかいて中身をより分け始めた。文房具の類しかない。鉛筆やボールペンなどの筆記具、散らばったクリップ類、一辺が五センチほどの正方形の付箋《ふせん》……この付箋には何かあるかもしれない。殴り書きのメモになって、何枚かが引き出しの底に張りついている。電話番号もあったし、人の名前や日付もある。どうやら相手と話しながらきちんと手帳に書きこむのではなく、とりあえず付箋にメモを取る癖があったようだ。後でチェックするために、ひとまとめにしておく。

この引き出しで注目すべきは預金通帳だった。簡単に目につくところに置いてどうするのだと、彼の無用心さを罵《ののし》りたくなったが、こちらにとってはありがたいことでもある、と思い直す。しかし通帳は一年前から記帳されておらず、見た限りでは金の出入りも不自然な感じではなかった。毎月の給料の振り込みと家賃、公共料金の引き落とし、カードでの引き出しとクレジットカードの決済——赤字にはなっていない。一年前の時点で残高は三十万円だった。この程度では結婚して新生活を始めるのには心もとないが、それから頑張って増やした可能性もあるし、貯金用には別の口座を使っているのかもしれない。

二段目の引き出しは、一応仕事用に使われているようだった。輪ゴムでまとめられた年賀状、A4サイズの名刺フォルダ、会社関係のパンフレット。名刺フォルダは「三百枚収納」を謳《うた》っていたが、実際に名刺が挟まっているのは最初の一ページだけで、それも三枚しかなかった。いずれも赤石が勤める会社の人間のものである。入社初日に周りの人間から貰った名刺を取りあえず挟んでおいたということか。実際に仕事に使っている名刺フォルダは、会社に置いてあるのだろう。年賀状はごく少数で、私の知っている人間の名前もあった。知らない人間も、調べればすぐに割れるだろう。一応名前と住所を控えた。

三段目はほとんどゴミ箱のような状態になっていた。埃を被った携帯電話の充電器、メモリカードの空き箱、デジカメのマニュアルなど様々なものが突っこんである。しかし手がかりになりそうなものは何もないと判断し、完全に引き出さないまま奥へ押しこもうとした。その瞬間、わずかな抵抗感があり、同時にカチリと金属的な音が耳に入る。何だ？

屈んで覗きこんでみたが、暗くて何も見えない。何かに引っかかったか、何かが下へ落ちたような音なのだが……引き出しを抜いて、ぽっかり空いた空間をライターで照らし出す。鍵が落ちていた。家の鍵ではなく、もっと小さい、コインロッカーの鍵のように見える。プラスティック製のカバー部分に会社の名前と電話番号が書いてあったので、窓際にもっていき、乏しい陽光の下で改めた。

　刻印された「東京ストレージ」の名前、そして辛うじて読み取れる大きさで書かれた電話番号。番号を見た限り、渋谷か世田谷辺りのもののようだ。この名前の会社に心当たりは……ない。トランクルームか何かだろうか。いずれにせよ電話番号が書いてあるから、ここであれこれ想像する必要はないわけだ。携帯電話を取り出し、番号を入力する。何気なく外を見ると、歩道に立っている男と目が合った。サングラスのせいで表情は窺えない。向こうは慌てて視線を逸《そ》らし、少しばかり不自然な様子で私に背を向けて早足で去って行く。中肉中背、二十代後半というところだろうか。腰までの短いダウンジャケットにジーンズ、がっしりした黒いワークブーツという格好で、青いニットの帽子の裾から髪がはみ出している。誰だ？　翠の家にかかってきた不審な電話を思い出したが、追いかけるわけにはいかない。カーテンを閉めた途端に電話がつながり、涼しい女性の声が応じた。

「東京ストレージでございます」

「失礼ですが、そちらはどういう会社ですか」

「トランクルームでございますが」当たり、だ。

「場所はどちらなんでしょう」

「都内各地にございますが……」不審感に声が沈んだ。「どういったご用件でしょうか」

「そちらの鍵を拾いましてね。直接届けた方がいいかと思って」嘘ではない。落ちていたのが机の中という妙な状況ではあったが。赤石は、何か粘着テープを使って引き出しの裏側にこの鍵を貼りつけていたのだろう。私が引き出しをいじっているうちに落ちたに違いない。

「ありがとうございます」女性の声に快活さが戻った。「今、鍵はお手元にありますか？」

「ええ」

「弊社の名前と電話番号が書いてありますよね？　その裏側に、鍵のナンバーが刻印されていると思いますが、ご確認願えますか」

掌の中で鍵をひっくり返し、六桁《けた》の番号を確認した。「ありました」

「お手数ですが、読み上げていただけますでしょうか」

「100121」

「はい、承知しました」キーボードをかたかたと叩く音がする。「そちらですと、渋谷支店で取り扱っている鍵になります」

「それは、本社の近くですか」

「本社と渋谷支店は同じビルにあります」女性の声に再び警戒感が増した。

「では、本社へお届けしましょう」

「いや、渋谷支店の扱いで――」

「渋谷支店に行っても、結局は本社に話が回ることになりますよ。私はそのトランクルームを開けなくちゃいけないんですから。そういう判断は、本社の所管でしょう」

電話を切り、もう一度窓辺に近づく。窓に向かって斜めに立ち、外の様子を確認した。先ほどの人影はどこにもない。私の心には影を残したままだったが。

東京ストレージの本社は、宮益坂《みやますざか》を青山方面に上って、郵便局のすぐ近くにあった。まだ新しいオフィスビルの五階から七階に本社が入っており、渋谷支店は地下一階と二階を占めている。「支店」といっても、要するに「倉庫と受付」ということなのだろう。それなら担当の人間が一人、それに本社のサーバーとつながった端末が一台あれば用が足りる。

電話で話を通しておいたので、すぐに末吉《すえよし》という名前の総務部長と面会することができた。私より何歳か若そうで、耳が隠れるほどの長さに伸ばした髪は、鬱陶しく目にもかかっている。応接室のテーブルに鍵を置くと、末吉が眼鏡の位置を直し、屈みこんで鍵を確認する。

「確かに、弊社で一般的にお客様にお渡ししている鍵です」

「間違いありませんか」

「ええ。プラスティックのカバー部分が共通していますから、すぐ分かります」

「渋谷支店のものだという話でしたが……」

「ちょっといいですか」末吉がひょいと手を伸ばして鍵を摘み上げる。眼鏡を外し、目を細めて、臭いを嗅《か》ぐように顔を掌に近づけた。「間違いないですね。六桁の番号の最初の二桁が支店の番号で、残り四桁《よんけた》がそれぞれの店の倉庫の番号に対応しています」

「なるほど」手を伸ばして鍵を受け取る。

「これ、どこで見つけられました？　結構、落とされる人が多いんですよ」

「ある人の家で見つけたんです」

「落ちていたんじゃないんですか？」眼鏡の奥で末吉の目が細くなった。

「家の中に落ちていた、ということです」

「それは、どういう……何か事件の関係なんですか」余計なことを言ってしまった、とでもいうように、末吉が両手で口を塞《ふさ》ぐ。「すいません、他意はないんですが」

「事件の関係で、非公式にある人の家を調べていたら、引き出しの奥の方に隠されていたこの鍵を見つけたんです」

「分かりました。それで、こちらへいらっしゃったのは……持ち主の方のお名前に関してはちょっと申し上げられないんですが、法務の方に相談しませんと」

「いや、名前は分かっています」

「だったら――」

「彼が借りていたトランクルームを開けさせてもらいたい。この鍵で勝手に開けても良かったんですけど、あなたたちに相談したのは、そういう無礼なことはしたくなかったからです」私は末吉の顔の前で鍵を左から右へ回すふりをした。彼の顔が軽く歪み、何とか抵抗の言葉を搾り出そうと努力する様子が窺えた。だがそれは無駄な努力に終わり、彼は溜息とともに立ち上がった。


地下にある「渋谷支店」は、私が想像していたよりは死体置き場のイメージから遠かった。受付のカウンターがあり、その奥に扉。その向こうは事務用のスペースになっているようだった。受付の右手から細い通路が始まっており、そちらが倉庫スペースらしい。受付に近い通路の壁には、「ワインセラー」の小さな看板が突き出ていた。

「こんなところにワインですか?」

自分の知識で説明できることがやっとでてきたので、末吉は嬉しそうな表情を浮かべて説明を始めた。

「ワインの保管は面倒なんですよ。湿度、温度、いろいろなことに気を遣わなくてはなりませんからね。もちろん、自宅に置けるような小型のワインセラーもあるんですが、保管できる数には限りがあるでしょう？　それに家に本格的なワインセラーを作るとなると、それこそ改装が必要になります。たくさん集めていらっしゃるけど場所がない人向けに、弊社の方でワイン専用の保管場所を提供しているんです」

結局ワインというのは金持ちの趣味なのか、と私は鼻白んだ。金がなければ買い集めることもできないし、保管も困難。その点ウィスキーは、私たち金のない酒飲みの味方だ。その辺に放っておいても味は変わらない。

「この鍵はどこの倉庫のものなんですか」手の中に鍵を握り締めながら、私は末吉を急かした。

「一番奥のセクションになります。今ご案内しますので……」末吉が先に立って通路を歩いていく。どこかで空調が低い音を立てているのに気づいたが、送風口の類は見えない。天井も壁もコンクリート打ちっ放しの通路には、湿気がほとんど感じられなかった。二人の足音が乱れたドラムのように木霊《こだま》する。

「こちらですね」

通路の行き止まりで末吉が立ち止まった。図書館の本棚のようにロッカーが整然と並び、それでメインの通路に対する支線のように細い横道ができている。末吉は体をねじこませるように、一番奥の横道に入った。私も後に続き、彼が指差すロッカーの前に立つ。ロッカーは、更衣室に置いてあるものを横に広げたような作りだった。縦横が一メートル五十センチほどの正方形。中に爆発物が入っているのではないかと、一瞬嫌な——馬鹿げた想像が脳裏を過ったが、赤石がそんなものを隠す理由はないはずだと自分に言い聞かせ、中腰になってキーを鍵穴に挿しこんだ。軽い手ごたえがあっただけでキーがあっさりと回り、扉が開く。

中は一枚の棚で上下二段に区切られていた。棚は頑丈そうで、かなり重いものを乗せても問題なさそうだった。下の段にバッグが一つだけ置いてあるのが見えたが、すぐには手に取らず、末吉に訊ねる。

「ここの利用者の方は、何を預けることが多いんですか」

「一番多いのが本、それと音楽関係でしょうね。レコードやＣＤの収納場所に困っておられる方は多いんです。ここは空調も完備していますから、劣化を最低限に抑えられます。他には、季節ごとの服の保管に使われる方もいらっしゃいますね。クローゼット代わりということで」

「こういうバッグ一つを預ける人は？」

「あまりないでしょうね。絶対ないとは言えませんが」

その場にしゃがみこんで、私はバッグを観察した。古びた、大型のメッセンジャーバッグは、グレイのナイロン製で、「ＮＹ」のロゴが白く染め抜かれている。一杯に物が入っているわけではなさそうで、生地は萎《しぼ》んで皺が寄っていた。

「ちょっと開けてみます。そちらへ下がってもらえますか」

私は、先ほど通ってきた通路の方を指差した。末吉が不満そうに口を捻じ曲げる。最初に見せた嫌々ながらの態度は消え、この状況に興味津々なのは明らかだった。しかし私は、「通路へ出て下さい」と強硬な態度を取った。それでも彼が動こうとしないので、「このバッグは、ばらばらにした死体を隠すのにちょうどいいかもしれない」と脅すと、ようやく体を斜めにして私の前をすり抜け、通路へ出て行った。

彼が覗きこんでいないことを確認してからラテックス製の手袋をはめ、バッグの肩紐を摑んでロッカーから引っ張り出す。そこそこ重い。床へ置くと、ひざまずいて耳を押し当ててみた。妙な音はしない。まさか、時限爆弾を隠すわけはないだろうが……本当は鑑識を呼んでから中身を改めるべきなのだが、その手続きがすんなりいくかどうかは分からなかった。失踪課が今まで鑑識の出動を要請したことがあったかどうか分からなかったし、その場合も渋谷中央署の刑事課から係官を借りるのか、本庁の鑑識課に頭を下げるのか、見当がつかなかった。そうやってたらい回しにされているうちに、貴重な時間が飛び去っていく。

思い切ってファスナーに手をかけ、一気に引き開けた。何もない——と思った次の瞬間に、私はバッグの内容物を見て息が止まりそうになった。

「末吉さん」

声をかけると、彼はロッカーの陰から覗きこむようにして顔を見せた。
「どこか、部屋を貸してもらえますか。作業用のデスクがあるところを」

末吉は「手伝う」と申し入れた。何だったら他の社員も動員する、と興奮気味につけ加えたが、私は丁寧にそれを断った。何人もかかってやるほどの作業ではないし、これはあくまで警察の仕事だから、と。末吉は渋々引き下がったが、納得していないのは明らかだった。自分のデスクに戻ったら、すぐに周りの人間に言いふらすだろう。「ロッカーに大金が入っていた」と。

そういうわけで、私は一人で応接室に籠り、札束を勘定する羽目になった。単純に見て、銀行の帯でくくられた百万円の束が七つ。それにばらけた一万円札を輪ゴムで乱暴にまとめたものが一つあった。小銭はなし。輪ゴムでくくられた方は丸まって、馬鹿でかい葉巻のようにも見える。銀行の帯を外すわけにはいかなかったので、そのまま端を一枚ずつ数えていったが、手袋をしたままなので作業は予想外に難航した。三十分かけて二回数え直し、バッグの中に入っていた金額が全て一万円札で七百六十五万円であることを確認した。目がしばしばし、朝方の頭痛がぶり返してくる。

大金だ。私もこれだけのまとまった金を目の当たりにしたことは一度もない。積み上げた八つの札束はそれほど大きなものではなかったが、これで高級車が一台買える。そう考えると、腹の底から黒い疑問が湧き上がってきた。赤石はこれをどこで手に入れたのだ？

真弓に事情を説明し、鑑識の出動を要請した。予想したように初めてのケースで、彼女も戸惑っていたが、何とかすると請け合ってくれた。たぶん、何とかするだろう。私は早くも、彼女の中にある鉄の意志を感じ取っていた。交渉相手としては厄介な存在であり、早く逃れるために譲歩したくなるのではないだろうか。

「鑑識と一緒に、誰かこっちへ寄越してもらえますか？　立ち会いが必要です」

「醍醐は明神と一緒に新宿駅へ行ってるわ。法月さんは別件で所轄へ」

「まさか、六条？」

真弓が深々と溜息をついた。最後に残るのはろくでもない奴と相場は決まっている。

「森田しかいないわね」

「あいつで大丈夫なんですか」私は頬が引き攣るのを感じた。

「とにかく邪魔をしないように言い含めておくから。あなたも、彼が到着するまではそこにいてくれるんでしょう？」

「もちろん。誰かが金を守らないと」

「だったら、あなたからもきっちり森田に言っておいてね」

「あいつは、こっちが言ったことをきちんと理解できる人間なんですか？」

「失踪課を何だと思ってるの？　動物園？」

「近いかもしれない」

「冗談言ってる場合じゃないわ。とにかく、できるだけ早く鑑識を出すから」

電話を切り、応接室の扉を開けた。途端に、物欲しそうな顔をしている末吉を見つける。盗み聞きしていたのだろうか。たぶん、情報流出はこういう人間が起点になって起きるのだろう。

「この倉庫に現金を預ける人は多いんですか」

「多い……いや、多くはないはずです」末吉が慌てて首を振る。「分かりませんよ。もちろん、危険なものは預かりませんけど、そこは自己申告ですので」

「実際に何が入っているかは分からない？」

「プライバシーの問題がありますからね」

「ちなみにこのバッグには、八百万円近く入っていました」

末吉が口笛を吹くように唇をすぼめた。

「何なんですかね。うちを銀行代わりにしたんでしょうか」

「ここは銀行よりもずっと安全なんじゃないですか？　これだけセキュリティがしっかりしているんだから」

「ええ、それはもちろんです」話が変な流れになってしまったが、末吉が胸を張った。

「間もなく応援が来ます」

末吉の眉がぴくりと動いた。中に入るよう促し、座らせる。札束の詰まったバッグは、私の隣の椅子――彼からは見えない位置――に置いておいた。

「幾つかお願いがあるんです。しばらく、渋谷支店の営業をストップしていただけますか？　警察官が何人も入ってあそこを調べますから、お客さんを脅かすよりも、閉めてしまった方がいいと思いますよ」

「……分かりました」

「その前に基本的なことを教えて下さい」私は手帳を広げ、ボールペンを構えた。「あそこの料金は幾らですか」

「タイプによって細かく違うんですが」

「この金が入っていた場所です」

「あそこですと……」末吉がワイシャツの胸ポケットから手帳を取り出して広げ、すぐに目当ての場所を探し出した。「B1タイプか……月一万二千円。ご契約の際に、保証金が三万一千五百円必要ですね」

「結構高いですね」

「セキュリティをしっかりするためには、それなりに経費が必要なんですよ」

「契約は何か月からなんですか」

「一か月から受けつけています」

「荷物の出し入れは自由？」

「もちろん。それがトランクルームの利点ですから。営業時間内でしたらいつでも、ご自分の鍵で出入りできます」

「分かりました……ここから先は、少し調べていただかないと分からないことです」私は鍵を顔の前に上げた。「この鍵の契約者の身元を特定したい。本人の部屋で見つかっているから、赤石という人であるのは間違いないと思いますけど、念のための確認です。それと、いつからあそこを使い始めたのか、契約期間はいつまでなのか、これまで何回荷物の出し入れをしたか。それぐらいは当然、記録に残っていますよね」

「ええ」

「すぐに調べていただけますか」

「そうですね……」末吉はまだ愚図愚図していたが、私が「電話をかけなくてはいけない」と言うとようやく部屋を出て行った。

腹が減っていた。無性に煙草が吸いたかった。窓に近づくと、開けられるようになっているのに気づいて、これ幸いと細く開ける。埃っぽく冷たい風が顔を叩いたが、構わず煙草に火を点け、思い切り深く煙を吸いこんだ。携帯灰皿を用意しておいてから、電話を取り出す。既に真弓から連絡がいっているかもしれないと思ったが、愛美に電話を入れてみ

た
「――もしもし」彼女は大声で話していたが、聞き取りにくかった。背後でチャイムの音が響く。どうやら新宿駅にいるようだ。

「今、話していて大丈夫か」

「新宿駅にいます。もうすぐお二人は電車に乗ります」

「二人には聞かれないようにしてくれ――とりあえず」

「分かりました」さっと雑音が消え、愛美の声がクリアになった。「すいません、ちょっと移動しました。聞こえてますか?」

「大丈夫だ」

赤石が契約していたトランクルームから大金を見つけたことを説明する。「ということだ」と話を終えると、愛美が絶句した。

「黙ってないで何か言ってくれないか?　俺も混乱してるんだ」

「そんなこと言われても」

「君はどう思う?」

「JHAで稼いだ金でしょうか」

「その可能性はあるな。銀行に預けるのが後ろめたかったのかもしれない」

「でも、八百万円近い額ですよね。彼がJHAに勤めていたとしても、一年にも満たなかったはずでしょう？　だとしたら、少し儲け過ぎ……というか残し過ぎという感じがしますけど」

「そうだな。こういう商売は、下っ端の連中にはなかなか金が行き届かないはずだ」

「ということは、ＪＨＡで働く以前に稼いだ金ということですかね」

「稼いだという表現が適当かどうかは分からないけど」

「だったら、違法な手段で手に入れた？」

「あるいは……今、彼があのロッカーを契約した時期を調べてもらっている。電車が出るまで、あとどれぐらいある？」

「五分です」

「だったらこの件は、芳江さんたちには話さなくていい。五分で説明できることじゃないからな。後で電話で話すか、必要だったら長野まで行って説明してもいい。お見送りが終わったら、失踪課に戻って待機してくれないか」

「そこじゃなくていいんですか」

「ここには見るべきものはないよ。鑑識さんが調べてくれるから、俺たちがやれることはほとんどない。それより、翠さんもそこで一緒だよな？」

「ええ」

「二人を見送ったら、彼女にこの件を話してくれ。どこか落ち着いた場所で」

「分かりました」

「もっと詳しい状況が分かったら連絡する」

電話を切り、煙草を深く吸って煙を窓の外に吐き出した。風に押され、部屋に戻ってきてしまう。仕方なく煙草を揉み消し、しばらく窓を開け放しておいた。ほどなく、寒さに耐えられなくなって窓を閉める。部屋が白く曇ったわけではないが、煙草の臭いは間違いなく残っていた。クソ、構うものか。何でもかんでも禁煙にする方が悪いのだ。開き直ってドアを開け、末吉を捜す。またもや彼は、ドアのすぐ側に立って聞き耳を立てていたようだ。私に見つかると、照れたように笑って頭を掻く。この事件の真相が分かった時でも、彼はこんなおどけた態度を取ることができるのだろうか、と私は訝った。

15

森田一人にその場を任せるのは心配だった。非常に心配だった。ただ鑑識の作業に立ち会うだけだというのに、これから重武装した犯人を逮捕しに行くとでもいうように、緊張し切っている。おどおどして顔色は蒼く、今にも吐きそうな様子だった。

幸い、現場に出てくれた渋谷中央署の鑑識係に、頼りになる男がいた。冨永《とみなが》というベテランで、何度か現場で顔を合わせたことがあり、向こうも私を覚えていてくれた。彼の腕を取って受付まで連れて行き、耳打ちする。

「すいません、あまり役に立たない男なんですよ」

「知ってるよ」冨永が帽子を取り、すっかり白くなった髪を撫でつけた。「奴さん、渋谷中央署でも有名人だぞ。何であんな奴を寄越したんだ？　法月さんにでも任せればよかったじゃないか」

「法月さんは別件で動いてます。奴しか空いてなかったんで」

「分かった、分かった。失踪課は人材不足みたいだしな。いや、別にあんたが役に立たないって言ってるわけじゃないけど」

「俺だってあまり役には立ちませんけどね……ご迷惑をかけることはないと思いますけど、よろしくお願いします」

「あいよ、引き受けた」帽子を被り直して冨永がうなずいたが、その顔には早くもうんざりした表情が浮かんでいた。

現場に心を残しながら、私は東京ストレージを後にした。宮益坂を下りて明治通りに出て、早足で渋谷中央署に向かう。もしかしたら愛美と同着になるかもしれない。状況を詳しく説明し終えたら、赤石の足跡を辿る旅の再開だ。

失踪課に戻ると、やけに緊張した空気が漂っているのに気づいた。法月が戻っているのを見つけ、彼のデスクに向かって歩きながら「法月さん、いたなら現場に――」と言いかけたが、法月が唇の前で人差し指を立てて私の文句をシャットアウトする。次いでその指を、ガラス張りの室長室に向けた。

なるほど、お客さんか。真弓のデスクの前に椅子を引いて座っている男は失踪課課長、石垣。もう一人、彼の傍《かたわ》らに立って控えているのは管理官の井形貴俊《いがたたかとし》だ。二人には、今回の異動の内示を受けた時に会っている。

石垣はリラックスした様子だった。体にぴたりと合った濃紺のスーツを着こなし、ズボンが皺にならないよう、膝の辺りを摘んで持ち上げる動作を何度も繰り返した。足首にはリブ編みの黒い靴下が覗いている。明るい茶のストレートチップを履いているのは、地味な服装が暗黙の了解になっているこの業界での精一杯の洒落っ気なのだろう。上体を動かすと、くすんだピンクのポケットチーフを挿しているのが見えた。ポケットチーフ？　これはやり過ぎだ。一方井形は、地味な濃いグレイのスーツ姿。足元も黒いプレーントゥで、ネクタイは濃紺のベースに白い小紋という、警察官として平均的な目立たない格好だった。

幹部が二人揃って現れたということは、ろくな話ではない。昨夜の忠告をさらに私たちの頭に沁みこませようと狙っているのは明らかだった。真弓がわずかに頭を動かし、私と目を合わせる。ほんの少し首を横に振り、こちらの動きを制そうとした。黙ってて。ここは私に任せて。

冗談じゃない。室長室に向かいかけた瞬間、法月が私の腕を摑んだ。

「法月さん――」

「ここは堪《こら》えろ」

「あの連中、俺たちの仕事を邪魔しに来たんでしょう。ふざけてもらっちゃ困る」

「気持ちは分かるが、こんなところで喧嘩してもお前が損するだけだぞ」

「捜査の邪魔をするような奴は放っておけませんよ、オヤジさん」

びっくりしたように目を見開き、法月が私の手を離した。言ってしまった私本人もびっくりしていた。オヤジさん？　確かに法月は定年間近だが、四十五歳になる私のようないいオッサンに「オヤジ」とは呼ばれたくないだろう。

「すいません。そういう意味じゃ――」

「いや、それはいいんだが」法月が苦笑しながら私の言葉を遮った。「とにかくこんなところで、考課表にバツ印がつくようなことをしてもつまらんだろうが」

「そんなことはどうでもいいですよ。あの課長は、昨夜も電話でぐずぐず言ってたんです。一度ガツンと食らわしてやらないと」

しかし、室長室に乱入しようという私の意図はすぐに頓挫した。話を終えたのか、石垣が立ち上がる。井形が素早く先導してドアを開けた。部屋を出ると、石垣の視線が即座に私を捉える。何もそこまで、というほどぺったりと髪を撫でつけており、かなり距離があるのにきつい整髪料の臭いが漂ってきた。それを嗅いだ瞬間、私は頭痛がさらに悪化するのを確信した。こめかみではなく、脳の奥深いところで血管が脈打っている。あまりの臭さに、死ぬのではないかと一瞬思った。私は人類史上、臭いが原因で死んだ初めての人間になるのか。

「やあ、高城警部」石垣が屈託のない声で私に呼びかけ、近づいてきた。鼻ではなく口で呼吸するように気をつけながら、素早くうなずく。石垣が愛美のデスクに片手をつき、体を斜めに崩したポーズを取った。何なんだ？　写真でも撮って欲しいのか？　皮肉をぐっと呑みこみ、石垣の攻撃を待つ。

「どうだい、ここには慣れたかな」

「失踪課がこんなに忙しいとは思いませんでしたよ」

「それは妙だな。資料整理でそんなに忙しくなるはずがない。うちのデータベースは、素人でも管理できるようなシステムを構築しているからね」

「確認していいですか？」

「何だ」

「名目上は、捜査してもいいことになってるわけですよね」

「まあまあ、そういう本音と建前はともかく、だな」石垣の口調が急にくだけたものに変わった。「そう一生懸命になる必要はない。もちろん、サボっていいと言ってるわけじゃないが、専門的な仕事はその道のプロに任せたらどうだね」

「何をおっしゃってるのか、よく分かりませんが」

石垣の眉が痙攣するように動いた。指先をピンと伸ばして掌を頬に当て、ゆっくりと上下させる。そうやって無言の時間を作り出すことで、私に考える余地を与えようとしているのかもしれない。馬鹿者が。要するにこの男は、部下に余計なことをして欲しくないのだ——自分の経歴に傷がつく可能性のあることは。普通に捜査をしていても、当然ミスをする可能性はあるが、それを排除したがっている。

「赤石という男の失踪事件。それを調べることに問題はない。市民の期待に応えるのは警察の役目だからな。しかし、それ以外の余分な仕事が多いんじゃないか？　ＪＨＡの件に引っかかってるそうだが、それは捜査一課と生活安全部に任せておいたらどうだ。どう考えても、我々が担当する事件じゃない」

「私は赤石さんを捜しているだけですよ。当初の目的からは少しも外れてません」

「その件も捜査一課に任せる手もある。どうやら一連の事件として考えた方がよさそうじゃないか」

「乗りかかった船です。途中で降りるわけにはいきませんよ」

「下らん面子《メンツ》は捨てろ」いかにも面倒臭そうに言って、石垣が顔の前で手を振る。「失踪課には失踪課の仕事がある。本分をきちんとやってくれと言ってるだけだ。調べているうちに、他の課が担当した方がいいと分かることもあるだろう。そういう時は大人しく引き渡して、自分たち本来の仕事に戻ればいい」

「そうやってあちこちで事件をたらい回しにしているうちに、真相に手が届かなくなるんですよ。そうなったら、手放した人間の責任も問われます。それは課長、あなたが上の方から怒られるということじゃないんですか」

「元気がいいのは結構だな」突然議論を打ち切り、石垣が立ち上がった。汚れているわけでもないのに、スーツの裾から埃を払う真似をする。「だがな、これだけは覚えておけよ。この世界、余計なことをする者は頭を叩かれる。そして叩かれたら、誰も助けてくれない……なあ、皆お前の立場には同情してるんだぞ。警視庁には、お前一人ぐらい飼っておく余裕はある。だからこそ大人しくしていろ。勝手に突っ走るな」

「同情してくれと頼んだ覚えはありません」

「結構。そういう強い気持ちでいてくれ」突然、石垣が私に近づいてきた。殴りつけるつもりではないかと身構えたが、私の腕を摑むと耳元に口を寄せ、粘つく口調で忠告した。「俺に恥をかかせるな」

私は身を引き、彼との間に距離を置いた。

「あなたの手柄になるかもしれない——そうは考えられないんですか」

「俺は根っから悲観主義者でね……ところで今日は呑んでないみたいだな」

「忙しくてそんな暇もありませんよ」

「別に呑んでいても構わないんだが。お前一人を飼っておくぐらい、何でもない」

言い残して、石垣が部屋を出て行った。背後を守るように後に続いた井形は、最後に振り返って、私に鋭い目線を投げるのを忘れなかった。爬虫類《はちゅうるい》を彷彿《ほうふつ》させる、生気も誠意も感じさせない目つきだった。頭から食っちまうぞ——捕食本能が透けて見える。

二人が完全に廊下の向こうに消えてから、真弓が室長室から出て来た。

「あなたが喧嘩することはないのよ。私が上手くあしらっておいたのに、努力を無駄にしてくれたわね」

「それはどうも、すいません。室長の評判を落とすことになるかもしれませんね」

「私は別に、どうでもいいんだけどね。課長クラスのご機嫌を取ったって何にもならないんだから。それより、明神のデスクを消毒しておいたら？　あの課長、整髪料とコロンのつけ過ぎなのよ」

「いい考えです」急に緊張感が解けるのを意識して、にやりと笑いながら私は言った。

「今のは失踪課へ来てから聞いた中で、一番いい提言ですね」

「冗談はこれでおしまい。状況を説明して……ここでね。私の部屋、豚野郎の臭いがまだ残ってるから」

コーヒーを飲みながらの報告になったが、昼飯を食べていないので胃が締め上げられるように刺激された。しかも頭痛はまだ消えていない。仕方なく、話が途切れた間《はざま》を狙って、コーヒーで薬を流しこんだ。

「大丈夫なの？」真弓が眉をひそめた。

「ご心配なく。鎮痛剤中毒なだけですから」

「それがまずいのよ。調子が悪いなら医者に行ったら？」

「医者は嫌いなんです」

「じゃあ、我慢するしかないわね」真弓が一瞬、自分のノートに視線を落とした。大きな男っぽい字がページを埋めている。「で、あの金とＪＨＡの関係は？」

「関係ないことは証明されました」手帳を見て日付を確認する。「赤石さんがあのトランクルームを借りたのは三年前。彼がネットカフェでの生活から抜け出した直後だと思われますから」

「ＪＨＡとも関係ない、働いて得た正当な報酬でもなさそうだということね」

「ええ。一度にあれだけの大金を手に入れるには、宝くじに当たったんでもない限り、何か犯罪絡みじゃないと難しいでしょう。それこそ銀行強盗をしたとか、どこか金持ちの家に泥棒に入ったとか」

「その件、俺が調べてみようか」法月が割って入った。

「いいんですか、法月さん？」真弓が心配そうに訊ねる。

「ご心配はありがたいんですがね、室長、電話を何本かかければ済む話じゃないですか。指先をちょっと動かして話をするだけなら、心臓に負担はかかりませんよ」

「すいません、お願いします」

「じゃ、早速」

法月が自分のデスクにつき、受話器を取り上げた。彼が見ていないことを承知の上でさっと頭を下げてから、真弓が私に向き直った。

「あなたはどうするの」

「明神が、赤石さんの婚約者の翠さんと一緒にいます。あいつに事情を話させて、翠さんの反応を見てもらう」

「翠さんは何か隠していると思う？」

「可能性は捨て切れませんね。惚《ほ》れた男がやばいことに巻きこまれると分かったら、口を閉ざすか嘘をつくかもしれない。彼女は赤石さんにぞっこんですから」

「確かにそういう気持ちは分からないでもないわね」賛同して真弓がうなずく。

「翠さんは全てを知っていて、俺たちに本当のことを話していないだけかもしれない。その辺は、明神が探ってくれるでしょう」

「彼女のこと、随分信用してるじゃない」

「信用したらおかしいですか？」私は肩をすくめた。「文句ばかり言ってますけど、一応仕事はしてるんです。何も問題ないでしょう」

「私も、問題があるとは言ってないけど」

「だったら、こういう話をしているのは無駄ですね」

「私は、この事件が終わった後のことを考えてるの。あなたたちが、失踪課の仕事にどんな風に対応してくれるかなって」

「それは、終わってみないと分かりません。今は抽象的な話をしている場合じゃないと思います」

真弓がじっと私を見詰めた。必要以上に長く。だがほどなく表情を崩すと、「あなたはもう大丈夫みたいね」とつぶやいた。

自室に戻る彼女の背中を追いながら、何が大丈夫なのか、自分では何も分かっていないことに気づいた。


渋谷中央署の食堂で、何とかランチの残り物にありついた。ここで食べたのは初めてだったが、できれば今後はお世話になりたくない、というのが率直な印象だった。警察署内の食堂はどこも、活動するために必要なカロリーを手早く提供するために存在しており、味に関しては何ら哲学を持っていない。いや、一つだけある。「食えればいい」だ。

失踪課に戻る途中、醍醐と連れ立って戻ってきた愛美と出くわした。馬鹿でかい醍醐と一緒にいると、彼女は子どものように小さく頼りなく見える。顔には決然とした表情が浮かんでいたので、何か摑んだのかもしれないと期待を抱いたが、私の姿を認めた途端、力なく首を振って期待をへし折ってくれた。

「醍醐、お疲れさん。寒かったか？」

「オス」

「オスはやめてくれ。ここはどこかの高校の野球部じゃないんだから」

「オス」

何を言っても無駄だろうと諦め、愛美に話を聞くことにした。寒さのせいか顔色が悪いので、コーヒーを淹れてやる。すいません、とほとんど聞こえないような声で言って頭を下げたが、意識はどこか遠くへ飛んでいるようだった。

「どうした」

「あ……いえ」愛美が慌てて首を振り、コーヒーカップを両手で包みこんだ。「ちょっと嫌な仕事でした」

「翠さんに話すのが？」

「彼女は今朝、一度ショックを受けているんですよ」

「分かってる。俺のせいでな」

顔をしかめて愛美がコーヒーを啜る。溜息をつき、カップをデスクに戻して額を指先で擦った。

「すいません、そういうつもりで言ったんじゃないです」

「でもそれは、事実だから。それで、翠さんはどうだった？」

「呆然《ぼうぜん》としてました。できるだけ焦らせないように話を聞こうとしたんですけど、実際には何も聞き出せませんでした」

「悪かったな、嫌な仕事を押しつけて」

「いえ」

「それで君の感触はどうだ？　翠さんは本当に、赤石さんが大金を隠し持っていたことを知らなかったと思うか？」

「感触を語れるほど喋ってませんから」

「喋ってなくても、見た感じで」

「適当なことは言えません」

「何でもいいから言ってくれ。これはブレーンストーミングなんだぜ？　書類にも残らない雑談みたいなものだ。気楽に話してくれればいい」

「それでも私は、無責任なことは言えません」

「おい、醍醐！」

声をかけると、醍醐が弾かれたように立ち上がる。その辺のデスクや椅子を全て蹴散らしそうな勢いで近づいてきた。

「何でしょう」

「お前さん、ずっと翠さんと一緒にいたよな。新宿駅から」

「オス」

「だから、オスはやめろって」

「オス」

話が堂々巡りになりそうだったので、鬱陶しい合いの手を無視することにした。慣れるにはしばらくかかりそうだったが。

「翠さんはどんな感じだった？　ショックを受けていたこと以外に」

「呆然としてました」

「それは同じような意味だろうが」

「オス」照れ笑いを浮かべて、醍醐が頭を掻いた。

「何か隠しているような気配はなかったか？」

「自分はそうは思いませんでしたが」

「分かった。ご苦労！」

「オス！」

自棄《やけ》になって怒鳴ったので声が割れた。愛美は迷惑そうに両手で耳を塞いでいる。私はコーヒーを一口飲んで、喉を湿らせた。

「たぶん彼女は何も知らないな」

「どうしてそう思うんですか」

「醍醐の動物的勘を信じる」言ってしまってから、あまり上手い冗談ではなかったな、と思った。愛美が白けた表情を浮かべ、コーヒーカップに手を伸ばす。「あいつだって馬鹿じゃない。人を見る目はあるはずだ」

「そうは思えませんけどね」醍醐に聞かれないよう、愛美が声を落とす。「でも、いいです。私だって判断できないんだから」

「翠さんはどうした？」

「家へ帰りました」

「まずいな」赤石の家を見張っていた男の存在を思い出す。あれは、翠の家に電話をしてきた人間と同一人物ではないだろうか。そして今、私たち以外にも赤石を捜している人間が存在する理由がある。あの金。彼が隠していた金はあれだけなのだろうか。

「例の電話の件ですか？　ちょっと気にし過ぎですよ」

実際に赤石の家を見張っていた男のことを話した。見る間に愛美の顔が強張る。

「それだったら、一人にしておいたらまずいですね」

「俺たちの目の届くところにいてもらうか、監視をつけるかしないと」

「監視なら醍醐さんにやってもらえばいいじゃないですか」

「それは確かにあいつ向きの仕事だな」私は醍醐をちらりと見た。格闘の実力がどの程度かは分からないが、あれだけ体が大きければ、それだけで抑止力になる。相手が飛び道具を持っていなければ、だが。「よし、そういう方向で手を打つ。室長に許可を貰おう」

「翠さんには知らせるんですか」

「とりあえず黙っておこう。俺たちが監視していることが分かったら、かえって不安になるだろう」

「そうですね。今は、膨らんだ風船みたいなものだと思います。これ以上ショックを与えたら、破裂するかもしれない」

「上手いこと言ってる場合じゃないぞ」立ち上がり、真弓の部屋に向かいかけて足を止めた。張りつくとなると、一人では無理だ。二人で監視するほど贅沢《ぜいたく》はできないだろうが、少なくとも交代要員は必要である。最初は醍醐に任せてもいいだろうが、夜になったら別の人間を派遣しなければならない。森田の顔が頭に浮かんだが、あの男が夜中に一人で街灯の下に立っているところを想像すると、また頭痛が激しくなってくる。しかし、人の手当てを心配するのは真弓の仕事だ。

室長室のドアをノックしようとした瞬間、森田が失踪課に戻って来た。おどおどした態度はトランクルームにいた時のままだが、目の色が少しだけ明るくなっているのに気づいて声をかける。

「ご苦労さん。どうした？」

「あの、鑑識の冨永さんがお呼びです」

「どこで？　現場か？」

「いえ、こっちへ戻って来てるんですが。刑事課の隣の会議室にいらっしゃいます」

「分かった、すぐ行く」

何か見つけたのだろうか。早く彼に会わなければと思ったが、監視の件を真弓に相談しなければならない。ノックするために上げた手を下ろし損ね、私は一瞬その場で凍りついた。愛美が素早く立ち上がる。

「室長には私が話します」

「頼む」うなずいて、私は走り出した。刑事課は二階。階段を二段飛ばしで駆け上がったが、そこへたどり着くまでの道のりは果てしなく遠く感じられた。

「お前さんには鑑識は無理だな。ずぼらなんだよ」馬鹿にしたように言って、冨永がキャップを後ろ前に被り直した。眼鏡をかけ、折り畳み式のテーブルに置いた赤石のバッグに視線を落とす。

「何か見落としてましたか？　いやあ、修行が足りないですね」おどけて後頭部を叩いてみせた。冨永のような職人タイプの人間に対しては、下手に出るに限る。そうすれば上機嫌になってぺらぺらと喋り始めるものだ。

「まあ、こっちの仕事に変に手をつけられても困るけどよ」

「そうですよ。餅《もち》は餅屋です。専門家には敵《かな》いませんからね」

「この野郎、おだてても下手なのか。露骨過ぎるんだよ」

乱暴に言い捨てながらも冨永は笑っており、皺の中に表情が埋もれていた。

「すいません。で、何があったんですか」

「それがな、また鍵なんだ」

「はい？」

冨永が手袋をはめ、バッグのジッパーを引いた。中には小さなポケットが二つあり、冨永は表に「ＮＹ」のロゴが入っている方のポケットを開けて見せた。

「ここにこいつが入ってた」傍らにあるビニール袋を引き寄せる。トランクルームの鍵ではなく、どこかの家の鍵のように見えた。

「どこの鍵か、分かりますか」

「さあねえ」

「家の鍵みたいですけど……」

「そんな感じだな」

　新居の鍵ではないだろうか、と最初に考えた。まだ確認していなかったが、来月結婚する予定になっているのだから、赤石が新しい家を準備していてもおかしくはない。二人が今住んでいる家は、どちらも新婚夫婦には狭過ぎるのだから。しかしこんなところに鍵を隠しておくのはいかにも不自然だし、そもそも鍵自体がそれほど新しいものにも見えなかった。昔ながらのシリンダー錠の鍵……新しい生活には相応しくない感じがする。

「それと、これがあったぞ」冨永がもう一つのビニール袋を顔の前でかざした。そちらにはフロッピーディスクが入っている。「今時フロッピーってのも珍しいよな。とっくに絶滅したかと思ってた」

「中は確認したんですか？」

「いや、まだだ。お前さんに見せてからと思ってな」

「調べてみましょう」

「いいけど、そもそも今時、フロッピーディスクの使えるパソコンがあるかね」

「探します。他には？」

「一応、指紋は調べてる。赤石の家から指紋を採取してるから、それと照らし合わせてみるよ。本人のものしか出てこないような気もするけど」

「でしょうね」

「じゃあ、とりあえずフロッピーだな。俺は刑事課で聞いてみる。ハイテク犯罪対策総合センターには古いパソコンもあるだろうが、あそこのお世話になるのは面倒だから、署内で何とかしたいな……とりあえず、後でここに集合しよう」

「分かりました」

失踪課に戻ると、真弓に呼び止められた。醍醐を翠の部屋の監視に出すことにしたという。それなら、先ほどの鍵を持っていって翠に確認してもらうことにしよう。

「大丈夫なんですか、醍醐は」私は声を潜めて真弓に確認した。

「問題ないわ。彼は立ってろって言われたら、世界の終わりが来るまで立ってるから」

「それは頼もしい……と言っていいんですかね」

「こういう場合は頼りになるでしょう。何か出てきたの?」

「出てきましたけど、手がかりになるかどうかはまだ分かりません」私は無意識のうちに煙草をくわえた。真弓が見咎めて目を細めたが、無視して唇の端で揺らす。火を点けるわけにいかないことぐらいは分かっているのだ。唇にフィルターの感覚があればいい。「とにかく、調べてみます。何か分かったらすぐに報告しますから」

「頼むわ」うなずき、真弓が自分の部屋へ戻っていった。入れ替わりに愛美がすっと近づいて来る。鍵とフロッピーディスクが見つかったことを話し、使えるパソコンを探すように命じる。愛美は顎に指を当てて少し考えていたが、すぐに解答を弾き出した。

「使えそうなものがありますよ」

「何だ」

「ちょっと待って下さい」愛美が自分の席に戻る。引き出しを順番に開けては覗き、乱暴に閉める——まだ入っているものが少ないのか、勢い余って激しい金属音を立てた。一番下の引き出しで目当てのものを見つけ出し、身を屈めて引っ張り出した。

「前にここに座っていた人が置いていったみたいです。私物じゃないでしょうか」

「何だい」

「USB接続の、外づけフロッピーディスクドライブ」

「使えるかな?」

「大丈夫だと思います。どこですか? 私のノートパソコンを持っていきます」

「刑事課の横の会議室だ。先に行っててくれ。俺は一本電話をかけてから行く」

愛美を見送り、冨永を捕まえるために刑事課に電話をかけた。あんなに明々白々なものを見落としてしまうとは……いや、あの時はバッグにあまり手をつけてはいけないと遠慮しただけなのだ、と自分を慰める。勘が鈍っているとは思いたくなかった。

「よし、読めそうだな」冨永が嬉しそうに両手を擦り合わせた。唇がぎゅっと横に広がり、笑みを隠そうともしない。「お嬢さん、お手柄だぞ」

「どうも」お嬢さんと呼ばれたことにむっとしたのか、愛美が素っ気無く答えてパソコンの画面に視線を集中する。フロッピーディスクは正常に認識された。中に入っているのはフォルダが二つだけ。フォルダ名は味気なく「01」と「02」。「01」の方は中に何もない空フォルダだった。「02」にファイルが一つだけ入っている。テキストファイルで、サイズは二キロバイトしかない。

「開きますね」独り言のように言ってから愛美がマウスを操作した。メモ帳が立ち上がり、名簿らしきものが現れた。単なる文字列だが、名前、住所、人によっては電話番号が書いてある。

「おい、こいつは——」視線を上下させていた冨永が目を細め、太い指をモニターに突きつけた。「品川で殺された男じゃないか」

「そうです」冨永の指は福永の名前を指していた。住所、そして携帯電話の番号もある。

「この人もそうですよ」愛美の指は「甲本正則」の上で止まっていた。

「こいつはＪＨＡの名簿だろう……何人いる？」冨永に言われるまま、私も画面を覗きこんだが、視力が低下しつつある目には辛い作業になった。

「二十人……二十一人ですね」結局愛美が確認する。「名簿だとしても、全員ではないと思います」

「だったら、何の名簿なんだろう」

「さあ」愛美が肩をすくめる。「プリントアウトしましょうか」

「そうだな。それを俺たちが持っていて、オリジナルは一課に渡そう」

「いいんですか」愛美が振り返り、私に向かって目を剝いた。「他に渡すって、それじゃ、課長たちと同じ……」

「あいつらの方が人手が多いんだぜ。調べさせて、その結果をこっちでもらえばいいじゃないか。もちろん俺たちも動く」

「何だい、あんたら、一課と揉めてるのか？」冨永が何故か嬉しそうに割りこんできた。

「いや、一課はいいんです。そうじゃなくてうちの課長がね……俺たちに余計なことはさせたくないみたいなんですよ」

「あの俗物野郎か」冨永が吐き捨てたので、私は自然に頰が綻ぶのを感じた。あの男と気が合わないのは、私や真弓だけではないらしい。「放っておけよ。自分たちが信じた道を行けばいい。お前さんぐらいのベテランなら、間違ったことはしないだろうさ」

「……どうもありがとうございました」

「おうよ。いつでも手を貸すぜ」

手を振りながら冨永が部屋を出て行った。事態は急展開しており、呑気なことを言っている場合ではないのだが、私は心の中に暖かなものが――いや、熱いものが流れ出すのを感じていた。こんな感覚は何年ぶりだろう。かつての私は、常にこういう状態に身を置いていた。それが懐かしく思い出されると同時に、冷たい興奮で背筋が震えるのを感じた。

16

長野は捜査本部にいなかったが、携帯に電話をすると「十分で戻る」と即答した。十分？　渋谷の現場にでもいるのだろうか。それを確認する機会はなかった。長野が嵐のように失踪課に入って来ると――電話を切ってから八分しか経っていなかった――いきなりまくしたて始める。

「どうした？　いや、言わなくてもいい。お前のことだから、がっちり手がかりを摑んだんだろう。そうだよな？　さあ、そいつを出せ。一気に勝負に出ようぜ」

「落ち着けよ」苦笑しながら、私は両手を上下させた。長野の目は、私が右手に握った紙に吸い寄せられている。

「それだな？　そいつが重要な手がかりなんだろう」

「重要かどうかはともかく、手がかりであるのは間違いない」

差し出すと、ひったくるように手にした。一瞬で内容を呑みこみ、さらに興奮した声で続ける。

「JHAの一般社員の名簿か」

「たぶんそうなんだろうけど、確証はない」

「いや、間違いない。こいつはすごいお宝だぜ。とんでもないものを見つけたな。どこにあった？」長野の興奮は収まらない。公子が入れたお茶を一気飲みしようとして、熱さのあまり噴き出してしまったが、それでもめげなかった。「こいつを虱潰《しらみつぶ》しにするよ。次の犠牲者——犠牲者候補はこの中にいるかもしれない。それにこれで、JHAの事件そのものも立件できるかもしれん」

「それは二の次だろう。お前の仕事は殺しを解決することだぜ」

「オーケイ、オーケイ、分かってる」長野が深くうなずき、私に人差し指を突きつけた。「そしてお前の仕事は赤石を探すことだ。ただし、覚悟しておいてくれよ。赤石が見つかっても、生活安全部の連中が身柄を欲しがるかもしれん。JHA事件の容疑者としてな」

「嫌なこと言うなよ」その可能性は、しばらく前から私の頭の中をずっと回っている。もしもそんなことになったら、翠を、芳江を、そして美矩を悲しませることになる。それだけは避けたかったが、私一人の意思でどうにかなるものでもない。おそらくこの事件には、行き先が大きく折れ曲がるタイミングが訪れるだろう。その時に自分がどう動くか、今は想像すらできなかった。

　嵐のように騒動を巻き起こした長野が去ると、急に失踪課の部屋が静まり返った。

「随分騒がしい人ねえ」公子が苦笑を浮かべながら湯呑みを片づける。

「すいませんね、昔からああいう男なんです」

「元気がないよりいいけど、あの年であの元気さは、馬鹿よ」

「おっしゃる通りで」軽く頭を下げ、愛美に声をかける。「行くぞ」

　愛美がすっと立ち上がり、コートを腕に引っかける。

「どこからですか」

「近場からにしよう」私は、自分用に取っておいたリストをデスクから拾い上げた。「となると目黒だ。次が……川崎だな。車を出そう」

「了解です」

「遅くなるぞ、今夜は」

「分かってますよ」何を馬鹿なことを、と言いたげに首を振る。「そんなこと、一々言われなくても了解してます」

「よし、いい根性だ」私はリストのコピーを口にくわえ、コートに腕を通した。真弓が室長室から出てきたので声をかける。「翠さんの家の警戒、よろしくお願いします」

「了解」

森田は、と言おうとして、彼が部屋にいるのに気づいて口を閉ざした。何だか自信なさげに、両手を揃えて膝に置いている。「しっかりしろ、自信を持て」と怒鳴りつけたくなったが、そんなことをしたら泣き出してしまうかもしれない。まったく、そもそも何でこんな奴が刑事になったんだ？　度胸がないならないで、刑事としての能力がないならないで、警察には他に彼を生かせる部署が……ないか。いまや死語になっているかもしれないが、「税金泥棒」という言葉が脳裏に浮かんだ。

リストはどこまで正しいのか。そもそもこれがＪＨＡの社員リストだという保証はあるのか。幾つか、それを裏づける材料はある。殺された二人、そして赤石の名前が記載されていることだ。実際に社員リストだと証明するのも、難しくはないだろう——全員に会って事情聴取ができれば。しかし私たちの目論見は最初から外れた。目黒。川崎。二か所があっさり空振りに終わった後、三か所目の大和市《やまと》へ向かう車の中で、愛美がもっともな疑問を口にした。

「そのリストに載っているのは、家の住所なんでしょうね」

「ああ」

「ということは、夜にでも訪ねていかないと会えないんじゃないですか」彼女の言う通りだ。東名高速には既に夕闇が迫りつつあったが、普通のサラリーマンならまだ仕事の最中だろう――JHAのOBたちが、今どんな仕事をしているかは想像がつかなかったが。

「それに、一課ときちんと割り振りをして当たった方が、効率的ですよ」

「いいんだよ、こっちはこっちで動いて」

「そうですか……とりあえず、電話をかけてみます」

「そうしてくれ」

しかし、愛美の試みはすぐに頓挫した。電話がつながったのか、「あ」と短く言ったが、すぐに黙りこんで切ってしまう。

「使われてませんね」悔しそうに言って、他の番号にかけ直す。今度は全然別の人につながったようで、馬鹿丁寧に謝って電話を切った。

「このリスト、かなり古いものかもしれないな」左手でハンドルを握ったまま、私はドアとシートの間に押しこんだバッグに右手を差し入れ、頭痛薬の箱を取り出した。手探りで二粒を押し出し、口に放りこむ。

「また頭痛薬ですか」愛美が顔をしかめる。

「痛みが引かないんだから仕方ない」

「飲み過ぎると効かなくなりますよ」

「女房みたいなこと、言わないでくれ……いや、俺の女房――元女房はこんなことは言わなかったけどね。頭痛薬が大好きになったのは離婚してからだから」

「――娘さんのことが原因ですか」低く抑えた声で愛美が訊ねる。

「そうなんだろうな、たぶん。でも、これぐらいは仕方ない。頭痛なら薬で抑えられる」

「無理しない方がいいですよ」

「無理？　俺が？」

「高城さん、同情を買おうとしてるなら――」

「若いのに、随分ひねた見方をするんだな」

「……すいません」愛美がほとんど聞き取れないような声で謝り、後は無言を貫き通した。まったく調子が狂う。いったいどうして私たちは、こんな会話を交わしているのだろう。今まで家族の事情など、誰にも積極的に話したことはないのに。

横浜町田《まちだ》インターチェンジを下りて国道一六号線に入ると、いつものように渋滞していた。二四六号線との交差点を左折して渋滞を抜け出し、さらに四六七号線に入ってしばらく南下すると、大和市の市街地に入った。愛美が地図を見て走る方向を確認してくれたが、口調は極めて事務的で、カーナビの音声案内の方がまだ人間的に思える。

住所が「深見台《ふかみだい》」になった。相鉄《そうてつ》線を越えたところで左折し、住宅街の中に入りこむ。狭い路地が交錯する場所なので、車に乗ったままでは表札を確認するのも難しかった。

「歩いて捜そう。その方が早い」言って、車を路肩に寄せる。道端まで少し距離がある位置に一旦止め、愛美が体を捻るように降りて車の前に回りこんでから、民家の生垣に左側を擦るようにして駐車した。外に出ると、夕方の重い冷気がコートを突き抜けて襲ってくる。思わず身を震わせて肩をすくめ、目をきつく閉じた。頭痛はまだしつこく居座っている。愛美に右の方を捜すように指示し、私は左方向、四六七号線の方に戻った。一軒一軒確認しながら歩いているうちに、携帯電話が鳴り出す。

「見つけました」一言だけ言って愛美が電話を切る。いくら何でももう少し愛想よくできないのかと文句を言いながら、彼女を捜した。

愛美は、豪邸と言っても過言ではない大きな家の前に立っていた。肩の高さまであるコンクリートの塀に囲まれた白い家で、あちこちに洒落たデザインのライトが配されてアクセントになっている。広いベランダは二階の前面一杯に広がっており、家の右側は円筒形の塔のような形になっていた。窓は全て、上側が半円形という凝った作りで、それだけでも相当金がかかっていることが想像できる。周りには比較的古い、こぢんまりとした家が多いので、その大きさと派手さは嫌でも目立っていた。

「何だかインタフォンを鳴らしにくい家だな」

「私がやります」

愛美が鉄製の門扉を押し開けて、石畳のアプローチを歩き始める。何の躊躇いもなくドアの前に進み出て、カメラつきのインタフォンのボタンを押し、腕組みをしたまま相手が出るのを待った。私は少し遅れて彼女の後に続いた。

「はい、どちらさまでしょうか」目の前で話しているようにクリアな声の返事。どうやらインタフォンにも金をかけているようだ。愛美がバッジを顔の高さに上げる。自分ではなく彼女が行ったのは正解だったな、と思った。少なくとも彼女なら、一目で警戒されることはないだろう。私だったら、逆に警察を呼ばれてしまうかもしれない。そういう顔つきだ、と、若い頃からよくからかわれたものである。

「警視庁失踪課の明神と申します。こちらは長尾晶《ながおあきら》さんのお宅ですね」

返事はなかった。愛美が首を傾げ、私の方を向いて目を細める。俺に聞いても分かるわけがない、と肩をすくめてやったが、彼女は納得したわけではなかった。すぐにまたインタフォンに話しかける。

「すいません――」

「そういう者はこちらにはおりません」愛美の問いかけを断ち切ったのは、落ち着いた年配の女性の声だった。

「失礼ですが、長尾晶さんはこちらにお住まいじゃないんですか」

「そういう者はこちらにはおりません」女性が繰り返したが、インタフォンの受話機を置く音は聞こえなかった。体に触れないように気をつけながら愛美の横をすり抜け、背中を丸めてインタフォンに話しかける。

「すいません、ちょっと話を聞いてもらえませんか？　失踪課の高城と申します――晶さんがこちらの息子さんかどうかは知りませんが、放っておくと殺されるかもしれませんよ」

「高城さん！」愛美が刺すような声で忠告したが、それを無視して続ける。

「もう、二人殺されているんです。放っておくと彼も危ないんですよ」

「……お待ち下さい」押し殺したような声で返事があり、やがてドアが開いた。応対してくれたのは小柄な老女で、ふわりと高く盛り上げた髪のせいで顔が小さく見えた。家の中だというのに化粧は完璧で、ブラウスの胸元では白い玉を連ねたネックレスが揺れている。

「どういったことでしょう」

　私は一歩だけ玄関に足を踏み入れた。愛美が背後に立つ。君が前にいてくれた方が、相手を警戒させずに済むのだが――そう思ったが、玄関先で行ったり来たりのダンスを踊り続けるわけにはいかない。

「確認させて下さい。長尾晶さんはこちらにお住まいじゃないんですね」

「はい」眼鏡の奥から警戒心を露わにした視線を投げつけながら、老女が答える。

「つまり、家を出ている」

「そうです」渋々といった様子だが認めた。「あの、そんなことよりも、殺されるというのは……」

「彼の仲間が殺されたんです。二人も」

「どういうことですか」彼女はまだ、私の話を完全には信用していない様子だった。それも当然である。いきなり「殺されるかもしれない」と言われて、頭から信じこむ人間はいないだろう。

しばらく回りくどい説明を続けてから、私は幾つかの事実を摑んだ。長尾晶はこの家の次男であり、十年前に東京の大学に進学して家を出たこと、その後はほとんど家に寄りつかず、最近は何をしているのかはっきりしないこと。嫌そうに事情を説明しながら、母親の光恵《みつえ》は、できるだけ次男に係わりたくないという態度を隠そうともしなかった。

「息子さんは、どこで働いていたんですか」

「さあ、どうですか。最近は……」

「本当に連絡を取っていないんですか」

「こちらから電話をかけても出ませんし、向こうからかかってくることもないですからね。会いに行くにしても、この年になると東京まで出て行くだけでも面倒なんです」

「東京ですか。東京のどこに住んでいるかはご存じなんですね」

「ええ、それは……」

「教えて下さい」

「それより、殺されるとかいう話はどういうことなんですか」

「晶さんが、ＪＨＡという会社について話していたことはありませんか」

「いえ」光恵が顔を背ける。ほんのわずかな動きだったが、嘘が透けて見えた。

「その会社は、いわゆる悪徳商法の会社なんです。効く保証のない健康商品を売りつけて、巨額の利益を得ていました。二、三年前には、ニュースでも随分やっていましたよ」

「ニュースはあまり見ませんから」溜息とともに光恵が言い訳を吐き出した。

「私たちは、その事件を調べているわけじゃないんです。彼の昔の同僚を捜しています。晶さんから何かヒントがもらえるんじゃないかと思うんですが」

「私は何年も息子には会っていません」

「それは分かりますが――」

「そういう変な商売をやっていたら、親に会わせる顔がなくなるのも当然でしょう」

愛美が後ろから私のコートの袖を引っ張った。早くしろ――分かっている。だが、ここで話を聴いているうちに、何か新しい情報が手に入るかもしれない。

「JHAのことはご存じだったんですね」

「それは……それぐらいのことは。それより、殺されたというのは……」光恵が質問を繰り返した。

「二人の仲間というのは、彼がJHAに勤めていた時の同僚だったようです。それがどういうことなのかはまだ分かりませんが、息子さんにも警告しておいた方がいいと思います。もちろん、私たちも話しますが、あなたからも話した方がいいんじゃないですか？　もちろん晶さんは、もうどういうことか知っているかもしれませんけどね」

「私が電話しても出ないでしょうね」盛大な溜息。

「それでも電話してみるべきですよ。向こうだって、本当は話したいかもしれないでしょう」

「そうでしょうか」自信なさげに光恵が首を傾げる。

「帰りにくい、電話しにくい状況なんですよね。たぶん自分でも、まずい仕事に手を染めてしまったことは意識しているんだと思います。そういう時に頼りになるのは、結局家族じゃないですか」

「就職が上手くいかなくて、苦労したんです」光恵の声から警戒する調子が抜け、子どもを案ずる親のそれに変わった。「まだ景気が悪い頃で、なかなか就職先もなくて。勤め始めても落ち着かないで、何度も転職を繰り返しました。でも、あんな仕事をしなくても……仕事なんて言えないかもしれませんけど」

赤石と同じような話だ。福永とも。JHAは、就職に困った若者たちばかりを狙って、営業マンとしてリクルートしていたのだろうか——使い捨て要員として。

「とにかく、電話してみて下さい」

「ええ。でも……」片手を頰に当て、首を傾げる。

「あなたが電話しなくて誰が電話するんですか」

光恵の目に、ほんの少し生気が戻ったような気がした。

「あの人が電話したら、まずいことになるかもしれませんよ」車に乗りこんだ途端に、愛美が忠告を飛ばした。

「どうして」

「逃げるように言うかもしれません。いくらあんな態度を取っていても、自分の息子が捕まえられるのが分かっていて、黙っているわけにはいかないでしょう」

「俺は長尾を逮捕するつもりはないよ」

「向こうはそう思わないかもしれない」

「それは仕方ない」

納得はしていない様子だったが、愛美は黙りこんだ。その沈黙はひどく重く、これからの長いドライブの間、ずっと私を押し潰しそうだった。長尾は八王子《はちおうじ》に住んでおり、一番の近道は国道一六号線でずっと北上していくルートなのだが、この道は常に混んでいる。直線距離にすると二十キロもないのだが、夕方のラッシュはまだ残っているだろうし、どれだけ時間がかかるか見当もつかない。

「家族の問題に首を突っこむのは警察の仕事じゃないですよ」相模原《さがみはら》市に入って小田急線を越える陸橋を渡っている時に、愛美が口を開いた。

「別に首は突っこんでないさ」

「突っこんでるじゃないですか」愛美が頬杖をつき、ぼんやりと前方を見つめた。「親子の問題に口出ししたでしょう。私たちの仕事じゃないのに。電話するように何度も言ったのはどうしてですか」

「親子なんだから、電話ぐらいするのが普通だろう」

「やっぱり、そういうことを言うのは刑事の仕事じゃないと思います」

「ご自由に」ハンドルを握ったまま、私は肩をすくめた。「君が刑事の仕事をどう考えていても、俺には関係ない。説教する気もない。ただな、一つだけ言っておく。喋るのに金はかからない。余計なことかもしれないけど、誰かに何か言われれば、相手は考えるチャンスを手にできるかもしれない。自分の考えだけに凝り固まって、前に進めないよりはいいじゃないか」

「人助けですか」

「そもそも警察の仕事は人助けだぜ」

まだ不満そうだったが、愛美は再び黙りこんだ。頭の中では、私をやりこめる言葉をあれこれ考えているのだろう。民事不介入とか、根本的に余計なお世話だとか。しかし彼女が何を考えていても——あるいはどう言おうと、今の私は気にならない。自由にやろう。その時その時で正しいと思ったことに、疑問を感じるべきではない。

いつの間にか頭痛は消えていた。

絵に描いたような不機嫌さだった。ＪＲ八王子駅の南口、住宅街の中にある古いマンションの一室。ドアを開けた女性は、寝癖で飛び跳ねた髪にくわえ煙草、ずり落ちて右肩がほとんど露わになってしまった霜降りのカットソーという格好で、私と愛美をねめつけた。口紅はところどころが薄くなり、アイシャドーがぼやけて、目にパンチを食らったように見える。妙だ。この時間に寝ている人間はさほど多くないはずである――完全夜型の人間であっても。

「何？　警察？」声はしわがれ、言葉を発するのも面倒臭そうだった。私は素早くうなずいてから、人が二人立つとおしくら饅頭《まんじゅう》状態になる玄関の様子を頭に叩きこんだ。男物のスニーカーが一足。ピンヒールが二足。

「お休みのところ、申し訳ないね」

「警察が何の用？　思い当たる節はないんだけど」

慣れている、と思った。年の頃三十歳ぐらい――いや、三十歳から五十歳までの何歳でも通りそうだったが、未成年の頃から散々警察と係わり合い、今さら何を言われてもびくともしないタイプなのは明らかである。この手の人間に対しては、変に気を遣う必要はない。ずけずけ言って、こちらの本音を教えればいいのだ。警察がどこまで本気なのか、素早く見抜けるようになっているはずだし、そういう時はさっさと喋れば解放されるものだと経験的に分かってもいるだろう。

「あのな、ここに長尾晶という男が住んでるだろう。というか、ここは長尾晶の家だよな」

「へえ、そうなの？」そっぽを向いて煙草をくわえる。

「で、あんたは誰なんだ」

「どうでもいいじゃない、そんなこと」女が髪に手を突っこみ――掌がすっかり隠れてしまうほど乱れていた――ぐしゃぐしゃにした。欠伸を嚙み殺し、煙草に火を点ける。煙が漂い出し、私は自分で吸う代わりにそれを嗅いで我慢した。

「どうでもよくないんだな、それが。こっちは長尾晶を捜してるんだ」

「何かしたの、あの人」

「分からん」

「何よ、それ」女が鼻で笑うと、煙草の煙が二本の細い線になって鼻から噴き出した。体を折って咳きこみ、顔を上げた時には目に薄らと涙が溜まっていたが、長尾を心配しているわけでないのは明らかだった。白けた気配が目元に浮かんでいる。

「いないわよ」

「どこへ行った？」

「知らない」器用に肩をすくめ、そっと顔を背ける。

「あんた、長尾と一緒に住んでるんだろう」

「まあね」

「長尾はいつ出て行ったんだ」

「いつだったかな。覚えてないわ。普段からあまり顔を合わせないし」

「あんたの仕事は？」

「北口の『秋奈《あきな》』って店」

「何だ、それは。ママの名前が店の名前か？」

「知らないわよ、こっちは新入りだから」女がトレーナーの袖をめくり上げ、肘の内側をぼりぼりと掻いた。

「あのな、人前で半袖《はんそで》になれないような生活はやめろよ」私は溜息と一緒に言葉を吐き出した。

「何言ってんの」

「シャブだな」

「何にも言わないわよ、私は」失策を隠そうと、両腕で自分の体をきつく抱きしめる。

「心配するな」私は靴半分だけ玄関に入ったが、女は止めようともしない。今まで警察官との間で何度も繰り返されたやり取りなのだろう。「俺はそっちの担当じゃないから。ただ長尾を捜してるだけなんだ。居場所を教えてくれたらさっさと消える」

「あいつに直接電話してみればいいじゃない」

「ところが、出ないんだ」母親が教えてくれた新しい携帯の番号には何度もかけていたが、ずっと圏外だった。電源を切っているのだろう。切らなければならない理由があるのだろう。「だから、あんたが彼の居場所を知ってるなら、直接訪ねてみたいと思ってね。それだけ教えてくれたら、さっさと撤退する」

「刑事の言うことなんて信用できないわよ」女が掌を丸め、そこに煙草の灰を落とした。

「だったら、もっとはっきり言いましょうか」愛美が私の横から顔を出し、突き刺すような声で告げた。「教えればこのまま帰る。教えなければ、薬物担当の人間を呼ぶ」

「勝手にすればいいじゃない」強がってみせたが、声にはかすかに怯えが混じっていた。

「じゃあ、勝手にするわ。今から担当者を呼ぶからね」愛美が携帯電話を取り出し、顔の横で振って見せた。

「ちょっと、何よ、この女」女が唇を捻じ曲げ、愛美に向かってではなく私に文句を言った。

「彼女に文句を言うのは筋違いだぜ」

「その女の言い方が気に食わないのよ」女がすさまじい目つきで愛美を睨む。振り返るわけにはいかないが、愛美も負けじと睨み返しているのは間違いない。「何よ、いい子ぶって」

「ガキみたいなこと、言わないの」愛美も一歩も引かなかった。「刑事が悪い子だったら、あんただって困るでしょう？　さっさと話しなさいよ。話せばすぐに帰るから。そうしたらあんたは、覚せい剤でも何でも、好きなだけ楽しめばいいじゃない。あんたがゆっくり自殺しようとするのを止める気も権利も、こっちにはないから」

まくしたてられ、女が唇を引き結んだ。無意識なのだろうか、下腹部に手を当て、そっと撫で回すようにする。かつて、妻がそんな風にするのを見たことがあった。その時は喜びを感じたものだが……私はうなじを毛虫が這い上がるような不快感に襲われた。

「あんた、妊娠してるんじゃないか」

「だったら、何？」

「子どもに悪い影響が出るぞ」

「そんなの、あんたに関係ないでしょう」

「いや、あるね。あんたがその子を産むのは勝手だけど、子どもは何か問題を抱えて生まれてくる可能性が高い。覚せい剤っていうのは、そういう悪影響をもたらすんだよ。そうなったらあんたは、その子をちゃんと育てていけるのか？　もしも子どもに何かあったら、シャブどころの騒ぎじゃないぞ。俺は命に代えてもあんたをぶちこむ。ありったけの罪状をくっつけてな」

「何よ、大袈裟ね」押し殺した声で笑ったが、泣いているようにも聞こえた。「だいたい、子どもを産むかどうかなんて、まだ決めてないわよ。父親がどこに行ったかも分からないんだから」

「つまり、長尾がいなくなってから妊娠に気づいたのか」

「そう。あの馬鹿、そのことを話そうと思ったらいきなりいなくなって、連絡も取れないんだから。どこか別の女のところにしけこんでいるんじゃないの？　それだったら、妊娠した女なんて邪魔なだけよね……あいつはそのことも知らないけど」

　普通に怒って喋っていたのだが、その頬を涙が伝うのを私は見逃さなかった。

「だったら尚更、早く連絡を取らないとまずいじゃないか。こっちの用事が終わったら、俺たちが引っ張ってきてやってもいいぞ」

「そんなことする必要はないわ」

「どうして」

「他の女がいるかもしれないから……」言葉が途切れる。その瞬間私は、彼女にとって長尾がどれほど大きな存在なのかを悟った。愚図愚図の関係かもしれないが、長尾がいなくなってしまえば、こうやって不安に打ちひしがれている。乱暴な物言いは、心の揺らぎを打ち消すための唯一の方法なのだろう。

「とにかく、会ってみないとどうしようもないだろう。想像して不安になってるだけじゃ損だぜ。俺たちが、あんたに連絡するように言っておくよ」

「そんなこと、しなくていいよ」

「そうもいかないだろう。子どものこと、ちゃんと話し合えよ……とにかく早く長尾を見つけないと、あいつ自身が危ないかもしれないんだ」

「どういうこと？」

簡単に事情を話した。女の顔が見る間に青褪め、長くなった煙草の灰が玄関に落ちて靴——おそらく長尾のスニーカー——の中に転がりこんだ。

「そんな話、聞いたことないわよ」

「簡単には話せないだろう……ちょっと、これを見てくれ」私は彼女にリストを渡した。嫌々ながら受け取り、目を通す。おそらく何も出てこないだろうと思っていたが、突然目の動きが止まった。下唇を嚙み、何かを思い出そうとするように目を細める。

「どうだ？」

「この人の名前……知ってる」

彼女が指差していたのは、赤石だった。

「どうして？」

「話してるのを聞いたことがあるから」

「直接？」

「電話で。相手の名前を言ってたから間違いないわ」

「よし、いいぞ。よく覚えててくれた。それはいつ頃だ？」

「一週間前、ぐらい？」

「一週間？　先週の木曜日か？」今日は木曜日……赤石が失踪したのも木曜日である。

「木曜日か、金曜日か、とにかく先週の週末。それであいつは、日曜日にいなくなったのよ。私が仕事から帰ったら、家にいなくて……書き置きが残してあったわ」

「内容は？」

「あいつの居場所」


「普通、会いに行くでしょう」車に戻ると、愛美が呆れたように言った。「一緒に暮らしてる相手がいなくなったら、意地でも探し出そうとするのが普通じゃないですか。妊娠してることだって知らせなくちゃいけないし」

「一般的には、な。心配するよりも怒りが先に立ったんだろう」

「だからって……」

「男と女の関係は、そう簡単じゃない。あの二人が甘い恋人同士だと思ってたら大間違いだぞ。喧嘩して、ぶつかり合って、それでも別れられない——そういうずぶずぶの関係は珍しくないんだ。男と女が一緒に暮らすのは、愛し合ってるか惰性か、どちらかなんだから」

「貴重な講義、ありがとうございました。私には何の役にもたちませんけど」

憮然とした口調で愛美が言い、不機嫌に黙りこんだ。しかし今度は、不快な沈黙を分け合っている時間はない。私は計画を話して、電話するよう愛美に指示した。

「飯はその後で食おう」

「そんなもの、どうでもいいです」相変わらずむっつりとした口調だったが、愛美は電話を取り出した。何本か電話をかけ、会話が終わった時にはすっかり疲れ切った様子だった。人差し指と中指でVの字を作り、目の内側、鼻に近い部分にぎゅっと押しつける。断片的に漏れ伝わってきた電話の内容はだいたい想像がついたが、それでも愛美に説明を求めた。

「赤石さんの荷物から見つかった鍵は、醍醐さんが翠さんに見せて確認したそうです。見覚えはない、ということです。その鍵はまだ醍醐さんが持っています」

「奴は相変わらず翠さんの家を張ってるんだな？」

「ええ。間もなく森田さんと交代するそうですけど」

「その鍵を持ってきてもらおう。現場で落ち合うっていうことでどうかな」

「そうですね」愛美が地図を広げる。指先でなぞっていたが、すぐに結論を出した。「ここから永福町《えいふくちょう》まで、一時間ぐらいですか」

「この時間なら、そんなにかからないだろう」

「そうですか……森田さんに交代してもらって、醍醐さんに鍵を持ってきてもらうのが一番早いみたいですね」

「よし。俺たちの方が早く着くかもしれないけど、その時は現場で待とう」

「でも、その鍵が……」車の天井を見上げ、愛美が言葉を捜した。「アジトの鍵だという保証はないですよね」

「まあな。それに長尾が持っていた鍵も、そこの家の鍵かどうかは分からない」

長尾と同棲していた女——何ということか、名前を確認したのは別れる間際で、世を拗《す》ねたような態度に似つかわしくない桜子《さくらこ》というものだった——は、家から鍵が一つなくなっていることに気づいていた。ドレッサーの上に置いた小さな皿に載った鍵。長尾の家に転がりこんでからすぐに、その鍵の存在には気づいていたのだが、何の鍵か聞いても長尾は答えようとしなかった。それが、彼が姿を消すと同時になくなっていたというのだ。もしかしたら、隠れ家——愛美の言葉を借りればアジト——の共通の鍵なのかもしれない。

「どういうことなんですかね」

「それはまだ分からない」

「この件は一課に知らせなくていいんですか」

「俺たちが言わなくても、連中はすぐにあそこまで辿りつくよ。こっちで確認して、何か分かった時に教えてやればいい。まだ騒ぎを大きくしたくないんだ。俺たちの仕事は、あくまで赤石さんを捜すことだからな」

「私、赤石『さん』って呼んでいいのかどうか、分からなくなりました」

被害者から犯罪者へ。その転換点に愛美は立ち会っている。絶対にないことではないが、刑事とはいえ、その瞬間を自分の目で見る機会はそれほど多くない。私は一つ溜息をついて同意した。

「実は、俺もなんだ」

17

都心へ向かう中央道《ちゅうおうどう》はがらがらで、予想通り一時間もかからずに永福町に着いた。目的の家——積み木を重ねたようなワンルームマンションだった——もすぐに見つかり、待機に入る。愛美は必要なこと以外は一切喋ろうとせず、目の前の建物に意識を集中していた。私はラジオをつけたいという欲望と必死に戦い続けた。この時間なら、ＮＨＫのＦＭはクラシックを放送しているはずだ。クラシック音楽が好きなわけではないが、何か音がないと沈黙に耐えられそうもない。

　三十分ほどして到着した醍醐が、私を退屈さから救い出してくれた。後部座席に乗りこむと、勢いで車がぐらりと揺れる。愛美が後ろを振り向いて、鬱陶しそうに目を細めた。醍醐はそれに気づかないか、あるいは完璧に無視したまま私に右手を差し出す。

「鍵です」

「ありがとう。実は、お前さんの到着を待ってたんだ」

「押しこむんですか」醍醐はひどく嬉しそうに言った。

「いや、まずチャイムを鳴らす」

「なんだ」あからさまにがっかりした声。

「そこから先何かあったら、お前さんがいた方が心強い」

「そうなったら楽しいですね」嬉しそうに言って、醍醐が左手で右の拳を押し潰すように握る。指の関節がばきばきと豪快な音を立てた。

「そう張り切るな。楽しいかどうかは分からないぞ。まずチャイムを鳴らして返事がなければ、その鍵を使ってみよう」

「それはまずいんじゃないですか？　令状なしで踏みこんだら問題になりますよ」愛美が忠告する。

「いいんだよ。ここにいる三人だけの秘密だから」

「やっぱり面白そうですね」醍醐がまた指の関節を鳴らす。鍵を使うより、明らかに拳でドアを突き破りたがっていた。

「醍醐さん――」

愛美が溜息をつく。私はそれを無視して、車を降りるよう、二人を促した。かなり冷えこんでいるはずなのに、寒さはあまり感じない。しばらく八王子にいたので、向こうの寒さ――都心より何度かは気温が低い――に慣れてしまったのだろう。

「チャイムを鳴らす権利はお前に譲るよ。わざわざ来てもらったんだから」私は醍醐の肩を叩き、階段に押し出した。長尾が桜子に残していったメモに書かれていたのが、このマンションの住所である。住所だけ。ここにいるとも、会いに来いとも書かれていない。見せてもらったが、まるで電話を受けながら内容を殴り書きしただけのような、乱暴な筆致だった。「桜子へ」と書いてなかったら、彼女もただの走り書きだと思って捨ててしまったかもしれない。

「では、失礼して」醍醐が部屋の前に立った。巨大な拳を振り上げたが、ノックする前に周囲を見回す。手を下ろし、ドアに耳をくっつけたが、間もなく顔を離して首を振った。

「生体反応がありませんね」

「お前ね、知ってる中で一番難しい言葉を使うなよ。そもそも使い方を間違えてるぞ」

「オス」にやりと笑って醍醐が腰を伸ばす。おもむろにチャイムを押したが、人差し指でチャイムを押し潰そうと試みているようにしか見えなかった。少しひび割れた音が部屋の中で聞こえたが、反応はない。愛美がすかさず、ドアの横のメーターボックスを開けて中を確認した。

「電気は停まってません」

醍醐がチャイムを諦め、拳をドアに叩きつけた。

「長尾さん！　いらっしゃいますか？」

「よせ」私は彼の手を引いてノックをやめさせた。ワンルームマンションに住む人は、隣の住人の動向になど興味を持たないだろうが、醍醐の声はやたらと大きく、しかもよく通る。グラウンドでは役に立ちそうだが、こんな状況では厄介ごとの原因になりかねない。

「オス」例によって短く返事をし、醍醐が一歩引く。ここに至って、セントバーナードを扱うように――飼ったことはないが――はっきり命令してやれば、彼を上手くコントロールできることに気づいた。

私は鍵を取り出し、慎重に鍵穴に挿しこんだ。抵抗なく入って簡単に回る。かちりとさやかな音がして、あっさりとドアは開いた。私は二人の顔を順番に見て――醍醐は嬉しそうに目を輝かせ、愛美は何も見ていなかったことにしようと決めたように視線を逸らしている――ドアノブをゆっくり回した。

ほぼ完全な闇に出迎えられる。カーテンも閉まっているのだろう。何だか最近、狭い部屋の中ばかりをうろうろしているような気がする。ワンルームマンションはどんなに飾り立てても限りなく穴倉に近く、閉塞感は拭い去れないのだ。もっとも私も、ここととさして変わらない部屋に住んでいるのだが。

「醍醐、外で監視していてくれ」

「いや、しかし――」珍しく醍醐が不満そうな表情を浮かべた。

「部屋が狭いんだよ。三人入ったら酸欠になるかもしれない。だいたいお前さんは、人より多く酸素が必要だろう」

「分かりました」その説明で醍醐はあっさり納得した様子だった。

「明神、頼む」

「はい」

愛美がすかさず耳の高さでマグライトをかざし、先に立って部屋に入る。典型的なワンルームマンションの作りで、玄関を入ると短い廊下、その右側がキッチン、左側が風呂とトイレになっていて、廊下の奥にフローリングの部屋があった。愛美のマグライトが、飛び回る蛍のようにあちこちを照らす。

少なくとも死体はなかった。血の臭いも、死臭もしない。かすかに埃っぽい臭いが鼻をむずむずと刺激するだけだった。靴を脱いだ愛美が、慎重に先に進む。すぐ後ろに続いた私は、彼女の体温をはっきり感じていた。

「灯り、点けてもいいですよ」振り返ってそう告げた愛美とぶつかりそうになったので、慌てて身を引く。「誰もいないみたいです」

「そうするか」暗闇に目が慣れていたので、玄関脇の壁にある照明のスイッチはすぐに確認できた。灯りを点けると、蛍光灯ではなく白熱灯の灯りが室内を満たす。やけに眩《まぶ》しく、私は思わず目を細めた。

部屋はがらんどうだった。前の住民が引っ越した後、そのまま誰も入居していないような雰囲気。こうしてみると、ワンルームの割には広いような気がする。しかしその中で、たった一つ異質なものがあった。小動物の死骸のように置かれた、くたびれたボストンバッグ。

「誰かがいた――いる」

「分かり切ったこと、言わないで下さい」私に釘を刺しておいてから、愛美が手袋をはめた。バッグの上に屈みこみ、躊躇せずに開ける。「着替えしか入ってないですね」

私は愛美の前でしゃがみ、バッグの中を改めた。ワイシャツ、Tシャツ、下着類。確かにほとんどが着替えだったが、内ポケットを探るとカード入れが出てきた。中身を確認すると、複数のカードの持ち主はいずれも「長尾晶」だった。

「無用心ですね、こんなものを置きっ放しにして」

「自分の部屋だったら、置きっ放しにしてもおかしくない」

「ここは彼の部屋なんですか？　赤石さんの鍵で開いたんですよ」

「確かにな……醍醐？」

「オス」醍醐がすぐに玄関に飛びこんできた。それだけで、玄関の狭い空間が一杯になってしまったように見える。

「近所の聞き込みをしてくれ。この部屋の住人の情報が欲しい」

「分かりました。でも、ここに住んでるのはそもそも誰なんですか」

「それも含めて、だ」

「オス」

醍醐が消えてドアが閉まると、愛美がすぐに指摘した。

「やっぱり、実際には誰も住んでないいんじゃないですか。荷物は置いてあるけど、生活の臭いがしません」

「そうだな」

「何なんでしょう、ここは」身軽な動きで愛美が立ち上がる。私は膝が悲鳴を上げないよう、慎重に腰を上げた。

「シェルター」

「シェルター？」

「いざという時に逃げこむために、連中が用意していた隠れ家。アジト……じゃないな。何か悪巧みをしていた気配はないし」

全ての出来事にＪＨＡが関係しているのは間違いないだろう。旧幹部……被害者……様々な人間の思惑が、ＪＨＡの周辺ではまだ渦巻いているはずだ。おそらく赤石たちは、自分たちが狙われていることを知っている。様々な状況がそれを示唆《しさ》しているし、何人もの人間が姿を消しているのも証拠としていい。しかしこの部屋の役割に関しては、今一つ自信が持てなかった。少なくとも長尾がここにいたことは間違いないのだが、今はどこにいるのだろう。いや、戻って来るはずだ。大事なクレジットカードの類を置いたまま姿を消すとは考えにくい。

「高城さん？」クローゼットを覗きこんでいた愛美が怪訝そうな声を上げた。

「どうした」

「どうしたもこうしたも」彼女の背中から中を確認すると、段ボール箱が大量に置いてあった。それを見た途端、鼓動が跳ね上がる。「ライブセーフ」の文字。これは確か……ＪＨＡが扱っていた健康飲料の一つだ。ＪＨＡのロゴが入った段ボール箱は二十箱ほどもある。「シェルター説」は訂正すべきだろう。ここはかつてＪＨＡの倉庫だったのではないか。あるいは今でも。だとすると、ＪＨＡは表に出ないだけで、まだ同じような商売を続けているのか。

「これは、生活安全部の方に伝えないといけないですね」愛美も私と同じ結論に達していたようだ。

「後でね」

「後で？」

「まず長尾を捕まえないと。その前に生活安全部の連中が入ってきたら、長尾はここに寄りつかなくなるぜ。それじゃ、俺たちとしては都合が悪い」

「こっちの都合だけで勝手なことをしてたらまずいでしょう」

「いいんだよ」愛美の肩を叩いたが、すさまじい目つきで睨まれたので慌てて手を引っこめた。「あっちもこっちも立ててというわけにはいかないんだから。特に今回は、向こうに情報を流してもこっちには何の得もないんじゃないかな。ここにあるジュースは逃げないんだから、少しぐらい連絡が遅れてもいいんだ」

「しかし――」

「いいから。責任は俺が取る。一応、管理職だからな」

「室長に知らせなくていいんですか」

「この段階では、まだあまり話を広げない方がいい」

「本当にいいんですね？」愛美はなおも慎重だった。

「ああ……とにかく、ここにあるものをチェックしてリストを作ってくれないか。全部同じジュースなのか、他のものもあるのか。俺は外で、醍醐と一緒に聞き込みをしてみる」

「分かりました」

私は微妙な違和感を感じながら部屋を出た。捜査は上手く回っている……はずだ。なのに何故か、高揚感がない。仲間同士、一体になって動いている時に特有の興奮。淡々と仕事をこなすよりも、一つの発見を喜び合い、失敗を巡って喧嘩腰のやり取りをしながら進んでいく方がましだ。なのに今の私は、そういうテンションの高さを完全には取り戻していない。周囲の人間に影響を受けているせいか……しかし、失踪課には失踪課のやり方があるべきなのだろう。あるいは新しい私には新しいやり方が。

ただし、自分が新しい一歩を踏み出しているとはまだ思えなかったが。ともすれば過去のことばかり考えている自分がいる。

聞き込みは手がかりなし。醍醐を帰宅させた後、部屋に隠してあった健康食品のチェックを終えると、打つ手がなくなった。私はやはり、この現場を長野たちには隠しておくことに決めた。ただし、明日の朝まで。それ以上は、隠しておいても長野たちが独自に嗅ぎつけてしまうだろう。明朝まで監視を続け、長尾が戻ってこなかったら連絡する。その後はこの部屋を徹底して捜索するもよし、別の方策を考えるもよし、それは捜査一課か生活安全部に判断してもらう。

「いいんですか」愛美が念押しをした。

「冷静に考えろよ。俺たちにできるのはここで待つことぐらいだ。だから今日は、このまま解散する」

「だけど本当に、放っておいていいんですか」愛美はしつこかった。このしつこさは刑事としての美徳だが、人間としては……駄目だ、余計なことを考えるな。

「だから、解散するだけだ。俺がここで朝まで監視するから」

愛美がすっと眉を上げて不満を表明する。

「監視ぐらい、私がやりますよ」

「何でそんなに熱心にこの仕事をやりたがる？　捜査一課の仕事じゃないんだぜ」

「それは……」愛美が唇を嚙んだ。自分でも理由が分かっていないに違いない。口を開くと、無理やり理屈づけるように言葉を発した。「ここで頑張れば、捜査一課に呼んでもらえるかもしれないじゃないですか」

「分かりやすいな。手柄が欲しいわけだ」

「そうじゃない人なんていますか？」

「ごもっともだな。じゃあ、君の考課はいい点数をつけておくように、室長にも進言しておくよ。それでさっさとここの仕事は忘れて、一課に異動すればいい」

「何言ってるんですか、高城さん」呆れたように愛美が肩をすくめる。「何だか失踪課の仕事の方が、他の仕事よりも大事みたいに聞こえるんですけど」

「仕事は平等だ。どこでやっても同じだよ。いいからさっさと帰れ。それで明日の朝一番に、ここへ合流してくれ。何もなければ、そのまま引き上げて一緒に失踪課に行こう。いや、君は電話一本入れてから、失踪課に直行してくれればいい。君の家からここに寄ってたんじゃ、遠回りになるしな」

「ここに来ても構いませんよ」

「無駄だ。もっと効率的にいこう。皆が疲れ切ってたんじゃ意味がない」

「分かりました」決して納得した様子ではなかったが、愛美がようやく引いた。まだ、彼女の内心が読み切れない。今やっていることに納得している様子ではないが、自分だけが置いていかれるかもしれないと不安になっているのは間違いない。それは普通の刑事の普通の感覚である。事件の重要なタイミングには、誰でも居合わせたい。しかし、二十四時間三百六十五日働き続けるのは不可能であり、実際にそういう場面に立ち会えるかどうかは、巡り合わせとしか言いようがないのだ。

　愛美が引き上げ、私は一人、車の中に取り残された。徹夜の監視は久しぶりだ。シートの上で少しだけ腰の位置をずらし、楽な姿勢を取る。長尾は帰って来るか、来ないか。確率は五分五分だろう。荷物——カード類を残したままだから、いつまでも戻って来ないはずはないという確信はある。しかしそれがいつになるかが分からなかった。ＪＨＡの仲間たちと会っているのではないか、とも考えられる。自分たちに何かが起きているのを当然知っていて、これからどうするべきか、対策を練っているかもしれない。だとしたらどこで、誰と――。

ぐるぐる回り始めた考えは、いきなり窓をノックする音で邪魔された。慌てて姿勢を立て直して外を見ると、醍醐が薄い笑みを浮かべてこちらを覗きこんでいた。エンジンは切ったままなので窓は開かない。ドアを細く開けると、醍醐がにやにやと笑いながら紙コップを突き出した。

「オス」

「何だ」

「コーヒーです。そこのコンビニで握り飯も仕入れてきました」

「そうじゃなくて、帰れって言ったのにどうしてここにいるんだ」

「そうもいかないでしょう」

「明日の朝、翠さんの家の監視を森田と交代してくれって頼んだじゃないか。そっちだって大事な仕事なんだ。こんなところでうろうろしてないで、家に帰って休め」

「自分は大丈夫です。一晩ぐらい徹夜しても、何ともありませんから」

「俺は責任取れないぞ。お前が嫁さんに殺されても、香典は出さないからな」深く溜息をついてカップを受け取る。火傷するほど熱く、慌ててダッシュボードの上に置いてから耳たぶをつまんだ。「乗れよ」

「オス」

にやりと笑ってから、醍醐が助手席に滑りこんだ。体がでかい割に、音もたてない滑らかな動きだった。

「お前がここで徹夜するのは構わないけど、明神には秘密にしておけよ」

「どうしてですか」

「何て言うか……扱いにくいんだよ、あいつは。自分だけ取り残されたと思ったら、何を言い出すか分からない」

「大変ですね」

「いずれお前にも分かるよ。気をつけないと、あいつは失踪課の火種になりかねない」

「明神ばかりじゃありませんよ。失踪課は火種だらけですから」

私は一瞬まじまじと醍醐の顔を見つめ「そうみたいだな」と認めた。失踪課の人間は、誰もが少しずつ小さな問題を抱えている。私とて例外ではないし——むしろ私こそが最大の問題児ではないか——醍醐だってそうかもしれない。もっともこの男に関しては、さほど悪い評判は聞かないのだが。

「それよりお前さん、本当に帰らなくて大丈夫なのか？　嫁さん一人で子どもの世話は大変だろう」

「いいんですよ、たまには。ずっと家にいると、正直言ってうんざりします。子どもっていうのは、何であんなにうるさいんですかね……いつもは平気なんですけど、時々頭が爆発しそうになります。だから今夜は、息抜きも兼ねてってことで」

「仕事を息抜きにするなよ」

「だけどそういうのは、高城さんにも覚えが……」会話が危険水域に入ってしまったことに気づいたのか、醍醐が口をつぐむ。鈍感な体育会系の人間かと思っていたら、案外細かいところに気がつくものだ。

「分かるよ」強張った雰囲気のまま会話が終わるのが嫌で、私は軽い口調で応じた。「俺にもそういう記憶はある。もう、昔の話だけどな」

娘が可愛くないわけがなかった。子どもは一秒ごとに表情がくるくると変わる、絶対に飽きない玩具《おもちゃ》のようなものである。それを見るために帰宅するのは、その頃の私の唯一の楽しみだったのだが、それでも時には自分だけの時間が必要になることはあった。そういう時に仕事に逃げこんだことも、一度や二度ではない。それがおそらく、私と妻の娘に対する温度差になって現れたのだろうが……実際妻は、家庭が全てだった。出産を機に、弁護士としての仕事をきっぱりと辞めてしまったぐらいなのだから。せっかく取った資格を生かして仕事をしないのはもったいないと何度も進言したのだが、妻にとっては弁護士の仕事をするよりも、育児に専念することの方がはるかに重要だったようだ。それも一つの生き方かもしれないが……私はゆっくり首を振った。過去を振り返っても、何も生まれはしない。

やはり気まずい雰囲気は残った。醍醐がカップの蓋を外し、ゆっくりとコーヒーを飲む。かすかな湯気が立ち上がり、彼の顔にまとわりついた。私もコーヒーを飲み、煙草をゆっくりと吸い続ける。不意に眠気が襲ってきた。今朝は早かったのだ、と今になって思い出す。

コーヒーを飲み終え、少し姿勢を楽にする。醍醐は狭いシートに何とか体を押しこめていたが、不思議と窮屈そうな感じはなかった。

「高城さん」鋭い声を飛ばす。慌てて身を乗り出し、前方に注意を集中した。どこからか現れた男が一人、用心しながらマンションの外階段を上がり始めているところだった。

「長尾ですかね」

「いや……違うような気がする」会ったことはないが、桜子の話で、長尾が小柄な男だということは分かっている。しかし階段を上がっていく男は中肉中背で、決して小柄とは言えない。

「別の部屋の人ですかね」

「どうだろう」私は目を凝らした。男はあの部屋の前で立ち止まり、周囲を見回してからチャイムを押した。私は音を立てないように車のドアを押し開け、外に出た。醍醐はまだ動き出していないが、こういう時の要領は分かっているだろうと信じて歩き始める。

二階に上がり切ったところで、引き返して来た男に出くわした。

あいつだ。赤石のマンションの様子を窺っていた男。間違いない。キャップを被っているのは、人前に顔を晒さないためなのだろうが、意図に反して私にとっては目印になってしまっている。さらにごついブーツが、頭の中の記憶と一致した。

「失礼——」声をかけると、男が目を見開いて立ち止まる。素人だな、と一目で分かった。こういう状況——侵入しようとしていた家の前でいきなり刑事に出くわす——に慣れている人間なら、自分が声をかけられたことにも気づかぬふりをして、その場を立ち去ろうとするだろう。私は階段の一番上に立ちはだかって男の退路を塞ぎ、話し続けた。

「今、そこの家に入ろうとしたね」

「まさか」慌てているせいか、声がひっくり返ってしまっていた。

「鍵は持ってるんですか？　そこはあんたの部屋じゃないだろう」

「知らないな」

「ちょっとゆっくり話をしようか。ここじゃなくて所轄で」

男がいきなり身を翻した。このマンションの階段は、左右どちらからも上がれるようになっている。彼が素人だということは、ここでも証明された。刑事は普通、二人一組で行動するものだし、相手を逃さないように必ず挟み撃ちを狙うということが分かっていない。

短い廊下を走り切り、音を立てて階段を駆け下り始める。私は後を追ったが、無理はしなかった。声もかけない。私が階段の最上段に足をかけた時、下で待ち受けていた醍醐が猫のように飛び出し、男に強烈なタックルをくらわせる。男は車に撥《は》ねられたように弾き飛ばされ、一〇一号室のドアに叩きつけられた。すさまじい音が響き、私はその場で凍りついた。

「馬鹿、やり過ぎだ」

「すいません、つい」醍醐が後頭部を掻いたが、タックルした時に手首でも傷めたのか、右手を顔の前に持ってきて振る。タックルを受けた男は、ドアの前で崩れ落ち、腹を押さえてくの字になっていた。醍醐が男の襟首を摑み、強引に立たせると、唇の端から垂れた涎が頬を汚す。

「演技するなよ。こっちは遠慮したんだぜ」醍醐が男に声をかけると、上目遣いで恨めしそうに睨んだ。醍醐の問題はこれかもしれない。手加減ができないのだ。ただこの男を制止してくれればよかったのだし、相手にダメージを与えずにそうする方法などいくらでもある。つい熱くなって前後の判断がつかなくなったのだとしたら——いつもこんな調子だったら、「乱暴者」のレッテルを貼られてもおかしくない。

一〇一号室のドアが開き、怒りとも恐怖ともつかない表情を浮かべた若い男が、恐る恐る顔を突き出す。

「どうもすいませんね、お騒がせしまして」愛想よく頭を下げてやったが、男はなおも怪訝そうな表情を引っこめようとはしなかった。「何でもないんで、どうぞお休み下さい」

まったく、醍醐の奴。こういうフォローをするのも私の給料のうちなのか？　たぶんそうなのだろう。これじゃいくら給料を貰っても合わないぞと、腹の底から不安が湧き上がってくるのを感じた。

男を車に乗せて失踪課に戻った。バックミラーで確認した限り、今にも吐きそうな苦しい表情を浮かべていたが、それが演技だということは分かっている。本当に苦しければ、べらべらとまくし立てることはできないはずだから。

「これは暴力だよな？　不当な暴力だよな？　訴えてやるから覚悟しておけよ。だいたい俺は、あの家に忍びこもうとしてたわけじゃない」

「じゃあ、何なんだ」隣に座った醍醐が低い声で脅しつける。

「ダチのところに来ただけだよ。知り合いを訪ねてきたらいきなりお巡《まわ》りが襲ってくるのか？　冗談じゃねえ」

「知り合い？　それは好都合だ」私はバックミラーに目を据えたまま答えた。「俺たちは、あそこの部屋に住んでる人を捜してるんだよ。あんたがヒントをくれるかもしれないな。是非協力してくれ」

「何も言えねえな。下ろせよ」信号が赤になったので、体を投げ出してドアに手をかけようとする。醍醐がすかさず腕を摑まえて、動きを制止した。「何すんだよ、この野郎」

「静かにしろよ」私は表面だけ威勢のいいこの男に、早くもうんざりし始めていた。「醍醐、銃は持ってるな」

「オス」真面目な声で醍醐が調子を合わせた。

「ちょ——ちょっと、銃って何なんだよ」

「黙ってないと、この車の中で事故が起きるかもしれないぞ」

バックミラーの中で男が口を開きかけたが、結局黙りこんでしまった。日本の警察官は、現場の制服組を除いてほとんど銃を持つことはない。それが分かっていないとしたら、この男は本当に素人だ。だが、素人がいったいあそこで何をしようとしていた？　私の頭はたちまち疑問符で埋め尽くされた。

18

何本か電話をかけなければならなかった。まず、愛美。家に帰り着いてようやくほっとしていた様子だったが、事情を話すと一瞬で緊張感を蘇《よみがえ》らせる。

「明日、早目にこっちへ来てくれ」

「分かりました。その男を逮捕するんですか？」

「その予定だ。公務執行妨害で。醍醐が手首を怪我《けが》したから、傷害もくっつけていいな」

「醍醐さんが？」疑わしげに愛美が言った。

「まあ、その、こういう手もあるということだ、警察には」

「あまり褒められた話じゃありませんよね。何だか公安みたい」

「そういう部署のやり方は知らないな」

愛美が溜息を漏らし——私に聞こえるようにわざとやっているのは明らかだった——電話を切った。

続いて真弓。こちらは、因縁のような容疑で引っ張ることをあっさり認めた上で、赤石のマンションを見張っていた人間に間違いはないか、と念押しした。

「大丈夫でしょう」

「分かったわ」

「随分あっさり俺を信じるんですね」

「誰かを信じないとやっていけないでしょう。とにかく、森田は引き揚げさせてもいいわけね。私が電話しようか？」

「いや、俺がやりましょう。たまにはいい知らせを伝える役目をやりたい」

「だったら任せるわ」

待ち侘《わ》びていたかのように、森田はすぐに電話に出た。事情を話し、張り込みを解除するよう命じる。感謝されるのではないかと期待していたのだが、予想に反して森田の口からは情けない言葉が飛び出してきた。

「あの、どうやって帰ればいいんでしょう」

自分で考えろ、という言葉を何とか呑みこみ、タクシーでも何でも使え、と言った。領収書の処理は真弓が心配することで、私には関係ない。深く溜息をついた瞬間、取調室――ではなく面談室のドアが開いた。醍醐がドアを手で押さえたまま中に注意を払いつつ、私に静かに声をかけてきた。

「お疲れですか」

「大丈夫だ」掌のつけ根を目に強く押しつけ、刺激してやる。手を離すと、ちかちかと星が散って部屋の風景がぼやけた。「準備、大丈夫か？　目を離すなよ」

「オス」

立ち上がり、伸びをする。腰の上の方、それと肩でばきばきと嫌な音がした。肩から背中にかけて筋肉は鉄板のように硬くなり、首筋には鈍い痛みが居座っている。熱いシャワーが恋しかった。いや、今夜は何年かぶりに湯船を満たしてみるか。もっともそれは、無事に家に帰れればの話だが。

面談室に入ると、途端に男が顔を背けた。私は椅子を引いて座り、テーブルに両肘を載せて男と対峙《たいじ》する。暖房は入れたが、まだ暖まっておらず男はダウンジャケットを脱ごうとしなかった。

「お前な、素人臭いことはやめろよ」

「はっ」短く一言に精一杯の突っ張りをこめたが、既に落ち着きをなくしているのは明らかだった。

「中川治朗《なかがわじろう》、二十九歳。住所は小金井か。免許の住所は合ってるんだろうな」

「知らねえな」

私は彼に運転免許証を示した。むっつりと不機嫌そうな写真が添付された免許証は、意外にもゴールド免許だった。

「じゃあ、これは誰なんだ。お前じゃないのか」

「さあね」

「これだから素人は」鼻で笑い、脚を組んで背中を椅子に預け、中川と距離を置いた。私の背後には醍醐が控え、無言で中川に圧力をかけ続けている。「お前ね、やばい仕事をやる時は、身元が分かるようなものを持ち歩いちゃ駄目だろうが。基本中の基本だぜ」

「俺は何もやってない」

「いい加減にしろ」うんざりしていることを示すために腕を組み、首を斜めに倒した。「お前があの部屋に忍びこもうとしたことははっきりしてる。ピッキングの道具を持ってたんだから、言い逃れできないぞ」

「勝手にほざいてろ」

「警察官にそういう口の利き方をしない方がいいぞ。気の短い奴もいるからな」

「俺は腹が痛えんだよ」中川がわざとらしく体を折り曲げた。「医者を呼んでくれ。肋骨《ろっこつ》が折れてるかもしれない」

「そりゃ大変だ」

「ふざけてる場合じゃねえだろうが！」中川が拳をテーブルに叩きつけると、免許証がふわりと浮き上がる。上目遣いに私を睨みつけて凄《すご》んだ。「ただじゃ済ませないぜ。警察だって好き勝手して許されるわけじゃないだろう」

「人権派を気取るようなタマか、お前が？　だいたい肋骨が折れてるにしては元気なパンチじゃないか。芝居もほどほどにしておけ。まったく、最近のヤクザ屋さんはレベルが落ちたな。お前みたいな奴がいたら、親分も肩身の狭い思いをするんじゃないか」

「ふざけるな――」

「お前とは、今日の昼にも会った」

「知らねえな」

「赤石という男の家を見張ってただろう。赤石の彼女に電話したのもお前じゃないか。番号をどうやって割り出した？　赤石と長尾にはある共通項がある。それが何だか、お前には分かってるよな。それとも何も分かってないで、ただ上から言われるままに動いてたのか？　だったらお前はただの使いっ走りなわけだ」

「何とでも言え」

「まあ、いい。夜は長いからな。お前は公務執行妨害で逮捕される。しばらく出られないから、覚悟しておけよ。もしかしたら、殺人もくっつけられるかもしれないな。だけどそれで箔《はく》がつくとでも思ってるのか？　最近のヤクザなんて冷たいもんだぞ」

「勝手にしろ」

中川が腕組みをし、背中を椅子に押しつけてだらしなく崩れ落ちた。浅く腰かけ、足を思い切り投げ出し――この世は面倒なことだらけだ、というポーズ。だが、二十歳を過ぎた男がこんなポーズを取ってはいけない。若者の反抗というよりは、怠惰の象徴としか受け止められないから。ましてや中川は、間もなく三十歳である。あらゆることに言い訳ができなくなる年齢だ。

私も腰を少し前にずらし、楽な姿勢を取った。動かない腕時計をちらりと見て、声を出さずに唇を動かし、目を閉じて天井を仰ぐ。中川が私の仕草に目ざとく気づく。

「何だよ」

「客を待ってるんだ」

目を閉じたまま答えると、中川はにわかに不安になったようだった。

「客？」

「心配するな。お前の親分じゃない。それが誰か分からないから、俺が助っ人を呼んだんだ。覚悟しておけよ」

どたどたと床を踏み鳴らす、懐かしい音が聞こえた。歩きにくいだろうに、いつもがっしりしたコマンドソールのブーツを履いた男。ゴム底だからさほど音はしないはずなのに、憎しみをこめて地面を蹴飛ばすように歩くため、足音で来襲が分かるのだ。

「おい、高城！」怒り散らした声。だが怒っているわけではないのは分かっている。こういう話し方しかできないのだ。私は立ち上がり、部屋を出て彼を出迎えた。

「この野郎、こんな時間に呼び出して何のつもりだ」口調は乱暴だが、目は笑っている。

「どうも、ご無沙汰してます」

「ご無沙汰もご無沙汰、何年ぶりだ？　生きてやがったか？」

「荒熊《あらくま》さんは相変わらずお元気そうですね」

「俺か？　俺は元気だよ。元気過ぎて嫌になる」

荒熊が豪快に笑い飛ばした。名は体をあらわすとは、まさにこの男のためにある言葉である。荒熊豪《ごう》、四十九歳。組織犯罪対策本部組織犯罪対策第四課所属の警部補だ。捜査四課時代からの組織犯罪のエキスパートであり、東日本の暴力団関係の生き字引と呼ばれている。容貌は、暴力団員も裸足《はだし》で逃げ出すようなものだった。がっしりした体格で腹も突き出ているのだが、「鈍い」という印象は一切ない。丸々と太った顎には太い傷が一本走り、迫力ある風貌に最後の一筆をつけくわえている。若い頃、捕り物の最中に相手に切りつけられた傷の名残である——その相手は何故か顎を骨折し、両肩を脱臼させられたという伝説が残っているのだが。手はミット並みに大きく、関節には綺麗にたこができている。今でも週に二回、朝の柔道の練習は欠かさない。昇段試験を受けないので三段止まりだが、「名誉五段の実力だ」というのが定評だった。もちろんそんな段位はないのだが、聞いた人間は必ず納得してしまう。コマンドソールのブーツと絶対に合わない紺色のダブルの背広が定番の服装で、ネクタイは滅多にしない。今日もいつもの格好だった。

「で、相手はどこのどいつだ」

「中川治朗」

「聞いたことねえな。どこのチンピラだ?」太い首を傾げると、ぼきぼきと音が鳴る。

「まあ、いい。とりあえず会ってみるか。どこにいる?」

「そっちの面談室です」

「面談室? 失踪課には取調室はないのか」

「普段は、誰かを逮捕するようなことはないみたいですよ」

「分かった。場所なんざ、どこでも同じだ」

「すいませんね。何かでお返ししますから」

「気にするな」巨大な手を振り上げて荒熊が私の背中をどやす。一瞬息が詰まり、痛みに涙が零れてきた。「お前さんには何度も助けてもらったからな。これはサービスだ」

「ありがとうございます」

「一人でやるから気にするな。お前さんはゆっくりしててくれ」

指の関節をぼきぼき鳴らしながら、肩を怒らせて荒熊が面談室に脚を踏み入れた。途端に嬉しそうな声を響かせる。

「おお、お前が中川か。おや？　その面はどこかで見たことがあるな。さて、今から俺が相手をしてやる。てこずらせるんじゃないぞ。俺は眠いからな、さっさと終わらせて寝たいんだ。分かったな？　喋らないといつまで経っても終わらないぞ……」

醍醐が目を見開いて面談室から出てきた。私に近づいて来ると「誰なんですか？」と訊ねる。

「マル暴の荒熊さんだよ」

「ああ、あれが」納得したように醍醐がうなずく。伝説は誰もが知っているからこそ伝説なのだ。「だけど、何でここへ？」

「昔からの知り合いでね。ちょっと助けを頼んだんだ。暴力団関係は俺も弱いからな」

「大丈夫なんですか……いろいろと」

「使えるものは何でも使う」

ドアの閉まった面談室からは声が漏れてこなかった。荒熊はその容貌や同僚に対する態度に反し、容疑者を怒鳴りつけて吐かせるタイプではない。そこにいるだけで十分な圧力になるのだから、怒鳴る必要すらないのだ。

中川は十分と持たなかった。荒熊が肩をすくめながら出てくると、入れ替わりに醍醐が監視のために面談室に入る。

「手ごたえのない野郎だぜ。あれは絶対に出世しないな」

「お疲れ様です」温くなってしまったが、お茶を差し出してやる。喉を鳴らして一気に飲み干し、はあ、と深く溜息をつく。

「中川治朗。連星会《れんせい》の下っ端だ」

「連星会ね。東京連合の下部組織ですか」

「そういうこと。おい、早く一課に連絡をとってやれ。奴は例のＪＨＡ絡みの殺しで何か知ってるぞ」

「そんなことじゃないかと思いました」

「お前さんの勘は死んでないな」荒熊がにやりと笑う。

「たまたまですよ……すいませんでした、今日は」

「気にするな」荒熊が私の肩を叩く。しかしその感触は先ほどよりも幾分か柔らかかった。迫力ある男の常で、顔に浮かんだわずかな優しさが際立つ。「こいつは俺からのプレゼントだよ——お帰り」

「おう、いつ来るかと思ってたぜ」捜査本部で私を出迎えた長野は、一見上機嫌に見えた。二件の殺し、午前一時、勤務時間は既に連続二十一時間——様々な悪条件も、この男には一切影響を与えていない。

「遅れてすまん。もう少し早く報告するつもりだったんだが、てこずってね」

「荒熊さんに手伝ってもらったそうじゃないか」

急に声が暗くなる。この男が一番嫌いなパターン——関係ない人間が首を突っこんできて手柄を掻《か》っ攫《さら》うこと——を踏んでしまったことに気づいて、慌てて言い訳する。

「本当ならお前のところの刑事にやらせるべきだったのは分かってるよ。だけど、暴力団関係だったら荒熊さんに敵う人間は警視庁の中にいないからな」

「まあ、そうだが……」長野の声が曇った。「一応、別の部だからな。事件を持っていかれたら困るんだ」

「荒熊さんはそんなことはしないよ。とにかくこの件は、申し訳ない」素直に謝って続けた。「だけど、駒は揃ってきただろう」

「奴は、殺しの件については吐いたのか」

「いや。事情は知っているかもしれないが、本人が手を下したとは思えない」

「ふむ……」長野が顎を撫でた。例によってつるりとしており、剃り跡すら見えない。

「連星会か。構図は見えてきたな。もう少し詰めないと全体像は摑めないだろうが」

「中川は下っ端だから、全体像は知らないだろう。ＪＨＡの件にも直接は絡んでいなかったかもしれない。情報担当というか、単なる使いっ走りだとは思うけど、奴が誰の命令を受けて動いていたか、まずはそれを調べないとな」

「分かってるよ」面倒臭そうに長野が手を振った。「それは、お前さんに教えてもらわなくても大丈夫だ」

「留置の手続きはこっちでやっておいた。とりあえず公妨で身柄を押さえたけど、早目に容疑を切り替えてくれ。それは、そっちに任せるよ」

「お前が引き続き調べてくれてもいいんだぜ」

「人の仕事を分捕ってまでやるつもりはない。今さら点数を稼いでも仕方ないしな」

「おいおい――」

「俺には他にやることがあるんだ」彼の言葉を遮って宣言した。

「まだ赤石を捜すのか？」

「もちろん。それが俺たちの仕事だからな……それと渡し忘れていたけど、これは問題のアジトで見つかったもののリストだ」愛美が作ったメモのコピーをテーブルの上に置く。

「ＪＨＡの隠し倉庫みたいなものかもしれない。それにしてはブツが少ないが」

「連中が逃げ出した時に、この程度しか残ってなかったわけがないと思う。他にも倉庫があるかもしれないな。いずれにせよこれは、補強材料に使えると思うよ」

「あそこを張るのか？」

「明日、いや、もう今日か、朝一番でガサをかける。お前が調べた後だから、他に何か出てくるとは思えないけどな」

「分かった……で、お前はこの事件の筋書きをどう見てるんだ？」

「かなり想像が入るけど、連星会内部の落とし前の問題じゃないかと思う」

「落とし前？」私は煙草をくわえ、火を点けた。長野が顔をしかめたが、無視して思い切りふかし、持参した水入りの紙コップを灰皿代わりに使った。

「ああ」煙草を欲しそうな顔をしたが、長野は「禁煙」の張り紙に目をやって自制し、自説を披露し始めた。「はっきりした話じゃない。想像も入っているという前提で聞いてくれ。ＪＨＡに関しては、途中から暴力団に乗っ取られたという話があるんだ。あの会社、そもそもはまともに仕事をしてたんだよ。海外の食品なんかを輸入して国内の業者に卸していただけで、違法性は一切なかった。それが突然、怪しげな健康食品に手を出して、詐《さ》欺《ぎ》的商法に転換した。その背後に暴力団がいたんじゃないかっていうことは、あの当時から言われていたからな。被害者の中に、代金を払うように脅された人が何人もいたそうなんだけど、取り立てには暴力団のような人間が出てきたらしい。つまり、セールスはＪＨ

Ａの社員が担当していたんだけど、取り立ては暴力団の担当という構図だったんだ」

「暴力団にとっては資金源だ」

「そういうこと。あそこが消えた時に、暴力団は資金を回収し損ねたんじゃないかと思う。それも少なくない額の金を、な。それで連星会の連中は、ずっとＪＨＡの関係者を捜し続けた。捜し出して脅して、金を回収しようとしたんだろう。落とし前の意味もあったと思う」

「ところが埒《らち》が明かずに二人を殺してしまった」

私の合いの手に長野が大きくうなずく。

「殺された二人は、ＪＨＡでは単なる平社員だったはずだ。金の行方を知っていたとは思えない。あるいは見せしめのつもりだったのかもしれないが」

「隠れている幹部を脅すために」

「ああ。まったくの想像なんだけど、悪くないだろう？　連星会とＪＨＡの関係は解き明かせると思う。何よりこっちは中川を手に入れているのが大きい。奴を揺さぶれば、関係者を芋づる式に割り出すことができるはずだぜ」

「それは任せる」

「ああ、任せておけ……しかしお前、いいのか？」

「何が」

「赤石も、やばい状況が分かって逃げてるんじゃないのか。今のところは上手く隠れてるようだけど、お前が捜し出すと、いろいろ都合の悪いことも起きるかもしれない」

「それは分かってる」

十分過ぎるほど分かっていた。やるべきことは変わらない。だがそれと、覚悟を決めることはまったく違うのだ。私には、翠や美矩の泣き顔を見る用意ができているのだろうか。


街に出た。既に終電が行ってしまった後なので、人波というほどではないが、それでも渋谷はまだ人で埋め尽くされている。センター街へ行けば、夜はまだこれからとばかりにボルテージが上がっているだろう。握り飯だけの夕飯だったので腹が減っていたが、食べるところがいくらでもあるセンター街に向かう気にはなれなかった。午前一時のセンター街をうろついてラーメン屋を探すほど若くはないし、そもそも若者たちの間をすり抜けながら歩く気力も残っていなかった。

ラーメン……カレーと同じで、一度脳裏に浮かぶと、実際に食べるまで決してその映像は消えない。センター街の喧騒《けんそう》を避けて桜丘町に出たのだが、「末永亭」はとうに閉まっていた。他にラーメン屋は……見当たらない。コンビニエンスストアでカップラーメンを買って、とも思ったが、それではあまりにも惨《みじ》めだ。

いつの間にか私は、空腹も忘れてふらふらとさ迷い歩いていた。頭の中は赤石の問題で一杯だった。彼が、おそらくは連星会の追及を避けてどこかに身を隠したのは明らかである。かつての仲間たちに警告を発していたのが何よりの証拠だ。そういうことなら、翠たちに一言も事情を告げなかったのは理解できる。自分の過去を打ち明ける勇気がなかったのかもしれないし、何より打ち明けることでリスクを押しつけてしまうのではないかと恐れたのだろう。自分が姿を消せば、ようやく立て直した生活は崩れるが、他には誰も被害を蒙ることはない――それは自然な考えに思えた。特に赤石のように思いやりがある人間ならば。

思いやり？　それも妙な話ではないか。思いやりのある人間が、JHAのような悪徳商法に手を染めるものだろうか。あるいは彼は、それと知らずにJHAで仕事を始めたのかもしれない。世の中には、実際に役に立つかどうかはともかく、様々な製品が溢れているし、何の効用もないのに人が群がる製品も多い。人は容易に騙される――あるいは何かに頼りたがる。

赤石は、JHAで扱っている製品には、本当にガンを治す効果があると信じこんでいたのかもしれない。少し考えれば滅茶苦茶な理屈であることは分かるはずだが、あの会社で働き始めた頃の彼は、金銭的にも精神的にも追いこまれていたはずだ。それなりの給与を保証されれば、一も二もなく仕事に飛びついてもおかしくはない。あるいはJHAは、そういう若者を積極的に狙って営業マンにリクルートしていたのではないか。殺された福永然り、未だに行方が分からない長尾然り。どこかで人生を滑らせ、普通の生活から転落した若者にとって、給料を貰える生活は垂涎《すいぜん》の的だろう。金さえあれば何とかなる。金がなければどうにもならない。極めて単純かつ真理を突いた理屈に絡め取られた若者たち。

それにしても人が姿を消す時には、それなりの理由があるものだ。そういうことは頭では分かっていたが、今までの私は失踪人の存在を統計データとしてしか捉えていなかったのは事実である。それこそ娘の綾奈さえ、数字の一部になっていた。だから妻との関係に罅《ひび》が入り、家庭は崩壊した。崩れ落ちそうになった日々を何とか持ちこたえようとしていた妻は、ある日突然、私を激しく責めた。「あの子を刑事の目で見ないで」

綾奈が消えたのにも理由がある――当たり前といえば当たり前だが、私は改めてその事実を嚙み締めていた。もちろん七歳の娘が自分の意思で家を出ることは考えにくく、何か犯罪に巻きこまれたに違いないのだが、とにかく理由があるのだ。失踪者の統計に娘を組み入れた途端、私の心を貫いたのは暗い諦めである。毎年多くの子どもが行方不明になっている。そして幼ければ幼いほど、生きて返る確率は低い。経験則に照らしてそう考えてしまった私の判断は、間違っていたのではないか。

いや、間違ってはいないと思う。今でも。

しかし、諦めるべきではなかった。刑事ではなく、人の親として。

いつの間にか、坂の多い桜丘町をぐるりと回り、山手線の線路沿いの細い道に出ていた。

不思議なことに空腹は消えていた。ふいに暖かな音色《ねいろ》が耳に飛びこんでくる。ギターだということはすぐに分かった。誰かがすぐ近くで路上ライブをやっているのだろう――それも妙な話だが。聴く人が誰もいないような場所、時刻である。

自然と私は、音のする方に引き寄せられた。ジャズか？　しかし音がはっきりしてくるに連れ、その音楽はジャズともロックともポップスともつかない奇妙なものだということに気づいた。アンプで増幅された音は少し歪んでいるが、棘《とげ》のない甘い音色である。伴奏にはピアノが流れていたが、これはテープだろう。ゆったりとした、音の隙間が目立つバッキングに載せて長く伸びる音が、うねるように大きなビブラートで私を襲う。不思議と心に沁みこみ、音の揺れが心拍数と一致するようだった。体の凝りを解してくれるような音色とメロディ。

そのギタリストは、一人で歩道にいた。釣りで使うような小さな折り畳み椅子に腰かけ、背中を丸めている。足元に置いた小型のアンプから、予《あらかじ》め録音したものであろうピアノと彼が生で弾くギターの音が一緒に流れ出していた。ダウンジャケットにジーンズとブーツ、それにニットキャップで寒さを遮断し、指先を切った手袋をはめている――そう、溝の口のペデストリアンデッキにいた若者たちのように。

ふっと音が途切れ、演奏が終わったのだと気づいた。観客は私一人だけという寂しい独演会だったが、それを気にする様子もなく、男はギターをゆっくりと片づけ始める。顔を上げると、私と目が合った。まだ二十歳そこそこだろう。目元が涼しげで、やけに睫が長い。私が拍手の真似をすると——さすがに一人で音を出すのは馬鹿らしかった——ひょこりと頭を下げる。開いたままのギターケースが足元にあるのに気づき、少し寄付しようかと歩み寄ったが、中は空だった。

「こんな時間に演奏してても、聴く人はいないだろう」

「この時間だからいいんですよ。山手線の音に邪魔されなくて済むから」涼しい顔で言って、ギターをケースにしまう。

「何だか変な話だね。普通は、もっと人が多い場所でやるもんじゃないのか」先日、溝の口のペデストリアンデッキで見た光景を思い出しながら私は言った。

「別に、誰かに聴いてもらう必要はないんで。これは練習だから」

「少し寄付しようか」

「まさか」男が鼻で笑った。「そういうんじゃないんですよ」

「分からんな」

「分からなくてもいいですよ、別に」

「CDを売ったりしないのか」

「そんなことして、何になります?」

「あるなら買うよ。気に入った」

「変わってますね」

「そうかな？」

男の目が細くなったが、からかわれているると思ったわけではないようだ。単にこの状況を面白がっているだけだろう。小さなショルダーバッグから、透明なケースに入ったCDを取り出し、私に差し出す。

「ジャケットもなし？」

「音だけ入ってれば十分でしょう」

「金を払うよ。幾らだ？」私は尻ポケットから財布を抜いた。

「じゃあ、百円でいいです」

「まさか」

「どうしてまさかなんですか？」

「普通、千円ぐらい取るだろう。制作費だってそれなりにかかってるんじゃないか」

「このCDで生活しようとは思ってないから。只で持ってってもらってもいいんですよ」

「それはちょっと嫌だな」私は財布を取り出し、彼が差し出す掌の上に百円玉を落とした。

「毎度どうも」

にやりと笑い、拳に百円玉を包みこむ。何だか拍子抜けして、私は苦笑してしまった。

「いつもこの辺でやってるのか？」

「気が向いた時は」

「また聴きに来るよ」

「どうぞご自由に。でも、本当に変わってますね。あなたの——」男が口をつぐんだが、「あなたの年で」と言おうとしたことは明らかだった。

「君、名前は？」

「中安《なかやす》。中安康介《こうすけ》」

「覚えておくよ」

「そうしておいても損はないと思いますよ」

じゃあ、と手を上げて別れの挨拶をしてから歩き出したが、奇妙な気分は消えなかった。やる気があるのかないのか。自信があるのかないのか。彼は何のためにあんな寒いところに座りこんで、聴く者もいないのにギターを弾いているのだろう。

分からないことが増えた、と思う。年を取るに連れて知恵がつき、世の中がクリアに見えてくるわけでもない。どういうわけか、そんな当たり前のことを思い知らされる夜になった。

19

「やだ、信じられない」

　この世の終わりを目の当たりにしたとでもいうような悲痛な叫びで、私は眠りから引きずり出された。ゆっくり目を開けると、口に両手を当てた舞の姿が視界に入ってくる。襟に贅沢にファーをあしらったロングコートは、目に痛いほどの白だ。白いコート……ラッシュ時に通勤する人間が絶対に着てはいけない服の一つ。

「ちょっと、高城さん、やめて下さい」

「やめるって、何を」肘をついて体を起こすと、体のあちこちが痛み、一瞬だけ眩暈《めまい》が襲う。声はしわがれ、自分のものではないように聞こえた。

「ソファで寝ないで下さい」

「このソファは仮眠用じゃないのか？」

「まさか」舞は露骨に憤慨していた。まだコートを脱いでいないのは、悪い病気が感染するとでも恐れているからかもしれない。「それに煙草。ここは禁煙ですよ」

足元の紙コップを見下ろすと、水を吸って茶色くなった吸殻で一杯になっていた。ゆっくり立ち上がり、伸びをする。舞は呆れたとでも言いたそうに、乱暴にバッグをデスクに置き、窓を開けに行った。すぐに寒風が失踪課の部屋を洗い、ワイシャツ一枚で寝ていた私は大きく身震いした。慌てて背広を羽織る。

愛美が部屋に入って来た。だいぶ前に着いていたようで、既に仕事向けの気配をまとっている。私は彼女のもとに歩み寄り、腕を摑んで廊下に連れ出した。

「何ですか」顔をしかめて、愛美が私の手を振り解く。

「いつ来たんだ？」

「三十分前ですけど」

腕時計に目を——クソ、止まっているのを忘れていた。いい加減にしろ。そもそも止まった腕時計をしていることに何の意味がある？　ブレスレットとして？　壁の時計に目をやると、八時をとうに回っている。

「何で来た時に起こしてくれなかったんだ？　六条に嫌味を言われたぞ」

「お疲れだったみたいですから……六条さんに何か言われたら気になるんですか？」

「そういうわけじゃないけど」

「今日はドーナツはありませんよ」機先を制するように愛美が言った。

「分かってるよ。いつもあんなものばかり食ってたら長生きできない」そう言いながら、倒れそうなほどの空腹を覚えた。結局昨夜は、胃が空っぽに近い状態で寝てしまったのだ。

「高城さんも人並みに長生きしたいんですか？」

「死ぬのは何とも思わないけど、太り過ぎで死にたくないだけだ」

「それは、私がどうこう言える問題じゃないですね。それで、今日はどうしますか」

「やることはいくらでもある。まだリストも潰し切れてないんだから」

「長尾はどうするんですか」

「一課であの部屋にガサをかけるそうだ。それは連中に任せておけばいいだろう。それにガサをかけていれば、外から見ても警察が集まってるのは分かるから、長尾はあの部屋には近づいてこないはずだ」

「昨夜のうちにあそこに戻っている可能性はどうでしょう」

「低い。だからリストの他の連中を潰して、何とか赤石さんの行方を捜すんだ」

「分かりました」

「昨日会えなかった連中も、もう一度洗い直しだな」

うなずき、愛美が踵を返して失踪課に向かった。が、すぐに脚を止めて振り返る。

「今日は雪が降ってますよ」

「その割には遅れなかったな」

「電車が遅れるほどの雪じゃありません。でも、かなり冷えこんでます」

とりあえず熱いコーヒーか。しかし、その前に何とか腹を満たしておかないと。雪が降っているなら、外へ出るのは面倒臭いし時間ももったいない。渋谷中央署の食堂にお世話になろう。歩き出したが、廊下の窓に映る自分の姿をちらりと見て情けなくなった。何という格好だろう。ワイシャツは皺くちゃになり、ズボンの折り目もすっかり消えている。たぶん髪も乱れて、顔も土気色だろう。寝不足というほどではないが、体の芯に疲れが溜まっているのを意識する。だがまだ、走る気力は衰《おとろ》えていない。昨夜荒熊が発した一言が、まだ耳の奥に残っていた。「お帰り」。ようこそ、混乱と暴力の世界へ。

私は現場へ戻って来た。

真弓がてきぱきと仕事を割り振った。長野と電話で話し、リストを当たるのに協力すると話をつける。私が少し不満そうな表情を浮かべているのに気づいたのか、すかさず釘を刺してきた。

「こうなったら、ばらばらに仕事をするのは非効率的よ。赤石さんの行方を捜すため一課を利用する、そういう考えでいきましょう」

「逆にこっちも、一課に恩を売れるわけですね」

真弓が一瞬私を睨んだが、すぐにベテラン捜査官らしい余裕の笑みに切り替えた。

「こっちが恩を売ったつもりでも、向こうがそう感じるとは限らないけど」

「過大な期待は禁物ですね」

「あなたに言われなくてもそれは分かってるわ——これまで何度も、期待しては裏切られたから」

　ともすれば暗い記憶の泥沼にはまりそうな話題をあっさり打ち切り、真弓は愛美と醍醐、法月と森田をコンビにして街へ出すことを指示した。

「俺はどうしますか?」私はわざとらしく自分の鼻を指差して、不満を表明した。

「司令塔はここに残ってもらわないと」

「それは室長の仕事でしょう」

「六条と組んでやってみる?」

　その名前を出されて、私は思わずたじろいだ。法月が、コートを着こみながら近づいて来る。

「昨日ずっと調べてたんだが、これは、という事件はないみたいだな」

「そうですか」

「三年前という条件なら、かなり絞りこめるはずなんだがな。何だったら、東京以外の事件も調べてみるか?　その頃赤石がいたのは大森だろう?　神奈川辺りの事件だったら不自然じゃない」

「それは必要ないでしょう。そもそも赤石が、わざわざどこかへ出かけて犯罪に手を染めていたとは考えにくい。移動するための金だってろくになかったはずですから」

「それもひどい人生だね……すまんな、役にたてなくて」

「とんでもない。気をつけて下さいよ、外は冷えますから」

「ありがとうよ」

私の肩を平手で軽く叩いてから、法月が出て行く。急に室内が静かになり、私は取り残されたような孤独感を味わった。真弓は室長室で電話に齧りついたままで、どこかに自分の業績を売りこんでいるようだった。舞はパソコンに向かい、つまらなそうな表情で何かデータを打ちこんでいる。仕方なく、私も電話を取り上げてリストを潰し始めた。誰か捕まれば、外に出ている人間に連絡して会いに行かせればいい。

しかしほどなく、どうしようもない居心地の悪さを感じ始めた。電話番号を押し続けるだけの空しさ。立ち上がり、狭い事務室の中を往復し始める。何でもいい。何か動きはないのか。窓の外に目をやると、牡丹《ぼたん》雪が間断なく舞い落ちてくるのが見えた。東京は、雪が降ると全ての動きが瞬時に止まるのだ。それこそ、悪人も家に閉じこもってしまう。

「やだ、これ」

不快そうな舞の声に、現実に引き戻される。パソコンの画面を睨んだまま、そこに現れたデータと距離を置くように、椅子に背中を押しつける。

「なに、舞ちゃん」手持ち無沙汰にしていた公子が話に乗ってきた。

「古いデータです」

「どうかしたの」

「昔の行方不明案件なんですけど、お婆ちゃんがいなくなって、死体で見つかったの」

「うちの案件なの？」

「うん、捜索願いが出てたから。何だか可哀相よね。自殺するために家出して……家族が届けてきたんだけど、それって、結果的にこの人が自殺した後なのよね。しばらく放っておいたんじゃない？」

「じゃあ、家族も見捨ててたわけ？」

「そうだと思うけど……ねえ、公子さん、これってどこのジャンルに入れたらいいのかしら」

「それは高城さんに聞いてみたら？」

公子が突然私に話を振ってきた。失踪課では、行方不明事案を様々なケースに分類してデータベース化している。舞は今、古い事件を分類しているのだろう。「一〇一」は無事発見されたケース——それも「一〇一a」自発的に戻ったケース、「一〇一b」誰かが探し出したケースなどと分かれている。「一〇二」は行方不明の時期が長引いている場合で、「一〇二a」が一か月以上、「一〇二b」が三か月以上、「一〇二c」が半年以上などとなっている。「一〇三」は何らかの形で死体で発見されたケース。それぐらい、失踪課に来たばかりの私でも頭に入っている。迷うほどややこしいものではないし、どうしても分類できない場合は「一一〇」＝その他、に入れておけばいい。簡単な話だ。舞はここで何年仕事をしているのだろう。

「死体で発見のところに入れておけよ。一〇三でいい」うんざりした気持ちを何とか押し隠し、指示した。

「一応、見てもらえます？」

気取られないように溜息をついてから、彼女の背後に回りこんだ。発生は三年前……正確には三年前の二月だ。届出があったのは、この女性が失踪してから三日後のことだったが、少し複雑な事情があったらしい。家族が激しく叱責した後で出て行ったというのだが、調書を読み進めていくうちに、私は背筋に冷たいものが流れ出すのを感じた。

女性はガンを患い、病院での治療を拒否してＪＨＡの健康食品に頼り切っていた。まとめて購入するためになけなしの貯金をはたいて一千万円を用意したが、現金で払いに行く際に、バッグごとなくしてしまったというのだ。そのことを家族から激しく責められた。自分の金とはいえ大金を勝手に使おうとしたこと、ＪＨＡのような得体の知れない会社の健康食品に頼ったこと、そして金を落としたこと。家族にすれば、呆れるのを通り越して怒りが爆発してもおかしくない状況だったはずだ。何を馬鹿なことを、と息子が怒鳴り散らす様が目に浮かぶ。

ふと閃《ひらめ》くものがあった。女性が金の入ったバッグを落としたのは大森駅の近く。日付は二月十五日。自分のデスクに戻って手帳を広げ、頭の中で引っかかった数字を確認する。間違いなかった。これだけで全てを結びつけるのはまだ強引だが、刑事の勘は馬鹿にしたものではない、と経験則で分かっている。

「六条、そのデータを出してくれ」

「はい？」

「プリントアウトだ。それと、この一件をもっと詳しく調べてくれ」

「ええ？　今データ入力中なんですけど」

「他の仕事は全部飛ばせ！」

びっくりして、舞がキーボードから手を浮かせた。何を馬鹿なことを、と言いたげに目を細めたが、結局はすぐに手を動かし始める。不満そうに頰を膨らませていたが、私は彼女の幸運に感謝したい気持ちで一杯だった。ただそれを口にすることはできない。つけ上がる、という言葉がこれほど似合いそうな人間はいそうにないから。

外に出ている連中に事情を伝える。これで何かが解決するわけではなかったが、少なくとも喉に引っかかっていた棘のような謎は解決するのではないか、と思った。もちろん本人に確認してみないとどうしようもないことだが。

首筋の凝りがひどい。枕代わりにしたソファの肘掛が首に合わなかったのだろう。後ろに手を回して揉み解しながら、バッグを探って頭痛薬を探す。冷えたお茶で飲み下し、大きく首を回した。ばきばきと嫌な音がし、激しい頭痛の前兆を感じる。私の頭痛で困るのは、毎回必ず同じ痛みというわけではないことだ。締めつけるような痛み、鼓動と同時に脈動する痛み、痺れるように持続する痛み。場所も毎回違う。

昼。失踪課には私一人になっていた。舞と公子は食事に出かけてしまっていたし、真弓はしばらく前から姿を消している。やけになって食堂で朝飯を食べ過ぎたので、一向に腹が減る気配はなかった。椅子にだらしなく腰かけてデスクの上に脚を投げ出し、窓の外に目を転じる。依然として雪は降り続けていた。雪の粒は大きく、積もりそうな気配はないが、路上は大混乱しているかもしれない。ちょっと雪が降っただけで、東京は未曾有の大災害に襲われたように麻痺する。煙草でも吸うか、と立ち上がった時に、携帯電話が鳴り出した。サブディスプレイに、090から始まる見慣れぬ電話番号が浮かんでいる。誰だろう……怪しみながら電話に出ると、しわがれた声が耳に届いた。

「あの、高城さん？　あたし……」

「ああ、あんたか」桜子だった。ひどく切羽詰まった声色に、気持ちが引き締まる。「どうした？　何か思い出したか？」

「あの人、いた？」

「いや、残念ながら。あのマンションに荷物は置いてあったんだけど、姿は見かけなかった」

「そう……こっちにいたみたいなのよ」

「ちょっと前に起きてさ、窓を開けたら車が停まってたのよ。そこに乗ってたみたい」

「何だって？」

「一人で？」

「他の人が一緒で」

「どんな人間だ？　ヤクザっぽくなかったか？」

「ヤクザ？　ヤクザってどういうことよ」桜子が、喉を絞められたような悲鳴を上げる。

「落ち着け。この件ではそういう連中が動いてるのは事実だ。だけどそいつらは、俺たちの方で何とかできる。心配するな」本当は心配だった。長野たちはまだ、中川に命令を下していた人間を押さえてはいないだろう。確認すべきだと思ったが、まずは桜子の話を聞かなければならない。

「だけど……」

「大丈夫だ。あんたが危ない目に遭う可能性はゼロに近い」言ってはみたものの、根拠がないことにすぐ気づいた。自信のなさが彼女に伝わらなければいいのだが。

「あの人、うちに寄ったみたいなのよ」

「何だって？」頭が混乱した。時間軸が狂っている。「順番に説明してくれ」

「だから、最初に車に気がついたの」

「その車はどうした?」

「急発進していったわ。あの人、何だかすごく怯えた顔をしてて……だから私、慌てて外に出たのよ」

「ナンバーは見たか?」

「そんなの、見てる暇あるわけないじゃない」

「それで、彼がそこに立ち寄ったっていうのはどういうことなんだ?」

「戻ったら、ドアのところにメモが挟んであったのに気づいたの。住所が書いてあって、『心配するな』って……だけど、そんなこと言われても」桜子の声が涙混じりに震える。

「ああ、分かる。そりゃ、心配だよな。だけど心配するな。こっちで何とかするから。その住所はどこなんだ?」

桜子が泣きながら告げるのを書き取った。埼玉——寄居町《よりいまち》だ。かなり遠い。

「彼はそこにいるのか?」

「そんなことは書いてないから。あの……赤石と合流するって、それだけ」

あの二人はやはり連絡を取り合っていたのだ。最後の隠れ家——そういう想像が頭に浮かぶ。寄居町は秩父《ちちぶ》山地への入り口と言える場所であり、埼玉の中でもかなり奥に位置する印象が強い。隠れ家としてはいかにも適した感じだが、彼らはかえって自分を危険に追いこんでしまっているのではないか？　あの辺にはまだ、田舎ならではのコミュニティ感覚が残っているはずだ。異質なもの——普段住んでいない人間がうろついていたら嫌でも目立つだろう。身を隠すなら都会の方が適しているのに、何故わざわざ埼玉の奥の方へ行こうとしたのか。

「電話はしてみたか？」

「つながらないの。ねえ、あの人、どうなっちゃうの？」

「大丈夫だ。必ず何とかするから。いいか、これから他の刑事がそっちに行く。今の話をもう一度、きちんと説明してやってくれ。あんたが落ち着かないと話は進まないからな。しっかりしろよ」

「……分かった」鼻をぐずぐず鳴らしながらも、何とか桜子は落ち着いたようだった。意外に肝《きも》が据わっているのか、それとも私と話している間に何か薬でも使ったのか。

電話を切り、室内を見回す。クソ、何で誰もいないんだ。メモを残す時間すら惜しい。桜子の話で、一つの仮定——それもかなり現実味に富んだ仮定が、頭の中で固まりつつある。長尾はアジトにしていたあのマンションには戻れず——おそらく私たちが嗅ぎ回っていることを察知したのだろう——別の場所に飛ぶことにした。しかし何故か電話で桜子に連絡を取ることを恐れ、直接メッセージを残そうとした。会わずにメモだけを残して。それは彼女を危険に巻きこまないための方策だったのかもしれないが、長尾は誰かに——おそらく中川の仲間に——跡をつけられていたのだ。あるいは桜子の部屋の前で張り込みをしていたのかもしれない。メモをドアに挟んで立ち去ろうとした瞬間に拉致された——そんなところではないだろうか。

桜子に残した住所は何なのか。そこにいるのは赤石だけなのか、それとも——JHAの元社員たちが武装して立てこもり、襲いかかる暴力団を撃退しようとしている。そして私は、何の武器もなくそこに向かおうとしている——まさか。しかし、可能性ゼロと言い切れるか？

自分のやっていることが正しいのかどうか、まったく分からなかった。

雪、それに金曜日ということもあり、道路は混み合っていた。躊躇わずにサイレンを鳴らし、のろのろ運転を続ける他の車の間を縫うように六本木通りを走って、高樹町《たかぎちょう》から首都高に乗った。都心環状線から五号線に入る、北上して美女木《びじょぎ》ジャンクションから外環道経由で関越自動車道に向かった。

関越道に乗った時には、桜子から電話を受けてから既に四十五分が経っていた。そろそろ誰か帰って来ているだろうと、失踪課に電話をかける。最悪だ——舞が出た。

「室長はいるか？」

「えー？　いませんよ」

「すぐに捕まえてくれ」

「本庁じゃないんですか？」

「だったら捕まるだろう。すぐに捜して、俺に電話をかけるように伝えてくれ」

「だけど――」

「いいから早くするんだ！」

数時間前に彼女の運の強さに感嘆したのを忘れ、私は怒鳴って命じてから電話を切った。まったく、電話の取り次ぎすらできないのか。呼吸が落ち着くのを待ち、公子に電話を代わってもらえばよかったのだ、と悔いる。思い直して長野に電話を入れると、こちらは例によってすぐに捕まったので、少しだけ怒りが収まった。事情を説明すると、すぐに人を出す、と請け合ってくれた。

「どうなんだ？　マル暴の連中もそっちに向かってると思うか？」

「実際に向かってるかどうかは分からないけど、長尾を締め上げるのは間違いないだろうな。落ちるのは時間の問題だよ」

「とにかく車を捜す」長野の口調はどこかのんびりしていた。

「お前、何をゆったり構えてるんだよ」

「いやいや、昨日の坊や……中川が喋った。奴の上の人間で動いている奴が割れたから。もう動向確認に動いてるよ」

「寄居の方に向かったとは考えられないか？　埼玉県警に協力を依頼した方がいいんじゃないかな」

「まさか」長野が鼻で笑った。「田舎のサツの出番じゃないよ。そっちにもうちからすぐに人を出すから、心配するな。それより前に、車ぐらい見つけてやるさ」

「面子にこだわるなよ。危険な状態かもしれないんだぞ」

「とにかくこれは、こっちの事件だ」

これが長野の最大の弱点だ。彼は警視庁至上主義者であり、他の県警を馬鹿にしきっている。事件は東京ばかりで起きるわけではないから、必然的に他県警と協力しなければならない状況が出てくるのに、そういう時も長野は独断で事を進めようとする傾向があった。しかし今、それを説教しても始まらない。

「とにかく、できるだけ早く応援を頼む」

「分かった。まあ、埼玉の方は心配することないだろう」

「どうして」

「勘だ」長野が乾いた笑い声を上げた。「とにかく任せろ」

雪はますます激しく、視界も狭まっている。切った途端に電話が鳴り出し、摑んだ拍子にハンドルに力が入って車が左に寄ってしまった。タイヤが薄っすらと積もった雪を摑み切れず、車がわずかに尻を振る。何とか姿勢を立て直し、悪態をつきながら電話に出た。

「六条から連絡をもらったんだけど」

真弓の声は途絶えがちで、後ろには駅のものらしい雑音が満ちていた。

「長尾が拉致されたようです」

「拉致って……」

「だから、拉致です！」

「そんなに大声を出さなくても聞こえてるから」真弓の声が急にクリアになり、空回りして熱くなった私の気持ちに冷水をぶっかけた。一つ深呼吸をし、事実を淡々と伝える。

「一課には連絡しました。連中も応援を出してくれるそうです。こっちからも人を出して下さい」

「分かったわ、すぐ手配する。埼玉の方に向かってる可能性が高い？」

「俺はそう思います」

「外を回ってる連中には話した？」

「そんな暇はありませんでした」

「拳銃は必要？」

「いや」短く否定してみたものの、その後は沈黙せざるを得なかった。何がどうなっているか、状況がまったく分からないのだ。長尾を拉致した連中が武器を持っているかどうかも。しかし武器を持っているなら、その中には飛び道具があると考えるのが自然だろう。

最初の犠牲者は撃たれて死んだのだから。

「相手はヤクザよ」

「そうですね……その判断はお任せします。でも、何をするにしても一課の連中と協力してやって下さいよ」

「何を心配してるの？」真弓の声が尖った。

「いや、別に」

「とにかく、あなたは暴走しないこと。私たちの到着を待って」

「分かってますよ。暴走しようにも、こっちには武器が何もありませんから」

電話を切り、運転に意識を集中した。この車は、失踪課三方面分室に割り当てられた三台のV35型スカイラインの中で唯一の四輪駆動車という事実だけが救いだったが、過信すると痛い目に遭うだろう。ゆっくりと、しかし急げ。矛盾した気持ちを何とか嚙み砕こうとしながら、私はアクセルを踏む足に力を入れた。

関越道は五十キロ制限になっていたが、無視して脳と右足が我慢できる限りのスピードを保つ。百キロを超えるとフロントガラスにぶつかる雪の立てる音が煩わしくなり、視界が白く曇り出した。ワイパーでは追いつかず、視界を確保するために、自然と背中が丸まってしまう。所沢……川越……インターチェンジの間隔が長い。大泉ジャンクションから寄居町の最寄の花園《はなぞの》インターチェンジまでは五十キロほどのはずで、普通に走れば三十分ほどなのだろうが、さすがに今日は無理はできない。走る車も少なく、路肩は既に白く染まっているのが見えた。この分では、もっと山に近い寄居の方では、道路に雪が積もっているのではないだろうか。

何とか花園インターチェンジにたどり着き、国道一四〇号線に乗った。既に渋谷中央署を出てから一時間半が過ぎている。このまま真っ直ぐ西へ進めば、ほどなく寄居の市街地に入るはずだ。仮に長尾が喋ってしまい、赤石の居場所が割れていた場合、間に合うだろうか。長尾を拉致した人間たちにどれだけ遅れを取っているのだろうか。冷静になれ、と自分に言い聞かせる。長尾の家は八王子だ。そこから寄居は、距離的には近いが車ではかなり時間がかかるはずだ——いや、圏央道を使う手がある。あれなら八王子から乗って、鶴ケ島《つるがしま》ジャンクションで関越道に乗り換えられる。雪さえ降っていなければ、一時間ほどで花園まで着くのではないだろうか。

一時間——その間は長尾の頑張りに期待するしかない。殴られても切りつけられても、仲間を守るために口を割るなよ——いや、彼にそこまでの強さを期待するのは筋違いだ。

目指す家はすぐに見つかった。ＪＲ寄居駅の南側、荒川を渡ったところに広がる田園地帯。雪で白くなった丘を背景にした道路の行き止まりにある一軒家の前に、品川ナンバーのベンツが一台、停まっていた。この家の主がベンツを持っていてもおかしくはないが、違和感はある。雪で濡れた道路を走ってきたのは明らかで、フェンダー付近が泥で白く汚れていた。そのまま行き過ぎ、狭い道路で無理やりUターンして、もと来た道を引き返す。十分家から離れたところで車を停め、長野に電話をかけた。例によってすぐに捕まったが、移動中だった。

「先回りされた」

「クソ、そこだったか」長野が吐き捨てる。「ナンバーは？」

読み上げると、「こっちで調べる」と言ってから「様子はどうだ」と訊ねてきた。

「まだ分からない。今着いたばかりだから」

「一人で大丈夫か？」

「分からん」

「家の様子、何とか調べられないだろうか」無理はするなと言っていたのに、長野は自分の言葉を忘れてしまったらしい。

「やってみる」

電話を切り、マナーモードに切り替える。スカイラインのダッシュボードを探って小さな双眼鏡とマグライトを見つけ出し、コートのポケットに落としこんだ。気持ちを落ち着かせるために煙草を一本吸おうかと思ったが、ちょうどパッケージが空になったところだった。仕方ない。コートのボタンをすべて留め、顎を引き締めて気合を入れてから車を後にする。

大きく回りこんで、家の背後にある低い丘に足を踏み入れた。既に下生えには雪が降り積もり、大した傾斜でもないのに脚が滑る。いつものように靴底に入れた刻み目は、雪の上ではまったく無力だった。木の幹を摑み、強引に体を引っ張り上げる。笹がところどころで密生しており、硬い葉が手に切りつけてきた。丘全体はブナの林で、すっかり葉が落ちていたが、外からの目隠しにはなるだろう。雪に足をとられながら家の裏手に回りこむ。

一際太いブナを見つけ、幹の背後に身を隠す。しかし私の体を完全に隠すほど太くはなかったので、思い切って地面に腹ばいになった。降りしきる雪と頭上を覆う枝のせいで陽はまったく射さず、かなり薄暗い。雪の冷たさがコートから体に沁みこむ。双眼鏡を目に押し当て、家の裏側を観察した。ここからは、距離にして二十メートルほど。双眼鏡の視野が勝手口のドアとその周辺で一杯になったので、ズームを調整し、建物全体が視界に収まるようにする。古びているがかなり大きな二階建ての家で、色あせた臙脂《えんじ》色の屋根はところどころが白くなっていた。勝手口の脇には縛り上げた段ボール箱が積み重ねられ、その上に格子のはまった窓がある。ガラスが黒く塗られたように暗く、中の様子は窺えなかった。

双眼鏡を移動させ、勝手口から五メートルほど離れた位置の窓を捉える。室内に灯りが点っているようで、窓ガラスは柔らかい白に染まっていた。そこを人影が過る。赤石か？

それとも彼を追いかけ、長尾を拉致した人間か？　息を止め、窓ガラスに意識を集中する。人影は戻ってこなかったが、代わりに勝手口が軋《きし》む音が耳に飛びこんできた。慌ててそちらに双眼鏡を向ける。

男が一人、寒そうに肩をすくめながら顔を覗かせていた。くわえた煙草の煙が、顔の前で細く立ち上がる。双眼鏡の倍率を上げると顔が大写しになり、凶暴そうな表情が私の眼前に迫ってきた。布に入った切れ目のような細い目。右眉を二つに断ち切る太い傷、濡れたように光るオールバックの髪。三十代前半というところだろうが、修羅場をくぐった経験も二度や三度ではなさそうだ。降りしきる雪を迷惑そうに見上げ、コートの襟を立てて寒さを遮断し、煙草を外に投げ捨てて慎重に周囲を見回してからドアを閉める。その後は再び静けさが周囲を満たした。

電話が震え出す。一瞬パニックに襲われかけたが、何とか冷静さを保って通話ボタンを押した。

「当たり、だぜ」長野だった。「連星会の関係者が登録してる車だ」

「もう家に入りこんでる」

「クソ、大丈夫なのか？」

「分からん」嫌な予感が勝手に走った。

「あと三十分……いや、二十分でそっちに着ける。それまで待てよ」

「分かってるって」

「本当に待てよ」

「くどい。いい加減にしろ」

電話を切り、再び双眼鏡に目を当てる。何の動きもなく、唯一の家の目とも言える窓に再び人影が映ることはなかった。寒さで身を震わせると、頭に降り積もった雪が地面に落ちる。少し体を動かすと、背中に鈍い痛みが走った。雪は既に服に沁みこんでしまったようで、腹と胸が凍えている。携帯電話を見て時刻を確認すると、三時半。既にここに腹ばいになって十五分が経つが、援軍が到着する気配はまだなかった。視線を少し上げれば家の前の道路が見えるのだが、先ほどから車など一台も通っていない。

静かだった。雪が、他の全ての音を奪っている。

何かが割れる音がした。かすかだが鋭く、耳を突き刺すような音——間違いなく家の中からだ。私は少しでも家に近づこうと体を起こした。その瞬間、苦しげな悲鳴がかすかに聞こえてくる。胸を締めつけられ、私は斜面を転がり落ちるように勝手口に近づいた。しゃがみこんでドアに耳を押し当てると、中で何かが割れる音が聞こえ、さらに格闘している気配がはっきりと感じられた。赤石か？　長尾か？　抵抗は無駄だ。相手は一人ではないだろうし、武器も持っているだろう。素人が手を出して勝てる相手ではない。

考えるより先に体が動いていた。しゃがみこんだまま勝手口のドアをそっと開け、家に忍びこむ。

「やめろ！」

懇願《こんがん》する声に続いて肉を鋭く打つ音、それに呻《うめ》き声が上がり、人が倒れる気配がした。

クソ、手遅れなのか？　私は音のした方に向かって歩き出した。勝手口から一段上がったところは広い台所で、生活の匂いが濃厚に漂っている。テーブルの上にはかごに入った野菜が載っており、ガス台には薬缶が置いてあった。食器棚の扉が少しだけ開いている。冷蔵庫が低い音で唸《うな》っていたが、それは再び静けさに支配された家の中で、やけに大きく聞こえた。

台所から一歩を踏み出す。長い廊下が闇に沈んでおり、耳を澄ませるとかすかに誰かの息遣いが聞こえるような気がした。廊下の奥の部屋に誰かがいる。すぐそこなのだが、廊下の床はかなり古びており、歩けば間違いなく軋み音をたてそうだった。どうするか……マグライトはそれなりに重みがあるが、小さ過ぎて武器には使えない。台所に引き返し、素早く中を検める。冷蔵庫の脇にビールの空き瓶が何本か置いてあるのが見えた。空き瓶か……水を満たせばそれなりに重くなって攻撃力は増すだろうが、水を流していると相手に気づかれてしまうかもしれない。ビール瓶を摑み、スナップを効かせて軽く振ってみた。いい感じだが、確実に急所を狙わないと、一撃で相手を倒すことはできないだろう。それでも、使えるものはこれしかないのだから贅沢は言えない。

廊下に腕だけ突き出し、ビール瓶で壁を叩く。ごん、という低い音が私の心臓を縮み上がらせた。もう一度、今度は少しだけ強く。急いで台所に体を引っこめ、反応を待つ。

「何だ？」と怒りと不安が半々になった声。続いて廊下を足音高く歩く音が聞こえてきた。予想した通り、廊下を踏み抜いてしまうのではないかと思えるような軋み音が響く。私はビール瓶を頭より高く持ち上げ、息を殺した。すっと空気が動く。その瞬間を狙って、一気にビール瓶を振り下ろす。相手の後頭部を直撃し、ビール瓶が粉々に砕けて茶色い破片が雨のように降り注いだ。手ごたえはあった——しかしビール瓶は所詮ビール瓶に過ぎない。男はショックを受けた様子もなく私の方に向き直り、摑みかかろうとした。顔面は頭から流れ落ちた血で赤く染まり始めていたが、それをものともせず、体は怒りに支配されて膨れ上がっているようだった。だが出血により、動きが少しだけ鈍っている。一歩踏みこんで相手の懐に飛びこむと、下からかち上げるように肘を顎に叩きこんだ。男の顔が上がり、両腕のガードが落ちたところで喉元に拳を叩きこむと、「う」と鈍い声を漏らして体を二つに折り曲げる。両手を拳に固めて振り下ろし、首のつけ根に思い切り叩きつけると、男は私の体に寄りかかるように崩れ落ちた。

もう考えている暇はない。廊下に躍りだした私を迎えたのは、一発の銃弾だった。首をすくめたが、顔の横を熱いものが通り過ぎた感覚ははっきりと感じられた。クソ、やはり銃を持っているのか。予期されたことではあったが、心臓が縮み上がる。何とか前進したが、さらにもう一発の銃弾に挨拶されただけだった。今度は私の足元の床を抉《えぐ》り、硝煙の臭いが濃厚に鼻を刺激する。そこで前進を拒まれた。

「馬鹿が来たか」

台詞を発したのは、小柄だががっしりした体格の男だった。黒いセーターに裾の短いフライトジャケットという、動きやすい格好。薄く色のついた眼鏡をかけており、そのために表情を読み取るのが難しかった。一つだけ分かったのは、先ほど勝手口から煙草を弾き飛ばした人間ではないということである。あの男より背は低く、年齢も十歳ほど上のように見えた。だが、場数を踏んでいるのは間違いない。ビール瓶ではとても対抗できそうになかったし、そもそも今はビール瓶すらない。

「何だ、お前は」

「警察だよ」

「警察？　阿呆《あほ》か」男があざ笑った。「一人で来たのか？」

「ここで何をしてる？」

「それも分からないでここへ来たのか」男の顔に疑わしげな表情が浮かぶ。私が何か企んでいると思っているのだろう。それはそれでいい。疑念を持てば判断に迷いが生じる。

「長尾は一緒か？　赤石はどうした」

「二人ともここにいるよ。バアサンもな。何だかよく分からんが」

バアサン？　私の頭も混乱し始めた。ここは赤石たちが用意した隠れ家ではないのか？　どうして関係なさそうな人間がいる？

「ゆっくりこっちへ来い」男が手招きをした。「銃は持ってないだろうな」

「見ての通りだ」掌を相手に向け、肩の高さで両手を広げる。

「嘘だったら誰かが死ぬ」

「お前、ＪＨＡと関係してたのか」

「そういうことは分かってるわけか」男の唇の端が小さく上がった。「で？　他の連中はどうした。サツが一人で来るわけがないよな」

「さあな」

男も焦っているはずだ、と読んだ。他の刑事がどこかに潜んでタイミングをうかがっているのではないかと、疑心暗鬼になっているだろう。それを何とか利用できないか、と頭を絞った。しかしその結果出てきたのは、自分が依然として絶体絶命の危機にあるという、考えなくても分かる結論だった。激しい鼓動と荒い息遣いが正常な思考能力を奪っていく。クソ、こんなことなら、普段から鍛えておけばよかった。酒と煙草をやめ、きちんとトレーニングをして、何ものにも動じない心と体を鍛える。いや、そんなことをしても無駄だ。銃口と向き合った状態で冷静でいられる人間などいるわけがない。

「ゆっくり歩け」

「銃をおろせよ。そんなものを見てたら足が震えて歩けない」

「いいから歩け」

簡単には足を踏み出せなかった。しかし、動かなければ何も始まらない。わずか三メートルほどの距離なのだが、それが無限の長さに感じられた。廊下の真ん中に立ちはだかった男の向こうには玄関があるが、そこを人影が過る気配はない。クソ、そろそろ援軍が到着するはずなのに。雪にタイヤを取られて往生しているのか？

廊下の左側にある部屋の前に出る。ちらりとそちらを見ると、広い和室の真ん中に布団が敷いてあり、その前で一人の男が片膝《かたひざ》を立てていた。赤石。唇の端が赤く腫れ上がり、顎を伝った血が乾いて茶色のひび割れのようになっている。苦しそうに腹を押さえているが、撃たれてはいないようだ。もう一人、後ろ手に手錠をかけられた男が、布団の脇に転がっている。これが長尾だろう。向こうを向いているが、肩が不自然に引き攣っているのが分かる。気を失っているようだ。

それだけなら何とか状況を把握することができた。しかし、布団……先ほど男が零した「バアサン」という言葉の通り、浴衣《ゆかた》の上にカーディガンを羽織った老女が、布団の上で上体を起こしていた。その顔は恐怖で青褪めていたが、それだけではない病的な気配が漂っている。そう、それこそＪＨＡのインチキ健康飲料にさえ頼らざるを得ないような気配を。

「どういうことなんだ」私が質問する相手は、困ったことに銃を構えた男しかいなかった。

「それは俺の知ったこっちゃない。ここに来たら、このババアがいただけだ」

「お前らが——連星会がＪＨＡを裏で動かしていたんだな？　ところが捜査が迫ってくるのを察知して、ＪＨＡの連中は蜘蛛《くも》の子を散らしたように逃げた。それでお前たちは、儲けを回収し損ねたんだろう。二年かけて社員たちの居場所を突き止め、金を搾り取ろうとした……しかも、抵抗した人間はあっさり殺した」

「ご名答だ」

「認めるのか？」

「知らないまま死ぬのは残念だろう？」男がわずかに銃口を上下させた。じれている。拳銃はかなり重いもので、同じ位置で保持しておくには相当の力が必要なのだ。

「手遅れだぞ。この場所はもう割れている。これ以上罪を重ねるな」

「馬鹿言うな。俺はここから上手く逃げてやるよ」

「銃を捨てろ」この場では一番無意味な台詞だとは分かっていたが、そう言わざるを得なかった。「大人しく投降すれば、身の安全は確保してやる」

「ふざけるな。この状況を考えろ」男が鼻で笑って拳銃を顔の前で振った。

「お前こそな。どう考えても逃げられないぞ」

「それはどうかな」

左側に視線を動かす。赤石がゆっくり体を動かし、銃を構えた男と老女の間に入るところだった。火線を遮断し、老女だけでも守ろうとする狙いである。男は、その動きにわずかに迷わされた。銃口がそちらを向き、「動くな！」と警告を飛ばしたものの、赤石は止まろうとしない。目は腫れ上がり、動くのさえ辛そうだったが、眼光は鈍ってはいなかった。

「動くな！」男が繰り返し、銃を向けたまま部屋に入って行こうとした。

ここしかない。

私は一気にダッシュして、男の腰にタックルした。慌てた男が銃口を向けてきたが、一瞬早く体を摑まえることに成功する。そのまま押しこみ、壁に体を打ちつけた。衝撃で男が手放した銃が廊下に転がる。私たちはもつれ合って倒れたが、一瞬早く姿勢を立て直した男が銃に手を伸ばした。私は男の手首をきつく握って自由を奪ったが、男の方が体重が勝っており、廊下に座りこんだままの格闘は、次第に私の方が不利になってきた。銃を挟んだ押し合いが続いたが、やがて男の動きがぴたりと止まる。

顔を上げると、いつの間にか真弓が男の背後に立っていた。私たちを見下ろす形で脳天に銃を突きつけ、「動かないで」と低く落ち着いた声で告げる。男がゆっくりと指から力を抜き、銃を落とす。私はそれを素早く拾い上げ、爆発しそうな鼓動を意識しながら立ち上がった。

「遅いじゃないですか」

「だけど、私が一番乗りよ」

「大した暴走ドライバーだ」

私は右手で銃把《じゅうは》をつかみ、男のこめかみに振り下ろした。スイカを割る時のような鈍い音が響き、男が顔面から床に崩れ落ちる。「高城！」と真弓が悲鳴を上げるように忠告を飛ばしたが、それを無視して崩れ落ちた男を蹴飛ばし、部屋に入る。赤石は危機が去ったことを意識して、その場にへたりこんでいた。ひどく幼く、弱々しく見える。

「捜しましたよ、赤石透さん」

そう告げると、赤石はおどおどした視線を私に向けてきた。その目には、彼が過ごした地獄のような数年間が透けて見えた。

20

「やり過ぎるなって言っただろう」顔を出した途端に長野が小言を漏らす。

「お前が遅いからこうなるんだ」

「人のせいにするな」

「相手は銃を持ってたんだぞ？　俺が行かなかったら、今頃誰かが死んでいたかもしれない」

「誰かじゃなくてお前が、かもな」長野が目を細めて私を睨んだ。「馬鹿野郎が。何で無理しやがったんだ」

「説教ならたくさんだ」吐き捨てたが、次の瞬間には言い過ぎだったと気づく。気まずい沈黙を共有した後、私は彼に煙草をねだった。長野が一本振り出して火を点けてくれたが、それが最後の一本だった。一瞬後悔の表情を浮かべてからパッケージを握り潰し、ワイシャツの胸ポケットに落としこむ。

煙草が体中に沁み渡る。私は長野が乗ってきた覆面パトカーの後部座席に横座りし、ドアを開けたまま家の様子を窺っていた。外に出た膝は早くも雪で白くなっている。葉がすっかり落ちた柿の木にも、雪が積もりつつあった。最初はかなり立派な、大きな家だと思ったのだが、今は違う印象を抱いてる。長い間手入れをする人もいなかった、崩れそうな家。

長野の部下らしい刑事が走り寄って来て、彼に耳打ちをした。一度大きくうなずいただけで長野は刑事を再び現場に送り出し、車のルーフに手をかけて私を見下ろしながら話し始めた。

「取りあえず、全員を渋谷中央署に引っ張る。そこで事件を二つに分けて調べを始めるつもりだ。あのヤクザの二人組については、今回の二件の殺し、長尾に対する拉致事件、銃刀法違反、その他諸々をくっつけてやる。容疑は巻物みたいに長くなるぜ。長尾と赤石については、今の段階ではあくまで被害者だが、いずれＪＨＡの事件で調べることになるだろうな。全てはそこから始まったんだから」

「少しだけ俺に時間をくれないか」

長野が真っ直ぐ私の目を見た。「お前にできるのか」と問いかけているようでもあり、「お前がやらなくて誰がやる」と励ましているようでもあった。

「赤石か」

「彼に話を聞きたい。怪我も大したことはなさそうだし」

「ああ、長尾の方が重傷だろうな」長野が救急車に目をやった。「あれはしばらく喋れないはずだ。顎の骨が折れてると思う」

「赤石に関しては……俺は約束を守らないといけないんだ」

「だけどこの結果は、お前さんに泣きついてきた人たちの思惑とは随分ずれちまったんじゃないか？　彼はいずれ……警察とのつき合いは長くなると思うぞ」

「その前に……」

「ちょっと、ここの責任者は？」

棘のある声に引っ張られて私は立ち上がった。腰まであるダウンジャケットを着た五十絡みの男が前に立っている。おそらく所轄の刑事課長だろう。自分の土俵を踏み荒らされて、頭に血が上っているのは明らかだった。たまたま目が合ってしまい、強烈な攻撃を浴びる。

「あんたがこの大騒ぎの張本人なのか？」

「いや、責任者はこっちです」私は長野の背中を押して矢面に立たせた。もちろん、計算してのことである。「いつ何時、誰の挑戦でも受ける」というのが彼の口癖なのだ。

「警視庁捜査一課、長野です。何か問題でも？」傲慢な口調で長野が名乗りを上げる。

「何かって……」相手の顔が瞬時に赤くなった。「あんたね、こっちに何の連絡もなく好き勝手なことをやって、警視庁はいつもそうじゃないか」

「それには理由があるんですよ」

「理由？　屁理屈だったら結構だ」

「いや、聞いてもらいましょう。そもそもこの事件は我々が――」

相手を粉砕するために自説を次々と開陳する長野の後ろを抜けて、私はそっとその場を離れた。格闘の名残で体の節々が痛む。真弓がゆっくり近づいて来たのに続き、愛美も醍醐も合流してきた。仲間……なのか？　そうかもしれない。だが今この瞬間は、私が自分で決着をつけなければならない。全ての出来事に対して。

失踪課での最初の仕事は、結果的に失敗に終わったのだ。

誰もが幸せになれるわけがない。関係者が少しずつ背負うことで不幸の重さを分散するのが現実的な対処方法だが……このまま進めば、私は何人かの人間を不幸のどん底に叩き落としてしまうだろう。それでも前へ進むのをやめられない。何故だ？

私は全く変わっていないのだ。刑事としてしか世間に向き合えない。

私は二階の窓を開けた。雪混じりの寒風が吹きこんできたが、それで意識が研ぎ澄まされる。赤石は部屋の隅で正座したまま、自らを押し潰そうとするように肩をぎゅっとすぼめていた。愛美が同席している。この成り行きにどう対応していいのか分かっていないようで、立って腕組みをしたまま塗り壁に背中を預けていた。

「座れよ、明神」

「だけど――」

「いいから座れ」

渋々ながら愛美が畳に腰を下ろした。正座し、コートを膝にかけたが、それでも寒さに耐えるのは困難なようだった。都心よりは明らかに寒い。まだ外の空気を吸っていたかったが、仕方なく窓を閉めて赤石と正対する。

「ここは早田和子《はやたかずこ》さんのお宅ですね」

「はい」

一言発する度に、赤石の体は小さくなるようだった。私は窓から離れ、彼から一メートルほど離れたところで胡坐をかいた。その距離が彼を怯えさせたのか、赤石がすっと身を引く。

「赤石君、最初に言っておく」私は低い声で告げた。「今すぐ君がどうにかなるわけじゃない。ただし、将来のことについては保証できないんだ。俺は嘘はつきたくないから、それは分かってくれ」

「はい」赤石の顔は蒼くなったが、それでも私を正面からしっかり見据えてきた。律儀な男。真面目な男。自分のことより他人を心配できる男。私の中で膨らんでいた彼のイメージは、次第にはっきりと実体を結んできた。

「君は以前ＪＨＡで働いていた。そうだね？」

「はい」

「思い出したくないかもしれないけど、もう逃げることはできないし、逃げる必要もないと思う。俺は簡単に確認したいだけだから、あまり緊張しないで話してくれ。君は就職に失敗して、大学を卒業した後で家も失った。仕方なく、大森のネットカフェで寝泊まりしてその日暮らしをしていたね……一年間」

「はい」一瞬目を伏せたが、それが罪であるかのように、すぐに顔を上げる。顎が震えていたが、恐怖に襲われているわけではなく、決意で力が入っているのは見て取れた。

「大変だったね。いろいろきつかっただろう」

「いえ」赤石が、腫れ上がった唇に指先で触れ、痛みに思わず顔をしかめた。「全部自分の責任ですから」

そんなことはない、と言いかけて言葉を呑みこんだ。人が社会から転落する時には、二つの原因がある。一つは完全に個人に帰する問題、もう一つが社会そのものの構造の問題である。大抵は二つの要因が複雑に入り混じるのだが、赤石は社会的要因を排して自ら全ての責任を負おうとしていた。それは簡単にできることではないと思う。しかも彼の場合、言うだけではなく心の底からそう信じているのは明らかだった。

「ＪＨＡへは、どういうきっかけで？」

「求人誌です。仕事はずっと探していて、それで目についたんです」

「どうしてあんな会社に？　悪徳商法をやっていることは知らなかったのか」

「その当時はまだ、問題になっていなかったんです。本当です」身を乗り出すようにして赤石が訴えた。真剣になるあまり、目は潤んでいる。

「分かってるよ。そうむきにならなくていい。仕事の内容は？　セールスか」

「ええ。最初はいい会社だと思ったんです。今考えると何も知らなくて恥ずかしい限りですけど。結構家族的な雰囲気で、『いい健康食品をみんなに紹介しよう』っていう感じだったんです。だけど、そういう雰囲気はすぐになくなって」

「君が入った時には何人ぐらいいたんだ？」

「三十人ぐらいでした。でも、俺と一緒に十人入って、急に大きくなったんです」

なるほど。組織を拡大して、商売の手を広げようとしていた時期だったのだろう。それで求人広告を出し、若い営業マンを大量採用した。分かりやすい構図である。

「その後にノルマが厳しくなったのか」

「はい。何が何でも売りつけてこいって……最初はセミナーで人を集めていたんですけど、夏頃からは飛び込みの営業もやらされるようになって。その頃は、一日十八時間は働いてました。地方を回ってる時なんかは、最低の経費しかもらえなかったから、ラブホテルに泊まったりして……それでも間に合わなくなって、駅のベンチで寝たこともあります。給料は完全歩合制だったから、必死でした」

「セミナーで人を集めるっていうのは、どういうことなんだ」

「本を使うんです。うちの主力製品の効能を詳しく説明した本なんですけど、その説明会みたいなものですね。で、その場で商品も売って。このやり方だとそれなりにさばけたんですけど、それだけじゃまだ足りないというんで、セミナーに加えて個別撃破のセールスも始めたんです」

「年寄りばかりを狙って」

赤石の喉仏が大きく上下した。こくりとうなずくと、小さく溜息を漏らす。

「今考えると、とんでもないことをしたと思います。こういう小さな町にも何度も足を運びました……町が小さいと、誰が病気で苦しんでいるか、すぐに分かるんです。床屋や呑み屋に行くと、すぐに情報が入ってきますから。そういう家に足を運んで、商品の効能を滔々《とうとう》と話すんですよ。嫌だったけど……びっくりしました。追い返されるとばかり思っていたけど、『体にいい』とか『病気が治る』と言うと、誰でも――特にお年寄りは真面目に話を聞いてくれるんです。そこで商品を売りこんで、高額の契約をして。契約額に応じて給料が決まりましたから必死だったんですけど、そのうち、成績の悪い社員は殴られるようになって……」

「どういうことだ」私は怒りで顔が赤くなるのを感じた。

「毎日報告会をやるんです。全員が戻ってきてから始まるんで、夜中の十二時ぐらいから始まることもしょっちゅうだったんですけど、そこでその日のセールスの結果報告をするんです。一日だけなら売れないことがあっても罵倒《ばとう》されるだけで済むけど、三日続いてセールスがゼロだと、殴られます。三日で往復ビンタ。四日でそれが二回。五日になると、拳です。それも二人がかりで。それから二日間は内勤をさせられるんですけど、眠らせてもらえないんです」

「会社に泊まりこみ？」

「ええ。上の人間が順番で見張りをして……一日中、勧誘の電話をかけさせられます。夜中になると倉庫の整理。逃げ出した人間も、何人もいますよ」

「あなたもそういう目に遭った」

「いえ」赤石の唇が自嘲気味に歪む。「自分は、こういう言葉が正しいかどうか分からないけど、優秀だったんです。三日続けて売れなかったことは一度もありませんでした。どうもお年寄りには好かれるみたいなんですけど、結果的にそれを悪用しちゃったんですよね。情けない話です」

「悪用、ですか……あの商品がインチキだということには、いつ気づいたんですか」

「課長になった時です」

「課長?」

「おかしいでしょう」怒りと羞恥で顔を赤くしながら赤石が説明した。「俺たちが入社してからも、毎月新しい人間が入ってきました。すぐに辞めるから、補充しないと間に合わなかったんですね。それで自分は、少しばかりセールスの成績が良かったんで、入社して三か月で主任、半年……秋には課長になってたんです。普通の会社だったら、そんなことはあり得ませんよね? それまでも何かおかしいとは思っていました。その時に思い切って辞めればよかったんだけど、給料が良かったんで踏み切れなくて……月に百万貰ったこともありました。今思えば、自分が騙した人たちから巻き上げた金なんですけどね……とにかく課長になると、それまで知らなかったこともいろいろと分かってきたんです。実際には商品にまったく効用がなかったことも、暴力団みたいな連中が、お客さんを脅して無理やり売り掛け金を回収していたことも、その時に知りました」

「被害者が騒ぎ出した頃だな」

「そうです。だから自分は、辞める決心を固めました。周りの人間にも声をかけました。でも自分は、会社の秘密をかなり知ってしまったから、無事に辞められるとは思えなかった。そのまま二か月ぐらい、毎日びくびくしながら暮らしてました。でもある日、いきなり社長が出てきて『今日で会社を解散する』って」

「それは、夜逃げみたいなもんだぜ」

「そうです。事情が分からない連中は騒ぎ出しましたけど、僕はとにかく『いいから、もう会社に出てくるな』って言って仲間を説得したんです」

「会社から商品を持ち出したのはそのタイミングか？」

「何で知ってるんですか」赤石が目を見開いた。

「君が永福町に借りていた部屋を調べた。君はＪＨＡの悪徳商法に関する証拠を持ち出したつもりだったんじゃないか？　商品は立派な証拠になるからな」

「……そのつもりでした」

「どうしてだ？　罪滅ぼしのつもりか」

「そんなことをしても、僕が騙した人が救われるわけじゃありませんけどね。それに、自分がやってきたことを警察に言えば、自分が逮捕されるかもしれない……商品は持ち出したんだけど、その後どうしていいか、分からなかったんです。それでずっと、あそこに置いたままにしていて」喋りながら、赤石の目から涙が零れた。「ＪＨＡで働いていた連中とは、時々連絡を取り合っていました。暴力団が僕たちを追いかけていることは、最近分かったんです。それで注意するように連絡を回したんですが」

「二人が亡くなったのは残念だった」

「それも自分の責任です」赤石ががっくりとうなだれた。

「そのことは、今ここで言わなくてもいい。それより一つ、確認させてくれないか？　君はネットカフェで寝泊まりするほど金に困っていたのに、ＪＨＡに入る前に今のマンションを借りている。それはどういうことなんだ？　ＪＨＡから金を前借りしたわけじゃないよな」

赤石が私の目をじっと覗きこむ。その顔が苦悶に歪んだ。自ら喋ってもいい、しかしそれはあまりにも辛い。分かっているならそっちで言ってくれ——彼の心根は簡単に読み取れた。赤石の苦しみを取り除いてやることにする。

「三年前の二月、大森駅の近くである女性が現金一千万円の入ったバッグを落とした。それは本人の不注意で仕方のないことなんだけど、そのバッグは戻ってこなかった。女性は家族に責められ、家出して、八か月後に遺体で発見された――そして君が借りていたトランクルームには、現金七百六十五万円が入っていた。その金をどこから持ってきたか、説明できるか？　ＪＨＡで稼いだ金じゃないよな。君があのトランクルームを借りたのは、ＪＨＡに勤め始める前だ」

赤石がうつむいたまま、ぶつぶつと何事かを呟いた。

「はっきり言ってくれ」

私の言葉に、赤石がびくりと体を震わせる。おどおどと顔を挙げ、涙の跡が残る頬を両手で擦った。

「俺が盗んだんです」

「そうか……だけどこの場合、盗んだというのは正確じゃない。遺失物等横領罪というんだ。窃盗《せっとう》じゃなくて、人が落としたものを横領したという解釈になるんだよ。君はその金を、ネットカフェでの生活から抜け出すのに使ったんだな」

「すいません」赤石が畳に額を擦りつけた。「すいません、本当に……自分が盗んだんです」

馬鹿者が、という言葉が喉元まで上がってきた。窃盗罪は十年以下の懲役《ちょうえき》又は五十万円以下の罰金。それに対して遺失物等横領罪は、一年以下の懲役又は十万円以下の罰金若しくは科料である。罪はずっと軽いし、全額を返せば起訴猶予になる可能性もあった。もちろん当時の彼に、そんなことを判断する余裕はなかったはずだが。

「彼女はその一千万円を、ＪＨＡに払おうとしていたんだ。ガンだったんだね……彼女は『馬鹿なことに金を使った』と家族から責められ、絶望して家出して自殺したんだ。遺体はその後、富士の樹海で見つかった。君はその事実を知っていたんだろう」

「……新聞で読みました」

「それも、辞めるきっかけの一つだったんじゃないか」

赤石が力なくうなずく。正しい判断だ、とは言えなかった。私の中の一部は、彼を許せない怒りで沸き立っている。人当たりのいい真面目な性格も、悪事に流される一因になったのではないか。

「亡くなったのは、自分が勧誘した人じゃありません。だけど、自分がいる会社がやったことが原因で人が死んだんです……そんなことがあっていいはずがない。その日の夕刊の片隅の、十行ぐらいしかない記事だったけど、夜の十時ぐらいに定食屋でやっと夕飯にありついた時にその記事を見つけて……家に帰って吐きました」

「だけどその時点では、どうしようもなかったよな。君に何かできるわけじゃなかった」

「随分きついことを言うんですね」恨みがましく言って、赤石が唇を噛む。

「悪いな。そういう仕事なんだ」言いながら、頭痛が舞い戻ってくるのを感じた。今何を言っても、この男にとっては責め苦になってしまうだろう。

「……ちょっと、ちょっと待って下さい」裏返った情けない声が、階段の方から聞こえてきた。森田だ。

「待って下さい」

今度は森田ではない声に、私は立ち上がった。和子が這うように階段を上がり切ったところで、その場にへたりこんでいた。愛美が素早く反応し、和子の脇にしゃがみこんで背中に手を当てた。寒いのか体調が悪いのか、和子の体は小刻みに震えている。その背後から顔を出した森田は、どうしていいか分からない様子で、ぼんやりと立ち尽くしている。

和子が顔を上げた。その顔には明らかな死相が浮かんでいる。

「その人は悪くないんです。私に良くしてくれたんです。お願いですから、苛《いじ》めないで下さい」


森田が、今日一つだけ役に立った。煙草を仕入れてきてくれという頼みに応え、五分も経たないうちに戻って来たのだ。いつも吸っているマイルドセブンではなく、マイルドセブン・スーパーライトだったが。ほとんど吸っている感じがしないし、煙の色も薄い。しかし私は、部屋に煙が籠るのを避けるため、窓を細く開けてその近くで胡坐をかいた。外にはまだ覆面パトカーが停まっており、物々しい気配は薄れていない。先ほどまでいた救急車は既に去っていたが、野次馬が集まり始めており、家の中を覗きこもうとしていた。

所轄署からの応援だろう、制服警官が数人、野次馬を押し返そうとしている。

愛美が一階で和子に付き添い、代わりに二階には醍醐が詰めた。赤石に無用な圧力をかけたくはなかったのだが、彼は誰がいても気にならない様子だった。醍醐も余計な口出しはせず、静かに座っている。何もしなくても常に存在感を漂わせる男だと思っていたが、その気になれば気配を消すこともできるようだ。

「早田和子さん……彼女もＪＨＡの被害者だったんだな」

「はい。ここには、俺がセールスに来ました」

「一人暮らしなんだね。ご家族は？」

「ご主人は五年前に亡くなっています。ガンでした。今度は自分が同じ病気に……子どもさんたちは独立していて、一人は広島に、一人は青森にいます。面倒をみると言っても簡単には帰ってこられないし……いや、もちろん、子どもさんたちは気にしてはいるんですよ。でも誰でも、自分の生活が第一ですからね」

「そうだな。で、君は早田さんに商品を売りつけた」

「早田さんは医者が嫌いなんです。実際には、俺が初めてここに来た時には、もうかなり病状が進行していたんですけど、手術するのも嫌がって。手術しても、成功する確率もそれほど高くなかったんですけどね。それで、俺が勧めた健康食品——なんて言っちゃいけないんだ——商品を喜んで買ってくれて。だいぶ楽になったって、感謝までされたんですよ。でも実際、病気の進行が止まったのも事実なんです」

「それが、君たちが売っていた健康食品と関係があるかどうかは分からないだろう」

「ええ。年を取るとガンも進行が遅くなるみたいだし、ごく稀にですけど、医者にも原因が分からないまま治ることもあるそうですから」

「ああ」

「でも最近、また病状が悪化して……」畳の目を数えるように、赤石の視線が下に落ちた。

「そのことを知って、いても立ってもいられなくなったんです」

「それで看病に専念するために、ここに泊まりこんでいたわけだ」私は携帯灰皿で煙草を揉み消した。既に相当短くなっており、指を火傷しそうになる。「無茶だぞ。連星会が君たちをつけ狙っていたことは分かっていただろう。結果的にここへ誘導することになったじゃないか」

「すいません。でも、早田さんの面倒を見るのは自分の義務だと思ったんです」

「長尾を呼びつけたのも君か」

「ここなら安全かもしれないと……」

説教ならいくらでもできると思ったが、実際には私は言葉を失っていた。

贖罪《しょくざい》。

普通の人間なら、悪徳商法に加担しても、犯罪として立件されない限りは頬かむりをして逃げてしまうだろう。最初は罪の意識に囚われるかもしれないが、そんな気持ちを墓に入るまで持ち続けることなど、まずあり得ない。

だが、普通ではない人間もいる——赤石のように。彼の過去の行為は褒められたものではないが、それで現在の行動が否定されるものでもない。人は絶対的な悪と絶対的な正義の間を漂いながら年齢を重ねていくのだ。

「君がここで早田さんの面倒を見ていたことに関しては、俺はコメントできない。でも、一つだけ説教させてもらうぞ。何で翠さんに隠していたんだ？　彼女は心配して、俺たちのところに駆けこんできたんだ。婚約者じゃないか。これから人生を一緒に過ごしていく人だろうが。せめて彼女には事情を話せなかったのか？　だいたい君は、どうするつもりだったんだ。翠さんのことは——」

「彼女は、俺にはもったいない人です。それに冷静に考えてみれば、俺なんかには、人並みに結婚して幸せになる権利はないと思う。結婚できるにしても、その前にやることがあったし……俺が騙していたのは、早田さんだけじゃありません。そういう人たち全員に謝らないと。金を返すには限界があるけど、行動で示すことはできるでしょう？　タイミングを見て、ＪＨＡのことも警察に全部話すつもりでした。俺はある程度会社の中のことが分かっていたから、話せば捜査の役に立つはずです」

それは長い旅になるはずだった。背中が曲がるほどの重荷を背負い、自分の幸せに背を向けた旅。私には絶対にそんなことはできない。

「君が贖罪の旅をするのは君の勝手だ。尊い行為と言ってもいいかもしれない。だけど君は、そうすることでまた別の人を不幸にしようとしてるんだぞ。君のことをずっと心配している翠さんの立場はどうなる」

殴りつけられたように、赤石の顔が歪んだ。

「俺は……自分勝手ですか？」

答えられない質問をするな。一喝したかったが、その程度の言葉さえ、今の彼にとっては致命的な一撃になりそうだった。世の中には犯罪者と被害者しかいないわけではない。その中間にいるのは、犯罪に全く関係のない普通の人間だ。赤石をそのような人間と呼ぶことはできないが、無意識のうちに犯罪に巻きこまれてしまったことをどう評価すべきなのか、私には分からなかった。

漂う。

私も彼と同じように、流されるままの日々を送っていたが、自分でその総括さえできていない。

「今日は長くなると思う」

こっくりとうなずく赤石の背中に手を当て、私は彼をそっと送り出した。庭は既に真っ白になっており、歩いているだけで髪に雪が降り積もる。いかにも寒そうで、赤石は背中を丸めるように歩き出した。隣を歩きながら、低い声で話しかける。

「殺人事件の捜査本部で話をしなくちゃいけない。この件について君は被害者ですらないけど、背景を知っている人間だからな。俺に話したことの繰り返しになるかもしれないけど、できるだけ丁寧に話してくれ。人が二人殺されている。これだけは何があっても許せないことだから」

「分かりました。その後は……」

「俺には何の保証も予想もできない。申し訳ないんだが」

立ち止まって私を見た赤石に向かって頭を下げる。彼は、刑事がそんなことをするとは思ってもいなかったようで、驚いて目を見開いた。正面から顔を見据え、忠告する。

「逃げないで欲しいんだ」

「逃げません」

「自分でそう決めてるなら、それでいい。もう一つ約束してくれ。翠さんからも逃げないでくれ。君にとって今一番大事な人間が誰か、考えて欲しい。昔迷惑をかけた人にきちんと謝罪するのは立派な行為だけど、今君を必要としている人をないがしろにしちゃいけない」

赤石がうなずいたが、納得してというよりは、無意識の動きのようだった。突然、彼の体が緊張で強張る。しきりに瞬きをし、家の外に群がる野次馬を見ていた。そちらに目をやると、翠が必死で敷地内に入ろうとして、制服警官に阻止されていた。

「入れてやれ！」

怒鳴ると人垣が崩れ、翠が雪に足を取られながら駆け寄って来て、そのまま赤石の腕の中に飛びこんだ。赤石はこの状況にどう対処していいのか分からない様子だったが、しばらくすると両腕を翠の背中に回してきつく抱きしめた。声にならない二人の嗚咽《おえつ》が重なり合い、長く尾を引く。

私はしばらく、恋人たちの不幸な再会をぼんやりと眺めていた。傍らにあった柿の木の幹に手を伸ばし、張りついた雪をこそげ落として顔に叩きつける。ひりひりとした冷たさが意識を尖らせたが、すぐにそんなことをしたのを後悔した。何も考えずにいた方がよかったのに。二人をその場に残し、敷地の外に向かって歩き出した。

いつの間にか愛美が隣を歩いている。

「早田さんのことは、ご家族に連絡しました」

「ご苦労さん……ついでに翠さんにも話してくれたんだな」私はまだ抱き合っている二人の方に親指を向けた。

「まずかったですか」

「いや。気が利くじゃないか」

のか？

突き詰めて訊ねるつもりはなかった。私自身もまだ、答えを見つけられないままだったから。

「どうも」
「これで俺たちの仕事は終わりだな」
雪が降り止む気配はない。私たちは無言で歩き続け、野次馬の垣根を突破した。愛美の足取りは心なしか軽い。満足してるか？　失踪課の仕事がどういうものか、納得がいったのか？

私はそろそろ限界に達しようとしていた。渋谷中央署に帰り着いたのは、夜七時過ぎ。それから二時間ほど書類仕事などの残務処理に追われ、目処《めど》がついた時には精根尽き果てる寸前だった。そういう感覚は、実に久しぶりだった。

珍しく居残っていた法月が声をかけてくる。
「よ、お疲れだったな。軽く一杯いくか？」
「そうですねえ」飲みたいのか？　かすかに薬臭いウィスキーの香りが、喉を甘く刺激する味が、まるで本物を口に含んだ時のように蘇る。今の私に必要なのは、軽く長い酔いだ。吐くまで呑む必要はないが、少し意識を痺れさせなければならない——はずなのに、少しも呑みたいと思わなかった。それを意識して驚き、昨日は一滴も呑まなかったのだと思い出してさらに驚いた。失踪課に泊まりこんでしまったから当たり前と言えば当たり前なのだが、こんなことは何年ぶりだろう。大きく深呼吸し、できるだけ柔らかい笑みを浮かべて答える。「やめておきますよ。オヤジさんも、酒は心臓に良くないんじゃないですか？それに今日はお疲れでしょう」

「人を病人扱いするなよ」

「そういうつもりじゃありませんよ……それに、正直言って俺もばてました」

「長かったかい？」

失踪課に来てからの日々の濃さ。私はベテラン選手の気持ちが少しだけ分かるような気になった。衰えた筋肉を集中的に鍛える辛さ。昔のような力は取り戻せないが、何とか円熟の技術を使って生き残ろうとするしぶとさ。

「長かったですね」

「そうか」法月が目を瞬いた。「ま、今日はゆっくり休みなよ」

「オヤジさんも」

「オヤジはやめてくれないかな」法月が苦笑を浮かべた。「あんたの父親って年齢じゃないんだから」

「すいません」

しかし法月は、上機嫌に手を振って部屋を出て行った。残されたのは私と愛美、それに室長室にいる真弓の三人だけ。室長室の方を見ると、真弓が受話器を置き、両手の人差し指を目に押し当てているところだった。目が合う。彼女がうなずき、手を小さく動かして私を室長室に誘った。重い腰を上げ、ドアに手をかける。悪さをして呼び出された生徒のような気分だった。完璧な救出劇だったとはとても言えない。一人二人死んでいても、おかしくなかったのだから。

「お疲れ」真弓の声は穏やかだった。

「説教じゃないんですか」私は後ろ手にドアを閉めた。文句を言われるところを愛美には見られたくない。

「どうして説教だと思うの」

「最後は、下手くそなやり方でしたから」

「結果オーライでいいわ」真弓が両手を組み合わせ、そこに顎を載せた。「最悪の結果にはならなかった。それにこれがきっかけで、殺しの件も、ＪＨＡの件も捜査が進むでしょう」

「一課にも生活安全部にも恩を売れましたか？」

「アピールはしておくけど、向こうがどう思うかは分からないわね」

私は彼女の明け透けな態度にうんざりすると同時に、感心もしていた。野望は胸に秘め、態度と結果で相手を納得させる。それが本来の日本人的なやり方なのだろうが、彼女の態度は、上昇志向に支配されて死ぬほど働くアメリカ人のそれを彷彿させた。そういう態度を鬱陶しく思う人間がいることを、彼女は理解しているのだろうか。理解してやっているとしたら、その覚悟は深く、固い。私が口出しできるようなものではないだろう。

「あなたはどうだった？」

「どうって、何がですか」

「久しぶりの現場で血が騒いだんじゃない？」

「ずっと冷静でしたよ、俺は」

真弓の唇の端に、皮肉な笑みが浮かんだ。分かっている。今日の私は頭に血が昇っていた。あと三十分、いや、一時間遅れても大勢に影響はなかったかもしれない。それでも走らざるを得なかった。

「冷静じゃなくてもいいのよ。そんなことより、もっと大事なこともあるんだから」

「暴走の勧めですか？　そんな上司、初めてだな」

「ここは新しい部署なんだから、新しいやり方が必要なのよ。それがどういうものになるかは、私にもまだ分からないけど。高城君、こういうことがあなたにとってリハビリになるとは言わない。刑事にそんなことをさせておくほど、警察に余裕はないしね。私はあなたを、この分室の最大の戦力だと考えてる。そして、他の連中を上手く引っ張ってくれるように期待してるわ」

れ様」

「一応、上司の命令ということで」真弓が椅子を小さく左右に揺らした。「とにかくお疲

「買い被りですよ」

手を振って私を追い出しにかかると、すぐに受話器を取り上げてどこかに電話し始めた。部屋を出る私の耳に、真弓の弾んだ声が飛びこんできた。

「ああ、課長。どうも。今回の一件ですけど、こちらから詳しくご報告させていただけませんか？　ええ、話すことはいくらでもあるんですよ……」

さっそく売りこみか。苦笑しながらドアを閉めると、帰り支度を始めている愛美の姿が目に入った。

「途中まで一緒に行くか」

「別に構いませんけど」

「飯をつき合えとは言わないよ」

「靴はいいんですか？」

「靴？」言われて私は足元を見下ろした。丘の上で斥候の真似事をしたので、泥で白く染まってしまっている。この汚れを落とすのは結構面倒かもしれない。「いいんだ。俺の靴は使い捨てみたいなものだから」

「そうですか」

さっさと歩き出した愛美の後を追って、私も失踪課を出た。いつの間にか雪は上がっており、冷たく湿った空気が心地好く肌を撫でていく。空は暗い。晴れ上がっているかもしれないが、渋谷に満天の星を望むのは無理な願いだ。見上げる人間が滅びない限りは。

何か話したい。しかし話すべき言葉が見つからなかった。無言のまま連れ立って歩き、JRの駅の構内を通って、井の頭線の駅が入るマークシティに向かう横断歩道の前に出る。信号は赤に変わったばかり。並んで立ち止まった瞬間、自然に言葉が出てきた。

「ああいう仕事をどう思う」

「ああいう仕事って何ですか？」

「JHAのような仕事」

「あんなの、仕事って言えませんよ。人を騙して金儲《かねもう》けをしてたんですから」

「だけど働いている連中は、それに気づかない時期もあった。特に赤石みたいに、地獄の底から引きずり出してもらったと考えた人間は、感謝さえしていたかもしれない。少なくとも一時的には」

「彼がひどい生活から抜け出したのは、人が落とした金を横取りしたからですよ。それも犯罪なんです。彼に対しては、同情すべき点はまったくありません」

「その金で楽な暮らしを送ることもできたはずだよな。一千万円あったんだ。贅沢しなければ、三年や四年は楽に暮らせただろう。だけど彼はそうしなかった。何故だと思う？

仕事をしたかったんだ。仕事をすることで社会との係わりを持っていたかったんだ。もちろん、彼のしたことは許せるわけじゃないけど、俺には気持ちは分かる」

愛美が私の顔を見上げた。街灯の光が髪に照り返し、艶々と輝く。

「人は仕事を選ぶ。だけど、選べない時もあるはずだよな。でもどんな仕事であっても、何もないよりはましだと思う。『遊んで暮らしたい』っていう話はよく聞くけど、本当にそんなことを考えている人間はいないんじゃないかな。人間は、働くように遺伝子に刷りこまれてるんだ」

「高城さん」

「ああ」

「説教としてはイマイチですよ」

まったく、口の減らない奴だ。しかし彼女の顔に笑みの欠片《かけら》のようなものが浮かぶのを、私は見逃さなかった。

信号が変わり、私たちは人の波に流されるように横断歩道に押し出された。目の前に長いエスカレーター。井の頭線の駅が入るマークシティの建物はまだ新しく、清潔な雰囲気が漂っている。だがそのすぐ脇には昔ながらのごちゃごちゃした飲食店街が連なり、週末を安く楽しもうとするサラリーマンで賑わっている。それはもう、私には関係のない世界なのだろうか。

違う。

異動したぐらいで酒をやめることはない。しかし自分が何のために呑むのか、今は分からなくなっていた。酒は嫌いではないが、ここ何年もずっと、楽しむために呑んでいたわけではない。楽しくもないのに、どうして酒を呑まなくてはいけない？　娘がいないという事実を忘れるためか？　しかし呑めば呑むほどに、その事実は私の心に鋭く突き刺さってくる。

綾奈が横断歩道の上に立っていた。私の正面に。今夜は七歳だった。髪を二つ結びにして、肩の前に垂らしている。

――やったね、パパ。

――大したことないな。点数をつけたら六十点ぐらいだろう。

――でもパパだからできたんだよ。

――そうかもしれない。

――だから、私も見つけてね。

――お前はどこにいるんだ？　俺の手の届くところにいるのか？　今は何をしてるんだ？

「高城さん！」

愛美の呼び声に顔を上げる。いつの間にか私は横断歩道の真ん中で立ち止まっており、信号が点滅し始めていた。慌てて走って横断歩道を渡り切り、困ったように目を細めている愛美と合流する。

「どうしたんです、ぼうっとして」

「疲れてるんじゃないかな」両手で顔を擦った。「俺も年だよ」

「私は平気ですよ。若いですから」

「言われなくても分かってる」

「だからたぶん、ここでも面白いことが見つけられると思います」

「おい――」

「高城さんに言われたからじゃないですよ」

「勝手にしろ」

愛美が軽い足取りでエスカレーターに向かう。私は彼女の背中を追いかけながら、これが新しい一歩になるのか、過去へ向かう旅立ちになるのか、見極めようとしていた。

答えが出る訳はないと分かっていても。

解説

香山二三郎

ミステリーという小説ジャンルの中でもひと際人気の高い警察小説。佐々木譲『警官の血』(新潮社)が『このミステリーがすごい！　2008年版』(宝島社)で国内編のベストワンに選ばれたり、今野敏『果断　隠蔽捜査2』(新潮社)が二〇〇八年度の日本推理作家協会賞と山本周五郎賞をダブル受賞するなどベテラン勢の活躍が目立つが、そのいっぽうで新鋭の健闘ぶりにも見逃せないものがある。

中でも注目が、シリーズ「累計135万部突破！」(二〇〇八年一二月現在)という圧倒的人気を誇る堂場瞬一の「刑事・鳴沢了《なるさわりょう》シリーズ」だ。

デビューして九年目を迎える中堅作家を「新鋭」扱いするのはいかがなものかという声もあるかもしれないが、シリーズ第一作『雪虫』のハードカバー版(現在は中公文庫)が刊行されたのは二〇〇一年の冬。デビュー作に次ぐ長篇の第二作で、鳴沢了もまだ二九歳だった。彼はだが、その若さでも新潟県警の捜査一課に所属するごりごりの硬派刑事であった。『警官の血』の主人公と同様、鳴沢もまた親子三代にわたる警官一家に生まれたが、湯沢で起きた老女殺しの捜査からやがて彼の身内も五〇年前に起きたある事件と関わりがあったことが判明。それが原因でいったんは県警を辞めるが、やがて東京に移って警視庁の多摩署に勤務。そこから東京の各所轄署を転々としながら様々な事件と遭遇することになるのだ。刑事・鳴沢了シリーズは「俺は、刑事になったんじゃない。刑事に生まれたんだ」と豪語《ごうご》する、いわば生まれついての犯罪捜査官の魂の遍歴《へんれき》ともいうべき軌跡をとらえたシリーズだったのである。

そのシリーズもしかし、第一〇作『久遠』（中公文庫）で完結。全国の鳴沢ファンはがっかりしたかもしれないが、堂場小説にはほかにも複数の警察ものがあることを忘れてはなるまい。

堂場瞬一は二〇〇〇年、いったん挫折《ざせつ》した天才投手が新たに大リーグを目指す『8年』（集英社文庫）で第一三回小説すばる新人賞を受賞、プロデビューを果たした後、スポーツ小説と警察小説を両輪に活躍を続けてきた。『雪虫』はその後者の第一弾でもあったわけだが、ほかにも架空の地方都市・北嶺で起きた誘拐事件に県警捜査一課の刑事・上条が挑む『棘の街』（幻冬舎）を始め、『久遠』で鳴沢シリーズとリンクする『神の領域　検事・城戸南』（中公文庫）や、神奈川県警捜査一課の刑事・真崎薫が連続殺人犯を追う『蒼の悔恨』（PHP研究所）、やはり架空の地方都市・汐灘を舞台に二〇年前の事件と酷似した女児暴行事件に県警捜査一課の伊達明人が挑む『長き雨の烙印』（中央公論新社）等、多彩な捜査小説が刊行されている。

『長き雨の烙印』といえば、二〇〇八年末に刊行されたその姉妹篇『断絶』（中央公論新社）は、伊達の同期の石神謙が自殺に偽装されたとおぼしき女性の死の謎に挑むとともに大物代議士の後継者問題をめぐる選挙サスペンスの様相も見せる異色の捜査小説だが、こちらも〝汐灘シリーズ〟としてシリーズ化されそうな気配。堂場ファン、鳴沢ファンには嬉しい限りといえようが、二〇〇九年に入って早々、さらなる朗報が控えていた。それが、刑事・鳴沢了シリーズに続く新たなる文庫書き下ろしシリーズの開幕。

本書『蝕罪　警視庁失踪課・高城賢吾』はその第一弾である。

物語は多摩東署から異動してきた主人公・高城賢吾《たかしろけんご》警部が警視庁渋谷中央署に間借りしている失踪人捜査課三方面分室に姿を現わすところから始まる。鳴沢了とはまたタイプの異なるタフガイ系刑事かと思いきや、高城は二日酔いでよれよれの中年男（四五歳だ）。上司の室長・阿比留真弓《あびるまゆみ》から同僚に紹介された後、やはり金町署から異動してきた明神《みょうじん》愛美《めぐみ》巡査部長ともどもさっそく二人づれの客——矢沢翠《やざわみどり》と間もなく彼女の義母になる赤《あか》石芳江《いしよしえ》から事情を聞くことに。

ふたりの話によると、四日前、翠と婚約者の赤石透《とおる》は岡谷にある彼の実家に帰る予定だったが、待ち合わせ場所に現われず、そのまま失踪してしまった。部屋は荒らされた形跡もなく綺麗なままで、会社にも連絡はないという。高城は明神とともに、赤石の部屋の調査から知人、友人達への聞き込みへと捜査を進め、彼が大学を出た後の一年間、ネットカフェ難民をしていたことを突き止める。さらに今の会社で働く前にも一年間のブランクがあったが、確かな手掛かりはなかなか得られない。やがて赤石の幼い妹が、彼が誰かと電話で話をしているとき、相手に向かって「逃げろ」といっていたのを聞いていたことがわかるが……。

失踪とミステリーは相性がいい。特に私立探偵ハードボイルドものでは、失踪者探しは定番のひとつ。調査が進むにつれ、探偵の行動を阻《はば》む者が現われて……というのがお馴染みの展開だが、そんな厄介な仕事なら警察にまかせておけばいいと思われるかもしれない。警察は失踪人探しにはなかなか神輿《みこし》を上げてくれないのが実情だが、本書のなかで言及されているように、日本の年間失踪者数は一〇万人を越えるという。失踪人捜査専門の部署が出来ても何ら不思議のないところではあろう。

失踪人捜査課というと、たとえばＴＶドラマがお好きなかたはアメリカの人気ドラマ「WITHOUT A TRACE／ＦＢＩ 失踪者を追え！」等を思い浮かべるかもしれない。こちらはＦＢＩ（アメリカ連邦捜査局）ニューヨーク支局の失踪者捜索班の活躍を描いた人気シリーズ。シーズン４では東京ロケも敢行され、捜索班を率いるリーダーのジャック・マローン（アンソニー・ラパリア）が松方弘樹演じるヤクザと絡むシーンも出てくるが、その捜査システムは現実のそれに基づいている。アメリカでは失踪、誘拐事件は発生して最初の二四時間は地元の警察が担当、その後をＦＢＩが引き継ぐ形を取っている。失踪事件の場合、統計的に、発生後四八時間以内に見つけないと発見される確率は大きく下がるといわれる。そこに誘拐が絡んできたりすると、発見率どころか生存率までぐっと下がることになるから、迅速な捜査が求められるわけだ。

してみると、本書の場合、赤石の失踪が警視庁失踪課に持ち込まれたとき、すでに失踪後九六時間がたっていた。アメリカ的にいえば、発見される率は絶望的といっても過言ではないが、さらに残念なことに失踪課の捜査システムはアメリカと比べるまでもなく、格段に遅れを取っているのであった。それもそのはず、都知事の孫の誘拐事件に端を発して生まれた部署ではあるけど、要は「『被害者の家族にきちんと話を聞きました』『必要と判断すれば捜査もします』という対外的なアリバイ作りのための組織」にすぎないからで、高城たちがそれにどう対処していくかが、今後も本シリーズの読みどころのひとつとなるだろう。

失踪者の足取りを調べたり、関係者に丹念に事情を聞いて回るという高城達の捜査法は、それ自体極めてオーソドックスなもの。普通の捜査と特に大きな変わりはないし、アメリカのドラマのようなシステマティックかつ迅速な捜査劇を期待したかたは肩透かしを食うかもしれないが、そこから著者は派遣社員の待遇問題やネットカフェ難民の問題等、現代の世相を交えつつ、失踪者とその関係者達のドラマをじわじわと浮き彫りにして見せる。

　高城自身、赤石事件の真相が見えてきたとき、「それにしても人が姿を消す時には、それなりの理由があるものだ。そういうことは頭では分かっていたが、今までの私は失踪人の存在を統計データとしてしか捉えていなかったのは事実である」と述懐する。もしかして失踪というのは、長引く不況のもと社会格差が拡大しつつある現代の病状を端的に示す現象なのかもしれない。

　警察小説としての本書という点では、前述したように「対外的なアリバイ作りのための組織」である失踪課がどう立て直されていくかがポイントとなる。むろん阿比留室長が期待するように、その中心を担うのは高城なのだが、心にトラウマを抱え酒浸り状態の彼がそんな急に再生の立役者に変身出来るはずはない。いつも不機嫌な毒舌の明神と軽い衝突を繰り返しながらも、徐々に赤石探しにのめり込んでいくことによって、刑事根性を取り戻していくのである。その意味では、高城が捜査協力を求めた組織犯罪のエキスパート荒《あら》熊豪《くまごう》から「お帰り」といわれる場面はなかなか感動的。お帰りとは、むろん混乱と暴力が渦巻く犯罪捜査の世界によくぞ帰ってきた、という意味合いだ。本書は七年間へこみ続けてきた高城の再生の第一歩でもある。

さて、いっぽう本書はシリーズの第一作だから、レギュラー陣の紹介にも紙幅が費やされている。物語後半、元プロ野球選手という変わり種の武闘派失踪課員・醍醐類《だいごるい》が「失踪課は火種だらけですから」と冷静な分析をして高城を驚かせるシーンが出てくるが、なるほど「失踪課の人間は、誰もが少しずつ小さな問題を抱えている」のである。まあその最たる例が高城なのだが、どんな問題を抱えているかは前半伏されているので、本文で直にお確かめあれ。

レギュラーといえば、何はともあれ、高城の相棒・明神愛美。マッチョな中年刑事と健気な女性刑事という組み合わせは今に始まったことではないが、童顔でかわいい顔立ちながら、生真面目で頑な、二七歳で警視庁捜査一課に配属される予定だったほど有能で上司を上司とも思わない鉄の女ぶりは半端じゃない。巻末に至ってもその姿勢を崩そうとしないところはあっぱれのひと言で、日本の歴代の女刑事のなかでも一、二を争うハードボイルド・クィーンなのではあるまいか。阿比留真弓の堂に入ったキャリアぶりといい、毎日合コンに飛び回っている派手系美女、六条舞《ろくじょうまい》の真正お嬢様ぶりといい、失踪課の女性陣はひと筋縄ではとてもいかない強者ばかりのようである。

いっぽうの男性陣はというと、曲者揃いというべきか。明神の出現でお茶汲みから解放された若手の森田《もりた》刑事はまったく使い物にならない無能の人。六条舞の腰ぎんちゃくを務するのがお似合いの軟弱者だが、その実「射撃の腕だけは抜群」という期待の星だったりする。定年まで数年のベテラン刑事・法月大智《のりづきだいち》は心臓病を抱える人懐っこい「オヤジさん」。今回の捜査では絶妙のアシストぶりを発揮するものの、こちらもただの人懐っこいオヤジさんだけでは終わらないと見た。

ほかにも、高城の警察学校の同期で捜査一課の班長――よその県警をバカにしきっている警視庁至上主義者の長野威《ながのたけし》とか、今後の活躍に期待出来るキャラクターには事欠かない。

今回の事件で、図らずもチーム一丸となって捜査に取り組むことになった警視庁失踪人捜査課三方面分室の面々だが、高城自身、まだ突然白昼夢に耽ることがあったりするから油断は出来ない。考えてみれば、彼の過去の疵《きず》は癒《いや》されないままだし、この先どんな事件に振り回されるかもわからない。まだまだ前途は多難と見ておいたほうがいいかもしれないが、シリアスな作風が主流の堂場小説のなかにあっては時折コミカルなタッチものぞかせるし、筆者は鳴沢了シリーズとはひと味違う多様な面白みを孕《はら》んだシリーズになりそうな予感を抱いている。

こちらもぜひ、一〇作に達するような長いシリーズに育ってほしいものである。

（かやま・ふみろう　コラムニスト）

この作品はフィクションで、実在する個人、団体等とは一切関係ありません。
本書は書き下ろしです。

DTP　ハンズ・ミケ

中公文庫

蝕《しょく》　罪《ざい》

──警《けい》視《し》庁《ちょう》失《しっ》踪《そう》課《か》・高《たか》城《しろ》賢《けん》吾《ご》

2009年 2 月25日　初版発行
2009年 8 月15日　5 刷発行

著　者　堂《どう》場《ば》瞬《しゅん》一《いち》

発行者　浅海　保

発行所　中央公論新社
〒104-8320　東京都中央区京橋2-8-7
電話　販売 03-3563-1431　編集 03-3563-3692
URL http://www.chuko.co.jp/

印　刷　三晃印刷

製　本　小泉製本

Published by CHUOKORON-SHINSHA, INC.
Printed in Japan　ISBN978-4-12-205116-4 C1193

定価はカバーに表示してあります。
落丁本・乱丁本はお手数ですが小社販売部宛お送り下さい。
送料小社負担にてお取り替えいたします。

中公文庫既刊より

各書目の下段の数字はISBNコードです。978-4-12が省略してあります。

と-25-7
標《しるべ》なき道　堂場瞬一
「勝ち方を知らない」ランナー・青山に男が提案したのは、ドーピング。新薬を巡り、三人の思惑が錯綜する――レースに全てを懸けた男たちの青春ミステリー。〈解説〉井家上隆幸
204764-8

と-25-10
焰《ほのお》 The Flame　堂場瞬一
大リーグを目指す無冠の強打者と、背後で暗躍する代理人。ペナントレース最終盤の二週間を追う、緊迫の野球サスペンス。〈解説〉芝山幹郎
204911-6

と-25-14
神の領域　検事・城戸南　堂場瞬一
横浜地検の本部係検事・城戸南は、ある殺人事件の真相を追ううちに、陸上競技界全体を蔽う巨大な闇に直面する。あの「鳴沢了」も一目置いた検事の事件簿。
205057-0

と-25-16
相剋　警視庁失踪課・高城賢吾　堂場瞬一
「友人が消えた」と中学生から捜索願が出される。親族以外からの訴えは受理できない。その真剣な様子にただならぬものを感じた高城は、捜査に乗り出す。
205138-6

こ-40-1
触発　今野敏
朝八時、地下鉄霞ヶ関駅で爆弾テロが発生、死傷者三百名を超える大惨事となった。内閣危機管理対策室は、捜査本部に一人の男を送り込んだ。
203810-3

こ-40-2
アキハバラ　今野敏
秋葉原の街を舞台に、パソコンマニア、警視庁、マフィア、そして中近東のスパイまでが入り乱れる、ノンストップ・アクション&パニック小説の傑作！
204326-8

こ-40-3
パラレル　今野敏
首都圏内で非行少年が次々に殺された。いずれの犯行も瞬時に行われ、被害者は三人組で、外傷は全く見られない。一体誰が何のために？〈解説〉関口苑生
204686-3

ほ-17-1
ジウI　警視庁特殊犯捜査係　誉田哲也

都内で人質籠城事件が発生、警視庁の捜査一課特殊犯捜査係〈SIT〉も出動するが、それは巨大な事件の序章に過ぎなかった！　警察小説に新たなる二人のヒロイン誕生!!

205082-2

ほ-17-2
ジウII　警視庁特殊急襲部隊　誉田哲也

誘拐事件は解決したかに見えたが、依然として黒幕・ジウの正体は摑めない。捜査本部で事件を追う美咲。一方、特進をはたした基子の前には謎の男が！　シリーズ第二弾

205106-5

ほ-17-3
ジウIII　新世界秩序　誉田哲也

〈新世界秩序〉を唱えるミヤジと象徴の如く佇むジウ。彼らの狙いは何なのか？　ジウを追う美咲と東は、想像を絶する基子の姿を目撃し……!?　シリーズ完結篇。

205118-8

も-12-47
犯罪同盟　森村誠一

都会の片隅にあるスナックに集う常連客の間に不思議な連帯感が生まれ、やがて彼ら四人は政財界を巻き込むような巨悪に敢然と立ち向かっていくことに……。

204784-6

も-12-48
堕《お》ちた山脈　森村誠一

自らも山に登り青春を謳歌した著者が、日本アルプスなどを舞台にして描いた自選山岳ミステリー短篇集。表題作のほか、「失われた岩壁」「虚偽の雪渓」「憎悪渓谷」「犯意の落丁」を収録。

204829-4

も-12-49
火の十字架　森村誠一

太平洋戦争で祖国のために戦った男たちは、重い十字架を背負いながらそれぞれの生と対峙していたが……。壮大なスケールで描く著者渾身の長篇ミステリー。

204899-7

も-12-50
黒の十字架　森村誠一

潜入捜査の密命を帯び羽代市に乗り込んだ土谷刑事を待ち受けていたのは、強大な権力の壁だった。警察さえ影響下に置かれる独裁都市で土谷の孤独な戦いが始まる。

204950-5

も-12-51
神より借りた砂漠　森村誠一

神奈川県警の刑事・朝枝の一人息子が無惨に殺害され、犯人逮捕に執念の炎を燃やす捜査陣の前に、いくつもの謎が……。著者渾身の長篇社会派ミステリー。

205024-2

堂場瞬一
好評既刊

①雪虫　②破弾
③熱欲　④孤狼
⑤帰郷　⑥讐雨
⑦血烙　⑧被匿
⑨疑装　⑩久遠（上・下）

刑事・鳴《なる》沢《さわ》了《りょう》シリーズ

刑事に生まれた男・鳴沢了が、
現代の闇に対峙する――
気鋭が放つ新警察小説

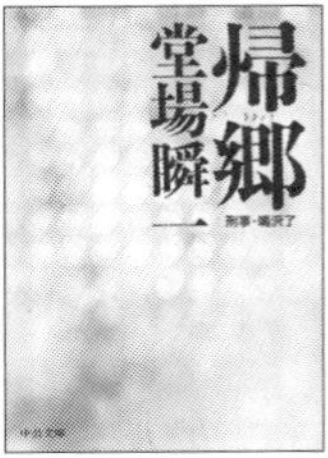